박순옥 단편 모음집

박순옥

• 목차 •

내 친구 미자의 명예 / 5

만원출소 (滿願出訴) / 59

옥정호에서 건져 올린 전설 / 103

빛의 상자 / 153

함무라비 법전 이후 / 205

햇살이 모이는 곳 / 253

재철의 자전거 / 279

내 친구 미자의 명예

"순종과 우정, 그리고 명예의 경계선에서"

내 친구 미자의 명예는 한 여성의 성장과 몰락, 그리고 한 인간관계의 진실이 드러나는
과정을 통해 권력 구조와 인간 심리의 미묘한 균열을 탐구한 작품이다.
주인공 영미는 군산의 대지주 가문 채씨 집안에서 태어나, 가문의 절대 권력을 쥔
할머니 아래에서 길러진다. 이 억압적 환경 속에서 영미는 열다섯 생일날
또래의 하녀 미자를 선물로 받게 된다.
미자는 주종 관계를 벗어난 인간적 온기와 지적 자극을 영미에게 주었고,
두 사람은 책을 나누어 읽으며 주인·하인이라는 경계를 넘어선 유대감을 쌓는다.
그러나 이 유대는 할머니의 명령과 아버지의 부탁이라는 권력의 언어로 규정되어 있었다.
작품은 개인적 우정과 사회적 지위, 그리고 명예라는 개념이 충돌할 때
벌어지는 감정의 파열음을 섬세하게 그린다. 미자의 명예는 영미에 대한 충성이 아니라,
채씨 집안의 하인으로서 분부를 지키는 데 있었고, 이로써
영미는 관계의 본질이 단 한 번도 평등이 아니었음을 깨닫는다.
영미는 고립된 별채에서 굶주림과 절망 속에 생사를 오가는 나날을 보낸다.
집안에 아들이 태어나고 영미는 별채에 유폐되어 굶주림 속에
생사를 넘나들다가 영미는 죽음의 순간을 맞는다.
그 순간 들었던 목소리와 입안으로 스며드는 수분은 환각이고 환청이었을까?
태백이 소각로에서 불타 죽는 사건은 집안 하인들의 실수였을까?
우연을 가장한 필연이었을까?
할머니의 사망과 가족사의 몰락은 영미에게 일말의 해방을 가져오지만,
미자는 돌아오지 않는다.
작품은 이 상실의 공허 속에서, 과거의 따뜻했던 순간이 사실은 일방적 오해였는지,
혹은 그 속에도 진실한 감정이 있었는지를 독자에게 묻는다.
이 소설은 명예라는 단어가 가진 냉혹함을 끝까지 파고들며,
인간관계가 얼마나 쉽게 권력에 종속될 수 있는지를 날카롭게 드러낸다.
동시에 그 속에서 피어났던 온기가 결코 가볍게 지워질 수 없음을 보여주는 작품이다.

나의 모든 면에서 똑 부러지지 못하고 흐지부지한 점은 결국 타고난 것이었다는 사실을 지금에 와서도 생각한다. 마지막 순간까지 나는 거역하지 못했다. 아무 것도 하지 않는 것이 옳은 일이라고 무조건 따르는 일이 가장 올바른 일이라고 믿고 있었다. 나는 할머님께 저항하지 못하는 나의 천성을 내 앞에 백 개 이상의 이유를 늘어놓을 수 있다. 내 친구 미자는 그런 나를 도와주고 싶었건 것일까? 미자의 명예는 도대체 어디에 있었을까?

나는 채씨 집안의 단 한 명뿐인 자식이다. 내가 태어나기 전에 친척 모두가 남자아이를 원했다고 한다. 그러나 나는 여자아이로 태어나고 말았다. 나처럼 단 한 명의 여자아이로 태어나서 데릴사위를 맞아들여서 결혼했던 어머니는 나를 대하는 태도는 평범한 모성애라고 할 수 없었다. 어머니는 모성애가 아닌 어쩌면 동정하고 있었을지도 모른다. 같은 처지를 겪지 않으면 안 되는 딸자식을 어머니는 처음부터 불쌍히 여겼다고 생각한다. 무언의 압력이 어머니에게 둘째 아이를 낳을 걸 압박하고 있었다. 다음이야말로 남자아이를 다음에는 남자아이를. 어머니가 간신히 그러한 무언의 압력을 견딜 수 있었던 건 할머님께서 그 고문에 가담하지 않았기 때문이다.

대를 잇는 건에 관하여서만은 할머님께서도 어머니를 비난하지 못했다. 할머님께서는 어머니 외에 남자아이 셋을 낳았었다. 전쟁과 질병과 사고로 각각 사망해 버렸다는 사실을 알고 있다. 할머님께서는 결과적으로는 채씨 집안에 남자를 남기지 못했다는 사실을 자신의 죄라고 생각하시는 것 같았다. 그래서 남자아이를 낳지 못하는 일에 대해서는 할머님께서도 어머니를 비난하지는 않았다. 그러나 다른 일에 대해서는 할머님은 용서가 없었다. 내가 태어나기도 전에 돌아가신 할아버지의 그 위엄을 한 몸에 이어받아서 할머님께서는 채씨 집안의 왕으로 온갖 권력을 휘둘러 오셨다. 채씨 집안은 대대로 많은 토지와 높은 덕망으로 군산 땅에 뿌리 내린 일족이다. 내 방에서는 창문으로 도시와 바다와 산을 바라볼 수 있다. 오래된 고택으로는 우리 집은 동네에서도 뛰어난 크기의 집이었다. 예전에는 그야말로 왕처럼 군림하면서 서울에서 내려오는 높은 고위층의 손님들은 거의 우리 집에서 묵어갔었다. 할머님의 괴팍함으로 말미암아, 동네 사람들과 어울리면서 살아갈 수는 없었으므로 소문을 들을 기회는 거의 없었다. 그래도 채씨 집안이 예전에 비하면 내리막길이라는 소문은 들려온다. 옛날보다는 못하지만 지금도 채씨 집안은 수많은 토지를 소유하고 있었으며 남아도는 땅에서 얻는 임대료에서 산해진미와 권력을 마음먹은 대로 가질 수가 있었다.

지금보다 훨씬 능가하는 할아버지 시대의 예전에는 어떠했을까? 나는 가끔 생각해 본다. 그 당시를 알기에 할머님께서는 더욱더 가혹하다고 할 정도로 주위 사람들을 이토록 다루는지도 모르겠다. 집안에서도 평상시 매일 머리를 감으시고 참빗으로 깨끗하게 빗어 넘기셨다. 언제나 하얀색의 한복을 주름살 하나 용납하지 않고 입으실 정도로 품위 있고 아름다운 언행으로 할머님께서는 채씨 집안을 이끌어 가는 일을 허술히 하지 않았다. 집을 비우는 일은 거의 없었다. 볼 때마다 나에게도 얘기하셨다.

"너의 어머니가 이대로 남자아이를 낳지 못하면 너는 이 집을 지켜나가야 하는 사람이라는 사실을 잊지 말아야 한다. 타고난 본성은 바꿀 수 없는 것이다. 너에게는 눈 재주가 있고 총명하다는 걸 명심하도록 해라. 얌전하게 열심히 배워서 반드시 채씨 집안을 할아버지 대보다 더욱 왕성하게 일으켜 세워야 한다. 알았느냐?"

나는 실제로 배우는 건 싫어하지는 않았다. 책을 읽는 일은 흥분으로 가득 차 있었고 숫자 세계의 신비에 매료되었다. 그리고 무엇보다 학교는 즐거웠다.

할머님의 눈길이 닿지 않는 학교에서 동갑내기들과 거리낌 없는 교제나 대화를 즐길 수 있었으니까. 나에게는 숨을 쉴 수 있는 공간이기도 했다. 하지만 할머님께서는 어떤 경우라도 나의 교제를 순순히 인정해 주는 일은 없었다. 나는 친구들을 집에 초대하는 일은 한 번도 없었지만, 할머님께서는 나의 친구들에 대해서 모든 걸 알고 계셨었다.

"누구, 누구와 벗을 하면 이러저러한 점이 세상 사는 데 유익하니라. 그런데 그 사람에게는 이러한 점이 부족하다. 그 아이를 알지 못하면, 그 아이의 친구를 보라는 말을 모르지 않겠지? 이러이러한 아이와의 교제는 이후 절대로 금지하도록 해라."

그렇게 채씨 집안의 권세를 마음껏 휘둘러대면서 할머님께서는 나의 친구를 골라서 마음대로 멀리하도록 제지하셨다. 나는 몇 번이나 사정해도 할머님께서는 전혀 들어주시지 않았다. 가장 친했던 아이는 할머님이 나의 친구로서 적합하지 않다는 이유로 우리 집안의 땅에서 못 살게 하셔서 소문도 없이 어디론가 떠나 버리고 말았다. 그리하여 나는 몹시 고독하게 되었다. 철들고 나서야 어머니에 대해서 알게 되었다. 어머니는 마치 영혼을 빼앗긴 인형 같았다. 눈동자에는 전혀 빛이 없고 행동에 패기가 없고, 할머님이 말하는 대로 묵묵히 따르기만 할 뿐이었다.

할머님께서 좋아하는 걸 흉내 내기만 하면 여성의 세 가지 덕목을 따르는 일이 된다. 며느리로서 남편을 따른다는 일이겠지만, 어머니는 아버지를 따르는 것은 아니었다. 아버지가 어머니를 따르게 그 영혼을 빼 버린 건 할머님이다. 나 역시도 강하지 못했다. 떠나 버린 친구를 생각하고, 따뜻하게 안아주는 어머니를 생각하면서 밤이면 눈물로 베개를 적시는 한심한 여자아이에 불과했다. 그렇다면 나도 언젠가는 할머님께 영혼을 뺏겨 버리는 건 아닐까? 언제부터인가 나는 그런 두려움으로 살게 되었다.

　내가 열다섯 살이 되던 생일날이었다. 넓은 대청마루에 친척들과 채씨 집안의 토지에서 농사를 짓는 소작농들이 가져온 생일 선물이 산더미처럼 쌓여 있을 때였다. 친척들의 미사여구가 기뻤던 어렸을 때와는 달리 나는 기분이 좋지 않았고 점점 앉아 있기가 불편할 뿐이었다. 선물은 하나도 욕심나는 건 없었다. 족자도 시계도 카스텔라도 채씨 집안에 있는 물건보다 격이 떨어지는 물건뿐이었다. 어느 정도는 하인에게 나누어주겠지만 나머지는 집 뒤의 소각로에서 태워져서 재가되어 버리는 것뿐이었다. 숨이 막힐듯한 인사의 자리가 겨우 끝나고 방으로 돌아가려고 일어서는 나를, 할머님께서 부르셨다.

　"기다리도록 해라. 영미 너에게 줄 선물이 아직 남아있다."

　나는 할머님께 많은 선물을 받고 있었다. 문방사우이거나 또는 희소 서적이기도 했다. 나는 그것들이 기쁘지 않을 리가 없었지만, 할머님께서 그것을 통해서 나에게 원하고 있는 일을 생각하면 암담할 뿐이었다. 하지만 나에게는 단지 하나의 말밖에 허용되지 않았다.

　"예. 감사합니다. 할머님."

　할머님께서 손을 들어 미닫이문을 열었다. 나는 깜짝 놀랐다. 거기는 물건이 아닌 사람의 모습이 있었기 때문이다. 여자아이였다. 무릎을 꿇고 조용히 머리를 숙이고 있었다. 집안에는 많은 하인이 있다. 그렇지만 이 정도로 겸손한 태도는 아니었다. 할머님께서 말했다.

　"이제 너도 이 집안을 위해서 사람을 부리는 방법을 배워야 할 때가 되었다. 이 아이를 너의 시중을 들게 하겠다. 잘 부리도록 해라."

　그리고 여자아이에게 명하였다.

　"자, 아가씨에게 인사드려라."

여자아이는 '예'라고 작게 대답하고 잠시 얼굴을 올렸다. 야무지게 생긴 얼굴이었지만 귀여운 아이라는 첫인상이었다. 나이는 내 또래로 보였다.

"미자라고 합니다. 오늘부터 댁에서 아가씨를 모실 수 있게 되었습니다. 아무쪼록 잘 부탁드립니다."

그 목소리는 부드럽고 정중하면서도 알랑거리는 느낌은 없었다. 허세를 부리지도 않고, 수줍지만 당당했다. 이때 나는 이미 이 아이와는 우리 집 대청마루가 아닌 어딘가 길가에서 우연히 만났다면 좋았을 터인데 라는 아쉬움을 가지고 있었다. 그러면 매우 절친한 친구가 될 수 있었을 것이라는 아쉬움이 컸다.

"미자는 신원이 확실하고 눈썰미도 보통 아이보다 뛰어나고 분별력이 있는 아이다. 네가 데리고 다녀도 부끄럽지 않을 것이다. 너의 방에서 가까운 방을 주었으니까, 언제든지 심부름을 시킬 일이 있으면 시키도록 해라."

대략 할머님께서는 외부 사람을 칭찬하는 일은 없었다. 하인을 좋게 말하는 일은 더욱 생각도 할 수도 없는 일이었다. 그러나 할머님께서는 미자를 인정하고 계셨다. 할머님이 인정하는 아이라면 함께 있어도 괜찮다는 의미이다. 그렇게 생각하면서 나도 모르게 뺨이 부풀어 올랐다. 그때 할머님께서는 그런 나의 마음을 읽기라도 하신 듯이 날카로운 눈빛으로 노려보시면서 한마디 하셨다.

"영미야, 예로부터 하인은 너무 가깝게 하면 불손해지고 너무 멀리하면 원망을 듣게 된다고 했다. 우쭐대는 일이 없도록 항상 너의 몸가짐을 조심해야 한다."

본인이 있는 자리에서, 많은 사람 앞에서 말했다. 나는 무심코 미자의 얼굴을 보았지만, 그녀는 얼굴색을 바꾸지 않고, 그냥 조용히 고개를 숙이고 앉아 있었다. 그 속내를 조금이라도 읽어낼 수 없었다. 친척들 사이에서 '과연 좋은 선물'이라든가 '그렇구나, 영미도 이제는 어른이 되었구나.'라는 추종의 말이 여기저기에서 들려왔다. 할머님께서는 그런 말을 듣고 있다는 사실을 그들도 모르는 것은 아닐 것이다. 한편, 나는 당황스러움을 감추지 못하고 있었다. 나는 이 아이를 어떻게 다루면 좋을까? 어떻게 하면 할머님의 기대에 어긋나지 않을 수 있을까? 생각하다 지쳐서 할머님께 대답하는 일도 잊은 채 멍하니 서 있는 나에게 도움의 손길을 내민 사람은 어머니였다. 어머니는 피로와 공포가 잠긴 힘없는 목소리였지만 부드럽게 말했다.

"영미는 좋겠네. 하지만 너무 심술을 부려서는 안 돼요. 자신의 욕심을 너무 부리지 말고 너도 미자에게 베풀 때는 베풀어야 한단다."

"너는 불필요한 말은 하지 마라."

물론 간발의 차이도 없이 할머님의 꾸짖는 소리가 벼락이라도 치는 듯이 들렸다. 나는 언제나처럼 몸을 긴장하고 그 자리를 빠져나가려고 했다. 미자의 행동거지는 쓸데없이 부산하지도 않았다. 보고 있으면 아름다울 정도였다. 다도거나 꽃꽂이거나 그러한 것들을, 배우고 있었던 듯했다. 대청마루에서 나온 내 뒤를 미자는 말없이 따라왔다. 나에게 붙여준 하인이라고 하지만 만난 첫날부터 자신의 방에 들어오게 하려는 생각은 들지 않았다. 내 방은 별채에 있고, 안채와 떨어져 있는 별채를 연결하는 것은 하나의 긴 복도였다. 그 복도 앞에서 나는 걸음을 멈췄다. 방은 남아돌고 있다. 적당한 방의 미닫이를 열고 나는 미자에게 앉으라고 말했다. 달빛이 방을 비추고 있었다. 미자의 얼굴이 보일 정도로 달빛은 밝았다. 그렇다면 불을 켤 필요 없다고 생각했다. 거의 사용하지 않는 방이므로, 방석도 어디에 있는지 알 수 없었다. 나와 미자는 방바닥에 마주 보고 앉았다. 내가 먼저 말을 꺼냈다.

"처음 뵙겠습니다. 미자 씨. 나는 채영미라고 합니다."

나는 억지로 웃음을 만들었다. 그러나 미자는 눈썹 하나 움직이지 않고 가면 같은 얼굴을 하고 손바닥으로 방바닥을 짚으며 조용히 고개를 숙였다.

"김미자입니다. 잘 부탁드립니다. 아가씨"

언행은 정중하기가 더할 나위 없었다. 그러나 나를 거절하고 있다고 느껴졌다. 미자의 행동은 정중한 것이 아니라 마음을 열지 않고 있었다. 태어났을 때부터 별로 남들과 사귀는 일을 하지 않았던 나도 그 정도의 일은 간단하게 알 수 있었다. 나는 깜짝 놀라서 매우 당황스러웠다. 하지만 어쩐지 나는 미자의 적당한 거리감이 편안하고 기쁘게 생각되었다. 철들기 전 순진한 시기는 몰랐어도 성장함에 따라서 주위의 인간들은 나를 대하는 태도에는 정해진 틀이 있었다.

진정으로 존경해서 멀리 피하거나 기쁨을 주려고 하는 행동이 아니라 겉치레뿐인 사람들이었다. 나는 항상 그런 일들로 인해서 몸 둘 데가 없어져 버린 듯한 외로운 생각이 들었던 적이 많이 있었다. 그러나 미자는 그들과는 달랐다. 그녀의 무뚝뚝한 성격이 더욱 인간적인 듯했다. 깨닫고 보니까 나도 모르는 사이에 손가락을 꿈틀꿈틀 움직이고 있었다. 볼썽사나운 일이라고 생각하고 자신의 손을 꼭 잡고 억눌렀다.

"저기, 미자는 몇 살일까? 나는 열다섯 살이야."

말하고 나서 생각하니 당연히 알고 있다고 생각되었다. 어쨌든 생일날 선물이라고 나에게 소개되었기 때문이다. 물론 미자는 '알고 있습니다'라는 말은 하지 않았다. 그냥 짧게 대답했다.

"열다섯 살입니다."

미자는 자신이 나의 친구가 아니라는 사실은 알고 있는 듯했다. 할머님께서는 미자가 내 친구가 되는 일을 절대로 용서하지 않을 것이다. 친구가 되지 못한다고 해도 또래의 아이가 내 곁에 있게 된 걸 나는 마음속 깊이 매우 기뻐하고 있었다. 그러나 할머님께서는 '사람을 부리는 법을 배워라.'라고 말씀하셨다. 그것은 나에게 무엇을 배우라고 명령하는 것일까? 그런 생각이 나도 모르게 입을 통해서 나와 버렸다.

"미자는 나에게 무엇을 해줄 거야?"

그러자 미자는 다시 손바닥으로 방바닥을 짚으며 고개를 숙이고 말했다.

"아가씨가 원하시는 것이라면 무엇이든지 하겠습니다."

몹시 맑지만 억제된 목소리였다. 나는 머리를 한 방 얻어맞은 듯한 생각이 들었다. 눈앞의 동갑내기 여자아이에게 속마음을 들킨 듯했다. '원하는 대로라고?' 할머님의 소망은 뻔했다. 내가 이 집을 잇는 데 적합한 사람으로 성장하는 일이다. 그렇다면 나는 여러 사람의 시선을 받는, 입장이다. 그러나 가만히 엎드려 있을 수밖에 없는 이 여자아이에게 무엇을 해주기, 바라는 것일까? 달이 몹시 밝은 밤이었다고 기억하고 있다. 정원에 심은 소나무 모습의 검은 그림자가 창문의 창호지에 비추어지고 있었다. 창문 틈에서 비집고 들어오는 차가운 바람이 목덜미를 어루만졌다. 나는 내 마음조차 잘 알 수 없었다. 너무 오랫동안 침묵하고 있었기 때문에, 뭔가 무슨 말인가 해야 한다고 생각했다. 미자는 천천히 얼굴을 들었다. 그 검은 눈망울이 정면으로 나를 바라보았다. 나는 다른 무언가를 말할 생각이 없어져 버렸다. 불가사의하게 바라보고 있던 미자가 '무슨 일이십니까? 염려 마시고 마음 놓고 말씀하셔도 좋을 텐데요.'라고 비난하는 듯이 생각되었다. 나는 뺨에 피가 모이는 것을 느꼈다. 힘들고 부끄러운 시간이었다. 그 순간을 깬 건 희미하게 들려오는 발걸음 소리와 창호지에 비친 그림자였다. 그리고 갑자기 들려오는 반갑고 부드러운 목소리가 있었다.

"영미야. 여기에 있었던 거야."

미닫이문을 연 사람은 아버지였다. 고통스럽게까지 보일 정도로 마른 모습으로 달을 등에 지고 서 있는 아버지의 표정은 보이지 않았다. 지금까지 완벽하게 행동했던 미자가 잠깐 사이에 주저하는 걸 나는 분명히 보았다. 들어온 사람이 누구인지 잘 몰랐을 것이다. 무리는 아니다. 아까 대청마루에 친척들에게 섞여서 아버지는 앉아 있었다. 하지만 할머님께서는 데릴사위인 아버지에게 아무런 신경도 쓰지 않았고 권리도 주지 않았다. 우리 집에서 할머님께서 돌아보지 않는 사람은 그만큼 존재감이 엷다. 그러나 미자는 즉시 일어났다가 고개를 숙이며 앉았다. 나는 아버지를 올려다보았다.

"아버님."

아버지는 힘없이 미소를 짓고 있었다.

"어떻게 된 거야? 영미야. 이렇게 어두운 곳에서."

그렇게 말하며 아버지는 불을 켰다. 달빛은 뒤로 물러났다. 어둠에 익숙해 있었던 나와 미자는 똑같이 눈을 가늘게 뜨고 눈부심을 견디며, 내가 말했다.

"오늘부터 제 시중을 들어준다고 하기에 서로 인사를 하고 있었어요."

"아, 그렇구나. 그것은 참 좋은 일이다. 그렇지만 방석도 깔지 않고 있었어? 그러면 다리가 저릴 거야."

아버지는 방석을 찾아서 나와 미자에게 주시고 미자 옆에 앉으시면서 얼굴을 들여다보며 물었다.

"미자라고 했지?"

"네, 그렇습니다."

아버지의 말은 어딘가 소원을 말하는 듯했다.

"할머님은 저런 분이니까, 너도 고생이 많으리라고 생각한다. 하지만, 이 집에서 진정한 의미에서 순수하게 진정으로 영미의 편이 되어 줄 수 있는 사람은 너뿐이란다. 여하튼 영미와 사이좋게 지내주기를 바란다."

그리고 아버지는 가볍게 머리를 낮추었다. 미자는 몹시 당황한 듯이 서둘렀다.

"고개를 올려주세요, 나으리. 분부는 무슨 일이 있어도 명심하겠습니다."

"그래. 그렇다면"

미자는 나를 향해 자세를 바로잡고 앉았다.

"아가씨가 허락하실 일이라면 무슨 일이라도 하겠습니다."

나는 자신이 뜻하지 않게 아버지의 말에 구원받은 것을 알았다. 조금 전까지의 긴장이 사라지고 자연스럽게 미자를 볼 수 있었다. 미소 마저 떠올랐다.

"물론 아, 미자야 우리 사이좋게 지내도록 해. 그리고 아가씨라고 부르지 않아도 돼. 그러면 내가 더욱 외로워질 것 같아."

미자는 조금 고개를 갸웃했지만 결국 약간 웃음을 띤 빛을 눈에 품고 대답했다.

"예, 알겠습니다. 아가씨"

그로부터 몇 년 동안 나는 정말 행복했었다. 중학교를 나온 후, 나는 고등학교에 진학했다. 할머님의 본심은 내가 고등학교에 진학하는 걸 좋아하시지 않은 듯했다. 역시 마음속으로는 '여자가 학문은?'이라고 생각하고 계시는 것 같았다. 그러나 채씨 집안의 재흥을 위해서라면 어쩔 수 없다고 생각하시는 듯했다. 그 증거로 미자도 함께 입학하고 싶다고 내가 말했을 때는 안색을 바꾸고 펄쩍 뛰시며 화를 내셨다.

"하인 따위에게 교육을, 시켜서 도대체 어디에 써먹겠다는 얘기냐? 도축용의 기술을 배우는 일은 바로 이런 뜻이야. 도축해야 하는 하인에게 도축 기술을 가르쳐서 어떻게 하겠다는 거냐? 어림없는 소리 하지도 말아라. 다른 사람이라면 몰라도 내가 눈을 뜨고 있는 한 그런 바보 같은 일은 절대로 용서할 수 없다."

그것은 매우 유감스러운 일이었지만 나도, 미자도, 사실 할머님께서 허락해 주시리라고 생각하지 않았다. 말하자면 그냥 말해 보았을 뿐이다. 그런 말을 할 수 있는 용기가 생긴 것도, 미자가 내 곁에 있기 때문이다. 나는 이렇게 낮에는 학교에 다니고, 미자는 내가 없는 사이에는 집에서 잡일을 하게 되었다. 집에 돌아가면 미자가 있다는 사실만으로도 나는 외롭지 않았다. 그냥 그 사실만으로 나는 많이 바뀐 것 같았다. 다른 사람들 앞에서 꾸미지 않고 웃을 수 있게 되었다. 급우들과의 수다를 즐거운 마음으로 떨 수 있게 되었다. 무엇보다도 미자가 나의 즐거움 으뜸이었다. 미자와 함께 있을 때, 나는 지금까지 느낄 수 없었던 편안하고 안락한 마음이 될 수 있었다. 미자는 총명했다. 채씨 집안을 섬기는 충실한 하인으로 나를 대하는 태도도 완전한 순종과 자신을 즉일 수 있는 태도를, 가지고 있었다. 할머님께서는 그런 미자에게 만족하고 그녀를 능숙하게 부리고 있는 나를 칭찬까지 해주셨다. 그러나 우리 단둘이단 되면 미자는 내 곁으로 가까이 다가와서 내 이야기를 들어 주었다. 학교에서 있었던 일. 할머님께 꾸중 들었던 일. 불쌍한 어머니의 일. 미자는 나의 기쁨을 자신의 기쁨으로, 나의 슬픔을 자신의 슬픔으로 대신해서 슬퍼해 주고 기뻐해 주었다. 그리고 무엇보다 미자는 나에게 새로운 세계를 보여주었다.

　어느 날 별채 나의 방에서 나와 미자는 각각 책을 읽고 있었다. 나는 책상을 향해서 앉아서 읽으면서 미자에게는 독서대를 빌려주려고 했지만, 그 아이는 그것을 사용하지 않고, 좌식 의자에 앉아서 읽겠다고 했다. 이럴 때는 서로 말이 없었다. 가끔 미자가 신경을 써서 시간이 되면 간식이나 음료를 준비해 주기도 했다. 창틈으로 들어오는 바람 소리나 벌레 소리만이 방안을 채우고 있었다. 그러나 그날은 불쑥 생각났다는 듯이 미자가 물어왔다.

"아가씨, 무슨 책을 읽고 있나요?"

　나는 손에 든 책을 말없이 올려 보였다. 미자는 황당한 듯이 감복한 듯이 그 양쪽이 모두 공존하는 듯이 불가사의한 얼굴을 했다.

"〈장자〉라고요? 학교에서 읽으라는 책인가요?"

"응, 하지만 그래서 읽는 건 아니야. 재미도 있기 때문이야."

읽고 있던 〈장자〉를 책상에 내려놓고 이번에는 내가 물었다.

"미자 너는 무엇을 읽고 있었는데."

"이건 소설입니다."

단지 그것뿐으로 입을 닫았다. 지금은 이미 익숙해진 장난스러운 눈빛으로, 미자는 자신의 책을 내 앞으로 내밀었다.

"하룻밤만 우리 서로 바꾸어서 읽어보지 않으실래요? 분명히 재미있을 터인데요."

그것은 매우 멋진 제안이었지만, 나는 주저하지 않을 수 없었다.

"그래도……"

말끝을 흐렸다.

"할머님께서 선택한 책 외의 책을 읽으면 꾸중을 들으니까 말이야. 게다가 소설 따위를 읽으면 화내실 거야."

미자는 내가 무슨 말을 하는지 알 수 없다는 표정을 지었다.

"비밀로 하면 괜찮지 않을까요?"

"……그것도 그렇구나"

그래서 우리는 서로 바꾸어서 읽게 되었다. 미자가 권하는 일은 대부분 내 마음을 붙잡고 놓지 않는 일뿐이다. 미자가 빌려준 책은 미국의 에드거 앨런 포의 단편소설 검은 고양이이었다. 그날 밤 나는 이 책에 쓰여 있는 내용으로 몹시 당황스러웠다. 그러나 읽어감에 따라서 주의 깊이, 페이지를 넘기기 시작하면서 마지막에는 푹 빠져서 열중할 수 있었다. 처음에는 너무나 잔혹함 때문에, 그대로 읽어갈 수가 없어서 눈을 감고 책을 몇 번인가 덮어야 했다. 그러나 오랫동안 참지 못하고 책을 펼치고 읽으면 신비스러움 속 합리성이 있었다. 엄숙과 해학이 교차하여 바뀌면서 드러났다. 제정신일까? 의심되는 주인공은 술 때문에 완전히 도덕의 붕괴를 상징했다. 아내의 시체를 내벽과 외벽 사이에 감추면서 산 고양이를 묻는다. 나는 농락당하듯이 취해갔다. 정체를 알 수 없는 공포라고까지 말할 수 있는 문장의 아름다움을 경외하면서 어딘가 냉철한 관찰이 혼합되는 감각은 지금까지 몰랐던 일로서 충격 자체일 뿐이었다.

인간의 광기, 분노, 악마성 등 어두운 내면을 파헤친 내용이었다. 수없이 상기되는 죄책감으로 인해서 자신을 스스로 허물고 나중에는 진실을 드러낸다는 내용이었다. 하룻밤의 약속이었던 교환은 하루가 더 늘어났다. 나는 그동안 수없이 한숨을 내쉬면서 읽었다. 책을 돌려줄 때, 미자가 물었다.

"어땠어요? 아가씨."

나는 여러 가지로 생각한 끝에 한마디로 미자에게 대답했다.

"놀랐어. 매우"

미자는 내 한마디에 매우 만족한 듯했다. 그러고 보니 지금까지 본 적이 없던 온 얼굴에 미소를 가득 짓고 있었다. '그래요?'라고 짧게 대답하고 고개를 끄덕였다. 그 모습이 왠지 기뻐서 나도 무심코 웃는 얼굴이 되었다. 예의상으로 나도 물어보았다.

"미자는 어땠어?"

"저도 재미있었습니다. '철부지급(轍鮒之急)'의 이야기는 정말 배꼽을 잡을 정도로 코믹하고 재미있었습니다."

나는 미자가 배꼽을 잡을 정도로 우스웠다는 반응이 이해되지 않아서 고개를 갸웃하며 미자를 바라보며 말했다.

"수레바퀴가 지나간 자국에 괸 물에 있는 붕어라는 뜻이야. 매우 위급한 경우에 처하거나 곤궁에 다다른 사람을 비유하는 얘기잖아. 장자가 집이 가난해서 감하후에게 양식을 꾸러 갔었어. 그러자 감하후는 '좋아요. 내 고을에서 세금이 들어오는 대로 삼백 냥을 빌려 드리겠소. 그만하면 되겠지요?' 하는 것이었잖아. 그래서 장자는 화가 치밀어 정색하며 말했잖아. '어제 이리로 오는 도중에 누가 나를 부르더군요. 그래 돌아보았더니 수레바퀴가 지나간 자리에 붕어가 있지 않겠소. 어찌 된 일이냐고 물었더니, '나는 동해의 파신 물고기인데 어떻게 한두 바가지 물로 나를 살려 줄 수 없겠소' 하는 것이었습니다. 그래서 '알았네. 내가 곧 오나라 월나라 임금을 만나게 될 테니 그때 서강의 물을 끌어다가 그대를 맞이하겠네. 괜찮겠지?' 하고 대답했더니 붕어가 화를 내며 이렇게 말합디다. '나는 잠시도 없어서는 안 될 걸 잃고 당장 목숨이 위태한 중이오. 한두 바가지 물만 있으면 나는 살 수 있소. 그런데 당신은 그런 태평스러운 소리만 하고 있으니 차라리 일찌감치 건어물 가게로 가서 나를 찾으시오'라는 얘기잖아. 그리고 우리나라 속담에도 '너의 집 금송아지가 무슨 소용이 있느냐?'라고 하는 말처럼 시기를 얻는 일이 얼마나 중요한지에 대해서 가르치는 일화이었을 거야. 그것이 왜 우습다는 걸까?"

미자는 내 말을 듣고 냉정한 얼굴로 대답했다.

"빚을 거절당한 분풀이를 빙 둘러서 하는 이야기 아니었나요? 끝없이 상대를 조롱하는 그런 장자의 재치와 해학이 너무나 익살스러워서 재미있었어요."

나는 나도 모르게 주위를 둘러보며 말하고 있었다. 할머님께서 어디에선가 듣고 있지는 않을까? 하고 걱정되었다. 원래부터 아무도 있을 리가 없었다. 방에는 나와 미자 단둘뿐이었다. 그 사실을 확인하고 나서 나도 크게 웃기 시작했다. 미자에게는, 이길 수 없다. 미자에게 걸리면 〈장자〉도 우스운 소재가 될 수 있었다. 그 후부터 나는 여러 권의 책을 읽었다. 봄밤, 할머님의 눈을 피해서 뒷마당에 내려가서 도로의 밝은 빛과 달빛을 의지해서 읽었다. 지칠 듯이 무더운 여름날에도 미자는 부채로 내 곁에 앉아서 살랑살랑 부채질해 주었다. 그 옆에서 나는 책을 읽을 수 있었다. 방울벌레가 우는 가을날은 가만히 이를 악물듯이 끝없이 길고 긴 이야기를 읽고 또 읽었다. 겨울날은 하나의 화로를 두 사람이 둘러싸고 차가워진 손가락을 불에 쬐어가면서 책을 읽었다. 나는 마치 미자의 손에 이끌려 가는 어린아이 같았다.

미자가 나에게 건네준 〈검찰관〉이라는 러시아의 소설은 니콜라이 고골이라는 작가의 작품으로 힘없는 소작농을 주인공으로 내세운 주제였다. 대지주인 채씨 집안의 딸로서 불합리한 러시아의 현실이 소설 속의 이야기만으로 느껴지지 않았다. 특별히 지주 사회의 도덕적 퇴폐와 관료 세계의 결함과 부정을 풍자와 필치로, 사실적으로 그려낸 소설이었기에 더욱 흥미 있게 열심히 읽었다.

그다음에 준 책은 영국의 소설가 체스터 천의 〈가톨릭 신부 브라운〉이었다. 기발한 착상이 역설적이었다. 브라운 신부의 첫인상으로 인해서 사람들은 신부를 지적으로 모자란 사람으로 과소평가했지만, 마지막엔 신부가 놀라운 지성과 통찰력을 지닌 인물이었음을 알게 된다. 이것은 신부가 사람들을 속이려고 하는 게 아니라 사람들의 보는 선입견이 잘못되었다는 사실을 작가는 중요하게 다룬 듯했다. 그의 명언 중에 가장 가슴에 남는 건 '책 한 권 읽기를 간절히 바라는 사람과 읽을 만한 책을 기다리다 지친 사람 사이에는 매우 큰 차이가 있다.' 이었다. 미자의 선택은 두서가 없는 것인지, 아니면 뭔가 그녀 나름의 취향이 따로 있는지, 그것조차 나는 잘 모르겠다. 단지 내게 추천해 주는 한 권, 한 권으로 나에게 놀라움과 깊은 감동을 주었다. 어느 날 그녀는 이런 말도 했다.

"아가씨는 동양 서적을 좋아하는 듯하네요. 하지만 책 읽는 자체는 어떻습니까?"

"책 읽는 자체를 좋아하지만, 할머님께서 다른 종류의 책은 좋아하지 않으시니까."

"〈설국〉이나 〈홍루몽〉이나 펄 벅의 〈대지〉〈만월〉〈삼국지〉 정도라면 큰마님도 허락하지 않으실까요?"

그럴지도 모른다고 생각했다. 나는 그런 소설들을 구해서 읽었다. 〈만월〉은 중국의 본토를 주제로 한 내용이 많았다. 그렇게 해서 읽어가는 중 미자가 또 한 권의 책을 내밀었다.

"이 책은 중국의 소설 중에서도 백미라고 불리는 소설 중에 하나라고 생각합니다."

감쪽같이 속아 넘어가서 읽은 소설이 〈금병매〉이었다. 다음 날 아침 나는 얼굴이 새빨갛게 되어서 아무 말도 하지 못하고, 발소리를 내며 미자를 쫓아다니며 몇 번이나 몇 번이나 등짝을 때렸다. 미자는 웃으면서 말했다.

"미안해요, 미안해요. 대신해서 이 책을 드릴 테니까 용서해 주세요."

또다시 새로운 한 권의 책을 건네주었다. 그렇게 해서 읽게 된 책이 프랑스의 시인이며 극작가인 조르주 바타유의 〈에로스의 눈물〉이었다. 인간의 가장 원초적이고 본원적인 영역을 이해할 수 있을 듯했다. 작가의 사상적 역정과 끝부분에 사유의 핵심으로 인해서 나도 자아의식에 조금은 눈을 뜰 수 있을 듯했다. 나는 〈금병매〉 때문에 토라져서 사흘 동안이나 미자와 말하지 않았었다. 아무래도 미자는 사드 후작도 준비했던 듯했지만, 역시 반성한 듯했다. 그 책은 나에게 권하지 않았다. 나는 미자의 주인이었지만, 미자는 나의 스승이었다. 그리고 무엇보다도 우리는 진정한 친구가 되었다고 생각한다. 그런데 나는 미자에 관해서 아무것도 몰랐다. 그것은 나에게 불만스러운 일이고 약점이기도 했다. 그건 확실히 장마가 시작된 칠월의 어느 날이었다. 시킬 일이 없는지 물으러 온 미자에게 나는 아무렇지도 않은 듯이 물어보았다.

"아니, 간식이나 음료는 필요 없어. 그런데 미자는 어디에서 태어났어?"

"네? 저 말씀하십니까?"

미자는 문턱 앞에서 무릎을 꿇고 있었지만, 얼굴을 올리고 눈을 깜빡거렸다. 나는 미자에 관해서 정말 아무것도 몰랐기에 미자의 놀라는 얼굴을 보면서 혹시나 나쁜 일을 묻지 않았나 싶어서 불안해지기 시작했다.

"물론 이야기하고 싶지 않으면 얘기 안 해도 좋지만……"

"아닙니다. 그냥 너무나 갑작스럽게 질문하셨기에 놀랐을 뿐입니다. 태어난 곳은 임피면입니다."

"아, 임피면이라면 나도 할머님과 자주 갔었어."

임피면은 군산에서도 역사적으로 가치가 있는 유물이 많은 곳이다. 문학적으로도 대단한 대문호 채씨 집안의 자랑거리이며 내가 존경하는 채만식 선생님을 배출한 곳이다. 우리 채씨 집안의 집성촌이 있기도 했다. 좋은 집이 상당히 많은 지역이다. 할머님과 동행하여 소작농의 집을 몇 군데 방문한 적도 있었다. 미자는 그 지역의 어딘가의 저택에서 하인의 자식으로 태어난 것일까? 그 외에도 물어보고 싶은 건 여러 가지 있었다. 나는 미자를 손짓으로 불렀다. 미자는 고개를 숙이고 문턱을 넘어서 들어와 미닫이문을 닫았다.

"미자는 몹시 책을 좋아하고 특별한 책도 많이 읽었네. 나는 아직 잘 모르는 책이 많은데 그 책은 어디에서 읽었어? 특별히 좋아하는 책이 따로 있어?"

미자는 수줍은 듯이 눈길을 밑으로 내리떴다.

"나 따위가 책을 좋아한다는 건 부끄러운 일입니다. 저의 집에 우연인지 모르지만 책이 많이 있었어요. 그리고 역시 포의 얘기입니까?"

"그래. 혹시나 하고 생각했어."

"네. 그 생매장은 숨 막히는 장면으로 저도 무서웠지만, 마지막 경찰이 부인의 시체를 찾아냈을 때는 속이 후련했습니다. 한국에서는 화장이나 매장뿐으로 살아있는 채로 매장은 생각할 수 없지만, 이 작가의 냉혹함 때문에, 저도 처음에는 너무 싫고 무서웠습니다."

나는 미소밖에 다른 표정을 지을 수가 없었다.

"그러한 책은 어디서 읽었어?"

"그건 집에 있던 것을 읽었습니다"

"집이라고? 미자네 집?"

"네."

나는 문득 깨달았다. 열다섯의 생일날부터 미자는 하루도 빠짐없이 계속 내 옆에 있었다. 명절이 되면 다른 하인들은 고향의 집에 다녀와도 미자만은 채씨 집안에 그냥, 있어 주었다.

"그러고 보니까 미자는 아직 한 번도 집에 돌아간 적이 없었네. 집은 어디야?"

나는 미자에 관해서 아무것도 몰랐다. 미자를 너무 좋아하기에 알고 싶었다. 단지 그것뿐이었다. 그녀가 무뚝뚝하게 아무 감정도 실리지 않은 목소리로 말했다.

"불에 타버렸습니다."

그녀가 말했을 때 순간적으로 나는 가슴을 힘껏 걷어차인 듯한 느낌이 들었다. 평상시에 살펴보지도 않고 어리석게 물었다. 그것을 깨닫고 부끄럽고 혼란스러운 끝에 나는 또다시 어리석음을 거듭 저지르고 말았다.

"가족분들은?"

"그러니까 집과 함께 모두 타 버렸습니다."

그로부터 내가 무슨 말을 했는지 기억나지 않는다. 아마 용서를 구했다고 생각하지만, 그것이 말이 되었었는지 그 여부는 알 수 없다. 나는 내가 살아오면서 무엇을 그렇게 슬프다고 느꼈었을까? 미자의 말에 나는 후회되었다. 그리고 왜 처음부터 미자를 알려고도 하지 않았었을까? 나는 그때까지 자신의 마음보다 슬픈 일은 세상에 없다고 생각해 왔다. 나 외에 다른 사람의 슬픔을 생각해 보지 못했었다. 그래서 미자라는 친구를 얻었다고 기뻐했던 일조차 슬펐다. 정신을 차리고 보니까 나는 흐느끼면서 미자의 무릎에 엎어진 채로 울고 있었다. 미자는 부드러운 손놀림으로 내 머리를 쓰다듬어 주고 있었다. 그녀는 몇 번이나 몇 번이나 같은 말을 반복해서 말했다.

"괜찮아요. 괜찮으니까. 아가씨 제발 울지 마세요. 아가씨가 이렇게 슬퍼하시면 제가 어떻게 해야 할지 모르겠습니다. 괜찮습니다. 정말 저는 괜찮아요."

나는 간신히 고개를 들었다. 곤란한 철부지 말괄량이를 달래는 듯한 어머니의 슬픔이 담긴 미소를 내 앞에 있는 미자의 얼굴에서 보았다.

"나는 아가씨와 매일 매일 이렇게 지낼 수 있어서 너무 행복해요. 그래서 옛날 일이나 부모님 일은 모두 잊고 있었습니다."

미자가 나를 부축해서 일으켜 세워주어서 힘들게 앉았다. 이렇게 고무된 나는 미자에게서 몸을 기대었다. 미자는 나를 안심시키려는 듯이 미소를 짓고 있었다. 그러나 바로 진지한 얼굴로 돌아와서 첫날 대청마루에서처럼 무릎을 꿇고 자세를 고쳐 앉으며 고개를 숙이고 말했다.

"그래서 저는 이제 저 하나뿐인 몸입니다. 하지만 다행히 채씨 집안에 고용되어서 아가씨 곁에서 이렇게 매일 뵐 수 있습니다. 이 일이야말로 저에게는 행복한 일이라고 생각합니다. 저는 아가씨를 충실히 섬기겠습니다. 그러니까 아가씨, 여하튼 미자를 오래오래 곁에 두어주십시오."

나는 여전히 흘러넘치는 눈물을 손가락으로 닦아야 했다. 말할 필요도 없는 말이었다. 마음에 없는 꾸민 말은 하나도 필요 없다. 나는 그냥 자신의 본심을 그대로 미자에게 전했다.

"당연하지. 계속, 계속 언제까지나 내 곁에 있어 줘. 나는 너를 절대로 놓지 않을 테니까, 너도 절대로 내 곁에서 떠나지 말아줘. 부탁이야. 약속하자. 우리"

비는 좍 좍 소리를 내면서 계속 내리고 있었다. 세월은 꿈처럼 지나서 나도 하나의 기로를 맞이하게 되었다. 고등학교에 다니는 동안에도 아버지와 어머니 사이에는 남자아이가 태어나지는 않았었다. 할머님께서 나에게 졸업하고 나서 바로 결혼할 걸 요구했다. 새로운 데릴사위를 맞이해서 채씨 집안을 잇고 집안의 평안함과 부흥을 도모하고자 하려는 할머님의 뜻은 그것뿐이었다. 나는 대학에 가려고 생각하고 있었다. 배우는 것을 좋아했기 때문이고 이 지역밖에 모르는 자신에게 불안을 느끼기 때문이기도 했다. 그리고 또 하나, 할머님께는 결코 밝힐 수 없는 이유도 있었다.

"할머님 저는 결혼보다 대학을 가겠습니다. 허락해 주세요."

어처구니없어서 말도 못 하겠다는 듯이 노기가 등등한 표정으로 할머니께서는 나를 잡아먹을 듯이 내려다보셨다. 얼마나 숨 막히는 시간이 지났는지 모르겠다. 한참 후 할머님께서는 나를 앉혀놓고 자신은 선 채로 일장 연설처럼 말씀하시기 시작했다.

"무슨 말을 하는가 생각했더니 어리석기 짝이 없구나. 여자인 너에게 충분히 시간을 주기 위해서 고등학교까지 보냈었다. 이 이상은 안 된다. 대학은 도리에 어긋나도 너무 심하다고 생각하지 않느냐? 너는 채씨 집안을 지키고 재흥시키기 위해서만 있는 몸이야. 그런데 대학까지 가서 학자 따위가 되어 무엇을 어떻게 하겠다는 것이냐?"

그 자리에 있던 어머니가 전혀 의지가 되지 않는 쓰러질듯한 목소리로 말했다. 그래도 있는 힘을 다해서 나의 편을 들어 주려고 했다.

"어머님, 영미는 지금 학자가 되려고 말하는 건 아닙니다."
"입 닥치지 못하겠니? 나는 지금 영미에게 얘기하는 것이야."
그렇게 할머님의 억압적인 말에 어머니는 소연해져서 나에게 살짝 시선을 보내고 나서 고개를 숙이고 말았다. 이전에는 나도 어머니와 똑같았다. 할머님 앞에 나오면 쉽사리 반발할 수 없을뿐더러 손가락 끝까지 경직되어서 꼼짝할 수 없었다. 그러나 이제 나는 두 개를 얻고 있었다. 하나는 작은 용기와 하나는 미자였다. 그녀와 어우러지는 일만으로 한 사람이 가져야 하는 최소한의 용기를 가질 수 있었고 미소를 되찾을 수 있었다. 미자로 인해서 사람들 속으로 들어간 것만으로 미약하지만, 마음의 힘이 나에게 생겼다. 나는 할머님을 똑바로 바라보고 그 쏘는듯한 눈빛을 정면에서 필사적으로 견디어 내고 있었다. 또 하나 내게 없었던 그것은 교활함이라는 것이다. 미자는 할머님 앞에서는 우직한 하인으로서 빈틈이 없었지만 내 앞에서는 둘도 없는 스승과 친구가 되어 주었다. 그 미자의 교활함과 재치를 나는 배울 수 있었다. 가슴 뛰는 걸 엄청난 용기로 간신히 억누르며 말했다.
"할머님, 꾸중은 당연하십니다. 그렇지만 저는 우리 집안을 잇는 일에는 자신에게 부족한 면이 너무나 많이 있다고 생각합니다."
할머님은 내 말에 눈썹을 꿈틀하며 움직였다.
"그래, 무슨 말이든지 해보아라."
자신의 앞에서 말대답이나 반론은 누구라도 허용하지 않았던 할머님께서 귀를 기울여 주시겠다고 말씀하셨다. 나는 나의 심장이 밖으로 튀어나올 듯이 요동치는 걸 손바닥으로 억누르고 있었다. 입안이 바짝바짝 마르고 있었다. 도망가고 싶은 마음을 억지로 참아넘기면서 나는 그 두려움을 들키지 않으려고 필사적이었다.

"예. 저는 이 지역에서 할머님 덕분에 편안하게 성장했습니다. 그래서인지 아직 진정으로 지식과 덕을 갖춘 사람과 어울려 보지 못했습니다. 이대로 결혼한다 해도 이 지역 사람이 아닌 다른 사람들과 만나게 되면 나의 좁은 식견을 멸시받지 않을까? 몹시 불안해서 견딜 수가 없습니다."

시대의 흐름에 따라서 실제로 채씨 집안의 토지를 빌려서 농사를 짓는 소작농은 본 지역 사람들만이 아니라 외지의 사람들도 모여들어 꽤 인간이 늘었다. 토지를 지닌 지주도 늘어나서 채씨 집안만의 관록이 점점 없어지고 있었다. 할머님께서 초조해하시는 이유 중 하나가 거기에 있었다. 할머님의 약점을 정확하게 찌를 수 있었다.

"대학 진학하기를 원하는 건 학문의 길을 완료시키기 위해서가 아닙니다. 지식과 교양을 갖춘 사람들과 함께 넓은 세상의 많은, 지식을 얻고 배워서 이 지역의 사람들에게 본보기가 되는 인간이 되고자 합니다. 그래서 채씨 집안을 할머님 못지않게 이끌어 가고 싶습니다. 채씨 집안의 대들보로 역할을 다하기 위해서는 우물 안에 개구리가 되어서는 안 된다고 생각합니다."

여기까지 말하면 할머님의 벼락 치는듯한 고함이 들리리라 생각하고 마음의 각오를 다졌다. 그러나 할머님의 반응이 이상했다. 무조건 거부하지는 않으셨다. 불쾌하게 생각하시는 건 미간에 잡힌 주름의 깊이에서 명확하게 알 수 있었다. 그러나 할머님께서는 언제보다도 신중하게 생각하고 계시는 듯했다. 나는 마른침을 삼키면서 할머님의 다음 말씀을 기다렸다. 이윽고 할머님께서는 말씀을 꺼내셨다.

"확실히……네가 말하는 것이 일리가 없지는 않다. 지금 우리 집안에는 저 같은 인간이 호주로 있으니까. 나도 너의 결혼을 서두르는 것이다."

저 같은 인간은 즉 내 아버지를 뜻한다. 아버지는 나의 장래를 결정하는 이

자리에 부르지도 않았다. 그것이 할머님이 아버지를 대하는 태도이고 이 집안에서 아버지의 입장이다.

"옛말에도 큰일을 하려면 서울로 가라고 했다. 이 지역에서 이곳 소작농만을 상대하고 있으면 장래가 암담할 뿐이라는 너의 마음도 잘 알겠다."

할머님께서 이처럼 다른 사람의 의견을 순순히 수용한 적은 내가 알기로는 한 번도 없었다. 나도 모르게 할머님 앞으로 한 걸음 앉은 채로 다가갔다.

"그럼, 할머님"

할머님이 나를 뜨거운 눈길로 쏘아보았다.

"너는 물론 백로는 까마귀 노는 곳에 가지 말라는 말도 잘 알고 있겠지? 좋은 사람과 사귀고 어울리면 너는 많은 걸 배우고 돌아올 수 있을 것이다. 그러나 내 눈이 닿지 않는 곳에서 미천한 무리와 필요하지 않은 교우관계를 맺으면 우리 집안의 모든 것이 엉망진창이 되고 말 것이다."

나는 재빠르게 말을 끼워 넣어야 했다. 이때를 나는 절실하게 기다리고 있었다.

"그렇다면 할머님 저에게 감독관을 붙여주세요. 나도 혼자 집을 떠나기보다는 하인을 데려가는 것이 안심할 수 있습니다."

할머님께서는 다시 생각에 잠겼지만, 이번 침묵은 오래 걸리지 않았다.

"좋다. 누군가 미자를 불러오거라."

나는 뛰어오를 정도로 기뻤지만, 마음을 다잡고 그런 생각은 밖으로 드러내지 않도록 무한히 조심했다. 나는 미자로부터 교활이라는 걸 배우고 있었기 때문이다. 그리하여 나와 미자는 채씨 집안을 떠나게 되었다. 할머님께서는 미자에게 열흘에 한 번, 내 행실을 담은 보고문을 쓸 걸 분부했다. 도서관 서사라도 근무할 수 있을 만큼 글을 쓰는데 달필이며 능숙한 미자에게, 그런 일은 별다른 부담이 되지 않았다.

집을 떠나오는 그날, 할머님께서는 나를 위하여 잔치를 베풀었다. 언제나처럼 친척과 소작농들이 많은 선물을 가져왔다. 대부분 버리는 물건지만, 단 하나 탁상용 램프만 마음에 들었다. 책을 읽는 데 편할 것 같았다. 나는 지금 현실이 아닌 꿈을 꾸고 있는 건 아닐까? 하는 생각이 들 정도였다. 지금까지 어머니와 나를 묶고 있던 할머님의 목줄을 이렇게도 수월하게 끊을 수 있었다는 사실이 믿어지지 않았다. 세상에서 단 한 사람 믿을 수 있는 미자와 단둘이서 살아갈 수 있게 되었다. 물론 대학을 나올 때까지의 일이긴 하지만 나는 자유를 손에 넣을 수 있었다. 더 나아가 무엇보다 기뻐할 일은 내가 할머님을 설득할 수 있었다는 사실이었다. 할머님께는 결코 거역할 수 있는 절대적인 사람은 없었다. 일단 저항에 성공한 지금, 이제부터는 두 번째, 세 번째는 있을 수 있다는 자신감이 무한히 솟구쳤다. 자신의 운명을 개척한 그런 고양감에 나는 흠뻑 취했다. 정말 행복했다. 즉 나는 그때까지 할머님의 모든 것을 알고 있지는 못했다.

내가 채씨 집안에서 떠나있던 기간은 겨우 두 달에 못 미쳤다. 그 짧은 기간 동안 나는 그 어느 때보다 행복을 만끽하고 있었다. 대학에서 '바벨의 모임'에 속할 수 있었다. '바벨의 모임'은 독서를 사랑하는 사람들의 모임이었다. 나는 거기에서 진정한 지성과 교양, 그리고 품격을 갖춘 사람들을 만날 수 있었다. 할머님 앞에서 말했던 머지않아 진정한 지성인이 될 일을 믿어 의심치 않았다. 그리고 어느 쪽이든 뒤떨어지지 않는 '바벨의 모임' 회원 사이에서조차, 미자는 빛을 잃지 않았다. 대학에서 어느 날 바벨 모임의 회의가 있던 날이었다. 나는 다른 용무가 있어서 미자와 함께 참가하게 되었다. 넓은 원탁에 앉은 나의 대각선으로 뒤에 미자가 앉았다. 그것을 보고, 부회장이 말을 걸어왔다.

"영미 씨, 뒤에 계시는 분은 누구입니까?"

나의 자랑인 '김미자'를 나는 가슴을 펴고 소개했다. 그날 '바벨의 모임'에 잔일을 미자가 도맡아서 해주었다. 그녀는 평소처럼 일했다. 즉, 상대가 원하지도 않는 일까지 미리 알아내서 먼저 움직였다. 어디까지나 신중하게, 그러나 누군가가 뭔가를 원하는 걸 미리 알고 준비를 끝내고 있었다. 마시는 차는 적정 온도에서 컵을 들고도 수면에 잔물결 하나 일지 않도록 했다. 평소 미자의 행동이었다. 그것만이 아니었다. 원탁의 반대편에서 작은 소동이 있었다. 선배에 해당하는 두 사람이 어떤 작가의 이름이 기억나지 않는다고 서로 고개를 맞대고 고민하고 있었다. 그러자 미자가 미끄러지듯 조용히 일어나서 그들 곁으로 가서 틔지 않게 귓속말로 조용히 속삭였다. 두 사람의 눈썹이 깜짝 놀란 듯이 움직이고 눈이 크게 열렸다.

"아, 그랬을 거야."

"그래, 왜 그렇게 생각나지 않았던 것일까?"

그 모습을 보고 있던 부회장이 나를 향해 활짝 웃었다.

"멋지네요. 저 미자 씨는 분명히 당신의 보호자가 맞네."

나는 아무 말도 하지 않았다. 시간은 있다. '바벨 모임'의 회원에게 미자의 진가를 충분히 알게 하는 건 지금이 아니어도 좋다고 생각했다. 아파트에 돌아와서 나는 미자를 향해서 웃었다.

"오늘 너의 진가를 충분히 과시했네. 부회장도 너를 칭찬하고 있었어. 이렇게 되면 여름까지는 무슨 일이 있어도 요리는 반드시 배워두어야 하지 않겠니?"

하인으로는 완벽해 보였던 미자였지만 막상 둘이 살고 나서부터 처음으로 알 수 있는 단점이 하나 있었다. 요리를 할 수 없었다. 이것은 나에게는 의외였다. 어쨌든, 밥조차 지을 수도 없었다. 미자가 밥을 지으면 쌀은 생쌀 또는 죽이 되어 버렸다. 그것을 놀리면 미자는 항상 뺨을 빨갛게 물들이면서 입을 내밀고 휙 돌아서 버린다.

"죄송해요. 그런데 밥 짓는 일만은 익숙해지지 않아요."

"미자야 처음에 물은 이렇게 손을 넣어서 손등까지 오게 해야 해. 그리고 부글부글 끓으면 불을 줄이고 그때 뚜껑은 열면 안 돼. 그걸 뜸 들인다고 하는 거야."

나도 학교에서 급우에게 배운 밥 짓는 방법을 미자에게 들려주었다. 그녀는 감탄하며 듣고 있었지만, 이윽고 꾹꾹 웃기 시작했다.

"하인인 내가 아가씨에게 밥 짓는 법을 배우는 건 주객이 전도되었네요."

그렇다고 생각했다. 나는 미자에게서 많은 걸 배웠다. 셀 수 없을 정도로. 그런데 내가 미자에게 처음 가르친 것이 하필이면 밥 짓는 방법이라니. 우리는 큰소리로 서로 마주 보며 웃었다. 너무 웃어서 나온 눈물을 닦으며 미자는 말했다.

"이젠 명심하겠습니다."

"그래? 그럼 복습하는 의미로 내가 말한 대로 다시 말해봐."

미자는 얼굴에 곤혹스러움을 띄웠다.

"처음에 물은······."

"미자, 그럼, 물은 이렇게 손을 넣어서 손등까지 오게 하고"

나는 솥 아래에 써서 붙여주었다. 그날 이후 아파트의 주방에서 노랫소리가 들려오게 되었다. 어디에선가 들었던 사의 찬미라는 음률에 내가 알려준 밥 짓는 법으로 가사를 붙였다. 미자의 목소리는 몹시 맑고 노래도 잘했다. 책을 읽는 사이에 미자가 노래하는 소리를 들으면 이제 식사 시간이라고 생각하게 되었다. 그러나 무엇보다 그 노래의 효능은 별로 없었던 것 같다. 미자 요리는 좀처럼 능숙해지지 않았다. 나는 가끔 미자를 데리고 거리로 나왔다. 맛있는 음식을 둘이 먹기 위해서다. 어느 날 양식당에서 둘이 마주 앉았다.

"여름까지는 무슨 일이 있어도 음식을 먹을 수 있게 배워두어야 한다."
내가 부탁하니까 미자는 함박스테이크에 포크를 꽂은 채 눈을 내리떴다.
"네, 아가씨, 열심히 노력은 하겠습니다."
매년 관례로서 '바벨의 모임'은 여름 독서회를 실시했다. 각각 지금까지 읽었던 최상이라고 생각하는 책을 한 권씩 가지고 피서지에서 소설과 시를 가지고 낭송과 낭독하며 내용을 가지고 토론하면서 며칠을 보내는 모임이었다. 나는 가입한 직후부터 그 독서회가 기대되어 기다릴 수가 없을 정도였었다. 독서회는 돌볼 사람을 데려가도 규칙에 어긋나지 않기에 미자를 데려갈 것이다. 하지만 독서회에 참석할 수 없는 파탄은 여름보다 훨씬 전에 나를 찾아오고 말았다. 오월이 끝나갈 무렵의 일요일. 아침부터 몹시 화창한 날이었다. 미자가 내어온 차를 마시면서 나는 신문을 훑어보고 있었다. 아무 생각 없이 매일 하던 일이었지만, 기사 하나에 내 눈은 못이 박혀서 움직이지 못했다.
"미자야, 미자야."
나의 비명 같은 소리를 듣고, 미자가 뛰어왔다.
"무슨 일이세요? 아가씨"
"이거, 이거 좀 봐. 군산에서……"
기사는 어떤 살인 사건을 보도하고 있었다. 장소는 군산 어느 부유한 저택에 강도가 들어가 노부부를 묶어놓고 금품을 빼앗고, 때마침 학교에서 귀가하는 손자 두 명까지 살해하고 도망쳤다고 했다. 강철성이라는 남자. 나이는 사십 세. 범행을 인정하고 있었다. 미자도 역시 숨을 삼켰다.
"아가씨, 강철성이라고 하면?"
"응"
뭔가 잘못된 일이기를 간절히 바랐다. 채씨 집안에 데릴사위로 들어간 아버지 성은 강씨. 내 기억에 의하면, 강칠성은 아버지 동생의 이름. 즉 이 살인자는 내 삼촌이 아닐까? 생각했다. 삼촌이 사람을 죽였다. 나는 막연하지만, 순간적으로 온몸을 불안이 휩쓸고 있었다. 무슨 일이 일어날지 짐작도 되지 않았지만, 나쁜 꿈속을 방황하는 듯했다. 이럴 때 평상시라면 미자가 기둥이 되어 준다. 나를 단단히 받쳐 준다. 그러나 이번만은 미자도 말없이 머리를 흔들 뿐이었다. 무슨 일이 일어날지 모르겠고 전혀 짐작조차 들지 않았다. 그러나 이런 불안한 상태는, 오래 가지 않았다. 강철성의 살인 사건은 나에게 신속하게도 도저히 헤어날 수 없는 검은 그림자를 길게 떨어뜨렸다. 그날 낮에는 이미 할머님의 전보가 내 손에 도착해 있었다.

"돌아오거라."

짧고도 단호한 명령이다. 앞뒤를 잃어버린 나는 허둥지둥 정신을 차리지 못하고 그 전보 내용에 따랐다. 자동차와 기차를 갈아타고, 고향 군산역에 도착할 무렵에는 완전히 해가 떨어져서 어둠의 색이 주위를 덮고 있었다. 역에 마중 나온 사람도 없었다. 나와 미자는 허둥지둥 택시를 잡아타야만 했다. 집으로 이어지는 길고 긴 오르막. 검은 울타리. 높고 큰 대문. 문설주에 걸린 등불, 흔들리는 불빛. 모든 게 익숙한 내 집이건만 나의 마음은 몹시 낯설고 가슴을 떨리게 했다. 징검돌도 노송도 초승달 밤하늘도 모두 불길한 앞날을 연상시키는 듯했다. 집에 돌아온 나는 안방이 아니라 어째서인지 거실로 안내되었다. 처음 있는 일이었다. 나와 미자를 맞이한 하인은 어딘가 서먹서먹했다. 무언가 두려워하는 듯했다. 먼 길에서 돌아온 나에게 차 한잔도 내놓지 않았다. 거실의 상석을 비워 놓고 오로지 할머님을 기다리고 있었다. 얼마나 지났는지 모르지만, 나타난 할머님께서는 나를 잠깐 바라보고 '흥'하고 콧방귀를 날렸다. 나는 소름이 돋았다. 할머님께서 나의 행실에 눈살을 찌푸리는 일은 자주 있었다. 오히려 세상의 모든 점이 마음에 들지 않는 듯이 생각될 정도로, 할머님께서는 항상 불쾌한 듯한 얼굴을 하고 있었다. 그러나 나는 분명히 알 수 있었다. 이때 할머님께서는 나를 경멸했던 평소와는 달랐다. 그 사실을 나는 분명히 느낄 수 있었다. 자리에 앉으며 할머님께서는 나를 앉으라는 말도 하지 않고 낮고 차가운 목소리로 나를 불렀다.

"영미야."

"네 할머님."

"나는 너에게 채씨 집안을 잇게 하려고 했다. 좋은 사윗감을 찾으면 채씨 집안은 지금보다 더욱 평안해지고, 재흥도 할 수 있을 것이다. 이를 위해서 너의 감언이설에 넘어가서 대학까지 보내주었다. 그러나 모든 일이 쓸데없는 짓거리가 되고 말았다."

나는 아무 짓도 하지 않았다. 할머님의 신경을 거슬릴 만한 일은 아무 짓도 하지 않았다. 그렇게 생각은 했지만, 말대답은 할 수 없었다. 할머님께서는 인상을 찌푸리고 이를 가는 듯한 그 얼굴은 마치 귀신같이 보였다. 이미 극복했다고 생각했던 할머님에 대한 두려움이 또다시 내 몸을 관통하고 있었다. 손끝까지 마비되는 그런 두려움이다. 할머님께서는 나를 노려보고 있었다.

"그 밥벌레의 동생이란 놈이 사람을 죽인 건 너도 알고 있지? 즉 강 씨 핏줄은 살인자의 핏줄이라는 것이다. 영미, 너는 그 몹쓸 놈의 피를 이어받았다. 그런 인간은 채씨 집안에는 이제 필요 없게 되었다."

흥분한 할머님은 나전칠기로 장식된 탁상을 소리가 나게 두드렸다. 나는 어린아이처럼 화들짝 놀라서 몸을 웅크렸다.

"너의 아버지는 이제 이 집안의 인간이 아니다."

할머님의 말에 나는 몹시 당황스러웠다. 그러나 그 의미는 아버지가 쫓겨났다는 의미가 된다. 사건은 어제오늘의 일이라고 생각하는데, 이렇게도 빨리 행해졌다.

그럼, 나는 어떻게 되는 것일까?

"너도 이 집에 놓아둘 수 없지만, 분하게도, 너를 대신할 인간이 지금 우리 집안에는 없다. 당분간 너는 두고 보겠다. 그러나 채씨 집안의 사람으로서 다른 사람의 눈에 띄는 짓은 결코, 용서하지 않을 것이다."

그리고 할머님께서는 미자를 불렀다. 미자는 거실 구석에서 방석도 없이 무릎 꿇고 몸을 작게 웅크리고 있었다. 할머님 앞에서는 항상 그런 자세로 있는 미자이었다.

"너는 앞으로 영미의 시중드는 일을 그만두도록 해라. 내일부터는 집안일해야 하니까 그렇게 알고 있어라."

삼촌이 사람을 죽인 일보다 아버지가 쫓겨난 일보다 이 한마디가 나를 더욱 두렵고 공포스럽게 했다. 할머님께서는 내게서 미자를 빼앗으려 하고 있다. 나의 미자를 말이다. 나는 공포를 잊었다. 갑자기 터져 나오는 분노에 갑자기 눈앞이 깜깜해졌다. 아주 잠깐 사이에 나는 할머님께 달려들 뻔했다. 그렇게 되면 가느다란 나의 목은 한숨에 꺾여 버릴 게 틀림없었다. 그러나 다음 순간 나는 온몸의 힘을 잃었다. 미자가 마치 장작을 가지고 오라는 분부를 대하듯이 태연하게 말했기 때문이다.

"예. 알겠습니다. 큰 마님."

할머님 앞이라는 사실도 잊고, 나는 미자를 바라보았다. 하지만 미자는 고개를 숙인 채 가만히 눈을 내리깔고 있어서 표정을 읽을 수 없었다.

"할머님."

나는 모든 것을 잊고 할머님께 외쳤다. 말하고 싶은 것은 얼마든지 있었다.

삼촌은 사람을 죽였는지 모른다. 그러나 아버지가 한 일이 아니며 내가 한 일은 더욱 아니다. 살인자의 피라니, 어째서 그런 사실이 논리적으로 성립되는 것일까? 나는 집을 떠나서 훌륭한 선배들에게 둘러싸여 행복한 나날을 보내고 있었다. '바벨의 모임'의 여름 독서회를 나는 정말 기대하고 있었다. 하지만 그것은 상관없다. 밖으로 나가지 말라고 말하면 나가지 않을 것이다. 채씨 집안을 나가라고 말한다면, 나갈 것이다. 그래서, 그래서 나에게서, 미자만 뺏지 말아 달라고 말하고 싶었다. 그러나 그런 말은 입 밖으로 나오지 않아서 입속으로 중얼거렸을 뿐이었다.

"까마귀는 볕에 그을리지 않아도 검다고 한다. 너의 더러운 혈통을 알았으니 채씨 집안에서 너에게도 기대할 일이 없어지는 건 당연한 세상의 이치다."

아, 그렇다. 할머님에게 있어서 나는 미숙하기는 하지만, 장래는 완벽하게 될 사람이었다. 그러나 지금 그 완벽함에 흠집을 찾아내고 말았다. 할머님께서는 그 사실만으로 나를 던져 버리려고 하고 있다. 할머님께서는 이제 나를 보려고 하지도 않을 것이다. 미자를 향해 마치 쓰레기를 치우라는 듯이 짧게 명령했다.

"이걸, 방으로 끌고 가."

"네, 알겠습니다. 큰 마님."

옷자락이 스치는 소리가 나고 미자가 뒤에서 내 어깨에 손을 올려놓았다.

"자, 일어나주세요. 아무쪼록 방으로 가시죠. 아가씨"

내 마음은 숨이 막힐듯했지만, 하늘은 맑은 밤이었다. 정원의 연못에는 별빛이, 비추고 불이 들어오지 않는 석등의 그림자가 길게 뻗어 있었다. 눈물로 잘 보이지 않는 발밑을 내려다보면서 나는 두 달 만에 자신의 방으로 향했다. 마치 미자에게 끌려가듯이 걸었다. 어느 방 앞에서 나는 발을 멈추었다. 여기는 나의 열다섯 생일날 미자와 둘이 처음 이야기를 나누던 방이다. 그날부터 줄곧, 미자는 내 곁에 있어 주었다. 그렇다. 언제라도, 미자는 내 편이 되어주었었다. 흙탕물이 가라앉아서 맑게 되듯이 비틀거리는 내 마음 한편에서부터 차츰 침착을 찾아갔다. 할머님께서 뭔가 말했을 정도로 나와 미자의 관계가 흔들리거나 변하지는 않을 것이다. 그렇게 생각하자 자신이 부끄러워졌다. 할머님 앞에서 미자가 순종을 가장하는 건 평소의 일이었을 뿐이다. 얼굴을 들고 앞서가는 미자를 불러 세웠다.

"잠깐, 미자야, 이 방, 기억해?"

미자는 발걸음을 멈추고 반쯤 몸을 돌려서 뒤돌아보았다. 별빛에 희미하게 떠오르는 그 표정은 가끔 보이는 간담이 덜컥 내려앉을 듯한 때나 장난스러운 미소라거나 할 일은 반드시 하겠다고 할 때처럼 꼼꼼한 얼굴도 아니었다. 미자의 옆모습에 나타나 있는 진실이 무엇인지 나는 알 수 있었다. 그것은 밑바닥이 없는 무관심 그 자체이었다. 그리고 비명이 내 목에서 뿌옇게 아픔으로 맺혔다. 미자는 방을 곁눈질로 보면서 '네'라고 짧게 대답했다. '설마?'라는 생각으로 나의 목소리가 떨려서 나왔다.

"저기, 미자야 곤란한 일이 되어 버렸네. 나는 잠시 밖으로는 나갈 수 없을 듯해. 하지만 너는 내 방에 자주 와줄 거지?"

미자의 목소리는 떨리는 나의 목소리와는 정반대로 매우 침착하고 차가웠다.

"저는 내일부터 집안일을 도와드리는 일을 해야 합니다. 큰 마님의 분부가 있으시면 시중을 드리러 가겠습니다."

"왜 그래? 미자야. 할머님께서 여기에는 없잖아. 그런 말은 그만해. 이렇게 무서울 때 언제나처럼 웃어줘. 부탁이야."

"그것은 저에게 하시는 분부입니까?"

말이 중단되니까 주위의 정적이 귀가 아플 정도로 고요했다. 이 넓고 넓은 채씨 집안에 마치 나와 미자밖에 없는 듯했다. 미자에게 웃어 달라고 했지만 먼저 웃은 사람은 나였다. 숨쉬기가 괴로웠지만 나는 억지로, 미자에게 웃어 보이려고 했다. 그러면 모든 것이 농담처럼 되듯이 미자에게 매달렸다.

"미자야, 갑자기 무슨 일이야? 무서워. 아, 미자야 그러지 마."

"그럴까요?"

지금까지 등을 보이고 있던 미자가 몸을 돌려서 나에게 정면으로 향했다. 그러자 두 사람의 거리가 생각보다도 가까워서 나도 모르고 한 발 뒤로 물러났다.

"심술을 부리려고 말씀드리고 있는 것은 아닙니다. 들어 보니까 먼저 아가씨 아버님은 이 집안에서 쫓겨나셨습니다. 저희 관계도 거기까지라고 생각합니다."

"아버님이? 아버님이 미자에게 무슨 말씀을 하셨어?"

고개를 돌려 미자는 평소에 사용하지 않는 방의 창호지를 물끄러미 바라보았다.

"잊으셨습니까, 아가씨. 아가씨도 계셨잖아요? 이 방에서 아가씨 아버님께서 저에게 분부하신 일 아닌가요?"

아, 그것은 첫날. 열다섯 번째 생일날로 생각을 되돌려본다. 그렇다. 아버지와 나와 미자와 세 사람이 있었다. 그때 아버지는 분명히 미자에게 말했다.

"너는 아가씨의 편이 되어 주어야 한다. 아가씨와 사이좋게 지내고"

그렇다면 지금까지 미자는 단지 그 말을 지키고 있었단 말인가? 그 말을 지키고 있었을 뿐이었을까? 아버지가 그렇게 명령했기 때문에. 사이좋게 지내달라고 했기 때문에? 미자는 나에게 미소를 보여주고, 이야기를 들어주고, 책을 추천해 주었다는 말인가? 미자가 다시 말했다.

"지금부터는 이 집안에는 아가씨 아버님이 안 계십니다. 큰 마님으로부터 아가씨 시중드는 일을 못 하게 하라는 분부가, 있으셨습니다. 이제부터는 지금까지와 같은 일을 저는 할 수 없습니다."

"미자야."
"저는 채씨 집안 외에는 갈 곳이 없는 몸입니다. 분부 약속을 우직하게 지키고 변함없이 집안일을 해낼 수 있는 일이 나의 명예입니다. 아니, 그렇게 하지 않으면 저는 살아갈 수 없을 겁니다."

할머님께 미움을 받고 몰락한 나에게는 친절하게 할 가치도 없다고 말하는 것일까? 함께 몰락하는 건 곤란하다고, 미자는 그렇게 생각하고 있는 것일까? 미자, 나의 미자. 이 세상에서 나의 단 한 사람의 친구. 목에서 소리가 휘감기기 시작했다. 나는 필사적으로 미자에게 전하고 싶은 말을 뱉어내려고 했다.

"나, 나는, 너는 나의 일부분이라고 생각하고 있었는데"

어두운 밤 탓으로 착각했을지 모르지만, 미자의 표정이 움직였다는 생각이 들었다.

"착각하시면 곤란합니다. 저는 어디까지나 채씨 집안의 하인일 뿐입니다."

그렇게 말하면서 다시 발걸음을 돌려서 나에게서 멀어져갔다. 그리고 미자는 두 번 다시 뒤돌아보지 않았다.

* * *

그때의 일이 어떻게 나타날 것인가? 지옥은 힘든 곳이라고 한다. 괴로운 곳이라고 한다. 그러나 내가 있었던 곳은 지옥이 아니었다. 채씨 집안의 대지, 거기에 있는 방 하나를 차지하고 나는 그저 시간만을 보냈다. 주어진 시간을 잊어버리고 다른 많은 걸 잃어버렸다. 나는 날마다 자고 먹고 흐느껴 울기만 하면서 숨이 붙어있을 뿐이었다. 그것을 고통이라고 부르는 것은 매우 사치스럽다고 생각한다. 그 고통은 언제 끝날지도 모른다. 무방비 상태였다. 나의 방 근처에는 따뜻한 물로 세수할 수 있는 장소가 만들어졌다. 할머님의 배려라고 바로 알 수 있었다. 그러나 그건 나를 위한 배려는 아니었다. 내가 집안에서 움직이면 다른 사람의 눈에 띄는 걸 막기 위한 감금 같은 것이었다. 매일 식사는 중년의 하녀가 옮겨 왔다. 뭔가 명령받고 있는지 내가 말을 걸어도 아무 대답도 하지 않았다. 식단은 빈약하기만 했다. 국물과 세 가지 반찬을 올려놓으면 거창할 정도였다. 물맛만 나는 아무 맛이 없는 국과 공깃밥 하나, 거기에 장아찌뿐이라는 식사도 적지 않았다. 하루하루가 힘들게 지나가고 있었다. 그 운명의 날부터 석 달 정도가 지난, 여름의 어느 날 안채에서 잔치 분위기로 북적이는 소리가 들려왔다. 게다가 그날은 내 식사도 제법 먹을만한 반찬이 나왔다. 쓸데없다고 생각하면서도 그릇을 가지러 온 하녀에게 물었다.

"오늘은 무슨 일이 있었어?"

하녀는 발설하는 일을 두려워하는 듯이 허둥지둥하고 있었지만, 한마디는 주위를 살피면서 작은 소리로 가르쳐 주었다.

"작은 마님이 재혼하셨습니다."

아, 그렇구나, 하고 생각했다. 동생이 살인을 저질렀다고 아버지는 이 집에서 쫓겨났다. 그리고 대신에 다른 남자가 데릴사위로 들어오게 되었다. 할머님께서는 더러운 혈통인 나를 대신해서 어머니에게 새로운 아이를 만들 셈이다. 분명히 새로운 데릴사위는 필시 좋은 혈통의 남자이다. 나는 어머니를 불쌍하게 생각하고 아버지를, 비참하다고 생각했다. 그러나 누구보다 불쌍한 사람은 새로 채씨 집안에 들어온 데릴사위다. 할머님께서 살아계시는 동안은 얼굴도 모르는 그 남자의 입장은 매우 위태롭고 불안했다. 계절은 또다시 돌아갔다. 방에 화로가 놓이는 계절이다. 미자와 둘이 둘러앉아서 불을 쬐며 서로 바라보며 웃을 수 있었다. 하지만 지금의 나에게는 숯 조각 하나도 주어지지 않았다. 살 속으로 파고드는 겨울의 추위를 나는 이불을 뒤집어쓰는 걸로 말없이 견뎠다. 어디에선가 들리는 높은 음색과 거리에서 올리는 연을 보고 어느새 새해를 맞이한 사실을 알았다. 서가의 책은 모두 읽어 버렸다. 늘어나는 책도 없고 줄어드는 책도 없었다. 나에게 식사를 나르는 하녀는 몇 번이나 바뀌어서 다소 말을 주고받는 사람도 있었다. 어느 날 억지로 부탁해서 종이 뭉치를 가져다 달라고 했다. 몇 개월 만이다. 나는 몹시 기뻤다. 이 종이에 뭔가를 쓰려고 생각했다. 시가 아니면 소설 같은 것을 쓸 생각이었다. 예전에 할머님께서 보내준 먹과 벼루가 이렇게 도움이 되리라고는 생각하지 않았다. 나는 먹을 갈아서 붓을 잡았다. 지친 마음을 조용히 가라앉히고 종이에 마주 앉아서 그날 밤 나는 밤새 책상 앞에 앉아 있었다. 다음 날 아침. 나는 자신의 글을 보고, 소리를 죽여 울고 말았다. 하룻밤을 보내면서 내가 쓴 것은 고작 두 글자뿐이었다.

'미자. 미자. 미자. 미자. 미자. 미자. 미자. 미자. 미자. 미자. 미자. 미자. 미자. 미자.'

봄을 맞이해도, 미자가 내 방 별채를 찾는 일은 한 번도 없었다. 처음에는 원망하는 마음이 컸었다. 그다음에는 걱정이 되었다. 내가 이런 대우를 받고 있는데 미자는 과연 무사할까? 할머님께 학대를 당하지 않는 것일까? 그러나 마지막에는 그 기분도 없어졌다. 어떤 형태라도 좋다. 외면당해도 좋다. 다만 미자를 만나고 싶은 마음뿐이었다. 식사를 나르는 하녀에게 묻고 싶었다. 미자를 알고 있는가? 지금은 무슨 일을 하는지 알고 있는가? 그러나 대답을 듣는 일도 몹시 두렵고 무서웠다. 나는 그 정도의 일조차 좀처럼 묻지 못하고 있었다. 어느 날부터 반찬도 없어지고 한 그릇의 죽이 한 끼 식사의 전부였다. 어느 여름날. 드디어 용기를 내서 물을 수 있었다. 그때의 내 식사 당번은 교활한 얼굴을 한 중년 여자였다.

"아, 미자요. 있는 것도, 같고 없는 것도 같은데"

"나와 동갑내기 아이야. 집안의 잡일을 하고, 있을 터인데."

"그렇게 말씀하셔도 아가씨와 말을 섞었다는 게 알려지면 나도 큰일을 당합니다."

나는 책상 서랍에서 중국에서 사 왔다는 용을 본뜬 청동으로 된 문진을 꺼냈다. 여자는 내 손에서 그것을 낚아채듯이 받아 들고 히죽히죽 웃었다.

"알고 있어요. 멍청이 미자이지요? 무슨 말을 해도 '예, 예'만 하고 누구의 말이라도 잘 들어서 부려 먹기는 편하지만요. 그러면서 아무것도 몰라서, 멍청이라고 모두에게 구박을 받고 있습니다만, 그래서 감자 껍질 벗기는, 일이나 설거지하는 일까지 꾸중을 듣지 않고 하는 일은 하나도 없어요. 지금은 마당을 쓸거나 쓰레기를 모아서 소각로에 태우는 게 그 아이 일이에요."

문득 미자가 부르던 노랫소리가 귓속에서 살아났다. 사의 찬미를 가사만 바꾼 노래와 내가 알려준 밥 짓는 법을 가사로 바꾸어 부르던 그 아이, 나의 친구 미자. 나의 전부였고 스승이었던 나의 미자. 지금에 와서 생각하면 무릉도원처럼 보이는 그 아파트에서 미자는 노래를 잘 불렀었다. 지금도 미자는 그 노래를 아무도 들어주는 사람이 없는데도 입속으로 홀로 흥얼거리며 마당을 서성거리고 있을 것이다. 나에게 관련되어 있었기 때문에, 할머님의 불신을 샀던 것일까? 그만큼의 재주를 가지고 영특한 나의 미자가 저렇게 무식하고 탐욕스러운 여자들에게까지 업신여겨지고 있다는 사실이 안타까웠다. 여자는 내게서 빼앗듯이 받아 간 문진을 유심히 들여다보면서 다시 입꼬리를 올렸.

"또 하나 좋은 걸 가르쳐 드릴까요? 아가씨와 관계없는 이야기이기도 하지만요."

미자 외에는 나에게는 무슨 일이라도 관계없는 일이었다. 그리고 여러 가지

내 친구 미자의 명예 43

보물 또한 쓸모없는 것이었다. 나는 금가루의 그림이 그려져 있는 상아로 만든 빗을 여자에게 건네주었다. 여자는 그 빗을 받아 들고 입을 다물지 못하고 들썩거리며 신이 나서 말을 주절주절하고 있었다.

"작은 마님이 남자아이를 낳았습니다. 큰 마님의 기쁨이라고 하면 이 이상 없을 정도입니다. 하늘을 찌르듯이 매일 매일 기뻐하고 계십니다. 이름은 태백이라고 해요."

각오는 하고 있었다. 언젠가 이런 날이 오리라고 믿고 있었다. 재혼하고 일 년도 흐르지 않았다. 생각보다 빨랐을 뿐이었다. 이제 나는 채씨 집안에서 정말 쓸모없는 사람이 되고 말았다. 새로운 후계자가 태어났다면 나도 아버지처럼 쫓겨나리라고 생각했다. 그러나 새로운 대안이 생겼는데 내게는 아직 아무런 변화도 없었다. 나는 그 이유를 생각해 보았다. 아마도 할머님께서는 나라는 존재를 이미 잊어버리고 있을까?

한때 할머님께서 아예 상대해 주지 않았던 아버지는 채씨 집안에서 가볍게 되는 일은 막심했다. 일단 채씨 집안의 호주로 볼 수 있었던 아버지조차 그렇게 가볍게 쫓아내 버렸었다. 하물며 이미 뒤로 물러날 길이 없어진 나를 걱정할 사람은 이 세상에는 아무도 없다. 그러나 그 사실은 바로 나타났다. 태백이라는 남자아이가 출생한 걸 알고 난 후부터 나의 처지는 눈에 띄게 몰락해 갔다. 아무리 추운 날이라도 마실 물조차 따뜻한 물을 가져다주는 일도 없게 되었다. 차 한 잔과 밥 한 공기조차 가져다주지 않는 날이 점점 늘어갔다.

'바벨의 모임' 회의에서 햇살이 가득한 장소에서 최고의 지성인들과 지적인 담소를 나누고 있던 내가 설마 시어서 먹을 수조차 없는 김치 한 조각과 흰죽을 얻어먹게 되리라고는 누가 생각할 수 있었을까? 그러나 그것들은 단지 취급이 나쁜 단순한 것이었을 뿐이었다. 나를 더욱 놀라게 한 일은 어느새 복도에 칸막이가 만들어지고 있었다. 유폐 동안 나는 한 번도 안채에 가려고 하지 않았었다. 정원에 나가는 일조차 없었다. 이 이상 할머님의 미움을 받으면 어떻게 될지 모른다는 두려움 때문이었다. 하지만 할머님께서는 내가 근신하고 있는지 어떤지 생각하지도 않았다. 설치하게 된 칸막이는 나를 별채에 가두어 넣었다. 도망치려고는 생각지도 않았는데도 내가 도망갈 길을 막아버렸다. 아니. 정말 도망치려고 생각한다면 길은 얼마든지 있었다. 복도가 막힌다면, 정원으로 내려가서 도망가면 된다. 그런 일은 할머님께서도 벌써 알고 있었다. 그래도 칸막이를 만들게 한 것은 나에게 뭔가를 암시하려고 하기 때문이 아닐까? 내보낼 생각은 없는 거라고 말하고 있는 건 아닌가? 그렇다면 할머님께서는 나를 잊어버린 건 절대로 아니었다. 이윽고 정원에서는 웃음소리가 들려오기 시작했다. 행복 그 자체의 웃음소리. 그것은 갓난아이를 달래는 소리였다.

"세상에 우리 귀한 내 새끼 태백아, 할미다. 할미야"

"우리 착한 아기 태백아. 정말 착한 우리 아기 태백이."

"내 새끼, 어쩌다가 이제 왔냐? 귀여운 내 새끼. 할미야, 할미다."

할머님께서는 어린 아기를 안고 정원을 걷고 있었다. 포대기에 감싼 갓난아이를 안은 할머님의 모습. 눈꼬리를 내리고 입을 헤벌리고 내 동생을 달래는 할머님을 나는 여러 번 보았다. 그럴 때마다 나는 숨어야 했다. 미닫이문을 닫고 숨어서 창호지 구멍으로 할머님을 훔쳐보고 있었다. 잠 못 이루는 날이 늘어만 갔다. 쓸모없게 된 가축이라는 단어가 머리에서 소용돌이치고 다녀서 잠을 못 잤다. 할머님께서는 나를 쓸모없게 된 가축 취급하고, 있었다. 나는 여기를 나갈 수 없다. 미자를 만날 수도 없다. 내 동생 태백이 있는 한. 할머님께서 살아 있을 동안은 그렇다.

그러나 나는 어디까지나 할머님을 잘 몰랐다. 낙엽을 떨어트리는 차가운 바람이 부는 늦가을, 생각지도 못한 상대가 내 방을 찾아왔다. 꿈에서조차 보고 싶었던 그 모습이었다. 미닫이문 너머에서 손으로 마룻바닥을 짚고 있는 그 모습은 분명히 나의 미자였다. 미자는 평소처럼 식사 당번으로 왔으리라고 생각했던 나는 허를 찔렸다. 너무나 놀라워서 실신할 뻔했다. 미자는 1년 만이었다. 어디라고는 말할 수 없지만, 몸의 여기저기에 피로를 감염시킨 듯이 몰라보게 야위었고 입고 있는 의복은 놀랍게도 남루하게 너덜거렸다. 무엇보다 그렇게 초라하고 남루한 점을 말한다면 내가 더 남루했을 것이다. 자기 손가락이라고 생각할 수 없을 만큼 가늘어지고 뺨도 몹시 홀쭉해진 사실을 나는 거울을 보지 않아도 알고 있었다. 그런 나의 모습이 부끄러워서 나도 모르게 소맷자락으로 얼굴을 가렸다.

"미자야 어떻게 된 거야?"

미자는 얼굴을 들지 않았다. 그러나 미자의 등에서 그녀가 얼마나 야위었는지 알 수 있었다. 미자는 문턱을 넘지 않고, 술병과 잔이 담긴 쟁반을 방안으로 내밀었다.

"큰 마님으로부터입니다."

다시 만날 수 있게 되면, 아, 이렇게도 말하고 저렇게도 말하려고 생각하고 있었다. 그런데 이렇게 미자를 눈앞에 두고 나는 아무 말도 하지 못했다. 너무 갑작스럽고 너무나 의외이고 너무나 기뻐서였다. 그렇게 내가 머뭇거리는 동안에 미자는 나를 보지도 않고 고개를 숙인 채로 더듬거리며 말했다.

"큰 마님은 태백 도련님의 앞날이 염려되셔서 후의 염려를 제거하시기 위해서 아가씨에게 독주를 전달하도록 저에게 명하셨습니다."

"독주라고?"

미자에게 하려던 말을 나는 모두 잊어버렸다. 설마 독주라니? 여기에 이르러

나는 마침내 할머님의 진의를 알 수 있었다. 나를 쫓아내지 않고 가두어 뒀던 확실한 이유를 알 수 있었다. 태백이라는 아이에게 채씨 집안을 빼앗긴 나는 절대 방해자이다. 그런 나를 할머님의 눈길이 닿지 않는 곳으로, 내보내 줄 이유가 없었다. 태백을 위해서 나에게 죽으라고 말하고 있다. 할머님의 심정을 잘 알 수 있을 듯했다. 인제 와서 채씨 집안에 미련 따위는 전혀 없다고 내가 아무리 말한다고 해도 어느 구실도 할머님께서는 들을 귀를 갖지 않고 계실 것이다. 독주를 내려주신다는 건 고전에 빠진 할머님다운 방식이 아닐까? 하지만 할머님께서는 진정으로 사람다운 마음은 없는 건 아닐까? 왜 하필이면 미자일까? 왜 이 잔혹한 역할에 미자를 임명했는지 미자와 만나면 나의 원한도 얼음이 녹듯이 녹아서 마음 놓고 독을 마실 걸로 생각했을까? 싫다고 말할 수 없는 미자에게 나를 죽일 일을 시킨다는 건 말할 수 없을 정도의 잔혹한 악마의 짓이 아니고 무엇이란 말인가?

"부디 현명하게 살펴주십시오. 아가씨"

미자는 마지막까지 고개를 들지 않았다. 미닫이문을 닫고 미자를 불러 세울 힘조차 내게는 없었다. 분노하는 것일까? 슬픔일까? 바짝 말라붙어 있던 나의 목젖이 작게 꿈틀거렸다. '제발 나를 도와줘. 미자야.' 그것이 말이 되어 입 밖으로 나왔는지 그 여부조차 모르겠다. 그래서 내가 들은 음성은 아마도 나의 약한 마음이 들려준 환상이었을 것이다. 미닫이문 너머로 나는 미자의 목소리를 강하게 바라고 있었다.

"예"

라고만 말하기를 원했다. 그러나 그 소리조차 들을 수 없었다. 나는 결국 독주를 마시지 않았다. 술병도 잔도 문을 열고 정원을 향해서 집어 던져버렸다. 다음 날 아침에 나가보았다. 모두 깨끗이 사라졌다. 누군가가 정리해 버렸다.

그 대가는 식사로 나타났다. 이제부터는 더욱 심하게 되리라고 생각했었다. 그 생각대로 식사량 자체가 크게 줄어들었다. 하루에 한 번, 어린아이가 먹을 정도의 죽을 주었다. 한 병의 소금이 곁들여진 것이 딱 한 번 있었다. 죽이려면 죽이라고 생각했다. 한 알의 쌀도 한 방울의 물도 주지 않으면 죽일 수 있다. 동정 정도의 음식으로 나는 겨우 목숨을 이어 나갔다. 겨울의 뼈를 깎는 추위가 온몸으로 스며들었다. 음식이 줄어들었기에 추위를 견디기에 더욱 힘들었다. 나는 이를 악물었다. 건강을 해쳐 버리면 그때는 마지막이다. 그대로 죽을 수밖에 없었다. 하지만 목숨은 너무나 끈질긴 것인지 오랫동안 인간다운 생활을 하지 못하는데도 나는 간단하게 죽지 않았다. 유령처럼 깡마른 채 해를 넘겨 겨울을 넘어섰다. 여기까지 살아남은 나는 강했던 것일까? 그렇지는 않다는 걸 나는 잘 알고 있었다.

나는 약했다. 할머님께 항거할 기회는 얼마든지 있었다. 이 별채로부터 도망갈 수도 있었다. 전보를 받았더라도 이 집에 돌아오지 않을 수도 있었다. 할머님과 싸워서라도 채씨 집안의 주인 자리를 빼앗을 수도 있었다. 나는 미자 덕분에 용기를 얻어 일단 할머님을 설득하고 집을 나갔다. 그런데 결국 그 용기를 계속 가질 수 없었다. 나는 다만 아무 일도 하지 않는 것이 옳은 일이라고 생각했다. 순종하는 일이 가장 올바른 일이라고 생각했었다. 나는 내 앞에 백 가지 이유를 늘어놓을 수 있었다. 그리하여 나는 살 수도 죽을 수도 없고, 단지 목숨만 붙어있었다. 죽은 목숨과도 같았다.

봄이 왔다. 결코 미닫이문이 또 열리는 일은 없었지만, 놀랍게도 목소리로 봄을 알 수 있었다. 정원에서 할머님의 즐거운 목소리가 들렸다.

"우리 태백이 이리로 나올까?"

"어디에 숨었을까? 여기일까?"

"할머님이 찾아볼까? 여기에 있었네?"

"우리 아기 착하지? 나빠요. 얼른 나오세요."

할머님. 나도 여기 있어요. 나는 아무것도 나쁜 짓은 하지 않았어요. 장마철. 끊이지 않는 빗소리는 나에게 남겨진 생명을 끊을 듯이 습기와 무더위로 괴롭혔다. 작은 병의 소금도 이제 얼마 남지 않았다. 어느새 앉아 있는 일보다는 방바닥에 늘어져 있는 일이 많아졌다. 머릿속에 안개가 낀 듯이 아무것도 할 수가 없다. 손가락 하나도 움직여지지 않았다. 단지 나는 가끔 쉰 목소리로 노래를 불렀다. 그 노래는 즐거운 선율로 갈라진 내 마음은 괴롭게 울렸지만 그래도 나는 계속해서 노래를 불렀다. 내가 가르친 밥 짓는 법을 미자가 불러준 그 선율을 마치 뭔가 저주의 소리로 들리기도 했다. 그러나 노래로 부르면 그 꿈 같았던 아파트에서 나날이 되돌아오는 듯했다. 희미한 노랫소리는 어느새 빗소리에 섞여서 지워져 갔다.

그리고 여름. 찌는 듯한 더위 속에서 내 마지막 생명의 불이 꺼져 갔다. 팔도 올릴 수 없고 눈두덩이도 무거워서 눈을 뜰 수도 없었다. 목을 비틀 수조차 없다. 마른 입술을 움직이려고 하면 입술이 찢어져서 입안으로 비릿한 피가 흘러 들어왔다. 마지막에 내가 부르는 이름은 하나뿐. 나의 삶 속에서 홀로 마음을 나눴던 그 이름 미자였다. 어느 순간 그 입술이 서늘하게 차가워졌다. 물기가 입 속으로 스며 나왔다. 인간의 마지막 물기라는 말을 떠올렸다. 나의 귀에 말도 들린다.

"여기에 있어요. 아가씨. 미자는 여기 있어요. 아가씨"

또다시 환상인 듯이 들렸다. 하지만 듣기 좋은 환상의 목소리였다. 그동안 얼마나 듣고 싶었던 목소리였던가? 미소를 지으며 정신을 놓았다.

나는 나흘 낮 나흘 밤을 가물가물한 저승의 경계선을 방황한 듯했다. 명의가 불려 와서 목숨을 돌려놓을 수 있었다고 했다. 나는 쇠약하여 심지어 심장이 몇 번이나 멈춘 듯했다. 의사는 목숨을 돌릴 수 있는 일이 기적이라고 했다. 눈을 떴을 때 가장 먼저 보인 것은 어머니의 얼굴이었다. 나는 여기가 저승이라고 생각하진 않았다. 그러나 이것은 현실이 아니라고 생각했다. 어머니가 나에게 엎어지면서 나를 껴안고 목을 놓아서 슬프게 울고 있었기 때문이었다.

"아, 다행이다. 내 딸, 미안해, 미안해. 영미야, 아, 부처님. 감사합니다."

울고 또 울고 울기만 하고 있었다. 어머니는 할머님께 영혼을 뽑혀서 희로애락을 잃었었다. 큰 소리를 내지도 못하고 나를 껴안지도 못했었다. 그래서 이것은 진짜로 현실일 리가 없다고 생각했다. 또 하나 있다. 어머니 옆에 나의 친아버지가 있었다. 몇 번이고 고개를 끄덕이고 있었다. 아버지는 쫓겨났었기에 이것은 진짜 현실이 아니라고 생각되었다. 몸을 일으켜 죽이 목구멍을 통과하게 된 건 정신을 차리고도 사흘 후의 일이었다. 이 년 동안 질리도록 먹었던 죽은 정말 싫다고 생각했지만, 이때의 죽은 절실하게 맛이 있었다. 내 몸을 걱정하면서 어머니가 이야기해 주었다.

"할머님께서 돌아가셨다."

그러리라고 생각하고 있었다. 그렇지 않으면 내가 구원되는 일은 절대로 없었을 것이다. 할머님은 그토록 다부진 체력이었는데, 갑자기 쓰러지고 그대로 돌아오지 못하는 사람이 되었다고 한다. 장례는 이미 끝났고 시신은 화장되었다고 했다. 할머님은 지금쯤은 지옥일까? 아니면 어디일까? 절대로 천당을 아닐 것이다.

"할머님께서 쓰러지시다니요? 무슨 일이 있었나요?"

내가 그렇게 묻자, 어머니는 말끝을 흐렸다.

"네가 좀 더 건강하게 되면 이야기해 줄게."

"죄송합니다. 어머님, 알고 싶습니다."

어머니는 여전히 주저하고 있었지만, 작은 한숨을 내쉬며, 눈가를 닦았다.

"태백이, 때문이야. 불쌍하게 그 아이도 죽어버렸어."

태백은 내 동생이자 어머니의 아들이다. 분명히, 태백을 위해서 나의 목숨은 위태로웠있고 얼굴도 모르지만, 역시 내 동생이었다. 그런데 죽어버렸다고 했다.

"사고였어. 어쩔 수 없다. 그렇지만 할머님께서는 난리를 부리시던 끝에 정신을 잃고 쓰러지더니 그대로 죽어 버렸어. 미안하구나. 영미야, 할머님께 거역하지 못해서 너를 죽게 할 뻔했구나. 못난 어머니를 용서해 줘라."

훌쩍훌쩍 우는 어머니를 나는 멍하니 보고 있었다. 어머니는 분명히 연약했다. 나도 어머니의 천성을 그대로 닮았다. 그래서 내가 죽어가던 것도 사실이다. 그러나 나는 그것을 막을 수 없었다. 나 자신의 약한 점이 나를 죽이는 일이라고 알고 있었기 때문이다. 또 하나 물었다.

"새 아버님은 어떻게 되었습니까?"

어머니는 얼굴을 일그러트렸다. 생각하는 일만으로 온몸에 소름이 돋는지 나의 몸을 껴안고 흔들며 울었다. 들어 본 적이 없는 냉정한 목소리로 이렇게 뱉어냈다.

"그런 남자, 할머님께서 돌아가신 다음 날 무일푼으로 내쫓아 버렸다."

그래서 아버지가 여기에 있는 이유도 알 수 있었다. 그날 밤 병상의 나에게 약그릇을 가져다준 사람은 아버지였다.

"몸은 좀 어떠니?"

"많이, 좋아졌습니다. 아버님"

이불 속에서 상반신을 일으켜 그렇게 대답하는 내 목소리는 갈라져 있었다. 아버지는 괴로운 듯이 눈살을 찌푸렸다. 베개 옆에 정좌하고 나를 향해 고개를 숙였다.

"미안하구나. 정말 나는 네가 이렇게 가혹한 일을 당하고 있는지 정말 몰랐었다. 지금까지 예전처럼 살고 있으리라고 생각했었어."

"알고 계셨다면 저를 도와주실 수 있으셨어요?"

생각 없이 중얼거리고 말았다. 그 목소리가 너무 작았기 때문에, 아버지는 잘 들리지 않았던 것 같았다.

"뭐라고?"

"아닙니다. 아무것도 아닙니다. 아버님도 고생하셨을 거라는 생각이 들어서요."

아버지는 내 말을 액면 그대로 받아들였다.

"나의 고생 따위는 너의 고생에 비하면 아무것도 아니다. 정말 힘들었던 건, 너랑 너의 어머니이다. 네가 깨어난 걸 보고 안심되었는지, 어머니도 몸져누워 버렸다."

"어머니 건강이 안 좋으십니까?"

"의사는 신경이 너무나 지쳐 있다고 했다. 지금은 안채에서 쉬고 있어."

나는 할머님과 동생을 잃었다. 그러나 전혀 슬프지 않았다. 그러나 어머니는 자신의 어머니와 자식을 잃었다. 원래 어머니는 이 정도의 충격을 견딜 수 있는 사람이 아니다. 얼마간은 일어날 수 없을 것이다. 그렇다면 그만큼 내가 빨리 회복해야 한다. 나의 침묵을 어떻게 받아들였는지 무언가 수습하려는 듯이 아버지가 말했다.

"하지만, 너의 어머니는 말하더라. 태백이 저렇게 되어 버린 것은 정말 슬프다고. 그렇지만 네가 살아 돌아와서, 더 이상 기쁜 일은 없다고. 태백의 생명은 짧았지만, 분명히 너를 돕기 위해서 하늘이 보내주었다고 그렇게 말하고 있다."

그 말을 듣고 어떻게 대답해야 할지 모르겠다. 내 생명은 태백의 생명으로 이어진 것은 아니다. 오히려 나는 태백 때문에, 살해당할 뻔했다. 철도 들지 않는 어린 나이에 죽은 동생을, 불쌍하다고 생각한다. 그러나 어머니처럼 생각할 수는 없었다. 어머니도 아마 그런 도리가 통하리라 생각하고 말한 건 아닐 것이다. 그렇게 생각해서 어머니의 고통이 조금이라도 누그러질 수 있다고 한다면, 아무 말도 반항할 수 없었다.

"어머니는 할머님이 돌아가신 일에 대해서 무슨 말씀 없으셨나요?"

내가 그렇게 물었을 때 아버지는 머리를 흔들었다.

"아니, 아무것도."

그것은 오히려 조금 의외였다. 약은 매우 뜨거워서 마실 수 없었다. 이렇게 뜨겁게 누가 달인 걸까? 생각하면서 약을 가만히 응시하고 있었다.

"영미야 뭔가 원하는 것이 있으면 말해라."

아버지가 나를 위로하려는 듯이 적당하게 그런 말을 해주셨다. 내가 원하는 건 세상에 물론 단 하나뿐이다.

"미자를 여기에……"

그렇지만 나는 말을 중간에 삼켜 버렸다. 알고 있다. 비록 미자를 부른다고 해도, 내가 진정으로 원하는 건 이미 내 손에 들어오지 않는다는 사실을 나는 잘 알고 있었다. 우리를 덮친 운명은 기구한 것에 불과했고, 지난 세월 동안 우리 두 사람 모두 나이가 들어버렸다. 그 아파트에서의 나날도, 식사를 준비하는 미자의 목소리도, '바벨의 모임'의 독서회에 둘이 참가하는 꿈도, 아무것도 다시는, 돌아오지 않는다. 만나지 않는 편이 좋을지도 모른다. 유폐되고 나서 처음으로 나는 그런 걸 생각했다. 하지만 아버지는 내게 소원이 무엇이냐고 또다시 물어주셨다.

"미자는 이제 없어."

아버지는 나의 마음을 읽으셨다는 듯이 말했다.

"네"

무심코 손안에 들고 있던 약사발을 놓칠 뻔했다.

"미자만이 아니라 지금 집에는 하인들이 한 사람도 없단다."

나는 자신의 목이 약한 것도 잊어버리고 큰 소리로 외치고 있었다.

"그건 무슨 일이 있었습니까?"

갑자기 흥분하는 나를 아버지는 놀라서 진정시키려고 손을 흔들었다.

"진정해. 약이 쏟아진다. 나도 집에 있지 않았기에 자세한 사정은 모르고 있으니까."

아버지는 잠깐 생각을 하고 나서 이윽고 이야기하기 시작했다.

"좀 더 회복하고 나면 말할 생각이었지만, 너도, 전후 사정은 알아 두는 것이 좋을 것이다. 사건의 발생은 태백의 생일날이었다. 채씨 집안 장남의 두 번째 생일이었다. 너무 많은 선물이 들어왔다고 하더라."

그 광경은 나도 매년 보아왔었다. 할머님께 아부하기 위해 취향을 살린 선물을 준비하는 사람들이다. 그러나

"너도 알다시피, 채씨 집안에는 대부분이 갖추어져 있다. 이날도 최상의 일부를 제외하고 나머지는 버려졌다. 그런데 태백은 버려지는 선물에 집착하였던 듯하구나. 나는 태백에 대해서는 아무것도 모른다. 그렇지만 자기 발로 걸을 수 있게 된 태백이 저택의 곳곳에 숨어 있는걸, 좋아하게 되었다고 들었다."

올봄, 정원에서 들려온 할머님의 목소리를 생각나게 했다. '나와야 한다. 그만 숨어라. 이런 곳에 숨으면 안 된다.'

"태백은 선물을 찾으려고 했는지 아니면 술래잡기라고 생각했었는지 정원에

나와서 좁은 장소에 들어가는 걸 좋아한 듯하다. 그런데 거기가 바로 소각로였다는 얘기지. 잔치 후에 하인들은 누구나 바쁘게 움직이고 있었다. 누구든지 이 저택과 소각로를 왕복하면서 누군가가 뚜껑을 닫고 누군가 불을 질러 버렸다고 하더라. 결국 태백은 뼈가 되어서 발견되었다고 하더라."

나는 태백이 죽지 않으면 내가 죽는다는 걸 알고 있었다. 그러나 살아 있는 상태로 태워졌을 그 끔찍한 최후를 들으니까 역시 불쌍해서 견딜 수가 없었다. 채씨 집안에 태어나지 않았다면 우리는 사이좋은 남매가 될 수 있었을지도 모른다.

"끔찍한 일이었네요."

"정말이다. 불행한 일이다."

아버지는 크게 고개를 끄덕였다.

"그러나 할머님은 그냥 불행한 사고라고는 생각하지 않았겠지. 하인들의 부주의를 비난하면서 할아버지의 군도를 꺼내서 하인들을 베었단다. 너의 어머니가 도망시키지 않았다면 사망자가 있었을지도 모른다. 그리고 소동이 조금 잠잠해졌었다고 생각하는 데 그사이에 할머님이 거품을 물고 쓰러져 있었다. 그대로 죽었다고 하더라."

기절한 내 입술에 물을 묻히면서 여기에 있다고 격려해 주었던 그 목소리는 역시 환상이었을까? 나의 무상한 희망이 보였던 환각이었던 것일까? 그렇다고 해도 그 환상의 기쁨은 너무나 생생했었다. 지금도 그때를 머릿속에서 떠올리면 가슴 밑바닥에서부터 따뜻함이 뭉게뭉게 퍼진다.

"장모님이 하시는 일은 역시 인간의 도리를 벗어나고 있었다고 생각한다. 슬픔은 충분히 알 수 있지만, 소각로에서 갓난아이가 자고 있다고 누가 생각했겠니. 그리고 할머님은 갑작스러운 최후였다고 하지만, 혹시 어딘가 질병이 있었는지도 모르겠고."

그렇게 아버지는 말한다. 그러나 나는 다른 사실을 생각하고 있었다. 결국 할머님께서는 왜 그렇게 갑자기 돌아가신 것일까? 갑작스러운 병이라고 하여 이미 장례는 끝마쳤다. 시신은 불태워져 버렸으니 죽음의 원인은 이미 영원히 알 수 없다. 할머님께서는 그때 독을 먹지 않았을까? 나는 생각만 했다. 태백은 선물을 찾거나 숨바꼭질로 소각로에 들어간 것이라고 하지만, 만약 그 소각로에 마당의 쓰레기가 버려져 있었다면, 그것은 이 습기와 더위로 썩어가고 있었을 것이다. 그래서 악취가 대단했을 것이다. 아무리 철부지의 아기라도 그런 곳에 자기 발로 들어갈 수 있는 것일까? 즉, 태백이 소각로에 들어갔을 때는, 이미 쓰레기는 태워진 후가 아닐까? 그리고 또 하나. 불이 붙었을 때, 태백은 아버지가 말한 대로, 정말 자고 있었던 것일까? 혹시 열리지 않는 뚜껑 안쪽에서 갓난아이는 울고 있었던 건 아니었을까?

"그러고 나서 하인들은 한 명도 돌아오지 않았다. 그리하여 미자도 지금은 집에 없는 거다."

그 목소리에 나는 정신을 차렸다. 아버지는 부드럽게 말해 주었다.

"너는 미자를 아직도 좋아하는 것 같구나. 네가 원한다면 그 아이를 찾아보아 줄까? 미자는 너의 말을 잘 들어 주었던 듯하구나."

여름밤, 어딘가에서 웅성거림으로 가득 차 있었다. 나는 미소를 지었다.

"네, 아버님. 아주 많이요. 미자는 무슨 말이든지 내가 말하는 말을 모두 다 들어주었습니다. 무슨 일이 있어도"

어둠 속에서 여러 모습이 보인다. 꼼꼼한 미자. 웃는 미자. 이렇게 더운 밤에 미자는 어디에선가 에드거 앨런 포의 〈검은 고양이〉 시리즈를 읽고 있는 건 아닐까?

"아버님 반드시 찾아주세요. 그 아이가 내 말을 들어주지 않았던 적은 한 번도 없었습니다. 나는 미자가 보고 싶습니다. 나의 소원은 그것뿐입니다."

그녀 자신이 말했었다. 그것이 미자의 명예였다. 가느다란 초승달이 미닫이문을 비추고 있다. 어둠 속에서 빛나는 흰 이불속에서 상반신을 일으켜 나는 약그릇을 입으로 불었다. 그러나 약탕은 이제 완전히 식어있었다. 그래도 약탕 안에서 일고 있는 숨결이 어느새 박자를 만들어 운율로 바뀐다. 굳어진 뺨으로는 어색하기만 하다.

나는 미소를 짓고 있다. 귀에서 목소리가 되살아났다. 미자의 맑고 고운 목소리로 부르는 노랫소리와 함께 우리 두 사람의 꿈이 무한히 부풀어서 행복하기만 했던 그 아파트의 방안이 환하게 눈앞에서 되살아나고 있었다.

만원출소(滿願出訴)

"법정 밖에서 완성되는 인간의 초상"

〈만원출소〉는 단순한 법정 소설을 넘어, 변호사와 피고인이라는 법률적 관계 안에
잠복한 긴 시간의 인연과 복잡한 인간 심리를 섬세하게 풀어낸 작품이다.
사건의 표면은 살인과 재판이라는 냉정한 형사 기록으로 시작되지만, 이야기의 중심은
오히려 은혜와 의리, 그리고 한 인간이 지켜내고자 한 금지가 자리 잡고 있다.
작품의 힘은 사건의 진실을 단칼에 드러내지 않고, 변호사의 시선을 통해
점진적으로 드러나는 회상과 관찰에 있다.
과거의 하숙 시절, 수희의 세심한 보살핌과 경제적 도움은 단순한 호의가 아니라,
그녀가 조상의 가보와 삶의 자존심을 지키려는 태도와 연결된다.
변호사는 사건의 경위와 법리적 논리를 좇다가도, 그 속에서 수희라는 한 인간의 서사를 읽어낸다.
이때 법정은 단지 판결을 내리는 장소가 아니라 인물의 내면과 과거가 재구성되는 무대가 된다.
특히 족자와 달마 인형이라는 사물은 단순한 증거물이 아니라 서사의 심장부를 이끄는 상징으로
기능한다.
족자는 수희의 가문, 자존심, 그리고 삶의 마지막 버팀목이며, 달마 인형은
범행 전후의 심리를 은근하게 드러내는 무언의 증인이다.
변호사가 마지막에 도달한 깨달음은 수희의 행동 이면에 숨은 가보 수호의 의지는,
법률이 규명하는 범죄 동기와는 또 다른 차원의 인간적 진실을 제시한다.
〈만원출소〉는 범죄 소설의 외피를 두르고 있지만, 실은 '법과 정의'보다
더 오래 남는 인간관계의 빚과 연민을 탐구한다.
독자는 마지막 페이지에서, 수희가 진정으로 지키고자 했던 것이 무엇인지,
그리고 그것이 그녀에게 어떤 의미였는지를 곱씹게 된다.
그 여운은 판결문이 끝난 뒤에도 쉽게 가시지 않는다.

기다리고 있던 전화가 온 것은 오후 한 시를 지나고 나서였다.

"선생님 덕분에 오늘 아침에 출소했습니다. 그동안 정말 여러 가지 많은 신세를 졌습니다. 고맙습니다."

수화기 너머로 들리는 김수희의 그리운 목소리가 예전과 전혀 다르지 않았다. 접견은 여러 번 해왔었지만, 마음속에 남아있는 기억은 역시 학창 시절에 처음 보았던 그녀의 모습이었다.

"수고하셨네요. 이제는 나쁜 일은 절대로 없으실 겁니다. 나도 할 수 있는 일은 힘껏 돕겠습니다. 여기에 올 수 있으시겠어요?"

"네. 지금부터 인사드리려 찾아뵙겠습니다. 한 시간 정도면 도착할 것입니다."

"기다리고 있겠습니다. 그럼."

그렇게 말하고 전화를 끊고, 깊은 한숨을 쉬었다. 긴 세월이었다. 김수희의 재판은 내가 변호사로 홀로서기 후 처음으로 맡은 살인 사건이었다. 전에 적을 두고 있었던 선배 사무실에서 몇 가지 사건을 도왔던 적은 있었지만, 그 시점에서의 경험 부족은 부정할 수 없었다. 조금이라도 유리한 재료를 끌어모으려고 뛰어다녔던 고통스러운 재판이었던 건 사실이었다. 3년에 걸쳐 항소심까지 갔지만 피고인의 희망에 따라 항소를 취하하는 것으로, 징역 8년의 일심 판결대로 확정됐다. 나는 좀 더 싸울 여지가 있다고 생각하고 있었다. 결과의 무게를 생각하면 정당방위까지는 인정받을 수 없었다. 피고인이 위험한 상황이었다는 점을 좀 더 크게 다루어도 좋다고 생각했었다. 그러나 김수희는 '이제 됐습니다. 선생님, 이제 괜찮습니다'라고 반복할 뿐으로 재판을 계속하는 것을 허락해 주지 않았다. 창문가로 다가가서 검지로 블라인드에 틈을 만들었다. 2015년 4월. 군산에 사무실을 개업하고 벌써 8년이 된다. 그때도 새로운 건물이라고는 말할 수 없었던 건물은 더욱 낡아져서 창문에 붙여진 〈박민수 변호사 사무실〉의 글자는 어느덧 도시에 익숙해지면서 세월을 새기고 있었다.

봄은 아직 이르고, 아래의 길을 지나가는 사람들, 중에는 벌써 가벼운 옷차림과 아직도 두꺼운 코트를 입은 모습이 섞여 있다. 우리 사무실보다 오래된 칼국수 집 앞에서 현수막이 크게 펄럭이고 있는 것이 보였다. 군산은 특히 봄바람이 강하다. 수희가 너무 춥지 않았으면 좋겠다. 책상으로 돌아와 아침부터 여러 번 넘기고 있던 파일에 손을 댄다. 사건의 경위, 재판의 경위, 검찰의 주장, 내 주장, 증언들과 피고인의 말을 적은 검은 파일. 미결 구류분 3년을 뺀 그녀는 5년 석 달 만에 만기 석방되었다. 모범수였지만 친척이 없고, 신원을 인계받을 사람이 없었기에 가석방을 받을 수 없었다. 그러나 수희는 더 오랫동안 출소보다는 다른 뭔가에 사로잡혀 있었다는 것을 나는 너무나 잘 알고 있다.

*   *   *

스무 살의 겨울이었기 때문에, 2008년의 일이었다. 내가 들어 있던 하숙이 화재를 당했다. 불이 퍼지는 속도가 늦었기 때문에, 통장이나 신변에 필요한 물건과 막 사서 갖춘 법학 서적까지는 가지고 나올 수 있었던 건 그나마 행운이었다. 그러나 살아야 할 집이 없어졌다. 곤란해하던 나에게 선배가 소개해 준 것이 하숙할 사람을 모집하기 시작한 지 얼마 안 된 김수희의 집이었다. 서울 지리를 잘 모르는 나에게 선배가 연필로 낙서한 듯이 그려준 엉성한 지도에 의지해서 판잣집 울타리 사이를 누비며 걸어서 간신히 도착한 집 문 앞에서 나를 마중 나온 사람이 김수희였다. 스무대여섯 살 정도로 아직 세상 물정이 몸에 스며들지 않았고, 화사하게 웃는 얼굴에는 품위가 있는 불가사의한 인상이었다. 그 집을 찾야간 날은 불타고 난 다음 날이었다. 화재의 충격에서 겨우 벗어났던 나는 옷까지 신경 쓸 여유가 없었다. 그름으로 더러워져서 넝마 조각 같은 셔츠를 걸쳤을 뿐이었다. 수희의 평상복이면서도 깨끗한 옷차림에 비교하면 너무나 볼품없는 거지꼴이었다. 그러나 수희는 그런 행색을 조금도 언짢아하는 기색도 없이 반겨주었다.

"이야기는 들었습니다. 재난이었지요? 별다른 피해는 없으셨나요?"

따뜻함이 듬뿍 베인 목소리로 인정 있게 말하면서 먼저 뜨거운 차를 대접해 주었다. 김수희네 집안은 선대로부터 실내장식을 겸한 지물포를 경영하고 있었으며, 상점과 주거를 겸하고 있었다. 이 층 건물은 바깥쪽의 가게와 안쪽에 살림집을 겸하고 있었다. 빨래 장대가 있는 마당은 좁았지만, 차갑고 쌀쌀한 날씨에도 겨울 동백의 잎이 짙은 녹색으로 붉은 꽃을 피우고 있었다. 나의 첫인상은 그 집에 어딘가 부족한 것이 있는 듯했다. 주방과 거실, 거기 손님들 방까지 보여주었지만, 거기에 필요한 물건이 제대로 놓여있었지만, 사람이 살고 있는 온기가 느껴지지 않았다.

"저 말고 다른 하숙생이 들어 있습니까?"

"남편과 나, 둘만 살고 있습니다."

부모는 이미 돌아가셨고 우는 아이는 아직 없다. 집안의 외로움은 그 때문일까? 하숙을 치려고 하는 방은 이 층 방이었다. 방 하나는 창고로 쓰고 있을 뿐으로 나머지는 사용하지 않고 있었다. 계단조차 거의 올라온 적이 없으리라고 생각했지만, 미닫이문 손잡이에서부터 마룻바닥과 계단 난간에 이르기까지 먼지 하나 없이 깨끗했다. 나는 존경스러움이 느껴지기보다는 오히려 기가 막힐 정도였다. 학생 한 명을 맞이하는데 이렇게 정성스럽게 청소할 수 있을까? 하는 생각이 들 정도였다. 수희의 말할 수 없이 성실함을 알게 된 건 더욱 후의 일이다. 학업이 절정에 들어가 책의 수가 늘어갈 뿐이었다. 수희가 제시한 하숙비는 주변 시세보다 싸지 않았지만, 넓고 쾌적한 방을 두 개나 사용하게 해준다는 일이 고마웠다. 게다가 식사까지 포함된다고 하니까 더할 나위 없었다. 그 자리에서 나는 결정했다.

"잘 부탁드립니다."

"그럼, 저의 남편과 만나주세요."

거실에서 남편을 기다리게 되었다. 바로 돌아온다고 했지만, 남편은 좀처럼 돌아오지 않았다. 수희와 얼굴을 마주 보고 앉아서 무작정 기다리는 시간은 매우 신경이 쓰이고 어색했다. 익숙하지 않은 자세로 기다리면서 몸을 웅크리고 있었다. 그런 내 마음을 풀어주려는 듯이 수희는 내 고향이나 어떤 공부를, 하는지 자상하게 신경을 쓰며 이것저것 물어주었다.

"아, 법률을 공부하고 있습니다. 어떻게든 끝까지 결과를 내고 싶습니다."

앞뒤가 맞지 않게 두서없이 대답하는 나에게 수희는 웃으며 말했다.

"학생을 돕는 일은 나 같은 사람의 역할입니다. 주인에게는 내가 전하기로 합시다."

한 시간 정도 지나서 수희의 남편은 돌아왔다. 말수가 적고 가볍게 웃을 수 없는 음침하게 보이는 첫인상이었다. 남자의 나이는 수희보다 한참이나 위일 듯했다. 더부룩한 수염이나 푹 들어간 눈 때문에, 한층 더 늙어 보였다. 초라한 나를 한번 슬쩍 바라보고 나서 집에 들이는 일이 불쾌하다는 속내를 숨기려고 하지 않으며 말했다.

"돈은 매월 20일까지 넣어 주시오. 약속은 꼭 지키시오."

선 채로 무뚝뚝하게 용건만 말하고 나가버렸다.

화재를 당한 나를 동창들이 도와준 덕분에 이사는 오전 중에 빨리 마칠 수 있었다. 하숙을 시작하였지만, 남편은 대체로 좋은 얼굴은 보이지 않았다. 예를 들어 저녁 식사 자리에서 수희가 나에게 밥을 더 먹으라고 나의 빈 그릇을 가져가면 아무 말도 하지 않고 가만히 나를 응시하고 있었다. 돈은 식비까지 내고 있으니, 눈치를 볼 까닭이 없다지만 그 정도로 나는 야무지지 못했다. 밥은 언제나 눈치를 보며 조심스레 먹었고 한밤중에 라면이라도 먹으러 나가야 했다. 그러나 내 공부는 상당히 순조롭게 되어 갔다. 역시 한 지붕 아래에 도와주는 사람이 있다는 사실은 정신적으로 힘이 되었다. 한밤중에 방에서 공부하고 있으면 수희가 살짝 계단을 올라와서 야식을 가져다주는 일이 자주 있었다. 주먹밥에 김치나 가끔은 거기에 된장국까지 가져다주었다. 전문용어가 범람하는 양서와 뒤얽힌 법리 책을 읽으며 머리를 감싸안고 괴로워할 때 수희의 마음 씀씀이는 얼마나 힘이 되었는지 모른다. 야식을 매우 맛있게 먹는 나를 단정하게 앉아서 바라보며 수희는 자주 말했었다.

"매우 열심히 공부하시네요. 힘드시겠어요."

백열등의 부드러운 빛 아래에서 수희는 한층 더 아름답게 보였다. 나는 똑바로 바라보지 못하고 대부분 '네, 열심히 하겠습니다.'라는 말 정도로밖에 이야기하지 못했다. 그러나 공부가 어려운 단계에 접어들어 포기하고 싶은 기분이 들 때도 수희는 어떻게 알았는지 항상 이런 식으로 격려해 주었다.

"법률이라는 공부는 대단히 어려운 공부이지요?"

그럴 때는 내 쪽에서도 살짝 허세가 생겨서 허세를 부리며 말했다.

"아니, 뭐, 별거 아닙니다. 저에게는 수식 편이 훨씬 골칫거리입니다."

"지금은 무엇을 공부하고 계시는 건가요?"

"네, 법치란 무엇인가? 공부하고 있습니다. 법치의 가나다라와 마찬가지입니다만, 이 녀석을 다시 원서로 읽어야 하니까 좀 힘든 점도 있습니다만."

"가나다라라고 하면, 어떤 이야기입니까?"

"내가 이해하는 건 악법도 법이라고 하는 면에서 논의의 요점이 있는 것 같아서요."

수희는 싱글벙글 웃으며 맞장구를 쳐주면서 내 말을 들어주고 있었다. 그러나 지금 생각하면 법률 용어와 법학자의 이름을 혼합된 이야기를 수희가 정말 흥미를, 가지고 들었다고는 생각되지 않는다. 그건 아마도 내가 공부에 싫증 났다는 걸 헤아려서 이야기를 맞장구치면서 이끌어 주었을 게 틀림없었다. 나도 수희에게 전하려는 생각으로 가능한 간단하게 정리해서 말하려고 이해의 실마리를 찾으려고 열심히 노력하는 일도 비일비재했었다. 별로 잘되지 않더라도 거친 기분만은 가라앉았다. 결국 그렇게 공부가 되기도 했었다. 만약 수희 집에서 하숙할 수 없었다면, 즉 그 화재가 없었다면 지금의 변호사로서 나는 없었을지도 모른다. 운명이란 모르는 일이다. 그렇지만, 눈이 있으면 불필요한 물건을 볼 수도 있고, 귀가 있으면 쓸데없는 이야기를 들을 수도 있다. 수희의 남편 중수가 노골적으로 나를 못마땅하게 대하기 때문에, 하숙생을 받으려고 했던 일은 틀림없이 수희의 생각이라는 걸 깨달았다. 언젠가 시간이 있어서 물어보았을 때, 수희는 드물게 곤란한 듯한 얼굴을 하고 말했다.

"빈방이 있으니까, 사람에게 빌려주어도 좋다고 얘기한 건 주인이 맞아요. 타인을 대하는 태도가 별로 좋지 않은 사람이니까 너무 서운해하지 마세요. 기분 나쁜 일이 있어도 참으시고 부디 너그럽게 용서해 주세요."

즉 중수는 이 층의 빈방으로 돈을 벌 생각으로 하숙생을 모집했지만 정작 다른 사람이 자신의 집에 들어 온 일에 대해서는 좋은 일뿐만은 아니라고 생각하는 듯했다. 나에게도 문제는 없지 않았다. 나도 성격이 그다지 좋은 편은 아니기 때문에, 중수만 비난할 수 없었다. 중수네 가게의 평판도 좋지 않은 듯했다.

시험이 가까워져서 낮부터 방에 틀어박혀 있던 어느 날 매우 억세게 보이는 노파가 집 안으로 들어왔다. 중수는 가게에 없는 듯했다. 단지 노인의 고함이 2층까지 크게 들려왔다.

"나는, 이 집의 선대부터 거래를 해왔었고 여기가 좋은 가게라고 믿어 왔어. 그런데 지금 너희는 나를 속이고 있어. 지금까지 그렇게 자신들의 이익만을 위해서 탐욕스럽게 장사한다면 나는 이 이상 거래할 마음도 돈도 없단 말이다."

가게에는 수희가 있었지만, 그녀의 목소리는 들리지 않았다. 하지만 노인의 목소리는 더욱더 커지면서 내 귀를 울렸다.

"알 게 뭐야. 대체로, 너도 알 바 아니다. 고쳐주는 일보다 새로운 걸 팔아먹으려고 하는 건 대체로 너희잖아? 선대는 정말 이익보다 자기 일 같이 해줬었는데. 이제는 돈 거래 같은 일을 할 생각은 하지도 마라."

이런 일은 한 번뿐이 아니었다. 다른 상점의 견적보다 두 배는 비싸다고 항의하는 사람들도 있었다. 그 후에도 금전적으로 생기는 분쟁은 자주 있었다. 흐르는 세월은 너무나 빨라서 어느덧 벚꽃의 시기는 덧없이 끝나고 흩어진 꽃잎은 길거리의 쓰레기로 전락해 가고 있었다. 앞치마의 수희가 문 앞을 쓸면서 청소하고 있을 때였다. 중수가 트럭에 건축자재를 가득히 싣고 돌아왔다. 나는 그날 우연히 귀가가 빨랐었다. 달리 수희 부부의 대화를 엿들을 생각도 없었지만, 중수의 목소리가 평상시보다 신경이 쓰여서 발걸음을 멈추었다. 울타리와 전신주 뒤에 몸을 감추었다. 두 사람은 나를 알아차리지 못한 듯했다.

"어때, 이것은, 한 씨의 집에서 공짜로 받아 왔어."

한 씨라는 사람은 동네에서 대단한 부자이다. 봄이 되면서 별채인 한옥을 재건축했다. 별채를 서양식으로 바꾸었다고 하면서 뜯어낸 건축자재를 공짜로 받아 온 것이다. 수희의 목소리는 언제나처럼 침착했다.

"그래서 이것을 어떻게 하려고요?"

"이건 보통 자재가 아니야. 상등품이야. 신품이나 다름없어. 그리고 이 정도는 근처에는 없을 정도로 고급 자재야. 부잣집이 변덕스럽게 잠깐 썼을 뿐이니까 조금 싸게 팔면 누구라도 기쁘게 사려고 할걸."

"이제는 중고 고물상까지 시작할 거예요?"

수희가 이렇게 물은 건 당연한 일이다. 그러나 중수는 갑자기 목소리를 높였다.

"내 마음이지 네까짓 게 뭔데? 누구 눈치 볼 건데?"

이렇게 쏘아붙이고 세게 문을 닫고 가게로 들어갔다. 중수네 상점에서는 중고 재료를 취급하지 않았다. 그러나 중수는 처음부터 그 중고 재료를 판매하려고 했었다. 중고를 취급하려느냐고 묻는 말에 화가 난 것은 아마도 새것으로 속여서 사람들에게 강매하려는 생각이 아니었을까 하는 생각이 들었다. 나는 법을 배우는 학생이었다. 그야말로 젊은이답게 법의 정의를 믿고 공정을 중요시하는 마음을 가지고 있었다. 중수의 사기적인 행위에 분개했지만, 유감스럽게도 확증이 없었다. 그 시점에서는 중수는 단지 이미 사용했던 건축재료를 받아왔을 뿐이다. 아무리 하숙인에게 냉담하다고 해도 중수는 화재로 갈 곳이, 없는 나를 받아들여 준 은인이었다. 이 작은 범죄를 파헤치는 것은 역시 주저되었다. 나는 아무것도 보지 않은 일로 하기로 했다. 하지만 가슴속에서는 감방처럼 불쾌한 기분이 남는 건 어쩔 수가 없었다. 내가 하숙 생활을 했던 건 2년뿐이었다. 그사이에도 중수는 신용을 잃고 좌절되어 갔다. 한밤중 수희가 주판을 두드리는 걸 본 적이 있다. 장부를 앞에 두고 주판알을 튕기는 수희의 평상시와 다른 표정에서 왜인지 소름이 끼치는 무서운 분위기를 느꼈던 순간을 기억하고 있다.

여름이 되면서 2층은 견딜 수 없을 정도로 더워졌다. 학교는 여름 방학에 들어가 있었지만, 나는 고향에 돌아가지 않았다. 장학금으로 부족한 돈을 일용직 아르바이트로 벌어야 했다. 밤과 휴일은 무모할 정도로 공부했다. 하지만 젊은 열정도 그 여름의 무더위 앞에서는 한 조각의 얼음이나 다름없었다. 2층의 창문을 다 열어놓고 속옷 한 장으로 뻘뻘 땀을 흘리며 책더미 속에 묻혀서 내용을 쫓았지만, 머리에 들어오지 않았다. 그토록 존경하던 영국의 법학자 벤담도 아무 소용도 없어지는 더위였다. 방바닥에서 뒹굴고 있을 때였다. 계단 밑에서 수희의 목소리가 들려왔다.

"민수 씨. 차가운 수박이 있어요. 잠깐 내려오셔서 더위를 식히세요."

바로 때마침 내리는 단비와 같았다. 사양도 하지 않고 바로 수건으로 땀을 닦고 벗어 던져버린 옷을 서둘러서 입었다. 중수는 집을 비우고 있었다. 대부분 집에 없는 사람이었다. 주방으로 내려갔지만, 거기에 수희는 없었다. '아주머니.'라고 부르니까 거실 쪽에서 소리가 들렸다.

"이쪽입니다."

툇마루 문을 열어놓은 채로 방에 바람을 통하게 하고 있었다. 때마침 소슬바람이 불어서 처마 끝의 풍경이 경쾌하게 울리고 있었다. 수희는 시원한 원피스 차림으로 손에는 부채를 들고 있었다.

"오늘은 특별히 덥군요."

"정말로 그렇습니다."

테이블 위에는 삼각형으로 잘린 수박이 접시에 담겨 있었다. 제대로 차가워진 수박이었다. 먹기보다는 머리 위로 뒤집어쓰고 싶을 정도였다. 수박은 곳곳에 구멍이 나 있었다. 너무나 품질이 안 좋은 것이었다. 맛을 모르는 학생이기도 했거니와 맛에 사치를 부리는 일은 생각할 수도 없었다. 나는 매우 기쁘게 덥

석 깨물었다. 하지만 수희는 한입 먹어보고 '어머나' 하면서 일어나 작은 병을 가지고 돌아왔다.
"이것을 사용해 보세요."
"이것은 무엇입니까?"
"소금입니다."
"네? 수박에다가 소금입니까? 조금 이상한 느낌이 듭니다만"
부끄럽지만, 나는 수박에 소금을 찍어서 먹는 방법을 몰랐다. 정체 모를 인형을 멀리서 바라보는 원숭이처럼 의심의 눈빛으로 소금의 작은 병을 바라볼 뿐이었다. 수희는 그런 나를 보고 미소를 지었다.
"이렇게 하는 거예요."
삼각형으로 뾰족하게 자른 수박의 끝에 소금을 살짝 찍어서 작게 입을 벌려서 한 입 먹어 보였다. 그래서 나도 두렵게 흉내를 내어보았다. 지금까지 그토록 수박이 맛있다고 생각한 적은 없을 정도로 달고 맛있었다.
"그렇군요. 이것은 정말 놀랍게도 맛있습니다. 정말 몰랐습니다."
수희는 이번에는 가느다란 손가락으로 입가를 가리고 웃었다. 수박을 먹으면서 여러 가지 이야기를 했다.
"민수 씨는 추석에 귀향하시나요?"
"네, 하루만 다녀오려고 생각합니다. 나는 차남이기 때문에 없어도 좋을 듯하지만, 얼굴을 보이지 않으면 부모님들이 섭섭해하시니까요."
그러자 수희는 아름다운 눈썹을 모으면서 나를 책망하는 듯이 말했다.
"조상 공양은 잘하셔야 합니다."
뜻하지 않게 강한 어조이었기에 나는 당황했다.
"네, 매년 무덤 풀베기는 나의 담당입니다. 풀이 너무 자라서 매년 곤란합니다."
  그런 말을 하는 건 실수를 되찾으려고 하는 말이었다. 수희는 그런 나의 당황스러움을 알아차리지 못하고 다른 쪽으로 눈길을 보내고 있었다. 무엇일까? 생각하고 시선의 끝을 쫓아보니까 평소에는 아무것도 없는 벽에 오래된 족자가 걸려 있었다. 족자라고 해도 흘려 쓴 한문의 글자가 늘어선 옛날 물건일 뿐으로 보였다. 잘 보니까 어찌 되었든지 서신을 붙여서 족자로 만든 듯했다. 나는 흘려 쓴 한문체를 읽을 수 없었지만, 상당히 오래된 건 알 수 있었다.
  "이것은?"
  수희는 어딘가 애정이 가득하고 처연한 눈길을 족자로 돌린 채 대답했다.
  "우리 조상께서 임금님으로부터 직접 받은 것입니다."
  "네에? 직접 임금님으로부터입니까?"
  "우리 조상은 사숙을 열고 신분이 낮은 사람들을 지원하여 사회 진출을 도왔다고 합니다. 그 공을 인정받아 임금님으로부터 서신이 내려졌다고 합니다. 이러한 서신은 매우 드문 듯합니다. 일 년에 몇 번이고 이렇게 바람을 쏘여주고 있습니다. 우리 집안의 매우 소중한 가보니까요."
  여기서 말하는 우리 집은 중수네 집이 아니라, 수희의 친정을 말하는 건 분명했다. 시집올 때 가지고 왔었는지, 아니면 수희의 친정에 가보를 계승할 자손이 없었던 것일지도 모른다.
  "대단히 훌륭한 물건인 듯합니다."
  서신의 묵 흔의 용장이 활발함을 보고, 나는 그렇게 말했다. 그러자 수희는 자신의 붓글씨 솜씨를 칭찬받은 듯이 수줍음을 작은 얼굴에 떠올리며 고개를 작게 끄덕였다. 동녀처럼 천진난만한 미소와 몸짓이었다. 그때까지도 잠시 수희는 감사장 서신의 족자를 바라보고 있었다. 이윽고 나를 똑바로 바라보면서 평소 말투로 말했다.

"민수 씨 공부 열심히 하세요."

'알고 있습니다'라고 대답하려고 했다. 그러나 수희의 눈빛이 평상시와 달리 매우 진지했으므로, 가볍게 대답하는 일에 주저했다. 어린아이에게 타이르는 듯이 수희는 매우 진지한 말을 거듭했다.

"배울 수 있다는 것은 대단히 소중한 일입니다. 세상은 대체로 마음먹은 대로 되지 않는 것입니다. 그래도 배움이 있으면 세상의 일이라도 억울한 일을 당하는 일도 분명 적어지게 됩니다. 힘들지만 부디 열정을, 가지고 공부해 주세요."

어느덧 바람도 끊어진 듯했다. 풍경은 쥐 죽은 듯이 조용해져 있었다. 매미조차 멸종해 버릴 듯한 혹서의 날이었다.

* * *

수희가 강철만을 살해한 것은 2013년 9월 1일 21시에서 23시 사이라고 추정되고 있다. 9월 2일 4시를 넘어서 조깅하고 있던 그 지역의 남성이 공터에 사람이 쓰러져 있는 걸 발견하고 119번에 통보했다. 구급대는 통보받은 후 7분 후에 달려갔다. 쓰러져 있던 사람은 이미 사망했고 구급대원은 경찰의 도착을 기다리고 있었다. 공터는 아파트 건설 예정지였지만, 부동산 회사가 자금 조달에 시간이 걸렸으므로 그해 오월부터 방치되어 있었다. 풀도 베지 않았던 것일까? 구월의 시점에서 잡초는 매우 자라서 성인 허리 정도의 높이가 되었다. 시체는 도로에서 3M 정도 떨어진 데 있었다. 무성히 자란 풀 때문에 직접 볼 수 없었다. 첫 발견자는 나중에 그 점을 추궁당했었다. 소변을 보려고 들어선 것이라고 변명했다. 시체의 주머니 속의 지갑에 들어 있던 명함에서 신원은 곧 밝혀졌다. 성명은 강철만, 55세로 대부업체인 '영원 상사'를 운영하는 사람이었다. 가족은 다른 지방에 아들이 한 명뿐이었지만 직원들에 의해서 신원이 확인되었다. 사인은 배를 예리한 칼에 찔려서 과다 출혈이었다. 사망 추정 시간은 1일 오후 9시부터 11시 사이로 보았다. 변호사라는 직업상, 나는 많은 금융 업체의 사람들과 아는 사이가 되었다. 그들의 성격과 기호는 다양하였지만, 독특한 인상을, 가진 사람이 이상하게 많았다. 의심이 매우 깊은 듯한 눈빛이 그중 하나의 특징이다.

사람들은 대체로 이자가 높은 줄 알면서도 대부업체에 돈을 빌리려고 올 때는 지옥에서 부처를 만나러 오는 듯한 얼굴로 온다고 했다. 돈을 빌리고 나면 그때의 그 고마움을 잊어버리고 언제 그랬냐는 듯이 태연한 얼굴로 발뺌한다. 여러 번 그런 일을 당하게 되면 뭐 대략 그런 얼굴이 되는 거라고 선배 변호사가 가르쳐 주었다. 경찰의 조사는 변호사까지 돌아가지 않는다. 법정에서 검찰이 주장한 내용을 나름대로 조사하여 9월 1일의 행방은 어느 정도 밝혀지고 있었다. 직원들의 증언에 의하면 철만이 집을 나온 건 언제나처럼 아침 여덟 시 삼십 분. 자동차를 소유하고 있었지만, 비가 오지 않으면 건강을 위해 사무실까지 걷는 습관이 있었다. 사무실에는 아홉 시 전에 도착하였다. 오전 중에는 공증사무소에서 당좌수표의 공증을 요청했다. 오후에는 사무실에 있었지만, 확실히 평소와는 모습이 달랐다고 했다.

"평소에는 일벌레였지만요. 그날은 조금 어쩐지 불안한 듯이 마음이 가라앉지 않는 듯이 조금 흥분하는 듯한 느낌이었습니다."

한 직원이 말해 주었다. 조사기록에는 다른 직원의 말도 메모가 되어 있었다.

"사장의 그런 태도는 대체로 노리는 먹이가 있을 때였어요. 고인의 일입니다만, 뭐 그다지 존경할 수 있는 사람은 아니었습니다."

대부업체가 돈을 빌려주는 건 이자로 돈을 벌기 때문이다. 그러나 철만은 때때로 원하는 물건을 손에 넣기 위해 돈을 빌려줄 때가 있었다고 했다. 취미로 모으는 골동품을 가지고 있는 사람을 속여서 억지로 뺏는 짓이나 다름없는 일이 비일비재 했었다. 더 나아가 좋아하는 여자에게 비열한 거래까지 하고 있었다는 소문을 들었다. 여러 가지 이야기를 모았지만, 대체로 그다지 평판이 좋지 않은 사람이었다. 밤늦게까지 회사에 남아있을 때가 많았다는 철만이지만 이날은 저녁 6시에는 돌아갈 준비를 시작하고 여섯 시 반이 안 돼서 회사를 나갔다고 했다. 자주 갔다는 중국 요리점에 나타난 시간은 일곱시 쯤 회사에서 바로 갔던 걸로 보인다. 이 가게 주인의 증언이 있었다.

"철만 씨는 언제나처럼 군만두와 맥주를 주문했습니다. 그런데 사람을 만나야 한다고 하며 서둘러 식사를 마치고 나갔습니다."

중국요리 가게를 나온 후 이튿날 시신이 발견될 때까지 철만을 본 사람은 없었다. 물론 가해자인 수희는 별도로 하더라도. 철만의 사업 장부를 조사하고 철만에게 채무 상환이 밀려있는 인물을 찾기 위해 조사하던 경찰은 김수희의 이름 아니, 남편 엄중수를 찾아냈다. 첫 번째 조서는 시체 발견부터 불과 이틀 후 9월 4일부터 이루어지고 있었다. 경찰은 중수를 의심한듯했지만, 당시 중수는 불의의 사고로 입원해 있었다. 수희의 행동에 의심하게 된 경찰이 가택수사를 하기까지는 일주일도 걸리지 않았다. 변호사로서는 피고인이 철만의 지갑에 손을 대지 않은 것이 고마웠다. 강도 치사와 같은 살인 혐의라고는 할 수 없이 수희는 살인죄와 시체유기 혐의로만 기소되었다. 파일에는 증거품의 사진도 끼워져 있었다. 그 대부분이 나에게도 낯익었다. 흉기로 사용된 식칼은 수희가 항상 부엌에서 쓰던 칼이었다. 시체를 날랐던 손수레는 중수가 물건을 나르는 일에 사용했었다. 거실의 벽장에 숨겨 놓았던 방석과 벽에서 압수된 족자, 그런 것들은 모두 살인 현장이 수희 집 거실이었다는 걸 증명하는 데 사용되었다. 족자 밑에 있던 빨간색의 달마 인형에는 혈흔을 찾을 수 없었다. 그러나 과학 감정에 의해서 그 뒤쪽에 피가 튀겨있는 걸 알 수 있었다. 약간 거무스름한 흔적을 볼 수 있었다. 작은 달마 인형이었다. 이것은 수희가 나와 함께 갔었던 절에서 산 것이었는지도 모른다. 그러나 수희의 달마 인형이 어떻게 됐는지 물어본 적이 없었다.

*　　*　　*

　대학 4학년이 되는 해이기 때문에, 수희 집에서 하숙을 시작하고 두 번째 봄이었다. 당시 나는 정신적으로 쫓기고 있었다. 오로지 공부만 하려고 해도 미래에 대한 불안에서 벗어날 수 없이 책상으로 향하는 시간만 쓸데없이 길어지고 성과는 없는 악순환을 반복하고 있었다. 식욕은 없고 잠은 깊게 잘 수가 없고 친구들과의 만남도 기피하고 있어서 친구들에게도 걱정을 끼치고 있었다. 시험 기간에 들어가서 대학에서 강의를 받을 수 없는 것도 번민에 박차를 가했다. 책상에는 고향을 뒤로할 때 찍은 가족사진을 앞에 두고 있었다. 가족 모두가 나를 응원하고 지탱해 주고 있었다. 열심히 하지 않으면, 안된다는 자신의 의지를 굳게 다지기 위해 사진 액자를 책상 앞에 두었었다. 그러나 그 무렵은 가족들의 시선이 마치 나를 비난하는 듯이 보여서 참을 수 없었다. 액자는 계속 책상에 엎어뜨린 채로 있었다.
　어느 날 밤, 법서를 앞에 두고 연필을 잡은 채 괴로워하고, 있을 때 계단을 올라오는 소리가 들려왔다. 수희가 야식을 가져다주었다. 고마워하며 받아야 했는데, 나는 무뚝뚝한 얼굴로 접시를 받았다. 혼자 있고 싶었지만, 수희에게 나가달라는 말도 못 하고 가만히 주먹밥을 먹고 있었다. 아마도 수희는 전부터 나의 초조함을 간파하고 있었을 것이다. 조용한 목소리는 진정으로 상냥했다.

"민수 씨, 공부는 어떻습니까?"

그러나 나는 초조함을 감출 수 없었다.

"잘 안되고 있습니다. 어쩔 수 없습니다. 법률 같은 공부는 나처럼 머리 나쁜 녀석에게는 감당할 수 없었을지도 모르겠습니다. 애초부터 분수를 생각했어야, 했을지도 모르겠습니다. 인제야 멈출 수도 없고 이 길은 역시 나에게는 잘못되지 않았을까 하는 후회만 하고 있습니다."

나는 한심한 푸념을 순서도 없이 주절댔다. 수희는 나무라는 기색 없이 미소를 지으며 전혀 다른 말을 했다.

"내일은 조금 용무가 있어서 외출해야 합니다. 그런데 짐이 많아질 듯해서 바쁘실 터인데 대단히 미안하지만, 함께 가주실 수 없으시겠습니까?"

"네? 제가입니까?"

2년 이상 하숙하면서도 수희의 외출에 동행했던 적은 한 번도 없었다. 전혀 생각하지도 않았던 일이었다. 당시의 나에게는 1분 1초가 아쉬운 시기였었다. 당황하니까 수희는 보기 드물게 몹시 강한 어조로 말했다.

"네. 반드시 함께 가주셨으면 해요."

어쨌든 평소에 신세를 지고 있는 사람이다. 이렇게 강한 어조로 부탁받고 보니까 거절할 수도 없었다. 마지못해 끄덕일 수밖에 없었다. 다음날 날씨는 매우 맑았지만, 이른 봄이므로 아직 바람은 차가웠다. 나는 낡은 코트를 걸치고 있었다. 가난한 학생 시절 방한복이라고 하면 그 한 벌로 겨울을 날 수밖에 없었다. 수희는 빗살 무늬의 모직 코트를 입고 있었다. 중수는 우리가 함께 나가는데 물론 좋은 얼굴은 하지 않았다. 수희가 미리 얘기했던 듯했다. 그 자리에서 아무런 말도 묻지 않았다. 수희는 구두를 신고 있기에 걷는 걸음도 빠르지 않았다.

나는 나대로 머릿속에서 판례와 학설을 머릿속에서 흐트러지지 않도록 정리하면서 걷고 있었다. 그동안 커튼을 닫은 채 방에만 틀어박혀 있었으므로, 삼월의 약하고 부드러운 햇살이지만 햇살이 눈에 들어와서 눈이 부셨다. 밑을 보고 걷고 있었다. 모르는 사람들이 옆에서 보면 어딘가의 귀한 집 도련님이 느릿느릿 외출하는 모양새여서 필시 우스꽝스러웠을 것이다. 그렇게 수십 분 걸었을까? 수희가 문득, 멈춰 서서 말했다.

"민수 씨. 얼굴을 좀 들어 보세요."

그래서 나는 발걸음을 멈추고 하늘을 올려다보았다. 어느새 꽃 터널 안에 있었다. 신맛이 있는 가지에 홍 백의 꽃이 무수히 피어 있었다. 그것을 본 순간, 귀에는 새소리가 코에는 향기가 되살아났다.

"와우, 정말로 아름답습니다."

나는 정말 놀라서 신음하듯이 말했다.

"지금이 가장 아름다운 시기입니다. 빨리 피는 건 끝나고 말았지만, 늦게 피는 꽃은 아직 한창이네요."

"이 녀석은 벚꽃입니까?"

짐짓 점잔을 빼는 얼굴로 그렇게 말하니까, 수희는 곤란한 듯이 웃었다.

"이것은 매화입니다."

"아, 그렇습니까?"

이것은 매화라는 것입니까? 라고는 역시 부끄러워서 되물을 수 없었다. 나는 대학 4학년이 되어서도 매화조차도 눈으로 보고 분간할 정도로 일반 지식이 없었다. 올려다보고 있는 나에게 기회를 주려는 듯이 수희가 물었다.

"요즘 뭔가 초조해, 하시는 것 같네요."

"네, 그런 것 같습니다."

"곤란한 일이라도 있나요?"

끝없이 계속될 듯한 매화의 꽃길을 멍하니 바라보며 동창에게도 말하지 못한 사정을 수희에게 말하고 말았다.

"우리 집은 군산에서 어부 일을 하고 있습니다만, 아무래도 요즘 별로 작황이 좋지 않아서 지금까지처럼 학비를 보낼 수 없다고 말하네요."

고기가 잡히지 않게 된 일만이 이유가 아니었다. 오랫동안 치열한 일터에서 아버지는 무릎을 다쳐서 원래대로 일할 수 있을지 그 여부조차 알 수 없다고 말했다.

"당장 학비와 하숙비가 걱정입니다. 앞으로도 사정은 좋아지지 않는다고 생각하면 초조해집니다. 어떻게든 학교 다니는 동안에 사법 시험에 합격해야 한다고 생각합니다. 대학을 졸업하면 장학금조차 없어지니 더욱 공부할 시간도 돈도 내겐 없으니까."

"사법 시험이라는 게 그렇게 어려운가요?"

"5년이나 10년의 공부는 당연한 일이고 20년에 걸친 사람도 있다고 합니다. 그러니까 학생 때 합격한다는 일은 전설 같은 얘기입니다."

그러나 각고의 보람이 있어서 내 성적은 오르고 있었다. 그러나 머리 회전이 빠르다고는 할 수 없었다. 사고의 유연성도 부족한 면이 있다. 등용문을 한 번에 빠져나가기에는 조금 부족한 면이 있다고 통감하고 있었다. 약한 점을 알고도 그것들을 어떻게 하면 보충할 수 있을지 손에 잡히는 방책이 없다. 힘든 시기였다. 공부만으로도 힘들었지만, 경제적인 면도 나를 한없이 힘들게 했다. 한동안 말없이 걸었다. 고개를 숙이고 있던 걸 만회라도 하려는 듯이, 나는 머리 위의 매화를 바라보고 있었다.

"하늘은 반드시 보고 있어요." 이윽고 수희는 그런 말을 했다.

"네, 그럴까요?"

"이 세상 모든 일은 마음먹은 대로 되지 않습니다. 진흙 속에서 몸부림치듯이 괴로움을 당할 수도 있습니다. 그렇지만 민수 씨, 꿈과 목표를 잊어버리면 안 됩니다. 목표만이라도 확실히 가슴에 품고 있으면 어떤 불행도 견딜 수 있습니다. 민수 씨는 지금까지 열심히 공부하시지 않았습니까? 나는 그것을 분명히 보고 있어요. 하늘도 보고 있었을 게 틀림없습니다. 오늘은 여기에 오셨으니까, 소원을 간절히 빌어보세요."

어느덧 사람들의 활기찬 목소리가 가까워지고 있었다. 내리막 끝에 울창한 삼나무 숲이 보였다. 그 사이에서 절이라고 생각되는 구리 동판의 지붕이 보였다. 매화도 모르는 내가 알고 있는 건 아니었지만, 그날은 절에서 무슨 행사가 있는 날인 듯했다. 아직 이른 오전 중인데도 많은 사람이 있었다. 오랫동안 하숙집 2층에 갇혀 있던 나에게는 눈이 돌 정도의 광경이었다. 기력이 정정한 노인도 있고, 건장한 젊은 사람도 있고, 남자 혼자 여행하는 사람의 모습도 있고, 연배의 사람들이 인파 사이를 누비며 분주하게 달리고도 있었다. 수희의 용무라고 말했던 일이 이것이었나 하는 것도 잠시, 나는 빗살 무늬의 코트 자락을 표적으로 삼고 혼잡을 헤치고 나갔다. 수희의 뒤를 따라 돌계단을 올라가 문을 빠져나와서 경내에 이르렀다. 나는 무심코 '아'라고 목소리를 냈다. 여기저기에 돗자리가 펼쳐져 있었고 제단이 세워져 있고 그들이 모두 흰색과 강렬한 빨간색으로 가득 차 있었기 때문이다. 무수한 소원과 그 성취를 기원하는 모습을 목격하고 나는 불가사의한 감회에 사로잡혀 있었다. 자신의 학업이 대성하거나 사법 시험에 합격할 수 있을까? 나의 소중한 소원은 단지 그것뿐이었다. 확실히 난관이지만, 아무래도 무리는 아니라는 생각과 자신감과 함께 힘이 온몸으로 가득 차올랐다. 이 정도로 많은 사람이 모인다는 건 소원은 이루어지기 때문이다. 나에게도 길이 없을 리가 없다. 생각하면 비논리적이지만, 눈앞만을 보는 일상에 문득 훈풍이 불어 나쁜 꿈을 날려버릴 듯한 마음이 들었다.

"소원을 하나 선택하세요."

마음 탓인지 매우 온화한 표정으로 탄력 있는 목소리로 수희가 그렇게 권했다.

"민수 씨 정도 열심히 공부하신 경우, 나머지는 부처님의 도움을 기다릴 뿐이에요. 여기 부처님은 매우 힘이 있어서 해마다 수많은 합격자를 만들어 내고 있어요. 그러니까 민수 씨 소원도 반드시 들어주실 겁니다."

격려의 말도 솔직하게 가슴에 와닿았다. 그렇다. 지금부터다. 나는 초봄의 경내에서 아무도 모르게 주먹을 쥐었다. 내 소원은 물론 사법 시험 합격이지만, 수희는 무엇을 염원했는지 말하지 않았고, 나 또한 굳이 묻지 않았다. 그 소원이 이루어졌는지 그 여부는 알 수 없지만, 나의 일차 시험은 무사히 돌파했다. 예상이 맞았고 감도 선명하여 생각보다 위태롭지 않게 합격했다. 하지만 그것만으로 정말 자신의 공부가 수준에 도달했는지 모르겠다. 단지 그 절에 다녀온 이후부터는 불안 때문에 정신이 휘둘리지는 않게 되었다. 어쨌든지 할 수밖에 없었다. 하지만 금전적인 곤란은 생각보다 빨리 다가왔다. 평소보다 아버지의 건강이 더욱 나빠져서, 송금이 끊어지고 말았다. 운이 나쁘게 시험에 대비하여 일용직에도 나가지 못하고 있었다. 그때 꼭 필요한 책을 사 버렸기 때문에, 돈이 완전히 바닥을 보이게 되었다. 다른 일은 어떻게든 되겠지만, 매월 20일 하숙비는 어쩔 도리가 없었다. 송금은 열흘 정도 지나면 도착하니까 그때까지 기다려 달라고 거짓말을 하려고 생각했다. 운 나쁘게 하숙비는 중수에게 직접 건네주고 있었다. 나는 원래 그다지 겁을 내지 않는 성격이었지만 이때는 정말로 마음이 무거웠다.

이슬비가 뿌리는 황혼 녘, 수희가 나가는 모습이 2층 창문에서 보였다. 나는 수희 앞에서 고개를 숙이는 모습은 별로 보여주고 싶지 않았다. 이 기회에 중수에게 이야기하려고 마음을 먹었다. 계단을 내려가서 거실 앞에서 '실례합니다'라고 한마디 말하고 나서 문을 열었다. 순간, 숙성된 감의 냄새가 코를 찔렀다. 중수는 방석 위에 앉아 있었다. 탁자 위에 술병과 잔을 두고 안주도 없이 술을 마시고 있었다. 나는 별로 놀라지는 않았다. 요즘 중수는 술 냄새를 풍기면서 저녁 식사의 자리에 앉거나, 과음해서 밥을 기다리지 않고 자 버리는 일도 자주 있었기 때문이다. 취한 상대로 돈 얘기를 하는 건 좋지 않았다. 재빨리 물러나려고 했지만, 중수는 나를 바라보며 지금까지 별로 들어 볼 수 없었던 나긋나긋한 목소리로 말했다.

"아, 학생이네. 잠깐 이리 와서 나와 함께 한잔, 합시다."

얼굴은 빨갛지만 의외로 말투는 분명했다. 거절할 이유가 없을 듯했다. 사실은 나도 원래 술을 싫어하지 않기 때문이었다.

"그럼, 한잔만 하겠습니다."

잔은 하나밖에 없기에 나는 찻잔에 술을 받았다. 중수가 자세를 바꾸고 찰랑찰랑 부어주었다. 시험받는 일이라고 생각하고 한 번에 모두 마셔버렸다. 그러자 중수는 오히려 재미없다는 얼굴을 했다.

"술맛은 어떤가?"

가난한 학생으로 제대로 된 술도 마실 수 없었지만, 그래도 그 술은 심했다. 소주가 아닌 브랜드명을 알 수 없는 위스키였다.

"저는 술맛을 잘 모릅니다."

그렇게 도망가려니까 중수는 의외로 고개를 끄덕였다.

"그래, 솔직히 말해서 술이 맛있어서 마시는 건 아니지."

"맛있지 않은데도 왜 마시는 겁니까?"

"마시면 취하니까."

말하고 나서 자신의 잔을 들어서 마셨다. 나는 빈 잔에 술을 따랐다. 중수는 잔 속의 술을 한참이나 들여다보고 있었다. 잠시 후 혼잣말처럼 말했다.

"사람들은 취한다, 취한다고 말하지만, 나는 술에는 강하지, 그래서 몸은 불행하다고 할 수 있지. 술값을 걱정하기 때문에 아무리 마셔도 기분 전환도 되지 않아."

그리고 다시 잔을 기울였다. 일이 잘되지 않기에 기분이 좋지 않은지, 마음이 바르지 않기에 일이 잘되지 않는 것인지 모르겠다. 비가 왔다고 가게를 빨리 닫는 날도 있고, 배가 아프다고 쉬는 날도 있었다. 그 위에 과음하는 습관까지 붙어 버리면 그걸로 끝이다. 중수 혼자라면 자업자득일 수도 있지만, 수희가 함께 끌려 들어가는 일은 가슴 아프다. 남의 인생에 충고할 수 있을 만큼 떳떳한 분수는 아니지만 돌려서 말해 보았다.

"그렇게 말씀하십니다만, 저렇게 마음씨 착하고 훌륭한 부인이, 계시는 건 부러운 일입니다. 저도 장래는 부인 같은 아내를 맞아들여 행복하게 살고 싶습니다."

"마음씨 착하고 훌륭한 부인이라고?"

중수는 '흥'하고 콧방귀를 뀌고 노려보듯이 나를 보았다.

"학생, 몇 살이지?"

"네, 스물세 살입니다."

"스물세 살."

나의 말을 반복하면서 입꼬리를 불쾌하게 위로 올렸다.

"그 정도가 되면 좀 더 인생을 알고 있어도 좋을 나인데. 글쎄, 왠지 귀찮은 시험공부를 하는 듯하니까 인생을 모르는 건 유감이라고 말할 수 있는데. 미안해."

말로는 유감이라고 하지만 전혀 유감은 아니라는 듯한 얼굴로 '쿵'하고 소리 내어서 잔을 테이블에 내려놓았다. 중수는 나에게는 시선을 주지 않고 자신의 앞만을 보면서 계속 말했다.
  "술에 강한 것도 불행이지만, 아내가 훌륭하다는 일은 더욱더 불행한 일이지."
  "그런 일이 왜 나쁩니까?"
  "학생에게는 그런 일이 아직 어려운 말일 거야."
  그렇게 말하고 중수는 킬킬거리며 웃었다. 잔을 들어 입에 들어부으면서 조금 혀를 찼다. 중수와 마주 앉아서 서로 이야기할 수 있었던 기회는 한 번뿐이었다. 그러나 돈을 마련할 수 있는 일은 더욱 없었다. 최고 난관의 논문 시험을 앞두고 일용직으로 시간을 뺏길 수가 없었다. 일상의 돈 문제로 정신을 뺏기고 싶지는 않았다. 어쩔 수 없이 나는 수희에게 부탁하기로 했다. 장마 중 약간 흐리면서 비의 기색은 없는 날이었다. 중수는 아침부터 나가고 없었다. 마당에서 빨래를 널고 있던 수희에게 마당으로 내려가서 사정을 말했다. 나의 이야기를 듣는 수희는 약간 미간을 찌푸렸다.
  "도와드리고 싶습니다. 하지만 주인이 기다리고 있어요. 그 사람은 민수 씨를 마음에 들어 하지 않습니다. 한 번이라도 늦으면 쫓아내라고 할 정도니까요. 말하는 건, 어렵지 않습니다만."
  "변명할 수 없습니다. 쫓겨나는 일도 각오하고 있지만, 다음 달 시험까지만 어떻게 할 수 없을까요?"
  갸름한 턱에 손을 대고, 수희는 잠시 생각에 잠기는 듯했다.
  "송금이 도착할 때까지 주인에게 전달할 돈이 당장 있으면 되겠군요."
  그렇게 말하면서 그녀는 툇마루에 올라가서 나를 뒤돌아보았다.
  "이쪽으로 오세요."

수희가 거실로 들어갔다. 탁자에는 꽃이 꽂혀 있고, 조금 떨어진 책장에는 여러 가지 책이 꽂혀 있었다. 책장 밑 칸에는 달마 인형이 놓여있었다. 그리고 그 뒤에 종이상자가 보였다. 수희는 살짝 옷자락을 누르고 그 앞에 앉았다. 달마 인형을 살짝 뒤로 돌려놓았다. 종이상자 안에 손을 넣어서 꺼낸 건 길쭉한 나무 상자였다. 보라색 끈으로 묶여서 있었다. 조용히 끈을 풀고 나서 수희는 가슴 앞으로 손을 모아서 합장했다. 경건한 손놀림으로 뚜껑을 열었다. 내용은 두루마리이었다. 언젠가 본 임금님의 서문 족자인 듯했다. 그리고 상자 안에 있던 건 그것만이 아니었다. 상자에서 꺼낸 건 돈이 든 갈색 봉투였다. 한 달 분의 하숙비를 봉투에서 꺼내서 수희는 나에게 내밀었다.

"이걸로 주인에게 전달하십시오. 돌려주시는 일은 송금이 도착하면 하세요."

나는 거듭, 거듭 놀랐다. 수희가 남편 모르게 비상금을 만들고 있었다는 사실이다. 그 귀중한 비상금을 감추어 둔 장소를 내게 보여주었다. 그리고 그 돈을 빌려주었다. 수희라면 도와줄 걸 믿고 있었다. 그러나 이런 형태로 도움을 주리라고 생각은 하지 못했었다.

"아, 정말 죄송합니다"

달리 말로 표현할 수 없어서 입속으로 중얼거리면서 그 돈을 받을 수밖에 없었다. 나는 그 돈으로 하숙비를 중수에게 건네주었다. 그리고 다음 달에는 사법시험 최대의 난관인 논문 시험까지 넉넉하게 합격할 수 있었다.

중수는 아내의 뒤에 숨어서 화려한 유흥 생활을 즐기고 있었다. 그 돈의 출처가 강철만의 사채업 영원 상사였다. 중수가 간경화로 쓰러진 후 철만은 수희에게 상환을 독촉했다. 살인의 동기가 이 채무에 있다는 사실을 나는 검찰과 다투지 않았다. 단지 구체적인 경위에 대해서는 주장이 엇갈렸다. 검찰은 수희가 채무 독촉에서 피하려고 철만을 살해했다고 주장했다. 흉기로는 식칼을 이용한 점에서 계획성이 인정된다고 주장했다. 그렇지만 나의 주장은 달랐다. 수희가 철만을 살해한 일은 인정했다. 그것은 살인 장소가 거실이었기 때문이다. 그러나 철만은 채무를 핑계로 수희의 몸을 탐했다. 수희는 자신을 보호하기 위해 충동적으로 범행을 저질렀을 뿐이었다. 범행의 계획성은 절대로 없는 정당방위였다. 내가 변호사로 독립하고 처음 맡은 살인 사건의 재판이었다. 검찰의 견해에 정면으로 맞서며 이의를 제기했다. 이것은 초보자 변호사에게는 용기가 필요한 일이었다. 사실 여러 동료나 선배들에게서 충고를 받았었다.

"민수 군, 젊었을 때는 좀 더 몸을 사리면서 해나가는 것이 좋을걸."

그러나 나는 어떻게든지 수희의 형량을 가볍게 하고 싶었다. 그것은 경험 부족으로 겁이 없었기에 여론조차 무시할 수 있었다. 재판은 격렬하고, 힘들었다. 수사 기록에는 대립점의 수가 당시의 소감에 대해서 극명하게 기록되어 있었다.

"채무 변제에서 벗어나기 위해 살인을 저지른 것은 너무나 악질적인 범죄로서 동정의 여지가 없다."

그러나 철만을 죽여도 채무는 탕감되는 것은 아니다. 그것은 수희도 알고 있었다. 상환 변제에서 벗어나려는 동기로는 이치에 맞지 않았다.

"식칼이 준비되어 있던 것은 피고인이 살인을 계획하고 있던 증거이다."

그러나 흉기는 피고인이 평소 집안일에 사용하던 식칼이다. 계획적이라고 한다면 왜 새로운 식칼을 준비하지 않았겠는가? 수희는 피해자에게 수박을 대접하려고 거실에 칼을 가져왔다고 말하고 있다. 당일 낮 수희가 수박을 샀다는 증언도 있었다.

"피해자를 찌른 후 119에 통보하지 않은 건 계획 살인의 절대적인 증거다."

그러나 피고인은 즉사했다고 말하고 있다. 심장이 멈춰있는 사람을 위해 구급차를, 부르지 않았다고 해서 비난하는 일은 합당하지 않았다.

"시신을 공터에 유기한 일은 사건의 은폐를 도모한 것이며 악질적이다."

그러나 가까이 있는 공터에 묻지 않고 방치한 일을 가리키면서 사건 자체의 은폐를 노리고 있었다고 말할 수 있을까? 남편이 입원해서 혼자 있는 집에 시체가 있으면 두려워서 멀리 도망가고 싶어지는 일도 무리는 아니다. 공포에 기반해서 발작적인 행동으로 이해해야 하는 건 아닐까? 정당방위를 강하게 밀어붙였지만, 반격의 실마리는 좀처럼 발견되지 않았다. 나는 혼자만의 조사에서 부채 탕감의 교환으로 철만에게 육체관계를 강요당했던 다른 피해 여성을 찾아낼 수 있었다. 변호 측의 증인으로 그녀가 증언만 해주면 수희는 철만에게 관계를 강요받고 저항한 것이라는 주장을 보강할 수 있었다. 그러나 그녀는 증언대에 서는 일은 절대적으로 거부하고 있었다. 대신에 애장하던 보물인 골동품인 칼을 빼앗긴 노인을 소환했었지만, 이 사람은 커다란 실패였다. 그는 입을 더럽히며 철만을 욕할 뿐, 철만이 때로는 원하는 것을 손에 넣기 위해 돈을 빌려주었다는 증인으로서의 도움이 되지 않았다. 오히려 노인은 피고인을 향해서 '죽여주셔서 감사합니다'라고까지 말했다. 피해 여성의 거부는 무리한 일이 아니었다. 그러나 만약 그때 여성의 증언을 얻을 수만 있었다면 판결은 조금 달랐던 건 아니었을까? 그것은 지금도 억울한 일이었다. 결국 쟁점은 하나이었다.

즉, 2013년 9월 1일 수희는 처음부터 철만을 살해하려고 했었을까? 계획적이었을까? 우발적이었을까? 검찰의 주장에 관건이 부족했지만 내 쪽에서도 명확하게 계획성을 부정하지 못하고 있었다. 하지만 내게는 하나의 공격할 방법이 있었다. 범행 현장을 수희네 집 거실이라고 특정하는 증거로서 검찰은 수희가 목숨처럼 아끼는 족자를 제출했다. 혈액은 거실의 바닥에 있었지만, 수희는 그 얼룩을 깨끗하게 닦아냈었다. 그래서 족자가 가장 시각적으로 강한 증거였다.

족자의 중요 서문에는 피가 튀지 않았지만 가장자리 부분에 튄 피의 흔적이 남아있었다. 혈액은 공기에 노출되면 검게 되지만, 역시 괴상하게 느껴질 정도로 생생함이 있었다. 검찰 측은 피의 혈액형이 피해자의 혈액과 일치한다고 발표했다. 나는 이 기회를 놓치지 않고 수희에게 질문으로 감행했다. 역시 수사 기록에 남아있다.

"저것은 오래된 서신을 족자로 만든 것이군요? 표구를 의뢰한 사람은 당신입니까?"

수희는 천천히 고개를 들었다. 과연 평상시에 볼 수 없었던 피로를 감추지 못하는 금방이라도 쓰러질 듯한 얼굴이었다.

"아니요. 다릅니다. 할아버지가 장인에게 의뢰한 것으로 알고 있습니다."

"할아버지란 엄중수의 할아버지가 아니라 당신의 친정 할아버지네요?"

"네, 그렇습니다."

"이것은 당신의 친정에서 당신이 물려받은 가보이군요?"

"네."

추궁당하는 상태로 대답하면서도 수희는 이상하다는 듯이 다소 눈썹을 찌푸렸다. 시야의 건너편에는 검사도 엄중한 얼굴을 하고 있었다.

"평소에도 거실에 걸어놓았습니까?"

"아니요. 상자에 넣어 두고 있었습니다."

"관리는 어떻게 하고 계셨습니까?"

"일 년에 몇 번씩은 좀먹는 걸 방지하려고 바람을 쏘였습니다."

"그렇군요. 오래 간직하고 계신 것 같은데, 그러면 이 족자는 매우 소중한, 가보라고 말할 수 있겠군요?"

피고인은 분명히 고개를 끄덕이며 짧게 말했다.

"네 가보입니다."

나는 침을 삼켰다. 여기부터가 승부의 시작이라고 생각했다.

"사건이 있었던 9월 1일 당신은 이 족자를 어디에 두었습니까?"

"거실에 걸어두고 있었습니다."

"그것은 어째서입니까?"

"강철만 씨를 맞이하는데, 거실이 너무 초라해서는 안 된다고 생각했습니다."

"손님을 맞이하기 위해서 소중한 족자를 걸어놓으셨군요?"

"그렇습니다."

당일 피고인 수희는 철만이 찾아왔다는 일은 인정하고 있다. 철만을 맞이할 준비를 하고 있었다는 증언은 불리하지 않았다. 오히려 매우 유리한 증언이었다. 나는 거듭해서 물었다.

"소중히 간직했던 가보인 족자에 피가 묻어 버린 것입니다만, 그걸 보고 어떤 생각을 하셨습니까?"

나의 의도를 눈치챘는지, 검사가 옆에서 참견했다.

"그게 무슨 상관이 있다는 겁니까? 관계없는 질문은 삼가세요."

아무튼 음성이 매우 큰 남자였다. 상대를 협박하는 듯한 목소리에 나는 상대를 노려보았다. 판사가 부드럽고 물었다.

"검찰의 항소입니까?"

"네, 그렇습니다."

"어떻게 할 겁니까? 변호인"

나는 등허리를 곧바로 펴고 응답했다.

"변호인단은 사건 당일 피고인이 어떤 준비를 하고 피해자를 맞이했는지 분명히 해 두고 싶습니다."

"알았습니다. 계속하십시오."

잠깐 고개를 숙이고 나서 다시 수희에게 향했다. 수희는 내 질문에 꺼져가는 듯한 목소리로 대답했다.

"조상에게 오로지 죄송하게 생각합니다."

이 말을 받아서 나는 의견을 진술했다.

"검찰이 주장하는 듯이 피고인이 미리 살의를 가지고 이 피해자를 기다리고 있었다면 왜? 그토록 소중한 가보인 족자를 일부러 포장을 풀고 거실에 걸었을까요? 실제로 피가 묻어 버렸고 더 나쁘게 말하면, 철민에게 격렬하게 저항하다가 찢어졌을지도 모릅니다. 그렇게 될 수 있다는 걸 알고 있으면서 피고인이 족자를 걸어둘 리는 없습니다. 본건은 계획적인 살인이 아니라 예상치 못한 돌발적인 사건이기에, 가보인 족자는 거실의 벽에 걸려 있었습니다. 그래서 소중한 족자에 피가 튀긴 것입니다."

첫 번 판결 심의는 수희의 정당방위는 크게 인정되지는 않았다. 강철만이 수희에게 육체적인 관계를 강요했다는 결정적인 증거를 제시하지 못하였으므로 그 점에서는 힘이 미치지 못했다. 그러나 범행의 계획성에 대해서는 판결에 포함되지 않았다. 이는 피고인에게 유리하게 되었다. 족자의 혈흔이 그 관건이 되었는지 그 여부는 판결문에 적혀있지 않았다. 징역 8년 실형 판결을 받았다. 나는 두 번째 재판 준비에 더욱 주력하기로 마음먹었다. 그렇지만 그 후에 수희는 모든 걸 포기한 듯이 항소하지 않겠다고 했다. 그날은 중수의 사망 소식을 들은 날이기도 했다.

2013년 9월. 수희가 용의자가 되었다는 비보를 들었을 때는 출장지 전주에서 본 업무도 잊어버리고 부랴부랴 달려갔지만, 수희는 이미 체포되어 있었다.

대략적인 사정은 이동 중에 사무장에게서 들었다. 경찰서의 희미한 면회실에서 3년 만에 만날 수 있었던 수희에게 심한 말로 불만을 털어놓았었다.
"왜 좀 더 빨리 체포되기 전에 상담해 주지 않았습니까? 채무도 상담해 주었다면 무슨 방법이라도 찾을 수 있었을 터인데."
유치나 조사에 피곤했는지, 아니면 3년 동안의 생활고가 처참했었는지 수희의 뺨은 내 기억 속에 있는 모습보다 훨씬 초췌하게 나이를 먹고 있었다. 자신이 궁지에 몰려 있는데도 눈이 부신 듯이 나를 올려다보고 따뜻한 미소를 지어 주었다.
"오랜만이네요. 민수 씨, 홀로 독립하신 듯하네요. 출세하셔서 정말 경사스러운 일입니다. 기뻐요. 정말 잘 되었어요. 고맙습니다."
"수희 씨"
졸업하고 3년은 나에게 질주와 같은 세월이었다. 사법 연수생을 거쳐 선배 변호사 사무실에서 심부름하면서 업무의 기초를 배웠다. 재학 중에 합격생이라는 사실로 좋든 나쁘든 눈에 띄었었다. 선배사무실에서 업무가 순조롭게 되지 않아서 바꿀 자리를 찾았었다. 그러나 도와주었던 선배가 그 정도라면 독립하는 편이 좋다고 하면서 도움을 주어서 나는 개인 사무실을 꾸밀 수 있었다. 앞뒤를 가리지 못하는 매일 바쁜 나날을 지내면서도 가끔 가슴 속에서 수희 집에서 추억을 생각해 낼 수도 있었다. 정신없는 업무에 얽매여서 일 년에 한 번의 연하장 외에는 다른 연락은 하지 못했었다. 설마 3년의 세월 동안에 수희가 사람을 죽이는 일까지 저지를 수 있다고는 생각하지도 못했었다. 분명히 내가 할 수 있는 일이 있었을 터인데 나는 아무것도 몰랐으므로 아무 일도 할 수 없었다. 뼈 아픈 통증에 이를 악물 수밖에 없었다. 정신적으로나 경제적으로나 나를 지지해 주었던 사람이다. 살며시 눈을 돌려서 자세히 보니까 수희는 내 마음속에 남아있던 모습과는 전혀 다르지 않았다.

"민수 씨는 그토록 원했던 자신의 길을 걷기 시작했으니 이렇게 확실한 사건에 손을 더럽힐 이유는 없어요."

"무슨 말씀입니까? 그만큼 신세를 지고 있었습니다. 귀찮다고 생각할 리가 있겠습니까? 지금부터라도 모든 손을 쓸 겁니다. 뭔가 해주었으면 하는 일이 있습니까?"

이렇게 말해도 수희는 사양하기만 했다. 좀처럼 입을 열려고 하지 않았다. 목소리를 가다듬고 은혜를 갚고 싶다고 반복해서 말하면서 설득했다. 겨우 수희가 나에게 속마음을 얘기하기 시작했다.

"그렇다면 남편의 지금 사정과 집의 채무가 어떻게 되어 있는지 조사해 주실 수 있을까요?"

"그런 일보다 자기 일을 먼저 생각하십시오."

말하고 싶었다. 그러나 그것이 수희의 소원이라면 거절할 수 없었다. 3년 동안 얻은 연줄을 모두 더듬었다. 이틀 후 모두 만족할 만한 조사를 마쳤다. 그 어느 쪽도 수희를 안심시키는 결과는 아니었다. 중수의 생업이었던 건축재료상은 벗어날 수 없는 빚더미에 빠져 있었다. 토지와 건물은 벌써 은행 저당에 들어가 있었다. 수희가 체포되어서 상환의 기회가 없어진 후에 손쓸 틈도 없이 경매 처리되어 버렸다. 가재도구는 영원 상사가 모두 압류했다. 일부 압류 금지 동산에도 손을 뻗었기에, 그쪽은 내 손으로 해결해 놓았다. 하지만 가재도구만으로는 영원 상사에 대한 채무 반환을 전부 못 하고 있었으므로 가 집행이 붙어도 수희는 집도 없이 빚을 짊어지게 되었다. 남편 중수는 형제들 곁의 병원에서 빌붙어서 치료받고 있었다. 내 얼굴을 보면서 억지로 웃음을 만들며 말했다.

"변호사 선생님이 되었다고요? 훌륭하게 되었네요. 내가 우리 집에서 하숙생으로 받아 준 덕분이겠지요."

은혜를 갚으라는 듯한 말을 계속하던 끝에 결국 돈을 빌려달라고 했다. 병원에서는 간경변이라고 했다. 정확한 건강 상태를 듣는 데는 시간이 걸렸다. 중수의 담당 의사가 환자의 진료 기록은 비밀이라고 좀처럼 가르쳐주지 않았다. 마지막으로는 수희의 위임장을 보여주며 매달렸다.

"우리 병원에서는 할 만큼의 치료는 했습니다만, 그다지 오래 살지는 못할 겁니다. 아무튼 부인에게 전해주십시오."

여기까지 의사의 말을 끌어낼 수 있었다. 수희에게는 기대했던 결과가 아닌 힘든 사실이었다. 나는 가능한 한 그녀의 희망을 빼앗지 않도록 조심했다. 그러나 전해야 할 말은 모두 전했다. 수희는 그 무렵 때때로 지었던 무상한 미소로 말했다.

"잘 알았습니다. 이제 각오할 수 있으므로 재판에 나갈 수 있습니다."

국선 변호인에게 수희를 맡길 수 없었다. 그녀에게 변호사비를 치를 능력이 없는 건 분명했지만 비용은 나중에 상담하자고 밀어붙였다. 그렇게 해서 나는 형사 피고인 수희의 변호인이 되었다. 그 재판이 끝난 건 2013년 12월의 일이었다. 중수의 주치의로부터 연락이 왔다. 오랫동안 병상에 있던 중수가 사망했다는 연락이었다. 차가운 비가 내리는 날이었다. 장례식에 나도 참석했다. 외로운 장례식이었다. 중수를 위해 달려온 친구나 지인은 아무도 없었다. 가까운 형제 친척 외에 장례식에 찾아온 사람은 아무래도 나 혼자뿐인 듯했다. 거기에 모인 친척들에게도 애도하는 모습은 전혀 없었다. 오히려 명백하게 귀찮은 물건을 치웠다는 기쁨이 느껴질 정도였다.

"집안을 그토록 망쳐버리고 잘도 지금까지 살아 있었다."

엄청나게 뚱뚱한 여성이 주위를 꺼리지 않고 이렇게 큰 소리로 말하고 있었다.

"저런 인간에게 대를 잇게 하지 않았다면 그 집도 우리가 상속할 수 있었어. 그것을 호락호락하게 은행 따위에 줘버리고. 죽으려면 빨리 죽었으면 좋았을 걸. 죽을 때까지 질질 시간을 끌었던 인간이었어."

장례식이었다. 그 여자의 남편 같은 남자가 타일렀다.

"그만해. 낯선 사람도 와 있는데."

"그렇지만, 장례식비까지 우리가 내야 하는 일은 너무한 일이잖아. 정말 이렇게 어처구니없는 이야기가 있을 수 없잖아?"

"그만두지 못하겠어?"

참다못한 그 남자도 내뱉듯이 한 마디 덧붙였다.

"살인한 여자와 결혼한 일은 아무리 그렇다고 해도 중수의 잘못이 아니잖아."

아마도 그는 내가 수희의 변호인이라고 알고 있었을 것이다. 확실히 중수는 성실한 사람은 아니었다. 그러나 변호사가 된 후 다양한 사건의 인간들을 보아 왔지만, 이렇게 쓸쓸한 최후를 맞이할 정도로 나쁜 인간은 아니었다. 사업이 서툰 사람도, 주색에 빠져 패가망신한 사람도 이 세상에는 얼마든지 있다. 그 모두가 이런 죽음을 맞이하지는 않는다. 역시 중수는 불운했었다는 얘기이다. 난로 외에는 난방도 없는 추운 장례식장에서 경문을 들으며 나는 문득, 왜 그가 수희와 결혼할 수 있었는지 두 사람의 시작을 아무것도 모르고 있다는 사실을 깨달았다. 나중에도 알 수 없을 것이다. 사람들에게는 각자의 운명이 있다. 그들을 일일이 자세하게 조사하는 일은 인간의 도리가 아니다. 분향하면서 영정사진을 가까이서 볼 수 있었다. 어쩌면 죽음이 임박에서 장례를 위해 촬영한 듯했다. 흑백 사진 속에서 중수는 야위어 있었고 어두운 주검이 드리워진 눈빛은 흐릿하게 푹 가라앉아 있었다. 건강한 시절을 알고 있는 나로서는 어떻게도 참을 수 없는 영정사진이었다. 장례식장에서 돌아와서 상복을 갈아입을 시간도 없이 곧 수희에게 부고를 전하러 갔다. 구치소 접견실에 들어온 수희는 내 옷을 보자마자, 그 자리에 멈춰 섰다. 모든 걸 깨달은 듯했다. 의자에 힘없이 풀썩 주저앉았다. 수희 쪽에서 물어왔다.

"저의 남편이 죽었군요?"

나는 조용히 고개를 끄덕였다. 수희는 고개를 떨어트리고 눈을 감고 조용히 소리 없이 울었다. 철창에 막힌 창밖은 겨울비가 눈과 섞여서 소리도 없이 내리고 있었다. 생각하면 3년이라는 긴 구금 동안, 수희는 끊임없이 중수를 걱정하고 있었던 듯했다. 접견 때마다 '남편은 무엇을 하고 있을까요?'라고 묻기도 하고 편지에도 '남편의 상태는 알 수 있겠습니까?'라고 적고 있었다. 하지만 결국 끝까지 수희는 중수를 간호할 수 없었고 임종조차 지킬 수도 없었다. 나는 자신이 변호사인 것에 감사했다. 단순한 접견이 아니라 변호사의 접견을 하고 있었으므로 감시하는 사람에게 방해 없이 슬퍼할 시간을 수희에게 줄 수 있었다. 목소리를 내지 않고 어깨를 떨면서 울고 있었다. 긴 시간이 지나서 겨우 그 눈물을 멈추었는지 수희는 조용히 고개를 들었다.

"선생님은 남편의 장례식에 가셨군요? 선생님을 그토록 차갑게 대했던 사람이었는데, 그 사람도 마음속으로는 선생님께 감사하고 있었을 겁니다. 저도 감사드립니다."

"아닙니다. 신세를 진 분이었습니다."

그 말은 마음속 깊이 진심으로 말할 수 있었다.

"장례식은 친족이 거행해 주었습니다. 무덤의 위치도 알고 있습니다."

조금 목소리를 떨어뜨리고 계속 말했다.

"만약 원하신다면 보험금 수령 절차를 대행하겠습니다. 남편의 일은 유감이지만, 앞으로 돈이 필요할 겁니다."

"감사합니다. 잘 부탁드립니다."

다시 고개를 숙이며 수희는 말했다.

"그러니까 변호사 선생님에게는 죄송하지만, 우선 돌아가신 철만 씨의 회사에 채무를 돌려주셨으면 합니다. 만약에 남은 돈이 있으면 수고하시는 선생님의 소송비로 충당해 주세요."

변호사 수수료는 후에도 상관없었지만, 빚을 갚는 일에는 찬성했다. 수희의 살인은 부채가 원인이 되고 있었다. 그것을 반환하는 건 도의적으로 당연한 일이다. 또한 판사의 심증을 좋게 할 수 있다는 점으로도 이어진다. 다행히 남아 있던 부채는 그리 많지 않았다. 이자 지급액을 포함해도 중수의 보험금으로 충당할 수 있는 금액이었다.

"알았습니다. 영원 상사에 즉시 연락합시다."

그렇게 말했을 때 수희는 평소 절대로 사람들 앞에서 속마음을 보이지 않았던 그녀지만 드물게 한숨을 크게 내쉬었다.

"적어도 향만이라도 켜고 싶은데, 이런 신세로는 무리이겠지요?"

"그 일이지만"

나는 가방에서 서류를 꺼냈다.

"이런 날이기는 하지만 향후 방향을 좀 더 의논하게 해 주십시오. 몇 번이나 이야기했지만, 양형의 측면에서 아직 충분히 싸울 수 있는 여지가 있습니다. 새로운 증언자에 따라서는 집행 유예라도 받을 수 있습니다."

항소심 제1회 공판이 임박했다. 게다가 수희에게는 앞으로의 희망이 필요하다고 생각하고 꺼낸 말이었다. 그러나 수희는 천천히 고개를 옆으로 흔들었다.

"이제 되었어요."

"되었다니요?"

"선생님, 이제 되었습니다. 항소를 취하하겠습니다."

뜻밖의 말에 나는 깜짝 놀라서 황급히 몸을 앞으로 내밀었다.

"그것은 안 됩니다. 낙심하는 마음은 충분히 알 수 있습니다. 하지만 침착하게 생각하세요. 이심 재판은 일심 재판만큼 시간이 걸리지 않습니다. 여기에 다시 노력하면 내년에는 남편의 무덤에도 갈 수 있을지도 모릅니다."

어쩔 줄 몰랐다. 일심 재판에서 수희는 자기변호는 거의 입에 담지 않았다. 그러나 재판에서 싸울 의지는 조금 보였었다. 철만의 비열한 행위를 나에게 호소하고 그에 따라 나는 논리를 폈다. 판결을 받고 항소하자고 권했을 때도 그녀는 망설임 없이 '부탁합니다'라고 말했었다.

"일시의 망설임일 겁니다. 조금 진정될 시간을 두고 봅시다. 또다시 곧 오겠습니다."

하지만 수희는 완고하게 고개를 옆으로 흔들었다.

"아뇨. 선생님 항소를 취하해 주세요. 이 이상은 필요하지 않습니다."

왜일까? 생각하고, 깜짝 놀라서 바라보며 물었다.

"왜입니까? 남편이 죽었기 때문입니까? 이제 빨리 나와도 의미가 없다고 말씀하시는 건가요? 당신은 남편에게 그렇게까지 의리를 지키고 계셨단 말입니까?"

학창 시절 어느 날의 석양을 떠올렸다. 수희는 중수를 소중하게 생각하고 있었을지 모르지만, 중수는 그렇지 않았다. 당신이라는 아내를 가진 일을 자신의 불행이라고 한탄하고 있었던 일을 알고 있는가? 하지만 수희의 뺨을 타고 흘렀던 눈물의 흔적을 보면 아무것도 말할 수 없었다. 항소를 취하한 수희는 신속하게 수감 되었다. 징역 8년은 그동안 살아온 3년을 제외하고도 5년이라는 오랜 세월의 시작이었다.

※　　※　　※

　보고 있던 파일을 덮었다. 에어컨에서 뿜어내는 온풍이 서류를 흔들고 있다. 내 의자는 너무 오래되었으므로 작년 가을에 겨우 가죽 제품으로 교체했다. 8년 다행히 사람들에게 일에 대한 좋은 평가를 받고 있었다. 사무실의 경영은 무리 없이 궤도에 올랐다. 결혼도 하고 딸도 태어났다. 옷과 좋아하는 음식의 맛도 달라졌다. 나는 학창 시절 수희에게 갈망을 가지지 않았다고 말하면 거짓말이 된다. 눈을 감으면 지금도 처음 방문한 날 앞치마를 입고 있던 그녀. 절망에 빠졌던 나를 위해서 절에 가기 위해서 외출했던 날 빗살 무늬의 코트를 입고 있던 그녀. 평상시 단정하게 생활 한복을 입었던 그녀가 떠오른다. 그러나 모두는 옛날 지나간 추억이 되어버렸다. 눈썹을 문지르며 자리에서 일어나 다시 창가로 가서 섰다. 블라인드 사이로 거리를 내려다보고 있지만. 아직 수희의 모습은 보이지 않았다. 그녀의 힘이 되고 싶었다. 그 일념으로. 필사적으로 재판에서 싸웠었다. 하지만 결심으로부터 5년이 지난 지금은 조용히 그 사건을 다시 되돌아볼 수 있게 되었다.

　일심에서 나는 사건은 돌발적이었다고 주장했다. 강철만에게 강제적으로 육체적인 관계를 강요당했던 수희는 수박을 자르기 위하여 거실에 있던 칼로 철만을 살해했다. 모두 예상하지 못한 사건이었다. 그토록 긍지처럼 여기던 가보인 족자에 피가 튀어있는 것이 무엇보다 명백한 증거였다. 하지만 그럼 그 달마는 무엇이었을까? 거실이 살인 현장임을 증명하는 검찰이 제출한 증거는 족자뿐만이 아니었다. 달마 인형도 있었다. 달마 인형도 거실에서 압수되었다. 내가 하숙했던 시절도 거기에 놓여있었다. 족자에 피가 묻었던 듯이 달마에도 혈흔이 남아있었다. 하지만 그 혈 혼은 정면이 아니라 뒷면이었다. 둥근 모양의 달마 인형의 앞면에는 없는 피가 뒷면까지 튀었다는 건 생각하기 어렵다. 그렇다면 사건 당일 달마 인형은 정면이 아니라 뒷면으로 놓여있었다는 것이다. 달마 인형은 행운을 가져온다고 생각하는 수희다. 그런데 등을 돌리게 하는 일은 보통 평상시의 일이 아니다. 그러나 나는 수희가 달마 인형을 뒤로 향하게 했던 걸 본 적이 있었다. 그건 집에서 송금이 늦어졌을 때의 일이었다. 중수에게 줄 하숙비를 수희는 비상금으로 빌려주었다. 상자에서 돈을 꺼내기 전에 수희는 달마 인형을 돌려놓았었다. 그건 달마 인형의 시선이 두려웠던 게 아니었을까? 시험공부가 벽에 막혔을 때, 나는 가족사진을 엎어 놓았었다. 그 사진 속 가족의 시선이 기개가 없는 나의 모습을 질책하는 듯해서 견딜 수 없었기 때문이다. 비록 무생물에도 시선에는 그런 힘이 있었다. 비상금이라는 건 일반적으로, 비밀로 되어 있다. 그것을 달마 인형이 보고 있었다. 수희는 그 사실이 싫어서 먼저 달마 인형의 눈을 가리려고 했었을 것이다. 그렇다면 거실에서는 달마 인형의 눈을 의식할 정도로 부끄러운 일이 있었던 건 아니었을까? 하지만 그렇게 생각하면 끔찍한 일이 된다. 사건 당일 수희는 달마 인형의 눈을 일부러 가렸다면, 그것은 거실에서 시선을 피해야 하는 무슨 일이 일어날 것을 수희는 미리 알고 있었다는 것을 의미하기 때문이다. 수희가 예상하던 무슨 일인가가 있었다고 하면, 그건 말할 필요 없이 살인이다. 만일 수희가 철만의 관계 강요를 예상하고 그것을 받아들일 각오를 했기 때문에 달마 인형의 눈을 피한 것이라고 하면 그 살인은 일어나지 않았을 것이기 때문이다. 그러나 이 생각에는 무리가 있었다. 나 자신이 법정에서 주장했던 일과 같았다. 수희가 철만을 살해해도 채무가 사라지는 건 아니다. 사실 나중에 영원 상사는 법원을 통해 중수네 가재도구를 처분하고 있다. 그래도 남은 채무는 중수의 사망 보험금으로 거의 상환했다. 그러므로 철만을 죽일 의미가 없다. 그래서 수희의 살인 계획은 없었다. 그건 불행하게도 우연한 사건이었다. 수희가 수감 된 지 8년 동안 나는 나 자신에게 이 의문을 계속 수많이 들려주고 있었다. 세월이 흐르는 동안 내 딸은 말할 수 있게 되고 서서 걸을 수 있게 되었다. 휴일 오후 딸이 달려와 나에게 플라스틱의 블록을 내밀었다.

"아빠, 이것"

나는 맞장구를 치듯이 이렇게 말했다.

"뭐야? 아빠에게 주는 거야? 고마워."

그러나 딸은 아무 말도 하지 않고 안정되지 않는 걸음으로 뒤뚱거리며 어머니에게 가버렸다. 나는 웃으며 딸의 선물을 손에 쥐고 신문을 읽었다. 이윽고 아내가 말했다.

"자, 이제, 끝내고 자야지. 우리 정리하자."

아내와 딸은 블록 놀이하고 있었던 듯했다. 두 사람은 우르르 소리를 내며 블록을 합쳐서 정리가 거의 끝났을 때쯤 아내가 미소를 지으며 나에게 말했다.

"당신, 아까 숨긴 블록 내주세요."

그 말을 듣는 순간 갑자기 뇌리를 스치는 생각이 하나 있었다. 수희의 사건을 다시 진지하게 생각하게 된 건 바로 그 블록 때문이었다. 딸이 나에게 블록을 준 것은 나에게 주려고 한 건 아니었다. 잠시 후면 어머니가 모두 치워 버리는 걸 알고 있어서 그 일부만이라도 감추기 위해서 나에게 맡긴 것이다. 어린 딸은 이 모든 것을 의식해서 한 일은 아니겠지만, 행동의 의미는 그렇다. 아내가 눈치챘으므로 블록은 즉시 정리되어 버렸지만, 만약 알지 못했다면 딸은 나중에 나에게 살며시 다가와서 그 작고 귀여운 손을 내밀었을 것이다.

수희는 가재도구를 압류당했다. 그것들은 경매에 부쳐져서 영원 상사에 대한 채무 상환에 충당되었다. 그중에서 압류하지 못한 것이 있다는 걸 나는 깨달았다. 가보인 족자이다. 족자는 압류를 면했다. 왜냐하면 국가가 증거품으로 맡고 있었기 때문이다. 피가 묻어있었기에 살인 사건 현장의 소중한 증거품으로, 족자는 검찰의 손에 있었다. 원래 피의 흔적이 남아있었을 방바닥은 깨끗하게 얼룩이 제거되어 있었기 때문에, 검찰은 눈에 보이는 핏자국이 있는 족자를 압수했다. 피해자인 철만의 악명은 듣고 있었다. 원하는 것을 손에 넣기 위해 돈을 빌려주었었다. 그것은 때로는 좋아하는 여자이기도 했다. 하지만 그것만이 아니었다. 취미인 골동품을 손에 넣기 위해 돈을 빌려주고 있었다. 그 족자는 수희의 조상이 임금으로부터 직접 수여 받았다고 했다. 예를 들어 얼마나 탐나는 골동품이었을까? 철만이 수희에게 요구한 건 그 족자이었던 것은 아니었을까? 살인의 결과로 족자에 피가 튀긴 것이 아니라 피를 튀게 할 수 있게 하는 게 살인의 목적이었다. 혈흔은 족자의 원본이 아닌 가장자리 부분에만 묻어있었다. 견해를 바꾸면, 수희 자부심의 원천인 정작 원문 부분에는 피가 묻지 않았다는 것이다. 거실에 걸려 있던 족자는 정말 우연히 가장자리 부분에 피가 튀긴 것일까? 아니면 원문에 튀지 않도록 주의를 기울이고, 족자를 겨냥해 피 묻은 칼을 휘두른 것이 아닐까? 그러기 위해서는 어떤 평평한 것으로 원문 부분을 덮어 두는 것이 좋았을 것이다. 그러고 보니 피 묻은 증거물로는 방석이라는 것도 있었다.

　어느 날 밤, 내 착상을 웃어 넘겨버릴 감각으로, 족자의 사진과 방석의 사진을 겹쳐 보았다. 이 일에 종사하고 십 년, 그토록 전율한 적은 처음이었다. 혈흔은 맞추는 그림과 같이 일치했다. 수희가 가보를 지키려고 저지른 일이 분명했다. 처음으로 수희가 항소를 취하한 이유를 이해할 수 있었다. 중수가 병사했기 때문에, 수희는 보험금으로 채무를 갚을 수 있었다. 채무가 없어지면 족자를 빼앗길 걱정도 없어진다. 족자를 증거품으로 저장시켜 두어야 하는 이유도 없어져 버렸다.
 초봄의 거리를 내려다보며 생각했다. 수희는 가난한 나에게 너무나 친절했었다. 재학 중에 사법 시험에 합격할 수 있었던 것도 그녀가 물심양면으로 협력해 주었기 때문이다. 그녀가 내 인생의 은인이라는 건 분명한 사실이다. 그러나 수희의 심신은 어땠을까? 가보인 족자를 나에게 보여주면서 그녀는 말했었다.
 "우리 조상은 사숙을 열고 신분이 낮은 사람들을 교육하고 지원해서 세상으로의 진출을 도왔다고 합니다."
 세상은 마음대로 되지 않는다고 생각하고 세상은 세상이라고 후회하고 있었던 건 어리석은 남자와 결혼한 그녀 자신이었던 건 아니었을까? 나의 학문을 도와준 일은 가보이며 긍지였던 임금님의 서문을 하사까지 받았던 조상을 모방했던 건 아니었을까? 그것만이 괴로운 나날 속에서도 수희가 스스로 긍지를 가지고 자신을 지킬 수 있는 긍지가 아니었을까? 만약 나의 아내가 그렇게 생각하고 그렇게 행동한다면 나도 술잔을 기울이면서 중수 씨처럼 말했을지도 모른다.
 "술에 강한 일도 불행이지만, 아내가 훌륭한 일은 더욱더 불행한 일이다."
 수희는 아직 내가 도와야 한다. 검찰이 보관했던 수희에게는 목숨보다 소중한, 가보인 증거품은 간단하게 돌아오지 않을 것이다. 반환을 요구하는 취지를 검찰에 전달하려면 변호사의 힘을 빌리지 않으면 안 되는 일이다. 과거의 일이며, 저지른 죄의 심판은 이미 끝났다. 수희의 계획이 무엇이었든지 그것은 모두 끝났다. 달마는 8년간 벽을 향해 좌선하여 분명히 깨달은 게 있었을 것이다. 수희는 8년 복역 끝에, 만원 성취를 맞이한 것일까? 환절기에 알맞은 옷을 입고 춥지 않게 그녀는 출소할 수 있었을까? 봄으로 접어드는 거리에 그녀의 모습은 아직도 나타나지 않고 있었다.

옥정호에서
건져 올린 전설

- 인형, 사랑, 그리고 강물의 비극

『옥정호에서 건져 올린 전설』은 한 편의 연극이자 심리극,
그리고 허구와 실화의 경계를 오가는 비극의 기록이다.
작가는 실제 사건을 방불케 하는 촘촘한 증언 구조 속에, 인간 내면의
집착과 허영, 사랑과 패배를 서늘하게 포착해 낸다.
이야기는 극작가 천수, 여배우 김수미, 그리고 병든 시인 남편이라는 세 인물을 중심으로 전개된다.
겉으로는 천수와 수미가 스승과 제자, 연인, 예술적 동반자로 보인다.
그러나 내면에는 결코 끊어지지 않는 또 다른 인연이 자리하고 있다.
그것은 바로 남편을 향한 수미의 길고도 변치 않는 애정이다.
천수는 수미를 완벽한 인형으로 길들이려 한다. 머리카락 한 올, 표정 하나까지
자신의 의지대로 움직이는 배우를 만들어 내는 것이 천수의 목표였다.
하지만 수미 생명의 실을 쥐고 있던 사람은 천수가 아니라 병상의 남편이었다.
그 실이 끊어진 순간, 수미는 천수 곁에 있어도 이미 죽은 것이나 다름없었다.
작품의 백미는 결말의 반전이다. 세상은 수미가 천수를 따라 죽었다고 믿는다.
옥정호의 강물은 세 생명을 차례로 삼켰다. 병든 시인의 생명, 그를 따라간 수미의 생명,
그리고 수미를 잃은 천수의 생명. 강물은 모든 진실을 씻어내면서도,
세 생명의 얽힌 비극을 봉인하는 상징적 무대다.
인형이라는 은유를 통해 권력과 종속, 사랑과 집착의 복합 구조를 압축한다.
천수는 자신이 완벽하게 인형을 조종한다고 믿었지만, 정작 조종당한 것은 자신이었다.
수미는 겉으로는 순종적 인형처럼 보였지만, 마음의 주인은 언제나 남편에게 있었다.
이 뒤틀린 관계의 끝은 필연적으로 파멸이었다.
『옥정호에서 건져 올린 전설』은 단순한 사랑 이야기가 아니다.
이는 사랑의 찬미가 아니라 사랑의 패배와 허영에 대한 장송곡이다.
차가운 달빛과 흐르는 강물, 다리 위의 고요한 풍경 속에서, 작가는 인간이 감당하지 못한
사랑이 스스로를 어떻게 파괴하는지를 잔혹할 만큼 냉정하게 증명한다.

여자의 손목에서 흐르는 피가 손가락을 타고 흘러내려 강으로 흘러 들어가고 있었다. 끊임없이 흐르는 핏줄기는 강물과 다리 난간에 쓰러져 있는 여자의 손목을 붉은 실로 연결하고 있다. 여자의 생명과도 바꿀 수 없을 정도의 사랑이었던 남자의 생명이 흘러간 강이기도 하다.

오늘 밤, 여자는 죽은 사람의 뒤를 쫓기 위해서 이 다리에 서서 손목을 면도칼로 그었다. 여자가 다리 위에 서서 면도칼로 그어서 피를 흘린 적은 오늘 밤이 처음이 아니었다. 남자가 죽은 후 여자는 때때로 사람들의 눈길을 피해서 다리 위에서 한 방울씩 자신의 피를 강물 속으로 묻어왔었다. 하룻밤에 한 줄기씩, 이 강을 먼저 흘러 흘러 가버린 남자의 생명에 자신의 생명을 더하기 위하여 밤마다 흘리는 피는 강물의 흐름을 타고, 남자의 생명을 무사히 쫓아갈 수 있을까? 달빛에 의식이 조금씩 녹아들어 가는 걸 의식하면서 여자는 자신의 사랑을 그리고 있었다. 비록 쫓아가지 못한다더라도 오늘의 마지막 피만은 확실히 남자의 영혼까지 가서 닿을 수 있도록 자신의 생명이 영원히 그 사람의 생명을 이어줄 게 틀림없다고 믿고 싶은 여자다.

겨울 달은 푸르고 차가운 빛으로 상복 소매에서 난간 사이를 누비며 강으로 늘어트린 여자의 가느다란 팔을 안으려 하고 있다. 무엇으로도 포장할 수 없는 흰색이 그 팔에 남아있다. 혈액은 팔에서 색을 빼앗으면서 흘러내려 강물 위로 떨어져 흘러간다. '이제야 저는 선생님에게로 갈 수 있게 되었습니다.' 여자는 그렇게 중얼거리면서 남아있던 생명의 한 조각을 마지막으로 붉은 실에 실어서 손목으로 흘려 내보냈다. 여자의 표정에는 조금의 고통도 없이 단지 눈에는 춤추는 듯한 달빛과 함께 기쁨의 기색이 충만해서 자는 듯이 조용히 흐르는 강물을 지켜보고 있다. 무수한 빛줄기에 섞여 붉은 실은 뱀처럼 꼬이면서 어디까지나 남자의 영혼을 쫓아서 따라가다가 끝없는 빛의 어둠 속으로 곧 사라져가고 있었다.

*　　*　　*

　현미가 철기의 뒤를 쫓아 자살한 건 1999년 2월 23일 밤이었다. 현미는 전라북도 내에서는 별로 크지는 않았지만, 꽤 유명한 극단에서 잠시 인기의 꽃을 피웠던 여배우 이수미의 본명이며, 철기는 그 극단의 대표자이며 극작가였던 천수의 본명이다. 연극사적으로는 이 두 사람의 이름은 같은 시대에 예술의 자리를 주재하고 한 시대를 휩쓸었던 김수미와 천수라는 너무나 큰 이름의 그늘에 숨어 있었던 인물인 민호가 있었다. 그 민호가 극단을 창립한 일은 김수미가 천수의 뒤를 쫓아서 자살했던 해, 즉 1999년 8월이었다. 수미의 인기와 역할의 참신함은 지금까지의 연극계를 일신할 정도였지만, 김수미의 사망 후 민호는 신파극의 흐름을 이어받은 연극의 물결을 일으키려고 했다. 지금까지의 풍에 대항하여 색깔은 어떻게 바꾸어보려 했지만, 내용의 흐름은 전혀 바꾸지 못해서 새로운 걸 담아낼 수 없게 되었다. 그 시기에는 사람들의 눈물에만 호소하려고 하는 내용만을 무대에 올리는 일은 경거망동이라고도 할 수 있었지만, 김수미라는 큰 별이 저세상으로 가버린 직후의 연극계는 천수가 수미를 대상으로 남긴 수많은 극본으로 무대에 올려놓은 이야기나 비련의 이야기는 모처럼 명성을 얻어서 부녀자의 눈물을 자아낼 수 있었다.

　전해 6월 천수는 신작 〈동정녀 연화〉의 공연의 주인공에 수미를 발탁했다. 수미는 당시 26세. 20세부터 3년 가까이 어느 연극단에서 연구생으로 여배우를 목표로 하고 있었기에, 연기의 소양은 갖추어져 있었다. 그 후 연극의 길을 포기하고 민수라는 나이 먹은 시인과 가정을 꾸리고, 아들이 하나 있었다. 남편은 결혼하고 얼마 되지 않아서 건강이 나빠져서 3년 만에 거동을 못 하게 되었다. 병든 남편과 아이를 데리고 내일의 생계에 쫓기고 있을 무렵, 엉뚱한 우연으로 인해서 천수의 눈에 띄었다.

연기의 소양이 있었다고는 해도, 극단원도 아닌 아마추어나 다름없는 여자를 주역으로 자리 잡을 수 있게 이례적으로 발탁했지만, 큰 성공을 거뒀다. 〈동정녀 연화〉의 줄거리는 햇병아리 시절의 젊은 여배우가 어느 노배우의 눈에 들어서 연기자가 된다. 여주인공 동녀는 그 노배우의 사후 무덤을 끌어안고 아직 젊은 목숨을 스스로 떨어뜨린다는 오래된 동녀 이야기이다. 이 늙은 배우에게 어느 때는, 어린아이처럼 응석을 부리고 어느 때는 오랜 세월을 함께 산 부부의 아내처럼 할 일을 다 하는 동녀에게 귀여움과 요염함을 겸비한 수미가 매우 적합한 인물이었다. 그 미모와 연기는 순식간에 유명세로 손님을 모았다. 동녀라는 이름도, 이 여배우의 출현을 기대하고 붙인 건 아닐까? 하고 생각할 정도였다. 기량과 아름다운 향기만 따지면, 실제의 현미 자신이 극 속의 연화를 능가하고도 남았다.

병상의 남편과 아이를 버리고 여배우로서 꽃을 피운 수미는 곧 스승에 해당하는 천수와 사랑에 빠지게 되고, 두 사람은 옥정호 부근에 집을 마련하고 부부와 다름없게 살면서 〈동정녀 연화〉〈저녁의 비탈〉〈암흑의 달〉 등 무대를 잇달아 내보냈다. 그리고 이듬해 정월, 신춘 공연이라는 〈옥정호의 전설〉은 극단 창립 이래 가장 큰 명성을 얻었다. 인기를 끌었던 이유 중 하나는 이야기의 내용이 천수와 수미의 현실 속 애정 관계를 그대로 그려내고 있기 때문이었다. 시대 배경은 일제 강점기의 근대극에서 나온 이야기였다. 극 중의 극작가와 여자 배우의 이상이라 할 수 있는 사랑 이야기는 실제로 교제하던 두 사람의 관계가 그대로 연극의 실화적 내용이 되었다.

  인기가 올라갈수록 수미의 남편과 아이를 희생한 부도덕한 사랑에 대해서 세간에서는 거세게 비난하는 사람도 많았다. 두 사람이 사랑에 빠져서 어떤 모습으로 살고 있는지 흥미를, 가지고 재미있어하는 사람들도 있었다. 천수는 그런 중상이나 비방에 대해서 일체 무반응으로 무대 위에서 대답했었다. 자신들의 관계를, 있는 그대로 무대에 올려놓는 것으로, 두 사람 사랑의 진실성을 세상에 호소하고 있었다.

  세상에서 인정받을 수 없는 불륜을 본인들은 사랑이라고 당당히 연극 무대에서 발표하는 철면피 같은 모습을 일부에서는 이전보다도 더욱 격렬한 어조로 힐책하는 사람도 있었지만, 많은 사람이 무대에서 아름답게 그려지는 사랑의 모습에 매료되어 두 사람을 연결하는 인연의 힘에 응원해 주어서 최고 무대라는 명성이 더욱 강했다. 천수와 수미는 자신들의 사랑을, 연극을 통해서 세상 사람들이 인정하게끔 이해시키려는 듯이 보였다. 천수와 수미는 작은 극단에 불과했던 극단을 자신들의 경험을 용기 있게 폭로함으로써 커다랗게 호응을 얻을 수 있었고 대단히 영향력 있는 극단으로 키울 수 있었다.

  즉시 전국 순회공연이 결정됐다. 천수는 바로 다음 무대 준비에 착수했다. 극단의 장래는 처음으로 큰 전망이 열렸다. 그 전도 양양한 출범 중이었던 어느 날 홀연히 천수는 자신의 목숨을 스스로 끊었다. 사실. 너무나 뜻밖의 죽음이었다. 1월 6일 〈옥정호의 전설〉이 막을 열어 10일째 되는 날 연일 만원사례의 무대 대성공을 극단 일동이 자축했던 밤이었다. 천수는 옥정호 다리 위에서 몸을 던져 죽었다. 옥정호의 하류에서 발견된 시체는 손에 면도칼을 단단히 쥐고 손목과 가슴을 면도칼로 그은 자국이 있었다. 천수는 면도칼로 자신의 몸 여기저기를 그었지만, 바로 죽지 못하고 강물에 뛰어든 모양이었다. 수색 결과 천수와 수미가 함께 살고 있던 집 근처인 다리 난간과 보도에 상당량의 혈흔이 발견되었다. 그 다리 위에서 목숨을 끊지 못한 채 난간을 넘어서 강에 몸을 던졌다고 생각할 수 있었다.

그 날밤은 무대를 끝낸 후 극단원 일동이 시내의 레스토랑에 모여 공연의 성공을 축하하고 10시경 해산했다. 천수는 모두와 헤어진 후 연극에서 자신의 역인 극작가 역을 맡은 젊은 배우 민호에게 너희 집에서 한 잔 더 마시자고 말했다. 수미와 민호를 거느리고 걷기 시작했던 천수는 잠시 후, '역시 피곤하니까 집으로 돌아가겠다'라고 말했다. 수미는 자신도 함께 돌아가겠다고 했지만, 천수는 혼자 돌아가고 싶다고 허락하지 않았다. 결국 수미와 민호는 천수를 배웅하고 둘만 남아서 민호의 집으로 갔었다. 옥정호의 하류에 걸린 천수의 시체는 수미와 헤어질 때와 같은 외투를 걸친 모습 그대로였다. 두 사람과 헤어져 집으로 돌아가는 도중에 다리 위에서 자살을 시도한 걸로 보인다. 다투었던 흔적은 없었다. 그날 아침, 극장의 분장실에서 면도칼이 하나 분실해서 한순간 소동이 있었다. 천수의 시체는 같은 면도칼을 쥐고 있었다. 적어도 아침부터 천수는 결심하고 있었다는 이야기이었다.

하지만, 그런 기색은 천수에게서는 전혀 찾아볼 수 없었다. 당일뿐 아니라 첫날을 보낸 이후 연일 대만원과 호평으로 그 며칠 동안 천수는 매우 흥분한 듯이 마음이 들떠 있는 듯했다. 축하 술자리에서도 몇 잔이나 거듭 마시며 진심으로 즐거운 듯이 들떠 있었다. 기색뿐만 아니라 갑자기 자신의 목숨을 끊을 동기는 아무래도, 발견되지 않았다. 이번 공연의 성공에 기분이 좋았고, 바로 다음 무대 준비도 시작하고 있었다. 초안도 완성되었고, 수미와의 관계도 아무런 문제가 없었다. 이번 공연과 전국 순회공연이 일단락되면 정식으로 수미를 아내로 맞이할 거라고 모두에게 말했었다. 두 사람은 행복의 절정에 있는 듯이 보였다.

두 사람의 결혼에 방해가 되고 있었던 병상에 있던 주인도 작년 11월에 세상을 떠났었다. 모든 일이 성취된 후 화살촉의 끝은 죽음이었다. 오히려 자살을 부정하는 재료만이 나왔다. 천수는 전날 새로운 양복을 주문했으며 그날 저녁, 헤어질 때 단원의 한 사람에게 다음 날 아침 대기실에서 만나기로 약속까지 하고 있었다. 모두와 헤어지는 마지막 순간까지 행복한 얼굴이 분명했었다. 그런 점에서부터 혹시 살해당한 게 아니냐는 의혹도 나왔다. 자아가 강한 천수의 성격은 단원 중에서도 미워하는 사람이 있었고, 천수에게는 과거에 몇몇 여자가 있었다. 그런 여자들 사이에는 수미와의 관계를 좋게 생각하지 않는 사람도 많았다. 동기만으로 본다면 타살이라고 생각할 수 있지만, 곧 한 사람의 증인이 나타나서 타살설을 쉽게 부정해 버렸다.

그 남자는 1월 10일 밤 11시경 우연히 옥정호의 산책길을 걷고 있었다. 건너편 다리 위에서 천수라고 생각하는 사람의 형태를 보았다고 했다. 신장이나 복장 그리고 시간까지 모두가 일치하였었다. 교량의 남자가 천수인 건 틀림없었다. 목격자에 의하면 다리 중간에 서서 잠시 가만히 서 있던 천수는 곧 난간에 쓰러지듯이 쭈그리고 앉았다. 그래서 단순한 취객이라고 생각해서 그냥 지나쳤다. 그러나 천수가 주저앉았던 위치와 다음 날 혈흔이 발견된 위치가 같았기에 통행인이 봤을 때 천수는 죽으려 했다고 생각해도 틀림없는 일이었다. 증인은 그때 다리 위에는 천수 이외의 다른 사람의 그림자는 절대 없었다고 단언했다. 자살이라는 건 의심의 여지가 없었다. 그러나 그 동기는 여전히 수수께끼였다. 천수를 가장 잘 알고 있을 수미도 짐작 가는 건 없다고 고개를 흔들 뿐이었다. 그렇게 천수의 죽음에 이유를 모르는 상태로 수미는 정월 공연을 어떻게든 마지막까지 마쳤다.

그러나 천수 사십구재의 법회를 무사히 마친 그날 밤, 같은 다리 위에서 수미는 자신의 손목을 잘라 자살하고 말았다. 유서는 없었지만, 두 사람의 관계로 보아 사랑하는 사람의 뒤를 쫓아간 게 분명했다. 천수의 죽음이 다시 한번 큰 화제를 모으고 극장에는 손님이 몰려들었지만, 천수가 죽은 후 수미는 영혼이 없는 빈 껍질로서 연기에도 빛이 없는 죽은 연기나 다름없었다. 아이러니하게도 〈옥정호의 전설〉의 연극은 마지막에 두 사람이 손과 손을 마주 잡고 조명을 받으면서 내일의 행복을 기원한다는 밝은 내용으로 막을 내리고 끝난다. 그러나 현실의 두 사람은 연극과는 너무 동떨어진 비극적인 막을 맞이하고 말았다.

수미의 죽음은 불행하다고만 말할 수도 없다. 천수의 갑작스러운 죽음으로 슬픔에 지친 수미에게 있어서 천수의 뒤를 쫓는 길이 유일한 구원이었다고도 상상할 수 있다. 수미가 처음으로 극단의 무대에 섰던 〈동정녀의 연화〉에서는 마지막으로 사랑하는 사람의 무덤을 끌어안고 웃는 얼굴로 죽어 간다는 내용이었다. 수미 또한 사랑하는 사람의 뒤를 쫓는 일만이 유일한 기쁨이고 행복이었을지도 모른다. 두 사람의 현실도 뒤쫓아서 자살이라는 결말도 비슷했지만, 이 사건은 당시 전라북도 내에서 매우 커다란 화제로 꽃을 피우고 있었지만, 전국으로까지 알려지지 않고 끝나고 말았다. 수미에게는 인기도 지명도 전국적으로는 없었고, 반년 후에 극단은 없어지고 말았다.

두 사람의 죽음은 점점 사람들의 뇌리에서 사라져 버렸다. 극단은 마지막 무대로 〈옥정호의 전설〉에서 꽃피운 한 생명을 시간의 흐름에 멈추게 할 수 없는 채로 소멸해 갔다. 그 이름이 연극사에서 다시 떠올리는 일은 두 번 다시 없었다. 김수미의 이름도 천수와 1년이나 충만했던 열렬한 사랑의 이야기도 그 천수의 자살 이유도 결국은 극단 역사의 어둠 속으로 매몰되어 버렸다. 그러나 두 사람의 죽음은 나에게 평생 잊을 수 없는 일이 되었다. 나는 당시 그 극단의 단원이었다. 전술한 대로 천수 그 자체라고도 할 수 있는 극작가 역을 맡았었다. 나는 천수 선생님 역에 몰입되어서 천수 선생님이 된 듯이 생각하고 생활하면서 그 역할에 온 힘을 다해서 연기했었다. 그러나 선생님의 갑작스러운 자살의 이유만은 아무리 생각해도 납득할 수 없었다.

*　　　*　　　*

　천수가 한 여자와 만났던 건 죽기 전해의 4월이었다. 옥정호 강변을 따라가다 보면 영주사라는 작은 절이 있다. 절의 뒤쪽에 천수의 은사가 되는 김영식의 무덤이 있었다. 그 봄날 은사의 기일에 성묘 하러 갔던 천수는 그 무덤에서 조금 떨어져 있던 이끼 낀 무덤 앞에 웅크리고 앉아서 합장하고 있는 여자의 모습을 보았다. 지나가면서 여자의 옆얼굴을 살짝 훔쳐보았다. 천수는 문득 발걸음을 멈추었다. 심하게 낡은 옷을 입은 눈에 띄는 초라한 복장이었지만, 피부가 비칠 정도로 투명하고 백옥 같았다. 봄의 햇살은 이끼에 잘 어우러져 여자의 옆모습을 마치 빛의 색을 찍은 붓으로 가늘게 되짚으며 그리고 있었다. 빛을 희롱하며 그 자리에서 그림으로 그린 듯했다.
　천수가 발걸음을 멈춘 건 아름다움뿐만 아니라 여자의 얼굴이 어디선가 본 기억이 있었기 때문이었다. 확실히 3년 전, 무대에서 한 번 본 적이 있는 어느 극단의 연습생이었다. 작은 역할이었지만 웃으면 봉우리 같은 딱딱함이 사라지고 살짝 분홍색으로 물드는 뺨과 가느다란 실을 튕기는 듯한 가련한 목소리는 깊게 가슴에 새겨져 있었다. 흑갈색의 머리와 콧날이 오뚝 솟은 얼굴은 한국적이지 않았지만 가련하게 보였던 걸 확실하게 기억하고 있다. 그 후 궁금하기는 했었지만, 소문도 듣지 못한 채 3년의 세월이 흘렀다. 가난한 살림인지 당시와 비교해 보면 몹시 야위어 보였지만, 피부의 투명함만은 초라한 옷차림의 가난을 받아들이지 않고 처음 보았을 때보다는 더욱 어른스러운 요염함과 향기를 풍기고 있었다. 아름다움은 천수의 눈으로 들어오는 게 아니라 피부로 녹아 들어오는 듯했다.

"이 여자라면 연화가 가능하다."

가슴속으로 중얼거리면서 천수는 조용히 눈을 감고 기도를 드리는 여자의 옆모습을 훔쳐보고 있었다. 그 무렵 두 달 후 공연을 예정하고 있었다. 〈동정녀 연화〉의 주인공에 어울리는 여배우를 찾지 못해 어려움을 겪고 있던 참이었다. 주인공 연화는 자신을 비우고 남편인 늙은 배우를 섬기고 손가락 하나의 움직임까지 남자의 명령에 순순히 따르면서, 정작 할아버지 정도로 나이의 차이가 나는 남자를 어머니처럼 포근하게 감싸는 힘을 겸비한 어려운 역할이다. 그러나 연기력보다 우선 천수의 머리에 있는 연화의 이미지에 어울리는 여배우는 극단에 있지 않았다. 지금 눈앞에서 무덤에 합장하는 여자는 늙은 배우의 무덤을 안고 뒤를 쫓아 죽을 연화 자체의 얼굴이었다. 얼굴 생김새의 어린 느낌과 하얀 피부는 성인 여자의 음영을 떨어뜨리고 있었다.

"실례하지만 나는 경을 읽지 못하기 때문에 대신해서 스승의 무덤에 경을 한 번 읽어 주실 수 없을까요?"

여자가 일어섰을 때 천수의 입에서 자연스럽게 그런 거짓말이 흘러나오고 있었다. 여자는 그렇게 하겠다고 순순히 따라 주었다. 천수가 이끈 영식의 무덤 앞에 앉아 천수의 손에서 꽃을 받아서 섬세한 손놀림으로 무덤에 꽂고 조용히 불경을 읽기 시작했다. 천수는 무덤 앞에서 손을 마주 잡는 것도 잊고 여자의 옆모습을 지켜보았다. 보면 볼수록 그 얼굴은 연화 그 자체의 얼굴이었다. 스승의 인연이 어둠의 세계에서 천수 머리의 환상에 불과했던 연화를 지금 눈앞에서 현실의 모습으로 보내주었다고밖에 생각되지 않았다.

"이것으로 되었나요?"

경을 마치고 일어난 여자가 말했다.

"당신은 이전 연극 무대에서 여배우를 했던 적이 없었나요?"

천수는 과감하게 물었다. 여자는 놀란 듯이 문득 시선을 멀리했다. 천수가 자신의 이름을 밝히니까 극단의 소문을 듣고 알고 있는 듯했다. '아'라고 작게 숨을 삼키고 한 걸음 물러나서 재차 머리를 숙였다. 짧은 대화에서 천수는 여자의 입에서 3년 전, 천수가 무대에서 본 직후에 어느 시인과 결혼하여 배우를 그만둔 일과 그 남편이 병으로 쓰러져 지금도 병상에 있는 사실과 자신이 일하고 남편이 병상에서 쓴 시를 여기저기에 응모하여 근근이 생계를 세우고 있다는 걸 알 수 있었다. 남편은 서른여덟이고 한때는 시인으로 이름도 날렸었기에 천수도 알고 있는 사람이었다. 요즈음은 이름을, 듣지 못했다고 생각했지만, 그런 불행한 사정으로 눈앞의 여자와 연결되어 있다는 사실은 놀라울 뿐이었다. 여자는 옆에 두었던 종이 뭉치를 안았다. 남편이 쓴 시를 출판사에 제출하러 가는 도중 어린 시절에 돌아가신 부모의 무덤에 왔다고 했다.

"그렇습니까?"

천수는 낙담의 한숨을 길게 내쉬었다.

"그러한 상황이라면 다시 무대에 선다는 생각은 할 수 없겠네요?"

천수는 솔직히 자신이 한 명의 여배우를 찾고 있는 사정을 이야기했다.

"선생님이 되시는 분의 무덤에서 당신을 만난 일도 무언가의 인연이라고 생각하고 부탁해 보려고 생각했습니다만, 당신은 설마 남편과 아이를 버릴 생각은 없으시겠지요? 그렇지요? 아니, 실례했습니다."

머리를 숙였다. 여자는 천수의 말을 무시하는 것도 아니고 받아들이는 것도, 아니고 그냥 조용히 천수를 바라보고만 있었다. 가만히 있는 일은 물론 천수의 당돌한 제안을 받아들이는 여유가 없기 때문이겠지만, 그 눈은 천수의 말을 그것이 어떤 말이든 부드럽게 자신의 눈 속으로 받아들여 녹여 넣어 버릴 듯한 눈길이었다. 이 눈이야말로 연화의 눈빛이라고 생각하는 미련으로 여자의 얼굴을 지켜보던 천수는

"만일 마음이 변해 다시 무대에 서도 좋다고 생각되면 언제든지 나를 찾아오세요."

여자에게 전화번호를 가르쳐 주고, 다시 머리를 숙이고 나서 돌아서려 했다. 그 순간이었다. 천수의 소매에 살짝 여자의 손이 뻗어와서 옷자락을 붙들었다. 순간의 찰나였다. 천수가 놀라서 돌아섰을 때, 이미 여자는 천수의 옷자락에서 손을 떼고 발밑에 떨어진 남편의 시의 원고를 바라보고 있었다. 천수는 떨어진 원고를 주어서 여자에게 건네면서 여자의 말을 기다렸지만, 여자는 말없이 아무 일도 없었던 듯이 조용히 고개를 숙이고 있을 뿐이었다.

절을 나와 옥정호 부지를 걷기 시작했다 천수가 잠시 앞으로 걷다가 뒤돌아보니까 여자도 같은 길을 천수보다 몇 걸음 떨어져 걸어오고 있었다. 천수는 멈춰 서서 여자가 자신의 곁으로 다가올 때까지 기다리려고 했다. 하지만 천수가 멈춰 서면 여자도 떨어진 그 자리에서 멈춰 서서 다시 걸으려고 하지 않고 가만히 서 있었다. 천수가 자신 쪽에서 여자에게 다가서려고 하니까 여자는 인형처럼 고개를 저었다. 희미하지만 목을 흔드는 모양이 자신에게 가까이 와서는 안 된다고 호소하는 듯했다. 어쩔 수 없이 가볍게 고개를 숙이고 나서 가던 길을 다시 걷다가 천수가 잠시 후 다시 뒤돌아보았다. 여자는 또다시 발걸음을 멈추고 고개를 저었다. 몇 번이나 같은 일이 반복되었다. 천수가 걷기 시작하면 여자도 걷기 시작하고 천수가 걸음을 멈추면 다시 발걸음도 멈추었다. 결코 자신으로부터 천수와의 거리를 메우려고 하지 않았다. 천수의 몇 걸음 뒤에서 떠돌이 개

처럼 거리를 두고 따라왔다. 그래서 천수가 멈추어 설 때마다 조용한 눈으로 천수를 바라보면서 작게 고개를 저었다.

　제방에 늘어선 벚꽃은 지금이 한창 옆은 분홍색의 길을 선명하게 그림자를 드리우고 있다. 강바람은 순간 꽃을 휩쓸며 띠처럼 흐르면서 즉시 저쪽으로 날아가 옥정호 물속으로 빠져 내렸다. 방치된 꽃은 가지에서 멀리 떨어진 곳에서 갑자기 빗줄기처럼 줄기를 끌고 길에 내렸다. 그때마다 하얀 길의 표면으로 꽃의 그림자도 점점이 떠 오른다. 그림자는 떨어지는 꽃과 겹치는 가장자리에 색을 띠고 길은 꽃의 색상과 더 밝은 그림자의 색상으로 물들이고 있다. 그 두 가지 색이 꽃과 그림자와 함께 흔들리는 가운데, 천수가 되돌아볼 때마다 여자는 조용히 멈추어 버린다. 꽃길은 어디까지나 계속되고 있다. 여자는 그런 식으로 드디어 옥정호 다리까지 천수를 따라왔다. 집으로 가려는 길은 이미 지나쳐 있으므로 여자가 천수를 따라오고 있는 건 틀림없었다. 건너서 돌아보니까 여자는 다리의 중간 정도, 난간에 서 있었다. 천수는 여자 있는 곳까지 돌아와서 말했다.

　"그 시를 내가 삽시다."

　여자는 고개를 흔들면서 손에 들고 있던 시 원고지 한 장을 손에 빼서 들고 그것을 옥정호 물속으로 던져 버렸다. 계속해서 한 장, 또 한 장, 흰 종이는 꽃보라에 섞여서 강바람에 뒤집히며 강물에 떨어지면서 조금씩 가라앉으면서 흘러가고 있었다. 이것이 여자가 자신을 쫓아온 이유였을까? 천수는 놀라서 여자의 옆모습을 지켜봤다. 여자는 마지막 한 장은 버리지 않고 주저함을 보이고 있었다. '아내요.'라는 제목의 시에는 '아내여, 당신은 왜 그 손에 칼날을 들지 않는가?'라는 한 행이 힘없는 병약한 글씨로 적혀있었다. 천수는 그 한 장을 손으로 뺏어 들고 힘껏 강으로 던져버렸다. 여자는 깜짝 놀란 듯이 눈을 동그랗게 뜨고 돌아보았다.

"왜 쫓아 왔습니까?"

천수의 질문에 여자는 멍한 눈으로 바라볼 뿐이었다. 천수가 다시 한번 이번에는 목소리를 강하게 같은 말을 물었다. 작은 탄성이 여자의 입술에서 흘러나왔다.

"아니면, 내가 당신을 따라온 것입니까?"

천수가 묻자, 자신도 모르겠다는 듯이 목을 갸우뚱했다.

"그냥이요. 선생님이 언제든지 찾아오라고 하셔서."

그것이 자신의 목소리라고 확인이라도 하려는 듯이 천천히 말했다. '언제든지 찾아오라는' 말을 처음 만난 남자의 말 한마디에 이끌려서 여자는 그 자리에서 남편과 아이를 버리고 천수를 따라왔다. 그러나 여자는 자신의 마음조차 눈치채지 못하고 있는 듯했다. 무덤 앞에서 갑자기 처음 보는 천수의 옷자락을 붙잡았다는 의미도 천수의 뒤를 따라 걷기 시작했던 의미도 남편의 시를 버린 의미도 알지 못하고 있는 듯했다. 모르는 채 자신의 마음을 믿지 못한 채, 모든 것이 거짓말이라는 듯이 고개를 흔들며 꽃길을 따라서 천수의 뒤를 따라왔었다. 혹시, 병상의 남편과 아이를 끌어안고 지쳐 있던 여자는 죽을 결심으로 부모의 무덤에서 합장하고 있었을지도 모른다고 천수는 생각했다. 천수의 한마디가 세상 풍파의 고달픔 속에 빠져서 허우적거리던 여자가 붙잡으려던 마지막 지푸라기이었는지도 모른다. 아무것도 모르는 채 정신없이 여자는 지푸라기를 붙잡으려고 따라온 건 아닐까?

"그럼, 다시 한번 무대에 서고 싶다는 뜻이군요?"

천수의 말에 대답 대신에, 여자의 눈에서 눈물이 한줄기 핏기 없는 볼을 타고 흘러내려서 발치로 떨어졌다. 목을 타고 치고 올라오는 오열을 입술을 떨며 필사적으로 참으려 하고 있었다. 천수는 자신의 손가락으로 여자의 입술을 눌렀다.

"울지 마세요. 정말 배우가 되고 싶다고 한다면, 눈물을 참으십시오. 내 손가락을 깨물어도 좋아요."

여자는 천수의 팔에 머리를 묻고 말없이 흐느껴 울기만 했다. 의지가 아니고 아무것도 모른 채로 무작정 천수의 말에 따르고 있었다. 여자는 그냥 살짝 입술을 벌리고 있을 뿐이지만 천수는 자신의 피가 피부를 뚫고 여자의 몸 안으로 흘러 들어가면서 물들어가는 것을 느끼고 있었다.

"연화!"

천수의 가슴에서 이렇게 자신도 모르게 터져 나오는 목소리가 있었다. 다리에는 어느새 저녁 안개가 놀랍게도 자욱했다. 무거워진 황혼빛에 제방의 꽃잎은 실을 타고 흘러 떨어지듯이 천천히 조용히 떨어져 내리고 있었다. 천수는 여자를 안듯이 하고 차에 태워서 집으로 데려갔다. 아무 말 없이 금고에서 이천만 원을 꺼냈다.

"오늘은 우선 집으로 돌아가서 이 돈으로 신변을 정리하고 다시 찾아오시오. 물론 하루라도 빨리 와 주었으면 하오."

아직 멍하니 서 있는 여자에게 눈으로 제압하고 천수는 천천히 부드럽게 말했다.

이틀 후 여자는 초라하고 작은 붉은색의 보따리를 하나 안고 천수의 집을 찾아왔다. 천만 원으로 작은 집을 사서 옆에 사는 여인에게 병상의 남편을 돌봐 달라고 부탁하고 나머지 천만 원으로는 군산의 언니에게 아이를 부탁하고 왔다고 했다. 남편이 반대하지 않았느냐고 묻자, 여자는 그저 조용히 고개를 저을 뿐이었다. 천수는 이미 준비해 두었던 의상이나 장신구를 여자 앞에 내놓았다. 전신에 연화로 치장한 듯한 여자는 완전히 분위기가 바뀌었다. 여자는 꽃 비녀를 집어 들고 신기하다는 듯이 천수의 얼굴을 번갈아 가며 바라보고 있었다.

"조금이라도 빨리 연화의 역할에 익숙해지게 하고 싶어서 준비해 두었어. 연화는 동기로서 열여섯 살이요."

천수가 설명해도 여자는 여전히 먹색의 눈을 멍하니 녹여서 천수를 바라보고 있을 뿐이었다. 천수는 여자의 눈길에는 상관없이 여자의 머리를 손질할 가까이에 있는 미용사를 직접 불러와서 머리를 손질하게 했다. 미용사가 돌아가고 천수는 여자에게 한복으로 갈아입게 했다. 준비해 둔 화장 도구 상자를 꺼내어 놓았다. 천수는 조각 같은 여자의 얼굴을 한 손으로 받쳐 들고 인형의 얼굴에 눈과 입을 그리듯이 머릿속에 있는 연화의 이목구비를 여자의 얼굴에 그려나갔다. 손끝에 신경을 모아 정성껏 눈썹과 눈, 입술을 그리고 나서 잠시 그 얼굴을 양손으로 감싸안아 올려서 어딘가에 잘못된 점은 없는지 엄격한 눈으로 확인했다. 곧바로 안도의 한숨을 내쉬고 마무리에 장식용 꽃 비녀를 머리에 꽂아 조금 떨어져서 완성된 여자를 바라보면서 만족스럽게 고개를 끄덕였다. 그녀의 모습은 어슴푸레하게 내리기 시작한 황혼의 빛을 받아 연주하는 듯이 빛의 조각을 흩뿌리고 있었다.

실제 열대여섯 살밖에 보이지 않는 여자는 극 중의 연화 그 자체가 되었다. 천수의 꿈에 떠오르는 환상의 얼굴을 완벽하게 그려내는 일은 1분도 걸리지 않아서 연화가 완벽하게 완성되었다. 놀라우면서도 너무나 완벽함에 반대로 불안을 느낀 천수는 여자의 머리에서 손가락으로 몇 가닥의 머리카락을 건져 올렸다. 그 머리카락을 손가락으로 다듬어서 눈썹 끝으로 흐트러뜨린 모양으로 늘어뜨렸다. 그런 천수를 여자는 뭔가를 묻고 싶어 하는 듯한 눈으로 지켜보고 있었다.

"뭔가 궁금한 게 있다면 망설이지 말고 물어보도록 하오. 아까부터 그런 눈으로 보지만 말고. 마음 놓고 말해 봐요."

여자는 조심스레 물었다.

"왜 선생님은 내가 정말 여기에, 오리라고 생각했나요? 왜 나를 믿으셨나요?"

그녀의 말속에는 이천만 원이라는 큰돈을 가지고 어디론가 도망쳐 버릴지도 모른다고 의심하지 않았냐는 의미가 포함되어 있었다. 천수는 여유 있는 표정으로 웃었다.

"나는 전혀 의심하지 않았다. 반드시 네가 올 것이라는 확신이 있었다."

"왜요?"

"너는 자신의 마음을 그 벚꽃이 핀 옥정호에 버리고 왔을 것이다. 그때부터 나에게 주었던 마음이 살아나기 시작했다는 걸 나는 알고 있었다."

여자의 눈이 깊숙한 곳에서, 반짝하고 빛나는 광채가 언뜻 보였다.

"정말입니까?"

마치 자기 일이 아닌 듯이 여자가 물었다. 눈에서 번쩍 빛났던 건 천수를 신뢰해 버린 증거이었다. 자신도 알 수 없는 자신의 마음을 천수의 말을 통해서 깨달은 듯했다. 천수는 고개를 끄덕이며 새삼스럽게 여자 앞에서 자세를 바르게 고쳐 앉고 여자의 무릎에 '동정녀 연화'의 각본을 올려놓으며 말했다.

"너는 인형의 집을 보았겠지? 그 내용은 확실히 멋있었다. 하지만, 내가 그리고 있는 것은 그 로라, 같은 여자가 아니다. 완벽하게 인형이 될 여자다. 여배우가 된다는 일은 내 인형이 되는 일이다. 손가락 하나, 머리카락 한 가닥도 내 지시가 없으면 움직일 수 없는 인형이 되어야 한다. 움직이는 일만이 아니다. 아직 그 벚꽃 길에 버리지 못하고 온 자신이 조금이라도 남아있다면 남김없이 버리고 지금, 이 순간부터는 내가 주는 마음만으로 살아야 한다. 그 각오는 되어 있겠지?"

여자는 매우 작게 그러나 분명히 고개를 끄덕였다. 천수는 여자의 눈길에 자신의 눈길을 단단히 교차시켰다. 방안의 한 면에 놓아두었던 책상에 조명을 켜고 여자를 그 앞에 앉혔다. 두루마리를 책상에 펼치고 먹을 갈아서 여자에게 붓을 들려주었다. 여자의 뒤에서 팔을 둘러서 안고 천수는 자신의 손으로 여자의 손과 붓을 잡고 마치 어린아이에게 글 쓰는 연습을 시키듯이 종이에 '맹세'라고 쓰게 했다.

맹세
첫째, 나는 선생님의 인형이 되겠습니다.
둘째, 나는 선생님, 말 대로 움직이고, 원하는 말을 하고, 머리카락 하나까지도
 선생님께 맡기겠습니다.
셋째, 선생님이 주는 마음의 상태로 울고 선생님의 가르쳐 주시는
 마음인 채로 웃겠습니다.
넷째, 선생님만 믿고 선생님만 내 마음의 버팀목으로 삼고 선생님만을 사랑
 합니다.

붓은 마지막으로 '김수미.'라는 이름으로 끝맺었다. 스승 천수의 이름 한 글자와 현미에서 한 글자씩 따서 만든 예명이었다. 천수는 혈 혼 대신해서 여자의 손가락에 먹을 묻히려고 했지만, 이때까지 천수의 손에 맡긴 채로 있었던 여자의 손에 작은 힘이 들어갔다. 여자의 손에 힘이 들어가는 걸 천수는 알아차리고 손에서 힘을 뺐다. 겹친 채로 여자의 손이 움직이는 대로 따랐다. 여자는 스스로 손가락을 먹물에 적셔서 김수미라는 이름 옆에 단단히 눌렀다. 여성의 손가락에 들어간 힘이 천수의 손가락에 전해져왔다. 힘은 여자의 의지이다. 손도장만은 자신의 의지로 누른 것이다. 여자는 맹세에 쓰인 문자를 인정했다. 천수는 여자의 목덜미를 쫓아서 시선을 돌려 옆모습을 눈 속에 넣었다. 감고 있는 눈의 눈

썹이 가지런히 갖추어져 있으나 뺨은 상기 된 듯이 보였다. 여자는 흥분된 가슴을 억누르고 있는 듯이 보였다.
"이 가슴에 뜨겁게 불타올라 오는 것도 선생님의 주신 마음일까요?"
목소리는 입술에 맞추어 약간 떨리고 있었다. 천수가 고개를 끄덕여 보였다.
"지금 이럴 때 무슨 말을 해야 할지 가르쳐주십시오."
희미한 목소리로 그렇게 중얼거렸다. 실제로 정성스럽게 만들어 비진 듯이 작고 아름다운 입술을 부드럽게 닫았다.

* * *

두 달 후, '동정녀 연화'의 공연은 대단한 명성을 얻었다. 수미는 아름다움뿐만 아니라 연기력까지 인형의 집의 로라 인형을 능가한다는 평가도 있었다. 아름다운 인형은 단순한 인형이 아니라 유리 인형이 인형 술사의 생명을 빨아들여서 살아가는 듯한 감정을 연기하듯이 김수미의 연극도 눈썹 하나 움직이지 않는 조용함 속에 생명의 불이 켜졌다고 할 정도로 호평을 받았다. 천수의 기획과 연출은 예상외로 훌륭하게 성공할 수 있었다. 수미는 무대 위에서도 손가락 하나의 움직임까지 연화라는 인물에 몰입했다. 천수라는 지도자의 힘이었다고 하지만 손가락 하나의 움직임까지 교수한 건 아니다. 연습을 시작하고 곧 깨달았지만, 수미는 연화를 연기하고 있는 건 아니었다. 단지 쓰인 대사대로 말하는 것이 아니라 가슴속에 원래 가지고 있던 마음의 소리를 실제의 자기 목소리에 실어서 내보내고 있었다. 마치 수미와 연화는 같은 정신과 육체를 가진 여자였다. 천수는 단지 수미 그 자체가 자연스럽게 연기할 수 있게 긴장을 풀 수 있도록 배려하고 상대역과 다른 배우를 수미의 호흡에 맞출 수 있도록 지도하는 것만으로 충분했다고 말할 수 있다.

  그래도 첫날이 다가오니까 무대에서 3년의 공백이 있는 수미에게는 긴장되었는지 딱딱해 보였다. 첫날 밤이다. 천수가 깊은 밤에 눈을 뜨니까 옆에는 수미의 모습이 없었다. 거실로 나가보니까, 툇마루에 쭈그리고 앉아 밤의 정원을 내려다보는 수미의 뒷모습이 있었다. 달빛이 밝았기에, 전등을 켜려고 뻗었던 손을 일단 멈추고 천수가 가깝게 다가갔다. 수미는 그냥 멍하니 정원을 바라보고 있었던 건 아니었다. 손에 든 손거울을 달빛에 비추고 얼굴을 들여다보고 있었다. 연습을 시작했을 무렵부터 '좀 더 연화라는 여자를 자세히 가르쳐주세요.'라는 수미에게 천수는 손거울을 주고 '거울을 들여다봐. 거기에 연화가 보일 거다.'라고 말해주었다. 잠시 흥미롭게 거울을 바라보고 있었지만, 이윽고 천수 말의 의미를 알아차린 듯했다. 그리고 자신감을 잃어버릴 때마다 주술처럼 손거울을 잡고 자기 얼굴을 바라보는 버릇이 생긴 듯했다. 지금도 수미는 아직 밝아지려면 먼 첫새벽에 일어나서 달빛에 다가오는 긴장과 자극을 부드럽게 하려는 듯했다. 천수의 기색을 느껴도 수미는 돌아보지 않았다. 거울 속에서 천수의 얼굴을 찾고 있었다. 거울 속에서 수미와 천수의 눈이 마주쳤다. 거울은 천수의 눈에는 수미의 얼굴을 수미의 눈에는 천수의 얼굴을 비추고 있었다. 천수는 자신이 있기에 아무 걱정이 없다는 듯이 눈빛으로 말했다. 수미는 그것에 답하지 않고 안방으로 도망가서 이번에는 툇마루에 서 있는 천수에게 등지고 앉았다. 툇마루의 차양에서 밤을 찢은 한 가닥의 달빛이 바닥으로 비추어 넣고 있다. 달빛의 가락을 푸는 듯이 잠시 손거울이 흔들렸지만, 이윽고 어느 위치에 멈추었다. 달빛은 거울에서 튀어 올라 환상의 한 가닥을 수미의 왼쪽 가슴으로 비추고 있다. 거울에서 반사되는 그 달빛을 자신의 가슴으로 받아들이고 있는 듯이 보였다. 툇마루에 섰던 천수로부터 보면 거울 속에는 빛이 비추어진 수미의 왼쪽 가슴 부분이 보였다. 무엇을 하고 있느냐고 천수가 물었다.

"선생님, 그대로 가만히 있어 주세요."

수미는 목소리를 높였다. 맹세를 지키며 지난 두 달이나 천수의 허락이 없이는 말조차 하지 못했던 수미가 처음으로 자신으로부터 낸 목소리였다. 놀람과 동시에 겨우 천수에게는 수미가 무엇을 하고 있었는지 알았다. 수미의 가슴에 받아들이고 있던 건 달빛이 아니었다. 그 달빛을 역광으로 툇마루에 서 있는 천수의 얼굴을 손거울 속의 달빛에 튕겨서 자기 가슴으로 받아들이고 있었다. 천수의 눈에 거울은 수미의 왼쪽 가슴을 비추고 있었으니, 수미의 왼쪽 가슴은 그 천수의 얼굴을 받아들이던 중이었다. 오랫동안 수미는 조용히 그 자세를 유지하고 있었다. 천수는 자신의 몸이 달빛에 녹아 수미의 가슴속으로 조금씩 녹아 들어 가는 듯한 생각이 들었다.

"이제 괜찮아요. 선생님이 내 가슴속에 스며들어와 주셨습니다."

이윽고 수미는 그렇게 작은 소리로 중얼거리며 거울을 손에서 놓고, 깊은 안도의 숨을 토했다. 그리고 사실 그 말대로, 다음날 무대에서는 3년간의 공백이 믿을 수 없을 정도로 자연스러운 연기를 보여주었다. 수미에게는 타고난 재능이 있었다. 그러나 그 재능은 오랫동안 꽃을 피우지는 못했었다. 천수의 무대에서 천수가 그리는 연화의 역할을 수미의 재능으로 꽃을 화려하게 피울 수 있었다. 그리고 수미는 천수와의 만남을 통해서 여자로서 처음으로 자신에게 어울리는 사랑을 얻었다고 할 수 있다.

수미는 병상의 남편과 아이를 데리고 자기가 스스로 가장이 되어 한 가정을 힘겹게 이끌어가면서 살아갈 여자는 아니었다. 누군가가 자신을 잡아 끌어주지 않으면 실이 끊어진 연처럼 아무것도 모르는 채 하늘을 떠다닐 수밖에 없는 여자이었다. 자기 말도 가질 수 없고 자신의 마음조차 모르는 인형이나 마찬가지다. 누군가가 손과 발을 잡고 생명을 불어넣어 주지 않으면 언제까지나 한구석에 방치된 채 멍하니 있어야 하는 인형에 불과했었다. 수미는 적당한 시기에 자신의 마음을 붙잡고 생각대로 자신을 조종해 줄 수 있는 남자인 천수와 만났다. 천수에게 맡겨두면, 완전히 안심하고 자신은 살아갈 수 있으리라 믿었다. 그 안심이 절대적으로 신뢰가 되어 수미의 마음은 천수와 확실하게 연결되었다. 남자와 여자로서 이러한 인연이 또한 극작가와 배우로서의 관계에도 매우 예리한 것이다. 단원의 눈에는 수미가 천수의 손에 이끌려 극단에 나타났던 첫날부터 두 사람이 부부나 다름없이 비추어졌었다. 수미는 연습이 없을 때도 천수의 명령대로 움직이고 천수의 말이 없으면 조용히 천수의 어깨에 기대어 앉아 다른 단원들과 말을 나누는 일도 거의 없었다.

부창부수라고 하지만 두 사람 정도로 철저하고 때로는 해학적으로 보일 수 있는 부부도 드물었다. 모두가 담소를 나누고 있을 때도 수미는 혼자 웃지 않았고 곧 떠 올린 것처럼 '선생님, 내가 지금 웃고 싶은데 웃으라고 말씀해 주세요.'라는 듯한 진지한 얼굴로 말하듯이 쳐다보면 천수가 끄덕이고 나면 수미는 혼자 늦게 웃음을 웃었다. 어느 때는 대기실을 나와서 천수가 차에 올라타고도 수미가 좀처럼 대기실에서 나오지 않았다. 기사가 부르러 가면 수미는 멍하니 대기실에 혼자 앉아 있었다.

"선생님께서 일어나라는 말이 없었기 때문에."

라고 말하기도 했다. 우스갯소리라고는 해도, 그러나 기이하다고도 생각할 수밖에 없는 수미의 천수를 추종하는 모습을 단원들은 극히 자연스럽게 받아들이고 있었다. 인형을 조정하는 사람과 인형처럼 자연스럽게 움직이는 사람, 두 사람은 일체화되어 있었다. 천수의 과거 여자관계를 알고 있는 단원들은 천수가 원하는 대로 언제나 여자를 바꿀 수 있다는 사실도 잘 알고 있었다. 수미와의 사이에서는 이전의 여자 사이에서 연일 반복되었던 말싸움은 없었다. 그렇다고 해도 천수는 노예처럼 수미를 다루고 있지는 않았다. 이전에는 여자들에게는 자신의 마음을 쉽게 보여주었던 천수가 수미에게는 언제나 상냥한 말을 하고 섬세한 배려를 보였다. 겉으로는 수미를 자신의 명령대로 움직이게 하면서도 자신의 손에 넣은 소중한 인형에게 상처를 입히지 않으려는 듯이 부드러운 무엇으로 감싼 듯이 소중하게 다루면서 간직하는 듯이 보였다.

수미라는 좋은 재료를 얻고, 천수의 창작에도 이전보다 더욱더 뜨거운 열정이 가득하게 되었다. 7월에는 또 수미를 위해 '동정녀 연화'를 끝내고 8월과 12월에는 재연하는 동안에도 9월, 10월에도 새로운 연극을 공연하고 어느 쪽도 호평을 얻었다. 그리고 정월 공연에는 '옥정호의 전설'이라는 극단 최고의 무대로 올렸던 정점에서 갑자기 천수가 자살하고 말았다. 그 직전까지 두 사람은 신뢰라는 틀로 굳게 맺어진 관계를 계속 유지했었다. 단원의 눈에는 무엇 하나 부족함 없는 부러울 정도의 사제 관계이며, 남녀의 뜨거운 애정 관계였다.

두 사람의 관계에 관해서 자세한 내면을 누구도 아는 사람이 없었다. 어떤 이상의 기류를 느꼈던 건 11월로 접어들고 며칠 지나지 않아서 천수에게 불려 가고 나서이다. 선생님은 정월의 '옥정호의 전설'의 공연에 있는 힘을 다하기 위해서 11월 극단을 쉬고 12월의 흥행도 '동정녀 연화'의 공연을 재연으로 끝내면서 지내고 있었다. '옥정호의 전설'은 선생님 자신을 그린 작품이었다. 극 중의 극작가 역할로는 나에게 눈들이 모여들었다. '옥정호의 전설'은 우리 단원들이 모두 알고 있는 두 사람의 관계가 아름답게 그려졌던 걸작이며 나에게는 정말 파격적인 대역이며, 대본을 받은 날부터 나는 정신없이 역할 연구에 몰두하고 있었던 중이었다. 어느 날 나를 호출했던 선생님은 나를 향해서

"네가 완전히 내가 되어 주지 않으면 안 된다. 그러기 위해서는 연습을 시작하기 전에 수미에 대해서 좀 더 분명하게 알아두기를 바란다. 오늘부터 2시간 정도 수미를 너희 집에 보낼 것이니 부탁한다."

아무렇지 않게 말했다. 나와 수미는 그때까지 말조차 나누었던 적이 없었으므로 좀 더 서로를 알 수 있도록 기회를 선생님이 만들어 주셨다는 정도로 생각하고 있었다. 그날 밤 수미의 방문을 기다렸다. 수미가 찾아온 것은 만추의 밤도 완전히 깊어 내가 포기하기 시작했을 무렵이었다. 현관 유리 저쪽에 선 수미는 입가까지 목도리로 감싸고 눈만으로 인사했다. 심야의 방문을 부자연스럽게 느끼기는 했지만 어리석게도 나는 거실에 들어오게 했다. 수미는 말없이 거실에 들어오자마자 구석에서 옷을 벗기 시작했다. 나는 그때까지 선생님의 말속에, 담긴 말뜻을 모르고 있었다. 나는 놀라서 손을 멈추게 했다. 수미는 조용히 되돌아보며

"선생님은 당신에게 자세히 이야기해 두었다고 말씀하셨습니다만"

수미는 단지 불가사의하다는 듯이 고개를 갸웃하고 말했다.

"당신은 지금 자신이 무엇을 하려고 하는지 알고 있습니까?"

내가 무심코 뱉은 말에, 수미는 고개를 갸웃한 채 '그래요.'라고 끄덕였다. 꺼림칙한 일은 조금도 없다는 듯이 무심이라고도 할 수 있는 얼굴이었다. 내 쪽이 오히려 곤란에 빠져 버렸다.

"상관없습니다. 선생님의 명령인 터라. 선생님은 이번 신작에 모든 걸 걸고 계십니다. 그러니까 그 점은 당신도 알아주세요."

남의 일처럼 말했다. 아무리 선생님의 명령이라고 해도 이런 짓은 있을 수 없다고 내가 계속 거부하니까 마지막에는 수미도 포기하고, 똑바로 나를 향해 앉았다.

"그렇다면 나를 안았던 걸로 하십시오. 그렇지 않으면 내가 야단맞을 수 있습니다. 아니, 무엇보다 당신을 위해 좋지 않습니다. 당신도 이번 작품에서 역할을 빼앗겨 버릴 수도 있어요."

수미는 일부러 단정하게 빗겨 올린 머리를 자신의 손가락으로 흩트리고, 옷을 구기고 블라우스 자락을 엇갈리게 치마 속으로 꾸겨 넣었다.

"하지만 선생님께서 물으시면 뭐라고 대답하면 좋을까요?"

"괜찮아요. 민호 씨에게는 아무것도 묻지 않을 거예요."

수미는 그렇게 말하고 두 시간 정도 있다가 돌아갔다. 수미의 말대로 다음 날 아침 연습실에서 얼굴을 맞대었지만, 선생님은 아무것도 물어보지 않았다. 내가 수미를 안았다고 생각하고 있을 터인데 그런 기색은 조금도 보이지 않았다. 언제나 같은 얼굴로 나나 수미에게 연기 지도를 했다. 그날 밤도 수미는 우리 집으로 왔다.

"당신이 싫으면 거기에 앉아만 있어 주세요."

수미는 스스로가 이불을 깔고 옷을 벗고 속옷의 부드러운 몸통이 되어 조용히 옆으로 드러누웠다.

"나는 선생님 말씀에 따르지 않으면 안 됩니다."

조용히 눈을 감고 말했다. 가슴까지 얇은 시트를 덮고 희미하게 뱉어내는 숨소리는 이미 잠든 듯이 얼굴에는 편안한 미소가 번지고 있었다.

"당신은 선생님에게 안길 때도 그런 얼굴로 있나요?"

내가 묻자, 수미는 눈을 감은 채 '그래요'라고 작게 중얼거렸다.

"그것도 선생님의 명령인가요?"

"민호 씨, 2막의 선생님의 대사를 말해주지 않겠습니까?"

나는 '옥정호의 전설'의 대본을 끌어당겼다. 2막은 어느 한 여름밤이다. 극 중에서 김원희로 되어 있지만, 실은 수미였다. 민영이라는 역이지만 이것도 사실은 나의 역이었다. 천수와 함께 살기 시작하고 3개월이 지나고 있었다. 수미는 천수를 위해 모든 것을 버리고 천수의 인형이 되어 살고 있었다. 자신마저도 버리고 온전한 수미가 되었지만 하나 버리지 못하고 있는 것이 있었다. 언니에게 맡긴 세 살이 될 아들이었다. 원희는 민영의 눈을 피해 아들을 만나러 가려고 하면서 가기 전에 간단한 선물을 하려고 불꽃놀이를 샀지만, 물에 빠트려서 적셔 버린다. 걱정스럽게 말리고 있는 원희 앞에 민영이 돌아왔다. 불꽃놀이를 보고 원희가 아들을 만나러 가려고 하는 것을 알아차리고 거친 목소리로 꾸짖었다.

"너는 나의 인형이 되겠다는 맹세하지 않았나? 그것은 거짓말이었나?"

광분하는 민영에게 원희는 눈물로 호소했다.

"선생님, 가르쳐주세요. 나는 어떻게 해야 할지 그 아이를 만나고 싶은 마음만은 진정시킬 수가 없습니다. 선생님, 이 마음을 잊게 해주세요."

울고 있는 원희를 민영은 툇마루에 앉혀놓고 가만히 있으라고 말하고 나서 불꽃의 화약에 불을 붙였다. 민영 손가락의 아래쪽으로 빛이 작은 꽃을 피우고 잠깐 사이에 어둠의 물방울이 되어 사라지면서 떨어졌다. 민영은 그 야기를 태우며 튀어 오르는 불꽃을 원희의 가슴에 가까이 가져다 대었다.

"너의 진실은 이렇게 불똥이 흩어져가는 것이다. 불꽃이 하나 사라질 때마다, 넌 조금씩 추억을 잊어가야 할 것이다."

그렇게 말하면서 민영은 계속해서 불꽃놀이 화약에 불을 붙였다. 화약은 원희의 겉옷을 점점 검게 태웠지만, 원희는 뜨거움도 느끼지 못한 채 꼼짝하지 않고 가만히 있었다. 원희의 가슴속에 도사리고 있던 하나의 감정이 민영의 말대로 작은 불빛으로 불꽃이 조금씩 흘러들어와서 어둠 속으로 사라져 갔다. 원희의 가슴속에서 안도의 불빛이 스며들어서 원희의 얼굴에는 미소마저 떠올라있었다.

"이것은 정말로 있었던 일입니까?"

극본에 쓰인 대로 똑같은 미소로 내 낭독을 듣고 있는 수미에게 그렇게 물었다. 수미는 대답 대신에 왼쪽 가슴을 약간 벗어 보였다. 하얀 눈 위에 재를 뿌린 듯이 하얀 피부에 점점이 얇고 검은 흔적이 남아있었다.

"당신은 선생님의 어떤 말이라도 견딜 수 있나요?"

"견디고 있는 것은 아닙니다. 선생님 옆에 있으면 내 가슴은 텅 비어 버려서 선생님의 마음이 내 안으로 자연스럽게 흘러 들어와 버립니다. 나는 선생님의 마음만으로 살아갈 수 있게 된 여자랍니다."

수미는 그렇게 말하고 나에게 이런 이야기를 해주었다. 천수는 여름이 끝나갈 무렵부터 기생 집에 내왕을 다시 시작하게 되었다. 외출하기 전에 수미를 책상 앞에 앉히고 자신이 돌아올 때까지 경문을 필사하도록 명령했다. 말한 대로, 수미는 필사하는데 온 정신을 기울였다. 몇 시간 후에 돌아와서는 수미가 베낀 문자를 한 글자씩 진지하게 확인했다. 그 문자에 수미의 마음을 읽어내고 나서 혼란이 있다고 수미를 꾸짖는다고 했다. 그날부터는 스스로가 하는 외출뿐만 아니라 단골 기생을 집으로 불러들였다. 수미에게 그 여자를 대접하고 시중을 들라고도 했다. 천수는 여자와 뜨거운 애정행각을 벌일 때도 수미를 옆에 앉혀놓고 필사하게 했다. 여자들의 간드러진 웃음과 부끄러운 신음 때문에, 글자는 아무래도 비틀어졌으면 여자가 돌아간 후 역시 천수는 필사한 걸 검사하면서 꾸짖었다.

"너는 아직 완전히 나의 인형은 되지 않았다."

어느 날 밤, 수미는 참을 수 없어서 눈물을 흘렸다. 여자가 돌아간 후, 먹으로 쓴 글자가 눈물로 번진걸 보는 걸 못마땅하게 여기는 천수의 분노는 하늘을 찌르듯이 거세기만 했다.

"너는 아직도 나를 진심으로 믿지 못하고, 있는 것이다."

고함을 치면서 거칠게 종이 뭉치를 수미에게 던지면서

"이제 됐으니까 그만 자거라"

하며 전등을 끄고 천수는 툇마루로 나섰다. 하늘에는 추석 명월이 떠 있고 달빛이 푸르게 흘러들어서 툇마루에 서 있는 천수의 그림자를 길게 비추었다. 머리의 그림자가 수미의 무릎에 닿아있었다. 수미의, 손이 저절로 움직여서 머리에서 장식용 꽃 비녀를 뽑아서 수미는 가슴에 검게 불타오른 불길에 부채질하면서 그 꽃 비녀로 천수의 그림자를 찔렀다. 그림자를 뚫고 심판의 날은 바닥에 깊게 가라앉았다. 그 순간,

"좀 더 힘껏 깊게 찔러도 돼."

천수의 목소리가 들렸다. 수미는 깜짝 놀랐다. 천수는 자신에게 등을 돌리고 툇마루에 서 있는 채였다. 그런데도 수미가 비녀로 자신의 그림자를 찌른 것을 알아차렸다.

"선생님이 어떻게? 지금"

깜짝 놀라서 물었다.

"너에게 지금 비녀로 찌르게 시킨 것은 나다. 너의 가슴에 지금 불꽃을 타오르게 하는 투기도 내가 주었다. 너는 아직도 그 사실을 깨닫지 못했느냐?"

등을 돌린 채 천수는 조용한 목소리로 말했다.

"내가 정말 선생님의 인형이 될 수 있었던 것은 그때부터입니다."

그 후에도 천수는 기생들을 데리고 돌아왔었지만, 그날부터는 이미 필사의 글자가 한 글자도 흐트러지지 않게 되었다고 수미는 말했다. 나는 천수 선생님의 마음을 모르겠다. 수미의 이야기가 사실이라도 선생님은 수미를 놀리면서 즐기

고 있는 듯했다. 수미가 어떤 명령이라도 따르는 사실을 이용하여 이전의 여자들을 데리고 와서 농락하는 이상의 마음을 노출하고 수미를 학대하는 듯했다. 하지만 그 이상으로 나는 수미라는 여자의 마음을 잘 모르겠다. 보통의 여자라면 참지 못할 모든 걸 견디고 어디까지나 한 남자의 인형이 되려는 그 이유를 도저히 모르겠다.

밤공기에 차가워진 전등 빛을 받아, 수미의 얼굴은 피가 통하지 않는 종이 인형처럼 창백하게 보였다. 눈을 감으면 금방 사라질 정도로 희미한 미소를 띤 얼굴은 보통 사람의 얼굴이 아닌 인형의 얼굴이었다. 내가 덮치기만 하면 조용한 미소 그대로 가만히 나를 받아들일 듯했다. 나는 이토록 한 남자의 인형이 된 여자가 불쌍하게 느껴졌다. 그러나 가엾다는 생각은 나의 감정이다. 이 여성 자신은 그런 자신을 조금도 불쌍하다고 생각하지 않고 인형인 자신에게 어떤 여자도 가질 수 없는 깊은 평온을 얻고 있는 듯했다. 훌륭한 여자라고는 생각되지 않았다. 오히려 나는 이렇게까지 한 사람의 남자를 신뢰하고 믿음으로 안심하고 있는 여자에게 두려움까지 느껴졌다. 수미는 두 시간이 지나면 그 밤에도 머리를 흩트리고 일부러 구긴 옷을 입고 돌아갔다. 같은 일이 며칠 밤이나 이어지고 11월 15일 밤이었다. 평상시라면 돌아갈 준비를 시작하는 시간이 되어서야 겨우 허겁지겁 찾아온 수미는

"오늘 밤도 여기에 있었던 걸로 해주세요. 내일부터 며칠 오지 못할지도 모르겠어요. 선생님께서 물으면 분명히 왔었다고 얘기해 주세요."

현관문 앞에서 수미는 그녀와 어울리지 않게 허둥대는 목소리로 그렇게 말하고 나서 문도 제대로 닫지 못하고 돌아갔다. 그리고 이튿날 수미는 오지 않았고 11월 18일 밤이었다. 열 시경 현관에서 소리가 났다. 그래서 수미라고 생각하고 나가 보았다. 거기에는 천수 선생님이 몹시 어두운 얼굴로, 서 있었다.

"수미는 오지 않았나 보네."

현관에 여자의 신이 없는 것을 확인하고 나서 물었다. 속이려는 생각이 없었으므로 나는 정직하게 대답했다.

"언제부터냐?"

"그것이……"

내가 말을 얼버무리고 있으니까

"너도 입막음을 당하고 있는 거냐?"

분노를 토해내듯이 거칠게 던지고 내가 무슨 대답도 못 하는 사이에 '바보 같은 놈이다.'라고 토해내듯이 말하고 문을 거칠게 닫고 나가버렸다. '바보 같은 놈이다'라는 말은 나에게 하는 듯이 들렸지만 잘 생각하면 수미에게 말하는 듯이 들렸다. 다음 날 아침, 연습실에 가니까 선생님께 급한 볼일이 생겼다고 연습은 쉰다고 했다. 나는 두 사람 사이에 뭔가 사건이 일어난 것이 아닐까? 걱정했었지만, 다음 날 아침에는 두 사람은 평소와 다름없이 나타나서 평소대로 연습이 시작되었다. 나는 수미가 오지 않는 것을 정직하게 선생님에게 말했기에 뭔가 두 사람에게 폐를 끼치지 않았는지 물어보려고 기회를 노렸으나 수미는 언제나처럼, 천수에게서 한시라도 떨어지지 않았으므로 기회가 없었다.

수미를 우리 집에 다니게 하는 일은 그만두었는지, 수미는 연습실 이외에 얼굴을 따로 볼 수 없어졌는데, 2~3일 후에 나는 단원에게서 병상에 있던 남편이 죽었다는 이야기를 들었다. 단원들도 자세히 모르는 일이었지만, 15일 무렵이었다고 한다. 나는 문득 그때 문 앞에서 2~3일 올 수 없다고 말했던 수미의 당황스러워하던 모습을 떠올렸다. 아마도 그 전후에 남편이 갑자기 병세가 악화하였을지도 모른다. 그 연락을 받고 수미는 남편의 장례에 참석했을 수 있다. 천수 선생님과 이런 관계인 이상, 명목상의 남편이었지만, 어쨌든 임종만이라도 지켜주고 싶다는 기분이었음이 틀림없다. 하지만 아들과 만나는 일조차 금지했던 천수 선생님에게는 무슨 일이라도 보고하면 안 된다고 생각하고 수미는 나에게 입막음했을 것이다. 거짓말이 드러나서 말썽이 일어난 것이지만, 그것도 해결한 듯이 보였다. 연습실에서 두 사람은 이전대로, 아니 이전보다 더욱 사이가 화목해 보였다. 그런 두 사람을 보고 있으면 한때라도 선생님이 수미를 학대하고 있다고 생각한 내 생각은 틀렸다고 생각했다. 두 사람은 보통 사람인 내가 헤아릴 수 없는 깊은 곳에서 단단히 연결된 듯이 보였다. 그것은 다름 아닌 사랑의 형태로 보였다.

  1월 공연은 첫날부터 대성황이었다. 선생님 자신도 무대의 완성도에는 더없이 만족하셨다. 내 연기도 '마치 자신을 보는 듯했다'라고 칭찬해 주셨다. 단원 전체가 모인 자리는 활기가 넘치고 일동의 의지는 불타오르고 선생님은 그 소용돌이의 중심에 있었다. 단지 수미만이 그런 열기에서 조금 떨어져 지나치게 조용해 보였다. 그러나 이것은 항상 있는 일이며, 두 사람의 사이도 선생님의 기분이 좋은 만큼 어느 때보다 화목하게 보였다. 문제의 1월 10일의 밤이었다. 10시쯤에 축하 파티를 끝내고 만취한 선생님은 혼자 먼저 돌아가고 선생님의 명령으로 수미와 잠시 남아서 얘기하게 되었다. 선생님이 특별한 일 없이 수미를 자신의 옆에서 떨어지게 하는 일은 거의 없으므로, 나는 선생님이 이번 연극의 성공을 몹시도 즐거워할 정도로밖에 생각하지 않았다.
  즐겁게 손을 흔들며 약간 휘청거리는 발걸음으로 떠나가는 선생님을 배웅하고 수미를 집으로 데리고 갔다. 집으로 온 수미는 거의 아무 말도 하지 않고 그냥 술만 마시다가 1시쯤 돌아갔다. 그 수미가 2시쯤 매우 걱정스러운 얼굴로, 허겁지겁 집으로 왔다.

"선생님이 집에 돌아오지 않았어요."

그 후 밖에서 다른 사람들과 모임이 있을 걸로 생각했지만, 수미가 너무나 걱정하고 있어서 나는 선생님의 집으로 가서 돌아오는 선생님을 기다리기로 했다. 다음날 무대가 시작되는 시간이 되어도 결국 선생님은 돌아오지 않았다. 옥정호 하류에 시체가 발견되었다는 소식이 들려온 것은 최종 막이 오르기 직전이었다. 어떻게든 무대를 마치고 단원 전원이 시체가 있는 곳으로 달려갔다. 수미는 대기실에서 소식을 들었을 때는 역시 혼란스러워했지만, 마지막 막까지도 평소처럼 연기를 끝낼 수 있었다. 선생님의 거적을 뒤집어쓴 익사체와 마주했을 때도 평소와 다름없는 얼굴색에서 조금 더 창백했을 뿐, 너무 조용할 정도로 보였다. 나중에 생각해 보면 대기실에서 소식을 들은 순간부터 이미 뒤를 쫓을 각오가 되었을지도 모르겠다. 그 각오가 수미의 기력을 유지하고 마지막 공연까지 무대 위에서 연기를 할 수 있었을 것이다. 자살의 원인도 모르는 채 모두는 마지막 공연을 무사히 마칠 때까지 선생님이 살아 있다고 생각하려고 했다. 장례식만은 간단하게 마치고 7일마다 공양도 못 하고 무대에서 다른 때보다 더욱 온 힘을 쏟았다.

선생님의 영혼이 나에게 옮겨진 듯이 내 연기력도 두각을 나타냈다. 겉으로는 수미 역시 정신을 확실히 차리고 있는 듯이 무대에서 연기도 흐트러지지 않았다. 그러나 무대에서 수미의 상대역을 하면서, 나는 수미는 하루하루가 다르게 희미하게 시들어가는 듯한 생각이 들었다. 무대에서 껴안았을 때 그 몸이 매일 영혼의 무게를 깎아 가는 듯이 가벼워지는 것 같았다. 장례를 마친 다음 날이다. 개막 직전에 분장실을 들여다보니까 수미가 혼자 얇은 푸른 색상의 비단 손수건을 양손에 움켜쥐고 가만히 들여다보고 있었다. 손수건에는 인간의 백색 뼛조각 같은 게 있었다. 선생님 뼈인 듯했다. 내가 말을 걸자, 수미는 그 뼈를 손수건에 부드럽게 감싸서 가슴에 꽂아 넣었다. 무대 위에서 수미의 기력을 지탱하고 있던 것은 그 가슴에 숨긴 선생의 유골이었다고 생각되었다. 그러나 그 뼛조각이 수미의 영혼을 매일 빨아들여서 수미의 생명을 깎을 수도 있다는 생각은 그때 당시 하지 못했었다.

2월에 들어서자, 극단에서는 연일 모여서 선생님이 없는 극단의 향후 방침을 세우는 회의를 나누었다. 수미는 때때로 얼굴을 내밀어도 기분이 내키지 않는다는 이유로 토론에 참여하지 않고, 대부분 집 안에서만 지냈다. 단원들이 번갈아 가며 방문하러 가서 격려했지만, 1월의 무대가 끝난 후부터는 그야말로 한쪽 날개를 잃어버린 듯이 실제로 버려진 인형처럼 소리도 말도 없이 멍하니 구석에 앉아 있었다. 전부터 조용한 사람이었지만, 이전의 침묵에는 빛 같은 것들이 녹아있었다. 그 빛을 주신 것이 선생님이었다고 나는 새삼 깨닫게 되었다.

사십구재의 법회에는 단원 일동이 집을 찾아가 극진히 선생님을 떠나보내기 위해서 공양하기로 되어 있었다. 그 전날인 3월 14일, 나는 문득 수미를 찾아보려고 집을 나왔다. 도시 외곽까지 왔을 때였다. 길모퉁이의 작은 불교용품 가게에서 나오는 수미와 만났다. 수미는 손에 향 상자를 가지고 있었다.

"내일의 법회 준비는 다 됐습니까?"

내가 묻자, 수미는 내 말을 잘 모르겠다는 얼굴로 멍하니 나를 올려다보았다.

"내일이 선생님 사십구재의 법회잖아요?"

"내일이요?"

의외로 깜짝 놀란 표정으로 반문하였다. 그때 손에서 향 상자를 바닥으로 떨어뜨렸다. 내가 수미의 당황한 얼굴을 본 건 11월 중순 집을 찾아갔을 때와 선생님의 죽음의 소식을 들었을 때와 이때뿐이었다. 수미는 향이 부러지지 않았을지 주워 든 상자 안을 서둘러 들여다보고 있었다.

"나는 모레라고만 생각했네요. 하루를 틀리게 생각했네요."

혼잣말처럼 중얼거리면서 제대로 인사도 하지 않고 빠른 걸음으로 내 앞에서 떠나갔다. 중요한 법회의 날짜를 틀리는 실수도 선생님을 잃은 슬픔 탓이라고 걱정했었다. 다음날의 법회에서 수미는 차분한 모습을 보였다. 침울하지만 단원들의 마음을 위로하려는 듯이 수미는 처음으로 모두에게 격려하고 법요 장소에 어울리지 않게 밝게 웃기도 했다. 사실은 그 법회의 자리에서 나에게는 이상하게 생각되는 일이 있었다. 독경 사이에 문득 뭔가가 이상하거나 신경이 쓰이는 일이 있다는 느낌이 들었지만, 무엇 때문인지 기억나지 않은 채 분향 차례가 와서 거기에 정신을 빼앗겨서 잊어버리고 말았다. 모두가 돌아갈 때 수미는 현관까지 나와서 '여러 가지 수고하셨습니다. 고맙습니다.'라고 감사의 뜻을 밝혔다. 밝은 얼굴이었으므로 우리 일동도 안도했었다. 그러나 사실은 지금 생각하면 그 무언가를 털어내는 듯한 밝음이야말로 경계해야만 할 일이었다.

　그날 밤 수미는 스스로 목숨을 끊었다. 수미의 죽은 얼굴을 봐도 나는 눈물을 흘릴 수 없었다. 경악이 너무 큰 탓도 있었겠지만, 하얀 시트 아래에 보이는 얼굴은 조용하고 편안한 웃음을 웃고 있었다. 얼굴은 살아있을 때와 조금도 변함이 없었다. 우리 집에 다니던 그 11월 며칠이었던 밤, 깊은 잠이 든 것처럼 밝은 미소를 짓고 눈을 감고 있을 때와 똑같은 얼굴이었다. 죽은 사람의 얼굴이 살아있는 것처럼 보이는 것은, 반대로 생전의 수미는 죽어 있었다는 뜻이 아닌가? 하고 나는 생각했다.

　자신의 모든 걸 내버리고 자신의 모든 것을 비우고 한 남자를 믿어 버린 깊은 안도감 속에서 수미는 이미 오래전부터 죽어 있었을 수도 있었다. 유서는 없었으나 천수 선생님의 뒤를 따라간 자살인 사실은 분명했다. 선생님이 왜 죽었는지 알지도 못한 채 같은 다리에서 선생님을 따라서 다시는 돌아올 수 없는 여행을 떠났다. 경찰에서도 우리에게 침묵을 지키고 있었지만, 수미만은 선생님이 죽은 이유를 알고 있었을지도 모른다. 그러나 그렇다고 하더라도 그 수미도 죽어 버린 이상, 선생님이 죽은 이유는 여전히 큰 수수께끼로 남아 버렸다.

수미의 장례식은 선생님과 같은 장례식장에서 있었다. 선생님의 장례식 이상의 사람들이 실내가 부족할 정도였다. 나는 새삼스럽게 수미의 인기에 놀랐지만, 그러나 배우로서는 너무나 짧은 생이었다. 수미의 가족은 군산에서 구제 옷가게를 하는 언니 한 사람만이 참석했을 뿐이었다. 이 언니는 수미의 아들을 맡아 키우고 있는데, 그 아이는 데리고 오지 않았다. 수미의 언니는 단원들과는 인사조차 피하는 기색으로 화장장에서 유골을 받고는 재빨리 돌아가 버렸다. 화장장에서 돌아오는 길, 나는 우연히 극단의 연습실에 자주 출입하는 포목상과 함께했다. 천수 선생님은 포목상이 가지고 오는 원단에서 자신이 좋아하는 원단을 골라서 수미에게 옷을 맞추어서 입혔었다. 수미의 나이에 조금 어울리지 않는 화려한 색상이 많았다. 그 포목상이 수미가 상복을 입고 자살했다는 말을 꺼내면서 그건 작년 말에 자기가 지은 옷이라고 말했다.

"어쩌면 수미 씨는 새해에 들어서면 선생님이 자살하시는 사실을 작년 말에 이미 알고 있었을지도 모르겠어요."

뜻밖의 말을 중얼거렸다. 자세히 물어보니까 지난해 말 섣달그믐 무렵, 수미 혼자 갑자기 가게를 찾아와서 설날까지 상복을 지어 달라고 했다. 새해 벽두부터 상복은 조금 기분이 나쁜 이야기라고 생각하면서 어떻게든 원하는 대로 만들어 주었지만, 천수가 얼마 지나지 않아서 죽었다는 소식을 들었다.

"단지 우연이었을까?"

나는 못 들은 척했지만, 마음에 걸리는 게 있었다. 포목상의 말대로 한다면 확실히 수미에게는 정월 새해가 되면 천수가 죽을 것이라는 사실을 예감하고 있던 것처럼 생각된다. 그러나 그런 바보 같은 일을 생각하는 걸 그만두었다. 그러나 밤이 어두워지면서 포목상의 말이 더욱 무겁게 다가왔다. 벽시계가 12시를 쳤을 때 나는 시계를 올려다보았다. 긴 바늘과 짧은 바늘이 겹치는 하루의 끝과 새로운 하루의 시작을 알리고 있었다. 이때 나는 문득 선생님의 사십구재 법회 전날 수미가 '나는 모레라고 생각했는데 하루를 잘못 알고 있었네.'라고 했던 말이 기억났다. 수미는 왜 중요한 법회를, 하루나 잘못 알고 있었을까? 단순한 계산 차이가 아니라 수미에게는 천수가 죽은 날이 모두를 믿고 있던 1달하고 십구 일째가 아니라 다음날인 1달하고 이십 일이라고 하면 선생님이 죽은 것은 우리와 헤어진 직후의 23시 무렵이라고 할 수 있었다. 그 시간에 다리 위에서 서성이고 있는 선생님을 보았다는 통행인의 증언이 있었다. 그러나 이때 선생님은 그저 만취했던 일만으로 그 후 집에까지 돌아와서 죽은 건 자정을 지나서였다면 수미만 그것을 알고 있었다고 한다면? 내 머릿속에서 끔찍한 상상이 자꾸만 떠올랐다. 수미가 그날 밤 우리 집을 나선 건 자정이 지난 1시이었다.

  수미는 집으로 돌아가서 만취해서 잠자는 천수를 보았다. 수미는 그 천수를 안아서 질질 끌어서 다리로 날랐다. 인형이었던 여자가 인형을 조정하던 사나이를 끌고 어두운 언덕을 지나 다리로 향했다. 인형은 달빛에 흰색 얼굴을 푸르게 물들여 다리에 누워있는 남자를 눈썹 하나 움직이지 않고 냉랭하게 내려다보고 있었다. 이윽고 인형은 소매에 숨겨 가지고 있던 칼을 꺼냈다. 인형은 그 무표정 뒤에서 자신을 마음대로 조종하던 남자에게 어느덧 증오의 불꽃을 붙이게 되었던 일이라면? 남자가 인형에 불어 넣었던 생명에 복수 당했다면? 그리고 그 인형은 그 죄책감에 참기 힘들어서 뒤를 쫓아서 스스로 목숨을 끊은 것이라면? 수미는 끊임없이 자신이 천수를 죽인 날이 1월 17일이라는 생각이 머리에 있었다면? 그것이 그 부주의한 실수를 이끌었다면? 나는 몇 번이나 이 무서운 상상을 떨쳐내려고 머리를 흔들었다. 하지만 부정하면 할수록 상상은 내 안에서 무거운 무게로 다가왔다. 나는 뜬 눈으로 새벽을 맞아 어두운 얼굴로 극단 일동이 모여 있는 분장실로 향했다. 선생님을 잃어버리고 수미라는 매우 크게 빛나기 시작했던 별을 잃어버려 향후 대책을 새롭게 검토하기로 되어 있었다. 모두 난감하여 머리를 맞대고 있을 때, 단원 중 젊은 한 사람이 불쑥 일어서서 말했다.

"혹시 김수미 씨는 작년 말 무렵부터 선생님이 자살하는 사실을 이미 알고 있었던 것이 아닐까요?"

포목상과 같은 말이었다. 나는 놀라서 자세하게 설명하라고 독촉했다. 그러자 그 젊은 단원이 말하기를 작년 연말 무렵의 황혼이었다. 그 단원은 아직 젊은 사람이었기에 선생님의 잔심부름을 하고 있었다. 그때도 맞추어두었던 정월에 입을 옷을 선생님의 집에 가지고 갔었다. 이때 선생님과 수미가 안쪽에서 말다툼하는 소리를 현관에서 들었다. 수미와 선생님이 다툴 정도로 격렬하게 감정을 부딪치고 있었다.

"나는 선생님의 뒤를 따라 죽습니다. 선생님이 없는 인생은 살아 있어도 제게는 의미가 없기 때문입니다."

"그러면 1월의 무대는 어떻게 할 거야? 그 무대는 나의 생명이라 할 수 있는 무대다. 어떻게 해서든지 무사히 끝내주지 않으면……"

"그래서 무대만은 무사히 끝낼 겁니다. 1월 법회가 끝나면……"

수미는 선생님 뒤를 쫓게 해달라고 울음으로 호소했다는 것이다. 그대로 된 지금은 중요한 의미의 대화였지만, 그때 단원은 두 사람이 단지 연극의 대사연습을 하는 정도밖에 생각하지 않고 지금까지 잊고 있었다고 했다. 확실히 '옥정호의 전설'의 최종 막에는 이와 유사한 대사가 나온다.

"좀 더 빨리 기억해 냈으면 수미 씨가 선생님의 뒤를 쫓는 일만은 막을 수 있었을지 모르겠습니다만"

젊은 단원은 매우 안타까운 듯이 후회스러운 목소리로 말했다. 나의 놀람이 가장 컸을 것이다. 선생님은 연말에 이미 죽을 결심을 했었다. 그 결의를 알고 수미는 그것을 막을 수 없다는 사실을 확인했으니까, 뒤를 쫓아갈 수 있도록 해 달라고 했었을 것이다. 그렇다면, 수미가 연말에 상복을 준비하던 것도 이해할 수 있었다. 수미가 선생님을 살해했다는 어젯밤 상상이 사악한 추측이라는 사실을 알고 안도의 느낌까지 들었다. 그러나 한편 왜 선생님이 연말에는 죽으려고 결심했으며, 그것을 왜 수미가 알고 있었는지? 새로운 의문이 생겼다. 아무것도 모른 채 나에게는 선생님과 수미의 그 표면상으로 사이좋게 지내던 모습만 알고 있었을 뿐이었다. 그 뒷면에서 실제로는 아무도 알 수 없는 무언가를 숨기고 있었다는 생각이 들었다.

속절없이 열흘이 지나서 4월에 접어 들어가서 수미의 두 이레에 나는 수미의 언니 집을 방문했다. 수미의 위패를 참배하고 싶었다. 언니는 장례식 때와 똑같이 차가운 눈길로 나를 맞았다. 여동생의 인생을 망치게 한 극단 자체를 미워하는 듯했다. 어쨌든 재단까지는 안내해 주었다. 초라한 불단에는 항아리가 두 개 나란히 놓여있었다. 하나는 수미의 것이고 하나는 11월에 죽었다는 남편의 것 같았다. 두 개가 놓여 있는 걸 보면서 천수와 수미의 관계만은 인정할 수 없다는 언니의 확실한 의지를 읽을 수 있었다. 수미의 현실에서는 천수 선생님을 쫓아가면서 유골만은 남편과 함께 있는 현실이 나에게 가련하고 현실감이 느껴지지 않았다. 천수를 사랑했던 수미도 가련하지만, 그 사랑에 버림받았던 남편도 불쌍하게 생각되었다.

재단에 공양할 향을 상자에서 하나를 뽑아 불을 붙이려던 순간 나의 손이 문득, 멈췄다. 선생님의 사십구재 법회 때, 독경하는 동안 묘하게 신경이 몹시 쓰였던 물체의 정체를 겨우 알 수 있었다. 향의 색깔이었다. 법회 전날 불교용품 가게에서 나올 때 수미가 들고 있던 상자를 놀라서 떨어트렸을 때 보았던 건 옅은 보라색의 향이었다. 하지만 그다음 날 선생님의 법회에서 연기를 내뿜고 있었던 향은, 갈색의 향이었기 때문이다. 그리고 지금 수미와 남편의 위패가 늘어선 이 재단 위의 향은 수미가 그날 불교용품 가게에서 산 것과 같은 보라색이었다.

"혹시 수미 씨는 사망하기 전날 이 집을 찾아오시지 않았습니까? 이 향을 가지고"

내가 묻자, 수미의 언니는 차를 내려놓던 손을 멈추었다.

"그래요. 확실히 자신은 올 수 없으므로 이 향으로 선생님을 공양해달라고 했어요. 지금 생각하면 죽을 생각으로 작별 인사를 하러 왔었겠지만……"

"지금 선생님의 공양이라고 하셨나요?"

나는 그 의미를 몰랐다. 천수 선생님의 공양을 왜 무관한 언니에게 부탁하지 않으면 안 되는 것일까? 가뜩이나 이 언니는 천수 선생님을 원망하는 기색이 역력한데 재단에는 선생님의 위패가 있을 리도 없는데. 그 순간이었다. 나에게 번쩍 정신이 돌아오는 생각이 있었다.

"수미 씨의 돌아가신 남편은 시인이며 수미 씨와는 나이가 상당히 떨어져 있었다고 듣고 있었습니다만……"

"네, 그렇습니다."

"혹시, 혹시 수미 씨는 그분, 남편을 선생님이라고 부르셨던가요?"

무심코 큰소리를 묻고 있었다. 나의 가슴이 빠른 박동으로 울렸다, 수미의 언니는 내 동요에는 상관하지 않고 차가운 눈을 내리뜨면서 작게 끄덕였다.

"질병으로 쓰러져서 대단한 작품의 발표는 없습니다만, 여동생과 처음 만났을 때는 앞날에 기대를 받으면서 제법 이름을 날리던 시인이었습니다. 그래서 동생뿐만 아니라 우리 모두 선생님이라고 부르고 있었습니다."

언니는 앉은 자리에서 자세를 바로잡고 얼굴을 더욱 엄격하게 고쳤다.

"세상에서는 동생을 여러 가지로 말하고 있지만, 동생도 그답게 행동하고 있었을 것입니다만, 동생이 여배우 수미라든가 다른 남자의 첩이나 다름없는 살림을 시작하게 된 일은 모두 선생님의 약값 때문이라고 생각합니다. 천수는 확실히 매달 막대한 돈을 보내주고는 있었고 동생도 돈 때문에 그쪽으로 움직였다고 할 수 있습니다. 선생님이 죽고 나서는 마음을 완전히 바뀌었다고 생각해요. 1월 무대만은 끝까지 마쳐야 하지만 그 무대가 끝나면 여배우도 그만두겠다고 말했어요. 하지만 천수는 동생을 개처럼 생각하지 않았겠습니까? 그것은 돈으로 사창가에 팔려 간 듯한 생활이었으니까요. 더 나아가 남편의 장례식에도 가서는 안 된다고 했어요. 죽기 며칠 전에 매일 밤 두 시간 정도 눈을 피해서 남편이 있는 집에 오기는 했었습니다만 임종도 못 지키게 했어요. 장례도 다 저희 손으로 치렀습니다. 선생님은 돌아가시기 직전까지 동생의 이름만을 그토록 애타게 부르고 있었어요. 동생도 마지막에는 선생님 곁에 있어 드리지……"

눈꼬리에 고인 눈물을 수미의 언니는, 낡아서 헤진 소맷자락으로 닦으면서 그 눈을 재단의 유골함으로 돌렸다.

"여기에 참배하러 오는 일도, 못하므로 유골함에서 선생님의 뼈를 하나 덜어서 항상 가슴에 숨겨 가지고 있었습니다. 불쌍하게도 1월이 지나면 여배우를 그만둔다고 말했었는데 죽으려고 생각했기 때문인데 우리는 가난해서 도와줄 수도 없었고"

나의 몸속에서 무언가가 무너져 내렸다. 언니의 말은 천수에 대한 원한으로 팽창되어 있다고 해도 그 일부는 틀림없는 사실이라고 인정하지 않을 수 없었다. 11월 중순, 나를 찾아왔을 때의 수미는 주저하고 있었다. 대기실에서 푸른색의 손수건에 싸서 들여다보고 있었던 유골, 그리고 단원이 그믐날에 들었다는 수미의 말. '나는 선생님의 뒤를 따라 죽습니다.'
 "남편인 그 시인 선생님이 돌아가신 것은 며칠입니까?"
 "11월 16일입니다."
 나는 떨리는 손가락으로 세기 시작했지만, 그럴 필요조차도 없었다. 대답은 언니의 입에서 나왔다.
 "동생이 죽은 날은 바로 선생님의 백일에 해당합니다. 신문에서는 동생이 천수의 뒤를 쫓아 죽었다고 말하지만, 그날이 천수의 사십구재는 단지 우연이었을까요? 동생은 그 천수가 아니고 남편의 뒤를 쫓아 죽었습니다."

 헌 옷 가게를 나오니까 겨울의 짧은 해는 이미 저물어 있었다. 가게 앞에서 서너 살쯤 보이는 소년이 바닥에 돌멩이로 그림을 그리면서 혼자 외롭게 놀고 있었다. 수미의 아이이겠지만 수미의 모습이 없으므로 아버지를 닮았을까? 아이의 얼굴에서 상상할 수 있는 수미의 남편은 남자답게 눈이 크고 콧날이 우뚝 솟은 대장부였을 듯이 보였다. 수미가 아니 김현미라는 한 여자가 사랑하고 모든 것을 던졌을 상대는 천수 선생이 아니라 그 남편이었다. 수미가 여배우가 되고, 천수 선생님의 인형이 되고 인형에 몰입할 수 있었던 건 모두 남편 때문이었다. 현미가 그토록 자신을 던져서도 평온한 듯한 얼굴을 하고 있을 수 있었던 것은 천수 선생에게 깊은 신뢰 때문은 절대로 아니었다. 수미는 그런 모습을 하고 있었지만, 그 얼굴에서 스며 나왔던 조용하고 편안함과 아름다움은 병상의 남편을 위해 자신의 모든 것을 희생하려고 했을 여자의 품격이고 희생이었다. 남편의 생명만을 생각하고, 남편이 병마에서 털고 일어날 날만 기도하며 수미는 사랑도 없는 천수 선생님의 어떤 행위에도 견딜 수밖에 없는 인형의 역할에 다만 몰입했을 뿐이었다.

'약값' 수미와 천수 선생님의 관계는 단지 그것뿐이었다는 언니의 말을 귀에 남긴 채 황혼빛이 내린 거리를 걷고 있는 사이에 어느새 옥정호로 돌아왔다. 겨울 황혼이 어둠과 겹치는 경계에서 강물은 찬바람에 이끌려 힘없이 흐르고 있다. 겨울 풍경에 마른 피부로 휘감기는 하늘을 벚꽃 가지가 앙상한 뼈다귀처럼 뻗어나고 있다. 옥정호 제방에서 다리를 향해 걸으면서 나는 추위도 잊고 계속 생각에 잠겼다. 언니의 말을 모두 사실로 받아들여서 믿는다고 해도 나에게는 하나의 큰 의문이 남아있었다.

수미가 죽은 남편의 뒤를 쫓아 자살했다고 한다면, 왜 수미는 천수 선생님과 같은 장소에서 같은 방법으로 죽었을까? 그것도 단지 우연이었을까? 선생님의 사십구재와 수미 남편의 백일이 우연히 겹쳤던 듯이 정말로 그런 것뿐이었을까? 거기에 누군가의 의지가 있었다면 사십구재와 백일이 겹쳐서 선생님과 수미의 죽음이 같은 장소와 같은 방법이라는 면에서 일치하고 있는 점에 또 다른 한 사람의 의도가 있었다고 한다면? 내 머릿속에서 천천히 그 상상이 역류를 시작했다.

나는 벚꽃의 줄기를 손으로 잡고 몸을 지탱했다. 드디어 나에게 천수 선생님의 자살 동기가 확실하게 나타나기 시작했다. 그 사실은 너무나 간단한 것이었다. 너무 분명하기에 나도 모두가 간과하고 있었다. 수미가 죽은 후 '스승을 뒤따라 자살'이라는 문자를 몇 번이나 신문에서 읽었다. 많은 사람이 그 말을 입에 담아냈다. 나 자신도 여러 번 그 말을 나에게도 스스로가 들려주고 있었을지도 모른다. 그러나 한 번이라도 누구 한 사람이라도 그 말 '뒤따라 자살'이야말로 선생님의 자살 동기라고는 생각하지도 못했었다. 그렇다. 분명한 사실은 선생님은 어떤 인물의 뒤를 쫓아 자살했다. 아무도 그것을 눈치채지 못한 건 그 인물이 선생님이 자살한 시점에서는 아직 살아 있었기 때문이었다. 수미가 선생님의 사십구재 법회의 다음 날 뒤를 쫓아 자살한 것이 아니었다. 천수 선생님은 수미가 죽기 사십구 일 전에 이미 수미의 뒤를 쫓아 자살한 것이다. 천수 선생님은 아직 살아있는 여자인 수미의 뒤를 쫓아 죽었다.

수미는 먼저 죽은 남편 100일째 되는 날 법회를 마친 그날 뒤를 쫓을 심산이었다. 연말에 상복을 주문한 건 남편의 사십구재가 새해의 1월 3일이었기 때문이다. 그때의 수의를 생각했었을 것이다. 천수 선생님이 수미의 마음을 눈치챈 건 우리 집에 쫓아올 무렵이었을 것이다. 수미가 포목 가게에 상복을 주문한 것이 귀에 들어갔는지, 수미가 가슴에 감추고 있던 남편의 유골을 들켰는지 거기까지는 모르겠다. 또 다른 사실로는 수미의 팔에는 상당수의 칼로 그은 흉터가 남아있었다고 한다. 남편의 죽음 이후 밤마다 천수 선생님의 눈을 피해 다리에서 한 가닥씩 피를 흘리고 있었을지도 모른다. 그녀는 남편에게 사죄하는 마음으로 밤마다 남편의 시어들을 떠나보냈던 옥정호에서 회한의 눈물과 함께 자신의 핏줄기를 흘려보내고 있었다. 그런 사실을 알았는지 천수 선생님은 수미 죽음의 결심을 알아차리고 수미에게 책망했을 것이다. 수미는 울면서 자신의 마음을 호소했을 게 틀림없다. 남편이 죽었으니까, 자신은 이미 살아있을 이유가 없어졌다고 천수 선생에게 호소했을 게 틀림없었다. 자신은 그 뒤를 따라 죽을 수밖에 없다고 그만큼 수미에게는 남편이 유일한 존재였다고 했을 것이다. 천수 선생님은 수미의 어떻게 해도 흔들리지 않을 굳은 결심을 알고 남편의 사십구재 때 죽는 일만은 말릴 수 있었다. 어떤 일이 있어도 1월의 '옥정호의 전설'의 무대를 개막하고 끝낼 때까지는 절대로 안 된다고 선생 나름대로 수미에게 애

원했을지도 모른다. '옥정호의 전설'은 천수가 자신의 목숨을 깎아 가면서 쓴 평생의 걸작이었다. 수미는 천수의 기분도 참작하여 그 말에 따라서 무대만은 무사히 마치고 남편 100째 되는 날 죽을 걸 결심했을 수 있다. 이것이 새해의 일이다. 젊은 단원이 엿들은 얘기는 이때의 일이었다. 단원은 수미가 죽은 남편을 선생님이라고 부르고 있던 사실을 모르고 선생님의 뒤를 쫓는다는 말을 천수 선생님의 뒤를 쫓는다는 말로 해석했다. 어쨌든 수미가 1월 23일에 남편을 따라 죽으려고 하는 걸 천수 선생님은 연말쯤에는 알고 있었다. 선생님이 수미가 남편을 쫓아 자살할 결심을 알면서도 그것을 묵인한 건 선생에게는 누구보다 수미라는 여자를 잘 알고 있었기 때문이었다.

수미는 실에 연결된 인형이었다. 누군가가 그 실을 꼭 잡지 않으면 살아갈 수 없는 여자였다. 그 실이 끊어지면 죽을 수밖에 없는 여자였다. 선생님은 자신이 그 실을 제대로 꽉 쥐고 있다고 믿었을 것이다. 확실히 선생은 몇 가닥의 실을 잡고 수미를 인형으로 조종할 수 있었다. 그러나 가장 중요한 실의 한 가닥인 수미 마음의 실인 생명의 실을 쥐고 있던 사람은 천수 선생이 아니라 병상의 남편이었다. 선생은 아마도 가을이 깊어져 갈 무렵부터 그 사실을 알고 있었다. 그때까지 여전히 수미는 선생의 인형처럼 행동하고 있었다. 그러나 그것은 겉으로 드러나는 말이며 행동일 뿐이었다. 선생에 대한 신뢰에 안심하고 있는 척하고 있었지만, 그 안심은 선생이 아니라 병상의 남편을 사랑하고 그 사랑에 자신을 맡겨 버린 여자만의, 편안함이었다. 그 사실을 알면서도 선생님은 그것을 인정하려 들지 않았다. 선생은 수미와 달리 수미를 자기 생명보다도 사랑했었다. 많은 여자를 가리지 않았던 애정의 행각 끝에 처음으로 인연을 둘러싸고 만난 이상적인 여자였다. 선생이야말로 자신의 감정을 다 바쳐서 수미를 사랑하고 있었다. 그 사랑의 무게가 수미의 남편에게 기울고 있다는 사실을 인정할 수 없었을 뿐이었다.

 몇 번이고 격렬한 불꽃이 강철도 녹여 버릴 듯이 선생의 사랑은 그 격렬함 때문에 왜곡되고 말았다. 집에 다른 여자를 끌어들이거나 나에게 수미를 보내거나 마치 수미를 인형과 다름없이 자기 마음대로 강요했던 일도 돌이켜 생각하면 사실 수미를 너무나 사랑한다는 이유 있는 행위에 지나지 않았다. 수미라는 인형에게는 언제나 마음이 빠져 있었다. 그 부족한 만큼, 충족시키지 않는 만큼, 선생은 자신의 사랑에만 몰입하여 더욱더 한 사람의 생명력이 있는 여인이기보다는 수미를 생명이 없는 인형으로 궁지에 몰아넣고 있었다. 어느 날 달밤 수미가 선생의 그림자를 뒤에서 비녀로 찌른 일은 결코 선생을 사랑한 나머지 질투가 아니라 사랑도 없는 남자에게 단순한 증오이었다. 이때 선생은 아마도 손거울을 들고 뒤에 수미의 움직임을 엿보고 있었던 게 틀림없다. 그 손거울에 비친 건 수미가 자신이 미워서 어찌하지 못하는 무안이었지만, 선생은 그것조차도 인정하려 하지 않았다. 그것이 자신을 향한 질투라고만 생각하려고 했다. 승산 없는 이 싸움에 번민하고 고뇌하고 그만큼 더욱더 선생은 수미에게 인간이 아니라 인형만으로 자신을 따를 걸 강요했다. 그 선생도 수미의 남편이 죽고 그 뒤를 쫓아 자살할 수미의 각오를 알았을 때 마침내는 자신의 패배를 인정하지 않을 수 없게 되었다. 자신이 만들어 낸 인형에게 결국 자기의 진심을 불어넣어 줄 수 없었다는 사실을 인정하지 않을 수 없게 되었다.

 허무하게 인형을 더는 자기 마음대로 조종할 수 없다는 사실 앞에 남겨진 일은 죽음뿐이었을 것이다. 그토록 자신에 대한 자존감이 높았던 선생은 영원히 충족시킬 수 없는 사랑을 죽음에서 추구하는 일 외에는 없어졌을 것이다. 선생은 수미의 죽음을 포기하게 할 수 없다면, 적어도 그 사랑에 순종하여 수미의 뒤를 쫓으려고 생각했을 듯하다. 극작가로서 이름을 높이 알리고 한 사람의 여자를 인형으로 따를 수밖에 없게 만들었지만, 사랑의 발로를 찾아낼 수 없었으므로 자존심이 높았던 선생에게 여자의 뒤를 쫓아 죽었다고 생각될 정도의 굴욕은 없었다. 누구에게도 자신이 수미의 뒤를 쫓는 게 아니라, 어디까지나 수미가 자신을 사랑해서 자기 뒤를 쫓아서 죽은 걸로 만들고 싶었다. 그것은 어려운 일이 아니었다. 단지 자신이 수미가 계획하고 있는 남편의 죽음 백 일 전보다 하루라도 빨리 죽으면 각본상 어디에도 빈틈이 없었다. 이 전후를 바꾸는 일만으로 두 사람의 마음을 바꿀 수 있기 때문이다. 사람들에게 반대로 수미가 자신을 쫓아오고 있다고 믿게 하면서 자신이 수미와 같은 장소, 같은 방법으로 죽을 수 있기 때문이다. 아니, 선생은 사람들을 믿게 하는 것보다는 무엇보다 끝까지 자신의 패배를 인정할 수 없었다. 선생은 이렇게 자신의 마음속까지 속이고, 수미가 자신의 뒤를 쫓아올 거라는 상황을 믿지 않았던 것일까?

  수미가 선생의 의도를 처음 알아차린 건 1월 23일 자신이 죽으려고 결심했던 전날이었다. 수미는 선생의 죽음에 거의 관심을 두고 있지 않았다. 1월, 수미의 마음을 차지하고 있던 일은 어떻게든 하루라도 빨리 남편의 뒤를 쫓는 일이었다. 선생의 사십구재는 관심이 없었던 수미는 그날 처음 천수의 사십구재와 남편의 100일 즉 자신이 죽을 날이 일치한다는 사실을 알게 되었다. 그 일치에 천수의 의도를 읽어낸 수미는 매우 당황스러웠다. '옥정호의 전설'은 결코 선생이 자신과 수미와의 진실의 관계를 그린 것은 아니었다. 그것은 주위의 모두가 믿고 있었던 표면상의 사이좋은 관계로 꾸며서 그대로 모방한 이야기이었을 뿐이었다. 그 이면에는 인형에게 자신의 마음을 주려고 했지만, 실패한 천재 극작가이며 인형 술사의 비극이 숨겨져 있었을 뿐이었다. '옥정호의 전설'이라는 허구의 연극에서 적어도 자신들 사랑의 결실을, 맺게 하려고 했다. 사랑에 패배하고 현실에 패배한 한 사람의 남자와 한 사람의 사기꾼으로 남겨질 진실을 세상에 아무런 메시지도 남기지 않고 사라진 위대한 극작가가 선생의 마지막 꿈이었을까?

내가 끝까지 몰랐다는 건 왜 수미가 병상에 지친 남편의 뒤를 쫓는데 옥정호의 다리라는 곳을 선택했는지였다. 완전히 밤이 내린 제방을 걸었다. 나는 다리까지 도착한 곳에서 겨우 '옥정호의 전설'의 제1막의 서막이 다리에서 올라가는 장면을 떠올릴 수 있었다. 이 장소를 실화라고 생각한다면 수미는 배우가 될 결심을 선생에게 보여주기 위하여 남편의 생명이라고도 할 수 있는 시의 원고를 이 다리 위에서 강물에 흘려버렸다. 사실 그때 수미는 남편의 약값을 위해 천수에게 몸을 팔 것을 결심했었다. 남편의 생명인 시가 물이 젖어서 흘러 떠내려가는 것을 지켜보면서 수미는 언젠가 남편이 정말 죽는다면 이 다리에서 자신도 뒤를 쫓으려고 결심한 게 틀림없었다. 무수한 시어들이 강물과 함께 흐르면서 물속으로 빠져서 흘러가 버린 남편의 생명, 그 뒤를 따랐을 수미의 생명, 또한 그 뒤를 따랐다고 할 수밖에 없는 천수 선생의 생명, 세 줄기의 생명을 받아들인 강물은 달빛에 하얀 얇은 명주옷을 두르고 양 끝을 잡아당겨서 녹아들 듯이 흘러가고 있었다.

우연에서 한 사람의 거짓 사랑의 비극을 찾아내고 나는 지금이라면 천수 선생님이라고 부르는 그 사람의 역할을 지금까지보다 좀 더 실감 나게 연기할 수 있을 듯했다. 한 사람의 여자가 몸도 마음도 바칠 정도의 큰 인물은 나에게는 꿈보다 먼 존재이다. 하지만 한 여자를 사랑하고 그 사랑에 신음하고 허영을 위해 죽음을 선택한 바보 같은 남자라면 나에게도 연기할 수 있다는 자신감이 마음속에서 솟아났다. 내 안에 있는 한 사람의 어리석은 남자는 11월 중순 무렵에 우리 집을 방문했을 때 보였던 그 어두운 눈빛을 반드시 나의 몫으로 연기할 수 있어야 한다는 생각이 들었다. 선생님에 대한 존경은 무너졌지만, 그 대신에 한 남자에 대한 공감대가 나에게는 남을 수 있었다. 극단의 내일 운명도 모르는 때이기도 하지만, 그 다리 위에 서서 흐르는 강물을 배웅하면서 나는 언젠가 다시 한 번만이라도 '옥정호의 전설'을 무대에 올려 이번에야말로 허구의 남자가 아니라 진정한 한 사람의 남자가 되어서 연기해 보려고 굳게 마음속으로 다짐하고 있었다.

빛의 상자

빛의 상자 – 첫사랑의 기억, 잃어버린 진실, 그리고 14년 후의 화해

비 오는 겨울, 동창회에서 마주한 옛 연인. 그러나 두 사람 사이에는
고등학교 시절 한 장의 사진이 남긴 깊은 상처가 놓여있다.
민수와 현미, 그리고 은주. 함께 웃고 그림책을 만들던 시절은 왜 그렇게 허망하게 끝났을까?
그날 밤의 진실은 무엇이었을까? 『빛의 상자』는
오해와 침묵, 트라우마와 구원이라는 주제를 섬세하게 풀어낸 작품이다.
그림책, 카메라, 크리스마스트리 이 세 가지 상징이 기억의 조각처럼 하나씩 맞춰질 때,
독자는 숨겨진 진실과 마주하게 된다.
동창회라는 단순한 재회 상황 속에, **학교 폭력, 아동기 성적 학대, 오해와 침묵,
그리고 뒤늦은 진실과 화해**를 정교하게 얽어낸 서사다.
작품은 민수의 시선에서 출발해서 점차 현미의 내면과 과거가 드러나는 방식으로 진행되며,
독자는 이야기의 후반부에 이르러서야 비극적 사건의 진상에 도달한다.
이 작품은 단순한 옛사랑 이야기 이상의 의미를 갖는다.
사회적으로 민감한 주제(학교 폭력, 성적 착취, 2차 피해)를 다루면서도,
서정적인 회상과 상징적 오브제를 통해 무겁지 않으면서도 깊은 여운을 남긴다.
마지막 장면의 평온함은, 과거의 고통을 안고도 살아갈 수 있다는
성숙한 삶의 가능성을 제시한다.
아픔을 지나 성숙한 사랑과 용서로 나아가는 길을 그린 이 이야기는
"완전한 치유는 아니어도, 우리는 서로를 끌어안을 수 있다"라는 메시지다.
첫사랑을, 그리고 그 시절의 우리를 기억하는 모든 독자에게
『빛의 상자』는 깊은 울림과 잔잔한 온기를 남길 것이다.

고향 군산 기차 역사를 나오자 갑자기 빗방울이 눈두덩이 위로 떨어져 내렸다. 차가운 빗방울은 점점 수를 더해서 늘어만 갔다. 가까이 보이는 처마 아래로 민수가 목을 움츠리고 뛰어들었을 때는 이미 주변 일대가 뿌연 회색의 비색으로 흐려져 있었다.

작은 케이크 가게의 크리스마스 장식이 빗방울 너머로 희미하게 빛나고 있었다. 분명히 민수가 이 도시를 떠났던 십사 년 전에 생긴 곳이다. 오프닝 할인판매의 활기찬 노랫소리를 들으며 창구에서 특급 열차표를 구매했던 걸 기억하고 있다. 숨을 몰아쉬고 코트 옷깃을 세웠다. 이상한 날씨다. 예보는 온종일 맑다고 했었다. 여름이라면 몰라도 연말인 이 시기에 소나기라는 건 이상하다. 거기까지 생각하면서 깨달았다. 자신이 확인한 '일기예보' 그건 혹시 서울의 일기예보였을지도 모른다. 오늘 아침에 토스트를 먹으면서 보았던 일기예보는 언제나 버릇대로 서울 날씨를 본 것이 틀림없다. 민수가 비에 쫓기어 뛰어든 곳은 택시 승강장이었다.

"이 비, 금방 그치지 않을까요?"

차내를 들여다보며 물었다. 드라이버는 상체를 올려서 하늘을 내다보았다.

"글쎄, 예보에서는 저녁 무렵부터 한밤중까지 내린다고 말하고 있습니다만."

시계의 시침은 5시를 가리키고 있었다. 동창회는 6시부터이다. 초대장에 따르면, 동창회 장소인, 호텔까지는 역에서 택시로 십 분 정도의 위치에 있는 것 같다. 오랜만에 그리운 거리를 거닐어 보려는 생각으로 조금 일찍 서울을 떠났었다. 이 비로는 걸을 수는 없을 듯했다. 호텔에 가기로 하고 택시를 탔다. 조금 빠르지만, 라운지에서 커피라도 마시며 옛 친구들을 기다리기로 했다. 난방 효과로 따뜻한 차내에서 가죽 가방의 빗물을 닦았다. 가방 안에는 서울역 커피숍에서 편집자로부터 받은 교정본과 삽화의 컬러 복사가 들어 있었다. 민수의 새로운 동화책은 내년 봄 출간될 예정이다.

"김 선생님이 이렇게 먼 곳으로 나들이하시는 건 드문 일이네요."

개찰구까지 배웅해 주었다 친숙한 편집자가 놀리는 듯한 어조로 그렇게 말하고 있었다. 분명히 민수가 서울을 떠나는 일은 오랜만의 일이었다. 평소에는 쇼핑과 미팅 이외 자택을 나오는 일조차 드문 일이었다.

"담배 냄새가 나서 미안합니다. 방금 내린 손님이 차 안에서 담배를 피워서요."

드라이버가 미안하다는 듯이 말했다.

"상관없습니다."

담배를 피워 본 적은 없지만, 냄새가 싫지는 않았다. 초등학교 때 돌아가신 아버지가 줄담배를 피웠던 탓인지 오히려 그 메케한 담배 연기 냄새를 맡으면 마음이 안정될 정도다. 원고를 쓸 때는 인근 카페에서 일부러 흡연석에 앉아 글을 쓰며 커피를 마실 때도 있다.

"호텔의 정문으로 갈까요? 정문의 입구 쪽으로?"

민수가 목적지를 말하자 드라이버는 차를 움직이면서 물어왔다.

"정문이 아닌 입구도 있나요?"

"그렇습니다. 뒷문이라고 할까요. 건물 뒤쪽으로 후문이 있습니다. 그쪽이 자동차를 주차하기 쉽기에, 호텔에 들어가는 일은 상당히 편합니다. 정문은 오늘처럼 비가 오는 날은 택시가 줄지어 서 있습니다. 그래서 좀 불편하지요."

"그럼, 꽤 큰 호텔이군요?"

십사 년 전까지는 없었던 건물이다. 오랫동안 오지 않은 사이에 이 도시도 상당한 변화가 있었던 듯했다.

"그렇다면 우선, 뒷문으로 부탁합니다."

"네, 알겠습니다. 뒷문으로 모시겠습니다."

택시 드라이버가 액셀을 밟아 속도를 냈다. 민수는 안경을 벗어서 렌즈에 묻은 습기와 물방울을 닦아냈다. 빗줄기에 녹아든 가로등의 조명이 사선을 그리며 반대 차선으로 흘러가고 있었다. 이 길은 예전보다 많이 넓어지고 변화해진 듯했다. 빗물에 젖은 유리 너머로 보이는 거리 풍경도 매우 깨끗하게 정비되어 있었다. 늘어선 가게는 아무리 보아도 기억에 없는 새로운 풍경처럼 보였다. 택시가 빨간 신호에서 멈추었다. 와이퍼 움직이는 단조로운 소리만이 차내에 울리고 있었다. 차 안 히터의 열로 머리가 띵해졌다. 운전석에서는 지친 듯한 한숨을 작게 내쉬는 소리가 들렸다.

"라디오라도 켤까요?"

"아뇨, 괜찮습니다."

민수가 거절하였다. 드라이버는 조금 유감스럽다는 듯이 라디오의 스위치를 누르려고 뻗었던 손을 거두어들였다. 졸음을 쫓기 위해서 자신이 듣고 싶었는지도 모른다. 이번 동창회를 민수에게 연락해 준 것은 고등학교 3학년 같은 반이었던 상민이었다.

"야, 정말 힘들게 겨우 연락이 되었네."

두 달 전 집에서 전화를 받은 민수에게 상민은 그렇게 말했다. 그 목소리만 들어서 상대방 이름은 떠오르지 않았지만, 억양 덕분에 자신이 사춘기를 보냈던 그 땅에서 온 전화라는 사실은 바로 알 수 있었다. 잡지에서 우연히 민수의 인터뷰 사진을 보고 출판사에 문의하여 연락처를 알아냈다고 했다. 고등학교를 졸업하자마자 민수는 태어나고 자란 그 마을을 떠났었다. 당시 함께 살던 어머니도 그것을 기회로 작은 아파트로 이사했으므로 민수의 연락처를 알고 있는 사람은 아무도 없었다. 그리고 보니 며칠 전에 연락처를 가르쳐 주어도 좋으냐는 확인 전화가 편집자에게 있었다. 철야 작업으로 새벽에 잠자리에 막 들었을 때 전화였으므로 기억은 확실하지 않았다.

"야, 김민수, 동화의 세계에 새로운 바람이라고? 굉장하구나."

잡지를 손에 들고 있었는지 상민은 수화기 저쪽에서 읽듯이 말했다. 솔직한 그 목소리가 민수는 매우 기뻤다.

"너 옛날부터 동화를 썼었니?"

"본격적으로 쓴 건 서울에 상경 해서부터야."

대학을 졸업하고 일반 기업에 취직하고 민수는 밤마다 꾸준히 습작을 계속해서 신인상에 응모했다. 간신히 자신의 책을 서점에 나란히 줄 세울 수 있게 되어서 혼자 축배를 올린 지 어느새 벌써 팔 년이 지났다.

고향에서 계획하고 있다는 동창회의 권유에 민수가 모호하게 대답하였다. 상민은 어쨌든 초대장을 보낼 거라면서 전화를 끊었다. 약속대로 상민은 며칠 후 동창회의 세부 사항이 적힌 엽서를 보내왔다. 민수는 잠시 망설인 후 "참여" 두 글자에 사인하여 반송했다. 현미도 오는 것일까? 엽서를 우체통에 넣은 날부터 오늘까지 그 일만을 생각하고 있었다. 그녀와 다시 만나게 되는 것일까? 어른이 된 얼굴을 서로 알아볼 수 있을까? 어느 쪽 하나가 먼저 웃으면 반드시 다른 한 사람도 덩달아 웃을 것이다. 하지만 자신도 현미도 처음에는 화제를 찾으려고 힘들어할 게 틀림없다. 그 사건은 반드시 두 사람 모두 말하지 않을 것이다. 그래서 무슨 말을 해야 할지 모를 일이다. 시트에 등을 깊숙이 기대고 천천히 숨을 들이마셨다. 비에 젖은 옷의 냄새는 처음 이성의 몸과 몸이 맞닿았던 날을 생각나게 했다. 그때, 이 축축한 냄새 건너편에서 코끝으로 다가오는 냄새는 어딘가 우유와 비슷하고 깨끗한 피부의 향기이었다.

"어서 오세요. 몇 분이십니까?"

호텔 로비는 붐비고 있었다. 주황색을 띠는 조명 아래 테이블에 앉아 있는 사람들을 대강 둘러보았지만, 약속 시간보다 한 시간 이상 먼저 도착한 옛 친구는 아무도 없는 것 같았다. 무엇보다, 만약 있다고 해도 그 얼굴을 한눈에 알아볼 수 있는 자신감은 없었다. 인간만큼 성인이 되면서 얼굴을 바뀌는 동물도 드물다.

"혼자입니다."

웨이터에게 안내된 창가 좌석에서 호텔 정문이 잘 보였다. 드라이버의 예상은 틀린 듯했다. 택시가 줄을 서 있지는 않았다. 빗줄기는 방금, 전보다 더욱 강해지면서 현관 옆에 놓인 크리스마스트리 장식을 적시고 있었다. 트리 옆에는 하얀 가방을 어깨에 둘러멘 플라스틱 산타클로스가 등을 돌리고 서 있다. 그야말로 자신의 손에 들고 있는 듯이 호텔의 로고가 들어간 우산을 한 손에 들고 있는 것이 재미있었다. 그런 산타클로스와 크리스마스트리에 창문 유리 너머로 물방울이 흘러내린다. 코트를 의자의 등받이에 걸쳐놓고 커피를 주문했다. 과장된 몸짓으로 웨이터가 주문을 받고 자리에서 멀어져 갔다.

지금까지 주위 사람들 소리에 섞여 있던 크리스마스 송이 귀에 들어왔다. 유선 천장의 스피커에서 흘러나오는 것 같다. 존. 레논의 "Happy Xmas (War Is Over)" 가사는 들어 있지 않은 경음악이었다. 곡은 이제 마지막 후렴에 접어들고 있었다. 후렴 부분이 반복되다가 점차 작아져 갔다. 그 음악 소리가 완전히 사라지고 나서야 주위의 잡담 소리와 식기 부딪히는 소리가 들려왔다. 곧 다음의 노래가 스피커에서 흘러나오기 시작했다. 처음 듣는 순간 민수는 노래 제목을 알 수 있었다. 그러나 가슴의 바닥에서 작은 아픔이 달렸다. 몹시 그리운 곡이다. 겨울이 올 때마다 들려오는 이 곡은 조니 마크의 가사가 한국어로 번역된 크리스마스 노래였다. 눈을 감으면 눈두덩 속에서 설경이 펼쳐져, 그 너머에 매우 따뜻할 듯한 연한 보라색의 빛이 보였다. 초등학교 4학년 때 민수는 난생 처음 동화를 썼었다. 방안이라고 해도 밖보다 별로 따뜻하지 않은 작은 방구석에서 앉은뱅이책상 앞에 앉아서 어머니가 돌아오기를 기다리면서 학교에서 사용하던 공책을 거꾸로 하여 뒷장부터 쓰기 시작했다. 아니, 그걸 동화라고 부를 만한 것이었는지 모른다. 음악 교사가 수업 시간에 소개한 크리스마스 노래의 가사에 약간 색을 입힌 정도의 긴 낙서에 불과했었다.

민수를 놀리고 집단으로 괴롭혔던 초등학교 시절의 급우들은 그 절반 이상이 같은 중학교에 진학하게 되었다. 입학식 날 아침 냉랭한 체육관에서 재미없고 길기만 한 교장 선생님의 훈시를 들으면서 민수는 불안에 짓눌리는 듯했다. 지금부터 또다시 똑같은 나날이 삼 년 동안 계속되는 건 아닐까? 자신은 정말 참을 수 있을까? 자신은 왜 친구들과 재미있게 얘기를 할 수 없는 것일까? 친구들과 허물없이 농담하고 웃는 걸 상상하고 그 행복한 상상만을 가슴에 안은 채 조용히 집으로 돌아가는 나날들이 또다시 시작되어야 하는 것일까?

선생님은 입학식이 끝난 후 신입생들에게 각자의 교실로 이동하라고 지시했다. 민수는 일부러 가장 늦게 천천히 체육관을 나왔다. 아는 얼굴과는 가능한 한 부딪히고 싶지 않았기 때문이다. 복도를 천천히 걸어가다 보니까 계단 옆에서 몇몇 아이들이 장난치고 있는 무리가 보였다. 그중 한 명이 민수를 알아보고 주위의 무리에게 무슨 말인지 하고 있었다. 모두가 우르르 웃었다. 거기에 모여 있는 아이들은 민수가 아는 얼굴이었다. 초등학교 시절의 같은 반 아이들이었다. 지금 모두를 웃겼던 녀석은 상철이라는 놈이었다. 녀석은 옛날부터 민수네 집이 가난해서 냄새가 난다고 큰 소리로 놀려대고 어김없이 자기 집에 돈이 많이 있다는 걸 주위에 과시하는 놈이다. 민수를 바보로 만들면서 자신을 잘나 보이게 할 수 있어서 일 석 이조라고 생각하고 있는 게 틀림없었다. 지금도 뭔가 민수에게 들리지 않도록 나직하게 지껄이면 다른 사람들은 부럽다는 듯이 그를 바라보았다. 그러고 보니 초등학교 시절부터 처음 민수의 마음을 아프게 한 녀석도 바로 상철이었다.

민수가 무시하고 지나가려고 하자 상철이 시비조로 말을 걸어왔다. 그러나 민수는 얼굴을 돌리지 않았다. 그냥 똑바로 앞을 보고 걸었다. 3년 동안 입어야 한다면서 엄마가 너무나 커다란 교복을 사주었다. 그 헐렁한 교복이 민수의 움직임을 둔하게 만들었다. 손발을 억지로 움직여 그들의 앞을 지나가려고 했다. 하지만 그들은 무사히 지나가게 하지 않았다. 갑자기 튀어나온 실내화 오른발이 민수의 허리를 걷어찼다. 비명을 지르기도 전에 민수는 차가운 타일 바닥에 뒹굴면서 복도의 벽에 옆 머리를 부딪혔다. 놀라움과 혼란 속에서 고개를 들었다. 상철은 민수를 내려다보며 좌우의 뺨을 올리며 웃고 있었다. 작은 어린아이가 모르는 벌레를 발견했을 때와 같은 얼굴이었다. 그것이 상철의 첫 번째 폭력의 시작이었다.

무저항의 민수를 향해 내리치는 손과 다리의 수는 나날이 늘어만 갔다. 언제부터인가 놈들은 말만으로는 만족할 수 없게 되었다. 그들이 던지는 혹독한 말을 못 들은 척하는 민수였지만 그 폭력 그룹의 아이들은 자신들의 폭언에는 내성이 생겨 버린 민수를 용서할 수 없게 되었다. 그리고 민수는 자신도 모르는 사이에 긴장하고 있었을지도 모른다. 익숙하지 않은 학교에서 모르는 교사들과 선배 무리를 눈앞에 두고 마음 한구석에 걱정과 불안이 쌓여가고 있었다. 중학교에서 처음 만난 아이들도 경쟁이라도 하듯이 민수의 공격에 가담하기 시작한 것이 그 증거였다.

민수는 매일 아침 학교에 들어갈 때마다 자신은 보이지 않는 감옥에 갇히고 있는 듯했다. 얻어맞아도, 얻어맞아도 비웃음을 받아도 언제나 무표정으로 있었다. 수업이 모두 끝나면 임시 출소라도 된 듯한 마음과 함께 집으로 돌아갔다. 그런 생활의 반복이었다. 동화를 쓰는 일은 그 이상은 없었다. 초등학교 4학년 겨울에 쓴 이야기를 기억해 내는 일도 완전히 없어져 버렸다. 그러던 중에, 민수는 감옥에 출입시키고 있는 또 하나 자신의 모습이 이전과는 상당히 바뀌어 버린 것을 깨달았다. 녹슨 철창을 멍하니 빠져나온 그 옆모습은 야위고 공허하고 창백했다. 자세히 보면 그 두 눈은 마치 올챙이가 개구리로 바뀌지 못하고 커다란 어항에 갇힌 듯이 검은 눈자위만 부르르 떨고 있었다. 그 떨리는 두 눈은 어느 날 갑자기 정지해 버렸다. 지금도 분명히 기억하고 있다. 그건 교정의 은행나무가 잎을 떨어트리기 시작한 가을의 어느 날이었다. 멈추어진 시선의 끝 교실의 한구석에 서 있는 건 동급생의 여자아이이었다. 양쪽 귀를 조금 넘을 정도의 검은 단발머리와 하얗고 작은 얼굴. 세라 복의 남색과 그 피부의 흰색이 모조품처럼 대비되었다. 그녀는 가만히 민수를 바라보고 있었다. 쉬는 시간인데도 누구와도 말하지 않고 웃지도 않고 민수만 바라보고 있었다. 그녀가 현미였다. 같은 클래스였기에 이름은 알고 있었다. 얌전한 소녀이기에 스스로 누군가를 웃기는 화제를 꺼내는 일은 하지 않았다. 언제나 친구의 말에 고개를 끄덕이며 간혹 부드럽고 애매한 솜사탕 같은 목소리로 웃었다. 얇은 장막이 한 꺼풀 쳐진 듯한 두 눈은 공기의 흐름이라도 보고 있는 것처럼, 대부분 멍하니 아무것도 없는 곳에 초점을 맞추고 있었다. 그런 현미가 뭔가를 똑바로 본다는 사실에 민수는 이상한 느낌이 들었다. 그리고 그 보고 있는 시선 끝에는 다름 아닌 민수 자신이 있었다.

　어느 날 현미의 모습이 시야의 중심에서 심하게 흔들렸다. 순간 무슨 일이 일어났는지 몰랐다. 얼굴이 옆으로 돌아가면서 상철이 쿵후 영화에 나오는 주인공처럼 오른발로 나의 머리를 걷어차고 있었다. 그 뒤에는 이것도 영화처럼, 그룹의 두 아이가 주머니에 양손을 넣고 침을 소리 내어 뱉으며 민수를 내려다보면서 낄낄거리며 웃고 있었다. 걷어차여서 얼얼한 옆 머리가 아파서 민수는 거기로 손을 가져갔다. 그러자 또다시 상철의 오른발이 날아와서 이번에는 옆구리에 꽂혔다. 민수는 의자에서 굴러떨어지면서 신음이 터졌지만, 소리가 밖으로 나오지 않도록 이를 악물었다. 바닥에 그대로 넓적하게 뻗어버렸다. 보통 때라면 그대로 얼굴을 들지도 못하고 전신이 딱딱하게 굳어진 채로 다음의 공격을 기다렸었다. 그러나 그때 민수는 얼굴을 들고 시야에서 벗어나 버린 현미의 모습을 찾았다. 왜 그렇게 했는지는 지금도 모른다. 어쨌든 민수는 그녀를 찾았다. 조금 떨어진 곳에 있었다. 현미는 손으로 입을 막고 아직 민수를 바라보고 있었다. 표정은 여전히 변하지 않았다. 똑바로 민수를 보고 있었다. 다른 여자 아이처럼 한심하다는 눈빛이 아니고 불쌍한 강아지에게 동정하는 듯한 어두운 눈빛도 아니었다. 그녀는 단지 조용히 민수를 시야의 중심에 두고 있었다.

  방과 후 민수는 길에 떨어진 낙엽을 밟으며 집으로 돌아가는 길을 걷고 있었다. 어느 집의 정원에서 빗자루로 낙엽을 모으는 듯한 리듬 있는 소리가 들려오고 있었다. 그 집 앞을 지났는데도 그 소리가 좀처럼 사라지지 않았다. 민수는 불가사의해서 뒤돌아보았다. 십여 미터 정도 뒤에 현미가, 서 있었다. 낙엽 쓰는 소리가 계속되고 있다고 생각한 그 소리는 그녀의 발걸음 소리이었는지도 모른다. 민수와 동시에 발을 멈춘 것일까? 보도에 흩어진 낙엽 위에서 그녀는 손에 가방을 들고 우뚝 걸음을 멈췄다. 그렇다고 해서 딱히, 민수에게 용무가 있는 듯하지도 않았다. 그녀는 아무 말도 하지 않고 멍하니 서 있었다. 그냥 집으로 가는 길이 같았을 뿐이었는데 민수가 갑자기 뒤돌아보았기에 깜짝 놀라 발걸음을 멈추고 말았을 뿐인가? 민수는 또다시 걷기 시작했다. 그렇게 걸으면서 귀에 온통 신경을 집중시켜 보았다. 그녀도 다시 걷기 시작한 걸 알 수 있었다. 발걸음은 한참이나 일정했지만, 이윽고 그 속에 간혹 흐트러지는 빠른 발소리가 섞여 있는 걸 알게 되었다. 발소리는 민수의 등 뒤로 점점 가깝게 다가왔다. 그리고 집 앞까지 앞으로 백 미터 정도에서부터는 세라 복의 어깨와 내 어깨가 나란히 되었다.

"나, 선생님께 말할래."

밑도 끝도 없이 갑자기 말하는 현미의 말에 민수는 놀라서 발을 멈췄다.

"선생님께 말하면 반드시 도와주실 거야."

그녀가 무슨 말을 하고 있는지, 민수는 바로 알 수 있었다. 그런 배려가 기쁘지 않은 건 물론 아니었지만, 눈을 돌려 앞을 보며 말했다.

"그런 말은 얘기하지 마."

"왜?"

"아마도 사태가 더욱 나쁜 쪽으로 가버릴 거야."

"나쁜 쪽이라고? 무슨 뜻이야?"

"그 아이들은 더욱 심하게 굴 거야."

그 말에 현미는 입술을 꾹 다물었다. 민수를 바라보는 두 눈은 매우 안타까워하는 듯했다. 그 눈을 보고 민수는 생각했다. 이 아이는 정의감으로 한번 뽐내고 있는 것이 아니라 진실로 자신을 걱정해 주고 있다. 무척이나 기쁘지만, 민수는 몹시 슬퍼졌다. 잠시 침묵이 흐른 뒤, 현미가 갑자기 알 수 없는 말을 민수에게 했다.

"그럼, 우리 함께 그림을 그리지 않을래?"

현미는 가방을 열고, 여러 장의 종이를 꺼냈다.

"나의 취미야. 아무리 슬픈 일이 있어도 그림을 그리고 있으면 슬픈 일도 전부 잊어버릴 수 있어. 그러니까 우리 함께 그림 그리지 않을래?"

그것은 색연필로 그려진 옅은 풍경화였다. 아니, 풍경화가 아닐까? 그렇다. 이런 경치가 실제로 있을 리가 없다. 구름이 한 손에 지휘봉을 가지고 리듬을 맞추거나 무지개의 중간에 화살이 꽂혀 있거나 산이…… 이걸 무슨 그림이라고 할까?

"너는 지금 그 아이들이 하는 짓에 익숙해지고 있는 거니?"

"아니, 화내고 있는 거야. 화나서 조금 후면 폭발할 듯하지만, 그것을 어떻게든 버티게 되면 옆에서 뜨거운 공기가 터질지도 몰라."

고지식한 얼굴로 민수는 그렇게 대답했다. 현미는 놀란 듯이 민수를 뒤돌아보았다.

"그래? 그렇다면 왜 참고 버티는 거야? 나쁜 아이들이잖아."

"글쎄"

민수의 반응에, 곰곰이 생각에 잠긴 듯이 현미는 도화지에 눈을 내려트리고 침묵했다. 두 사람의 발밑에서 낙엽이 소리를 내며 뒹굴고 있었다. 바람에는 벌써 가을이 아니라, 겨울의 차가움이 섞여 있었다. 민수는 현미의 그림을 매우 멋지다고 생각했다. 그런데 굳이 왜 이런 색상으로 그리는 것일까? 하는 생각도 들었다. 색상은 적었지만, 그래도 불가사의한 실재감이 있었다. 현미는 갑자기 얼굴을 들었다.

"남에게 보여주기 위한 그림이 아니야. 지금 너에게는 보여주고 있지만"

그녀의 말투는 그녀의 이미지보다 훨씬 **빠른** 말투였다. 게다가 이야기의 중심을 점점 자신이 먼저 앞으로 끌고 가려는 듯이 생각되었다.

"있잖아, 우리 함께 그림 그려 보지 않을래? 우선 시도해 보고 말하자"

"시도라고?"

"그래, 시도해 보자. 해 보면, 꽤 열중할 수 있을지도 몰라. 학교에서 있었던 일 따위는 잊어버릴지도 몰라. 몽땅."

잠시 생각한 후 민수는 현미를 똑바로 바라보며 솔직하게 고백했다. 자신에게는 그림을 그릴 수 있는 재능이라는 건 전혀 없다는 사실을 어렸을 때부터도, 어린이집에서도, 초등학교의 미술 시간에도, 잘 그릴 수 있었던 적이 없었다. 도화지를 앞에 두고 몰두할 수 있기는커녕 점점 우왕좌왕해질 뿐이었고 전혀 취미가 없었다. 현미에게 솔직하게 말했다. 눈앞에서 현미의 얼굴이 순간적으로 아쉬워하는 표정으로 변해가는 것을 보았다. 민수는 당황해서 서둘러 말을 덧붙였다.

"글을 쓰는 일이라면 괜찮을지도 몰라. 글이라고 할까, 이야기라고 할까."

바로 말이 막혔다. 초등학교 시절 자신이 정신없이 노트에 쓰고 있던 그것은 도대체 뭐라고 부르면 좋을까? 동화라고 부르는 것은 우습다. 이야기라고 하는 것은 수치스러웠다. 망설이다가 민수는 자신도 눈살을 찌푸리며 묘한 표현을 입으로 말했다.

"그러니까 만약에 그림책이라면 글씨 부분 같은 느낌 말이야."

그 순간, 현미의 얼굴이 밝게 봄날의 들판처럼 환하게 퍼지면서 활짝 웃었다.

"그럼, 우리 함께 할 수 있잖아."

"함께 하다니 무엇을?"

"우리 함께 그림책을 만들어 보자."

민수는 상체를 당겨 현미의 얼굴을 바라보았다. 동급생 여자아이의 얼굴을 이렇게 가까운 거리에서 바라보고 있다는 부끄러움도 느끼지 못할 정도로 그녀의 말이 당황스러웠다. 그림책을 만든다고? 지금 처음 말하는 이 여자아이와 함께 자신이 그림책을 만들 수 있다고?

"내일, 색연필 가져온다. 너의 집에 가도 괜찮아?"

"응, 딱히 괜찮지만, 집에 아무도 없는데"

"그렇다면 조용해서 더욱 좋잖아."

잊지 말라는 말을 남기고 현미는 뒤로 돌아서 멀어져 가고 있었다. 다음날 방과 후 현미는 정말로 집에까지 왔다. 민수가 그동안 쓴 '루돌프 사슴코'를 현미는 아무 말 없이 탐독한 뒤, 그녀는 민수가 내놓은 찻잔의 차를 홀짝거리면서 새로운 도화지에 그림을 그려주었다. 색연필이 종이 위를 미끄러지는 소리를 가까이서 들으면서 민수는 멍하니 그녀를 바라보았다. 도화지로 향하고 있는 현미의 얼굴에는 미소는 없었지만, 미소를 짓기 직전의 표정을 하고 있었다. 남색 세일러복에서 길게 뻗은 목이 하얗고 예뻤다. 가까이에서 보면 현미의 얼굴은 어딘지 모르게 고양이와 같다는 생각이 들었다. 그러나 그것은 결코 애완동물 대회에서 우승할 것 같은 부잣집 고양이가 아니라 예를 들어 근처의 자동차 밑에서 이쪽을 내다보는 소박하고 애처로운 슬픔이 있는 길고양이 상이었다. 조용한 시간이 한참이나 지나서 네 장의 그림이 완성될 무렵에는 가을날도 완전히 저물어, 창문 밖은 깜깜해졌다.

루돌프를 조롱하는 천사들. 애가 타서 앞 다리를 들어 올린 사슴. 오두막에 돌아갔다가 나온 산타클로스. 먼지를 뒤집어쓴 지 오래된 썰매. 네 장의 그림은 어느 쪽도 놀랍게도 민수 이야기의 이미지와 딱 맞아떨어졌다.

"야, 이것은 정말 그림이 먼저 있었던 것 같아. 내가 이 그림을 보고 나중에 이야기를 쓴 것 같아."

말로 잘 표현할 수 없었지만, 현미에게 잘 전해진 것 같았다. 민수의 손에서 네 장의 도화지를 받아 들고 그녀는 그림을 탁자 위에 정성스럽게 늘어놓았다. 매우 기쁜 듯이 미소를 지었다.

"여기 비어 있는 곳에, 나중에 글을 써넣으면 돼. 그림책으로 하려면 아직 그림의 수가 많이, 부족하겠지만"

내일도 계속해서 그리자고 말하고 현미는 자신의 집으로 돌아갔다. 다시 조용해진 거실에서 민수는 혼자서 탁자 앞에 무릎을 꿇고 그녀가 달콤한 냄새와 함께 남겨놓고 간 네 장의 도화지를 손바닥으로 부드럽게 어루만졌다. 만져보면 따뜻할 것 같은 생각이 들었지만, 그것은 역시 차가웠다. 그때부터 거의 매일 현미는 민수의 집에 왔다. 상철이 알게 되면 뭐라고 할지 모르기 때문에, 둘이 함께 학교를 나오지 않았다. 민수의 집 앞에서 언제나 만났다.

그림은 점차 늘어났다. 첫날처럼 그리는 속도라면 두 주일 정도로 그림책은 완성되어 버리는 것은 아닐까? 생각했지만 사흘 만에 현미의 손이 점점 천천히 움직였다. 한 달 정도 지나서 방의 추위가 더해 가도 아직 루돌프와 헝겊 보자기를 코에 씌워 놓고 있었다. 민수는 항상 탁자에서 색연필을 움직이는 현미를 그저 바라보고 있었다. 손의 움직임이 멈출 때마다 그녀의 숨소리가 희미하게 들려오고, 그 호흡과 자신의 호흡이 같아질 듯이 되면 어째서인지 민수는 당황해서 숨 쉬는 타이밍을 늦추기도 했다. 매일 현미는 밤 8시 가깝게까지 민수의 집에서 그림을 그렸다. 그 사이에 두 사람은 대개 음료수를 마시거나 현미가 가져온 과자 봉지를 펼쳐놓기도 했다.

"너의 집에서 걱정하지 않니?"

민수가 묻자, 현미는 느슨하게 입술을 깨물고 고개를 저었다. 귀에 걸려 있던 머리가 소리도 없이 뺨으로 흘러내렸다.

"괜찮아. 어차피 아빠는 아홉 시 넘을 때까지 가게에 있으니까."

현미의 집은 카메라 가게를 운영한다고 알고 있었다.

"엄마는?"

"엄마는 더 괜찮아. 엄마는, 나에게 아예 관심이 없어. 나를 싫어하는 것 같아."

"뭐라고? 왜?"

"싫어한다고 할까 아무래도 좋아. 항상 아무것도 해주지 않아."

그렇게 말하고 나서, 그녀는 입안으로 중얼거렸다.

"……주제에"

지금 뭐라고 얘기했는지 민수는 잘 들리지 않았다. 묻는 대신에 목을 내밀었다. 현미는 휙 얼굴을 돌리고 과장되게 입을 움직였다.

"언제나 입으로는, 항상, 나를 생각한다고 말하고 있는 주제에 우리 엄마는 나에게 아무것도 해주지 않아."

"밥도 만들어주지 않는단 말이야?"

"그래. 그런 일 아니라도. 우리 집은 지금 힘들어, 여러 가지로"

한숨 섞인 말, 그녀는 또 탁자로 얼굴을 돌렸다.

시내의 상가가 크리스마스 노랫소리로 붐빌 무렵, 두 사람의 그림책이 드디어 완성되었다. 총 30장이었다. 앞표지와 뒤표지, 구멍을 뚫고 꿰매는 제본 방법은 몹시 서툴렀지만 그래도 두 사람의 소중한 작품이었다. 그 작품을 앞에 두고 두 사람은 언젠가 민수가 동화 작가가 되어 이야기를 쓰고 현미가 화가가 되어 삽화를 그리겠다는 목표를 가진 꿈 이야기를 나누었다. 그때는 몹시 행복했었다.

"이번 크리스마스부터 이 그림책의 후편을 쓰자."

그리고 두 주일 정도 지난 크리스마스 날 민수는 약속대로 노트에 쓴 새로운 이야기를 현미에게 건네주었다. 그것은 '빛의 상자'라는 제목으로 처음 만들었던 그림책의 이야기 후편이었다. 현미는 이 이야기에도 즉시 그림을 그려 주겠다고 약속해 주었다.

봄이 올 때까지 두 사람의 그림책은 두 권이 되었다. 첫 번째는 민수의 아파트에 두고 두 번째는 현미가 집으로 가져갔다.

고등학생이 되고 민수는 결국 그 추악한 집단 폭행으로부터 자연스럽게 해방되었다. 이유는 상철이 서울의 유명한 사립 예비 학교에 진학했다. 공부는 열심히 하던 남자아이였다. 민수와 현미는 같은 시내의 고등학교에 입학했다. 굳이 일부러는 아니고, 공부에 있어서 두 사람은 비슷한 진로를 가지고 있었다. 중학교 3학년 때 영화를 보고 돌아오는 길에 두 사람은 서투르게 입술을 맞춘 적이 있었다. 그것뿐이었다. 물론 앞날을 생각하지 않았던 것은 아니었다. 단지 두 사람이 만든 두 권의 그림책이 항상 민수의 머릿속에서 앞으로 자신의 목표와 꿈으로 자라나고 있었다.

경망스러운 행동이 그 소중한 그림책 속에 담긴 자신의 꿈들을 파괴해 버리는 것은 아닐까? 하는 불안감도 있었다. 그래서 민수는 아랫배에 욕망을 느끼면서도 항상 현미와 만날 때는 그저 함께 길을 걷고, 시시한 농담을 할 뿐이었다. 그러던 자신을 안타깝게 생각했다. 그림책의 존재는 때때로 화가 치밀어오르는 느낌도 자신 안의 꿈과 성장이 항상 민수를 외롭게 했다. 고등학생이 된 현미는 그림 외에, 또 다른 새로운 취미가 생겼다. 그것이 카메라였다. 형식이나 유행이 뒤떨어진 플래시 내장의 카메라를 가게에서 거래하는 회사에서 선물로 받은 듯했다. 쉬는 날 민수와 만날 때 그녀는 반드시 그 무거운 카메라 가방을 어깨에 메고 있었다.

"집에서 현상할 수 있으므로 필름 사는 것밖에 돈이 필요하지 않아."

처음으로 현미가 민수에게 카메라를 보여준 건 일요일 역전 광장이었다. 변함없이 짧은 머리를 왼손으로 긁어 올리며 그녀는 파인더를 들여다보며 민수에게 렌즈를 돌렸다. 수동 초점답게 익숙하지 않은 손놀림으로 렌즈를 만지며 조정했다.

"현상은 아버지에게 해달라고 하는 거야?"

"아니. 내가 스스로 할 거야"

"그래? 현상은 암실에서 하는 거지?"

그런 기술을 현미는 언제부터 배웠었을까? 그러나 그녀는 고개를 흔들며 웃었다.

"가게에 자동으로 현상해 주는 기계가 있어. 최근에는 편리해졌으니까"

왼손을 들어서 신호를 하면서 현미는 셔터를 눌렀다. 그리고 양손으로 카메라를 높이 들고 만족스럽게 들여다보았다.

"나는, 이제 화가가 아니라 카메라맨으로 목표를 바꾸려고 해."

분명히 깊은 생각 없이 한 말이었을 것이다. 하지만 부주의한 그 한마디는 민수의 가슴에 차갑게 못이 박혔다. 그녀는 그 말이 가진 무게를 깨닫지 못하는 것 같았다.

"그것도 좋을 것 같은데. 사진작가도"

그렇게 새로운 꿈을 찾아간다는 현미와는 반대로, 민수는 아직 동화를 고집하고 시간이 생기면 집에서 습작하다가 대개는 혀를 차고 노트와 연필을 내던져 버렸다. 초등생이나 중학생 시절처럼 간단한 문장이 아무래도 머리에 떠오르지 않았다. 무의식적으로 어려운 표현을 생각하고 자부할만한 표현을 찾아 그렇게 이야기 쓰는 걸 진행하고 있는 사이에 자신도 기가 막힐 정도로 형편없는 글이 완성되어 있었다. 너무 서툴러서 잊지 못할 그 이야기는 민수에게 있어서 다시 찾을 수 없는 분실물 같았다. 상민은 고등학교부터 같은 반이 되었다. 그는 고등학생인 주제에 수염을 기른, 교사 같은 분위기가 있는 아이이었다.

"민수, 너, 현미와 사귀고 있니?"

도시락처럼 네모난 얼굴을 가깝게 대고 쉬는 시간에 상민이 살며시 물어왔다.

"왜?"

"아니, 옆 반의 준기가 신경 쓰고 있는 것 같아서, 말이야"

준기는 다른 학급의 아이였다. 준기도 글쓰기 백일장에서 상을 받은 아이라고 했다. 어떤 글을 쓰는지는 모르겠지만, 상민 입에서 자주 이름이 나왔다. 중학교 시절부터의 친구인 듯했다. 민수는 직접 말했던 적은 없었지만, 상민과는 정반대로 잘생긴 이목구비의 남자아이였다. 어딘가 중성적인 느낌의 남자라는 것만은 알고 있었다.

"그래서, 어떻게 되었냐고? 사귀는 거야?"

"음, 그래, 사귄다고 할지……"

민수가 모호하게 대답하는 소리를 듣고 상민은 입술을 움츠리고 눈을 돌렸다. 그 모습에서 방금 그가 말한 준기를 운운하는 건 만들어 낸 이야기가 아닐까 하는 의심이 들었다. 현미에게 호의를 품고 있는 것은 사실 상민이 아닐까? 가까운 데서 들리는 웃음소리가 나는 쪽을 보고 나서 상민은 또다시 민수에게 얼굴을 돌렸다.

"그럼, 벌써 했냐?"

민수의 대답은 이미 알고 있다는 태도이었다. 생각보다 먼저 민수의 입은 능숙하게 거짓말을 하고 있었다.

"그거야, 그렇지. 꽤 길게 우리는 사귀고 있으니까"

일순 상민의 얼굴 전체에 힘이 들어간 듯했다. 그는 '그래'라고 중얼거리면서 입술의 끝을 살짝 들어 올렸다.

"준기도 불쌍하게 되었네."

"그러나 사람들에게 절대로 말하지 마라."

상민은 손을 들어 흔들며 걱정하지 말라는 뜻을 나타내며 말했다.

"좋겠다. 너, 나도 애인을 만들어야겠다."

상민은 민수의 책상 앞에서 일어나 교실을 나갔다. 그 뒷모습을 바라보면서 자신은 왜 거짓말을 한 것일까? 민수는 스스로 물었다. 대답은 바로 돌아왔다. 상민이나 혹은 다른 누군가가 현미에게 접근한다는 사실이다. 그리고 그림보다 카메라에 흥미를, 가지기 시작한 현미도, 새로운 상대에게 시선을 돌려 버릴 수 있다는 사실이 불안했다. 똑같은 불안을 현미도 안고 있었던 사실을 알게 된 계기는 이듬해 겨울이었다. 무엇인지 확실하지 않은 형태로 민수는 그 사실을 깨닫게 되었다. 그날 학교를 마친 민수와 현미는 언제나처럼 함께 역을 향해 걷고 있었다.

"난, 오늘 쇼핑할 일이 있어서"

현미가 그렇게 말했기에 교문 앞에서 헤어졌다. 그때 이별 예감이 있었던 것은 아니었다. 그러나 그때 민수는 아무 생각 없이 걸으면서도 어딘지 모르게 등 뒤를 돌아보아야 했다. 거기에 김은주가 있었다. 그녀는 현미의 친구였다. 외모는 현미와 대조적으로 건강하게 그을린, 피부에 밤색의 긴 머리가 잘 어울리는 여자아이다. 스포츠를 좋아해서 여름에는 서핑, 겨울에는 스키라고 하는 보통 자신들에게는 도저히 생각할 수 없는 취미를 가지고 있었다. 언제인지 현미에게 들은 적이 있다. 민수는 발을 멈췄다. 은주도 동시에 발을 멈췄다. 그런 모습에 민수는 문득 그날을 떠 올렸다. 현미가 자신의 뒤를 따라오고 있었던 그 방과 후의 기억. 그러나 모습이 다른 것은 은주는 표정을 순간적으로 바꾸고 빠른 걸음으로 민수를 향해 달려왔다.

"역시 민수이었네."

그날 은주는 역전의 CD 숍에서 쇼핑하러 함께 가자고 했다. 함께 가 준 답례로 사준 캔 커피를 가게 외벽에 기대어 마시고 은주와 헤어졌다. 헤어질 때 오늘 일은 현미에게 말하지 않는 편이 좋다고 그녀는 말하면서 웃었다. 다음날부터 교실에서 민수는 은주와 거리낌 없이 말할 수 있게 되었다. 거기에 현미가 가까이 다가오면 은주는 솜씨 좋게 화제를 바꾸었다. 그 순간, 순간에 민수는 기분 좋은 스릴을 느꼈다. 수업 중 문득 깨닫고 보면 은주의 옆얼굴을 보고 있을 때도 있었다. 밤에 이불 속에서 현미가 아닌 은주를 생각할 때도 있었다. 그럴 때 민수는 작게 현미의 말을 떠올리며 행위의 변명을 했다. '나는, 화가가 아니라 카메라맨으로 목표를 바꾸었어.' 만족스럽게 카메라를 들고 있던 현미의 얼굴. 책장 구석에 놓여있는 그림책. 은주의 시원스럽게 웃던 얼굴. 그런 일들이 순서도 없이 머릿속에서 마구 섞여서 떠올랐다.

"뭐야? 현미네 집 한 번도 가본 적이 없는 거야?"
쉬는 시간 은주는 눈을 동그랗게 뜨고 놀란 얼굴로 민수를 바라보며 말했다.
"가게 쪽은 밖에서 살짝 보았던 적이 있지만 한번 방을 보고 싶다고 말했었는데 현미에게 거절당했어."
"왜?"
글쎄라는 의미로 민수는 눈썹을 올리며 고개를 흔들었다. 은주는 웃는 얼굴과 손을 동시에 흔들며 대답했다.
"굉장히, 깨끗하더라. 나는 세 번 정도 놀러 갔는데 넓이도 상당히 넓었고, 현미가 직접 찍은 사진도 벽에 장식해 놓았어. 방을 너무 예쁘게 꾸며놓아서 나는 솔직하게 말해서 부러웠어."

"그렇구나."

중학생 시절부터 계속 만나 한 번 입술을 맞춘 적도 있는 민수보다도 고등학교에서 만난 동성의 친구를 현미는 마음으로 더욱 가깝게 받아들이는 것일까?

"그런 얼굴 하지 마. 내가 고자질하는 것 같잖아."

은주는 손을 뻗어 민수의 팔을 잡고 흔들었다. 그리고 상체를 기대고 비밀을 털어놓는 듯이 숨결이 귓불까지 느껴질 정도로 얼굴을 가깝게 대었다.

"민수 네가, 이번에는 현미의 집에서 커피를 마시고 싶다고 말해 봐. 그 아이의 아빠, 손님에게 커피 내주는 것을 좋아하는 것 같아. 내가 갔을 때도 항상 그랬어."

그때, 갑자기, 은주를 부르는 소리가 들렸다. 되돌아보니 현미가 민수의 바로 뒤에 서 있었다. 눈은 웃지 않고 있었다. 민수의 팔을 잡은 채였던 손을 은주는 재빠르게 놓고 마침 잘 되었다는 식으로 웃기 시작했다.

"지금 너의 집 이야기하고 있었어."

"은주, 너 생물실에 빨리 가야 하잖아? 오늘 실험 준비는 네가 당번이잖아"

"아, 그렇다."

은주는 의자를 소리 나게 밀고 일어나서 모여 있는 학급 아이들을 이리저리 피하면서 교실을 나갔다. 민수는 현미 쪽으로 얼굴을 돌렸지만 벌써 그녀는 거기에 없었다. 교실의 반대편 출구 쪽으로 빠른 걸음으로 걸어가는 모습이 보였다. 실험실에서 수업 시간 동안 현미는 생물실의 책상에 시선을 내려트린 채 가만히 입술을 꼭 깨물고 있었다. 전혀 표정이 없고 교사의 설명도 전혀 듣지 않는 듯했다. 그런 현미를 민수는 처음 보았다. 수업이 거의 끝나갈 무렵, 현미와 눈이 마주쳤다. 그녀는 곧 시선을 돌려 외면해 버렸다. 그것은 눈을 돌린 것이 아니라 한 번 똑바로 민수를 보고 나서 시선을 아래로 떨어트렸다. 일주일이 지났다. 은주의 자리가 아침부터 비어 있었다. 그녀가 학교를 쉬는 일은 기억하는 한 처음이었다. 조금 걱정은 되었지만, 누군가에게 이유를 묻는 일도 주저되어 민수는 모르는 척했다. 쉬는 시간에 현미와 말하고 있을 때도 은주의 화제는 나오지 않았다. 현미도 마찬가지였다. 다음날도, 은주는 학교에 오지 않았다. 그 다음 날도. 사흘이나 계속해서 쉬고 있으니까, 친구로서 걱정하는 일도 당연하다고 생각한 민수는 현미에게 그녀를 물어보았다.

"나는 몰라. 아무것도 듣지 못했어."

현미는 그렇게 대답했지만 왜인지 모르게 민수는 현미가 알고 있는 것은 아닐까? 무슨 일인지 듣고 있는 것이 아닌가 하는 생각이 들었다. 순간적으로 흔들리던 현미의 눈에서 그렇게 느꼈기 때문이다. 대답하기 전에 현미가 한 번 입술을 움직였다가 다시 닫고 한참 후에 말했기 때문이다. 결국 그 주말까지 은주는 결석을 계속했다. 담임 선생님이 그녀의 전학을 알린 것은 일주일 후 월요일 아침이었다.

"가정 사정으로 이사하게 된 것 같다."

담임은 교단에서 이렇게 설명하고 아이들에게 나온 질문에 애매한 대답을 돌려주고 있었다. 어쩌면 담임은 정말 아무것도 몰랐을지도 모른다. 학교 측에 알려지지 않은 것이 아니라 아마도 은주의 부모가 학교에 진실을 말하지 않았을 게 틀림없었다. 현미는 은주의 전학 건에 대해서 아무것도 모른다고 말했다. 대답하기 전에 작은 물고기가 도망갈 곳을, 찾는 듯이 현미의 눈빛이 헤엄치고 있었다. 수업 중 낮은 겨울 하늘을 바라보면서 민수는 은주를 생각하고 있었다. 왠지 가슴에 어두운 구멍이 뚫린 듯했다. 구멍의 입구에 배를 깔고 엎드려서 한숨 섞인 내면을 들여다보면 생각보다 깊어서 바닥은 어두워서 잘 보이지 않을 때와 같았다.

현미가 카메라를 버리게 되면 지금 나와 같은 기분이 될까? 그런 생각을 하고 바로 민수는 사람을 물건에 비유하는 자신이 한심스러워 혀를 찼다. 또 한 번 혀를 참으로써 선인인 척하고 있는 자신에게 또다시 혀를 찼다. 교실의 창문으로 보이는 하늘은 금방이라도 비가 올 것 같은 어두운 쥐색이었다. 그날 방과 후 민수는 현미를 아파트로 초대했다. 그 그림책을 오랜만에 둘이 읽어보자고 했다. 그녀는 순순히 고개를 끄덕였다. 머리 위에서 어느새 구름이 넓은 하늘을 무겁게 덮고 있었다. 많은 비가 올 듯했다. 비가 내리기 시작한 것은 두 사람이 역을 나와서 쇼핑센터 앞에서 어깨를 나란히 하고 걷고 있을 때였다. 상점가의 바닥에 발밑의 길바닥에 검은 점이 하나 떨어졌다. '아, 비다' 생각하고 올려다보았다. 눈두덩이에 놀라울 정도로 차가운 빗방울이 떨어져 내렸다. 바로 근처 요리집 처마에서 우드득 소리를 내기 시작했다. 민수와 현미는 멈춰 선 채로 얼굴을 마주했다. 그리고 다음 순간, 서로 아무런 신호도 없이 동시에 상가 앞을 달리기 시작했다. 물을 빨아들인 아스팔트의 냄새가 훅하고 콧속으로 들어왔다. 비는 순식간에 거세게 내리고, 두 사람은 더욱 발걸음을 재촉했다. 달리고 있는 동안 옆을 달리는 현미의 발걸음 소리를 듣고 있는 사이에 민수는 자신이 차가운 비에 깨끗이 씻겨서 왠지 투명하게 되는 듯했다. 그 감각이 편하고, 하얀 숨을 토해내는 입술이 자연스럽게 벌어지고 있었다. 옆에서 현미도 같은 얼굴을 하고, 있는 걸 보지 않고도 알 수 있었다. 두 사람은 때때로 손과 팔꿈치를 부딪치면서 딱 붙어서 빗속을 달렸다. 민수는 현미가 좋았다. 그리고 이상하게도 자기 자신도 좋았다. 언젠가 이날을 기억하고 자신은 그리움으로 울어 버리는 것은 아닐까? 하는 생각과 위아래로 흔들리는 비 오는 거리를 보면서 민수는 생각했다.

아파트에 달려가서 목욕 수건을 두 개 꺼내서 하나를 현미에게 건네주었다. 현미는 숨을 가쁘게 내쉬면서 그것을 받아서 주저하듯이 주방 바닥에 앉았다.

민수도 그 옆에 주저앉았다. 한숨에 작은 소리를 섞으면서 현미를 바라보았다. 현미는 짧은 검은 머리를 목욕 수건으로 감싸고 수건의 양쪽 끝을 턱 아래에 맞춘 채 한참이나 움직이지 않고 무슨 생각에 잠긴 듯이 앉아 있었다. 젖은 교복의 치마가 피부에 달라붙어 있어서 흰 허벅지가 마룻바닥 위에서 몹시 하얗게 눈에 띄었다. 조금 지나서 현미가 수건으로 머리와 목을 닦기 시작하였다. 그 움직임 속에서 도자기 같은 피부가 한층 더 희게 노출되어 보였다. 아직 안정되지 않은 호흡을 반복하면서 민수는 머리를 세게 얻어맞은 듯이 그 부분을 보고 있었다.

현미가 문득 고개를 들었다. 민수의 시선을 알아차린 듯했다. 그러나 그녀는 모른 척하면서 치마를 자연스럽게 펴서 덮었다. 민수는 시선을 올렸다. 잠시 늦게 현미도 민수를 보았다. 분명하게 두 사람의 눈이 마주쳤다. 둘이 조용히 그림책을 만들고 있을 때의 쓸쓸한 듯한 그러나 전신에 자유를 얻은 듯한 그 느낌이 민수의 가슴으로 몰렸다. 아무 말도 할 수 없이 상대의 이름도 부르지 못하고 민수는 당겨지는 듯이 현미 쪽으로 다가갔다. 현미는 가늘게 눈을 밑으로 내리뜨고 입술이 뭔가 말하려는 듯이 살짝 틈새를 벌렸다. 그러나 아무 말도 없었다. 그날 민수는 처음으로 여성의 피부 냄새를 맡을 수 있었다. 주방 바닥 위에서 현미는 눈을 꼭 감고 두 손으로 민수의 어깨를 강하게 잡아당기고 있었다. 커튼을 친 창밖에서는 빗소리가 언제까지나 계속되고 있었다.

"민수야 할 말이 있는데 시간 좀 괜찮니?"

쉬는 시간에 상민이 가깝게 다가오면서 말했다. 겨울 방학을 일주일 앞둔 날이었다. 은주의 전학 이유를 들었다고 상민이 말했다. 그 표정에 희미한 불안을 느끼면서 민수는 이유가 무엇이냐고 물었다.

"성폭행당한 것 같아. 당한 것 같아. 누군가에게"

민수는 순간 무감각 상태로 빠졌다.

"뭐라고? 무슨 말이야?"

"자세한 건 나도 몰라. 어쨌든 어딘가 비어 있는 창고인지 공장인지에 갇혀서 벗겨지고 확실한 건 아니지만, 사진을 찍혔다는 거야. 은주와 같은 학원에 다니던 놈이 본인에게 직접 들었다고 해."

그 고백을 들은 친구의 친구가 상민과 우연히 게임 센터에서 만나서 들었다고 했다.

"그게 정말이야?"

"나도 모르지. 전해 들은 거니까. 하지만 그 전학 방법은 이상했잖아. 그래서 거짓말은 아니라고 나는 생각해. 왜냐하면, 그렇게 되면 역시 전학밖에 없잖아. 같은 도시에서 모른 척하며 견딜 수 있는 일이 아니지 않을까?

"누가 그런 짓을"

"얼굴은 못 본 것 같아."

무거운 돌멩이로 가슴을 짓눌린 듯이 숨이 답답했다. 은주가 강간당하지 않은 것만이 유일하게 위안이 되었다. 그녀는 왜 경찰에 신고하지 않았을까? 상대의 얼굴을 보지 않았기 때문에, 신고해도 쓸데없는 일이라고 생각했을지도 모른다. 은주는 경찰에 신고하는 대신에, 친한 친구에게만 털어놨다? 그리고 전학 갔다는 얘기가 된다. 민수는 내심 고개를 끄덕였다. 아마 현미도 은주에게서 이야기를 듣고 있었을 것이다. 친구에게 무슨 일이 일어났는지 그녀는 알고 있었다. 그래서 민수가 은주의 결석이나 전학의 이유를 물었을 때 그렇게 부자연스러운 태도를 보였을 것이다.

"상민아, 지금의 이야기, 나 이외에도 말했냐?"

"준기에게뿐이야. 그래도 달리 퍼지지는 않을 거야. 응. 오락실 친구에게도 그 이상 말하지 말라고 해두었어. 협박 반으로. 준기도 누구에게도 말하지 말라고 했어."

"나도 듣지 않은 걸로 할 거야."

현미에게도 민수 쪽에서는 말하지 않는 것이 좋을 듯했다. 결국 소문은 학교에 별로 퍼지지 않는 걸로 끝난 듯했다. 겨울 방학이 시작되는 금요일이 되어도, 은주의 일을 떠드는 아이들은 주위에 없었다. 학교라는 좁은 세계에서는 소문이라는 것은 전혀 퍼지지 않거나 전체로 번지거나 둘 중 하나다. 민수는 일단 안심했다. 은주에게 일어난 불행을 교내에서 처음으로 말했던 사람이 상민이라서 다행이었다. 녀석은 머리가 좋지 않아서 공부는 못하지만, 의리와 진지한 면이 있는 아이이었다.

토요일, 겨울 방학 첫날 오후 민수는 현미를 아파트에 초대했다. 현미의 가방 속에는 여전히 카메라가 들어 있었다. 차를 마시고, 현미가 몇 장인가 민수의 사진을 찍은 뒤, 두 사람은 지난주 실행하지 못한 일을 했다. 그림책을 탁자 위에 꺼내놓고 첫 페이지부터 천천히 읽었다. 나란히 앉아서 마지막 페이지까지 읽고 나서 두 사람은 또다시 몸을 합쳤다. 민수의 밑에서 현미는 눈시울을 적시고 있었다. 이유를 물었지만, 그녀는 조용히 고개를 흔들며 민수의 어깨를 강하게 끌어당길 뿐이었다.

"나, 카메라 거기에 두지 않았어?"

현미가 허둥대는 목소리로 전화를 걸어 온 것은 그날 밤의 일이다. 시간은 아홉 시 전으로 어머니가 곧 돌아올 시간이었다.

"카메라라고?"

방을 둘러보았지만, 현미의 카메라 가방은 보이지 않았다. 수화기에 말을 돌려주려고 하면서 그 전에 일단 탁자 아래를 들여다보았다. 거기에 있었다.
 "응, 있었네. 탁자 밑에 숨어 있었네."
 민수의 말에 현미가 살짝 숨을 내쉬는 걸 알 수 있었다.
 "그럼, 지금부터 가지러 갈게."
 "지금부터라고? 내일이라도 좋은 거 아니야?"
 내일도 현미와 만나기로 약속이 있었다. 역 앞에 있는 시민 홀에서 세계 아동 도서 전시회가 있다. 거기에 가기로 약속하고 있었다.
 "으응, 그래도 지금부터 갈게. 미안해, 늦은 시간에"
 "꼭 그럴 이유가 있어?"
 현미는 말을 확실히 잇지 못했다. 잠시 침묵이 있었다. 그것은 단지 몇 초였지만, 그 몇 초의 사이에서 그녀의 침묵이 약간 망설이는 움직임을 느낄 수 있었다. 말할 수 없는 뭔가를 현미는 가슴에 안고 있는 듯한 느낌이었다.
 "내일이라도 괜찮지? 만지지 않을 거니까. 괜찮지 않니?"
 민수는 팔을 뻗어 카메라를 끌어당겼다. 집어 들고 보니까 생각보다 꽤 무게가 있었다. 현미는 아직 망설이고 있는 듯했지만 결국 좋다고 하면서 전화를 끊었다. 전화를 끊고 민수는 무릎 위에 올려놓은 현미의 카메라를 내려다보았다. 오늘 밤 필요하지 않은데 왜 현미는 카메라를 가지러 오려고 하는 것일까? 이렇게 늦은 시간에? 그때 민수의 머리에 떠올라 오는 건 일단 은주에게 친근하게 접근하려 했을 때의 자신이었다. 그런 기분이 될 수 있는 순간이 현미에게도 없었다고는 할 수 없다. 다른 남자의 사진. 나란히 찍힌 사진. 상상은 상상을 불러와서 다음으로 민수는 얼굴이 천으로 덮여있는 듯한 답답함이 느껴졌다. 시계를 확인했다. 아홉 시는 되지 않았다. 역전의 카메라 가게는 분명히 아홉 시까지는 영업하고 있었다. 현상해 볼까? 만약 내일 현미에게 발각되면 자신의 사진이 빨리 보고 싶었다고 변명하면 된다. 어차피 나중에 현상해야 하는 사진인데 지금 그렇게 했다고 문제는 없을 것이다. 벌떡 일어나서 민수는 생각에 밀리기라도 하는 듯이 현관문을 나섰다. 자기 행동이 어떤 결과를 초래할지 그때는 생각하지 못했다. 밤의 공기는 생각보다 몹시 싸늘했다.

다음날 10시, 약속된 역전 사거리에서 현미는 민수를 기다리고 있었다. 화창한 겨울 아침이었다. 햇볕을 손바닥으로 차단하면서 현미는 웃고 있었다. 그러나 민수는 웃을 수 없었다. 가방 안에는 현미의 카메라가 들어 있었다.

"카메라 돌려줄게."

민수는 카메라 가방을 현미에게 건네주었다. 그녀는 가방을 받아 들고 뭔가 얘기를 하려고 했지만, 민수의 표정을 보고 그 말을 거두어들였다. 카메라 가방을 양손으로 가슴 앞에 든 채, 현미는 잠시 민수를 응시하고 있었다. 이윽고 그녀는 헉하고 숨을 들이쉬고 빠른 움직임으로 카메라를 꺼내서 필름을 확인했다. 그리고 필름이 들어 있지 않은 걸 알고 나서 몹시 놀라서 재빠르게 고개를 들고 민수를 보았다. 무엇이라도 찔러버릴 듯한 날카로운 눈빛이었다.

"나는 누구에게도 말하지 않을 거야."

입술만 움직여서 민수는 말했다. 그 한마디로 현미는 모든 걸 포기하고 납득한 듯했다. 공기가 가득한 풍선에서 마지막 공기가 빠져나가는 것처럼, 그녀는 약하게 한숨을 내쉬면서 고개를 떨구었다. 어린이를 동반한 부부가 유쾌한 목소리로 얘기하며 바로 옆을 스쳐 지나간다. 가슴 앞으로 카메라를 잡은 현미의 양손에 힘이 들어가면서 손가락 끝이 하얗게 되어 갔다. 이어서 그녀는 오래된 문이 울리는 듯한 가늘고 긴 울음소리를 민수에게 들려주었다. 앞머리가 밑으로 떨어지면서 연약한 양어깨를 떨며 치아를 악물고 있는 입술의 옆으로 눈물이 흘러내렸다. 그러나 민수는 그런 그녀에게 말없이 등을 돌리고 그 자리를 떠났다. 말이 없는 이별이 되고 말았다. 두 번 다시는 현미의 말을 듣는 일은 없으리라고 민수는 생각했다.

그날 아침 일찍 민수는 카메라 가게에 갔었다. 어젯밤 서둘러서 현상을 의뢰한 필름을 찾을 때 카메라 가게 주인은 민수의 모습이나 표정에서 뭔가를 찾으려고 하는 듯한 눈빛으로 바라보았다. 민수는 그 시선을 모르는 척하고 요금을 지불하고 가게를 서둘러 나왔다. 가게 주인의 눈빛은 무엇을 뜻하는 것일까? 필름을 현상해 본 경험이 지금까지 없었으니까 모르겠지만 뭔가 자신이 이상한 짓을 한 것일까? 상식적인 절차를 잘못이라도 한 것일까? 내심 고개를 갸우뚱거리면서 민수는 받은 사진을 봉투에서 꺼냈다. 한장 한장 사진을 넘겨 가며 들여다보았다. 길가의 가로수, 버스를 기다리는 사람들. 웃고 있는 민수. 셀프로 찍은 민수와 현미. 증명사진처럼 긴장한 민수. 장난스럽게 턱을 내민 민수. 편의점 화장실에서 나오는 민수. 그들의 첫 번째 사진이었다. 마지막 부분에 들어가 있던 사진은 바로 어제, 민수의 아파트에서 찍은 몇 장이었다.

문제의 세 장의 사진은 편의점의 사진과 민수의 아파트에서 찍은 사진 사이에 있었다. 그 사진을 보는 순간, 주변 경관이 하얗게 사라져가는 것을 느꼈다. 공포나 원한이라는 말을 들으면 민수는 지금도 그때를 생각나게 한다. 한 장째는 어느 폐공장 같았다. 화면은 밝지만, 바닥에 구르고 있는 캔과 과자 봉지에 각각 선명한 그림자가 있으므로 어두운 곳에서, 플래시를 사용해서 찍었다는 사실을 알 수 있었다. 그 플래시 속 화면의 거의 중앙에서 은주가 눈가리개를 하고 녹초가 된 듯이 바닥에 늘어져 뒹굴고 있었.

길이가 짧은 치마를 입고 있었지만, 그것은 거의 완벽하게 허리까지 올려져 있었다. 초점이 잘 맞지 않는 탓에, 명확하게 보이지 않았지만, 두 다리 사이에 속옷은 벗겨지지 않은 것 같았다. 두 장째의 사진도 은주가 클로즈업되어 찍혀 있었다. 가슴이 드러나 있다. 양팔은 뒤로 돌리고 허리 옆에서 밧줄 같은 끈이 보였다. 세 장째 사진은 은주의 등이었다. 상반신에 굵은 끈이 감겨 있었고 그것은 허리 뒤로 모인 두 손목 둘레가 묶여 있었다. 상민의 말이 귓속에 들려왔다.

"몸을 덮친 건 아니지만, 사진을 찍힌 듯해."

은주가 성폭행을 당하지 않은 사실은 당연했다. 목적은 그런 것이 아니었으니까. 첫째 하려고 해도 범인은 할 수 없었기 때문이었다.

"얼굴을 볼 수 없었다고 하더라."

당연한 일이었다. 얼굴을 보아 버리면 끝장이다. 상대는 은주를 잘 알고 있는 인물이었다. 이런 일을 당하게 되면 그야 이사할 수밖에 없었다. 그것이 현미의 목적이었던 것일까? 민수는 모르겠다. 어떻게 현미가 은주를 폐공장에 데려가고 얼굴을 보지 못하게 결박했는지도 모르겠다. 아니, 어쩌면 현미는 굳이 얼굴을 가리지 않았을지도 모른다. 그 이유야말로 은주는 경찰에 신고하지 않았던 이유일지도 모른다.

고등학교를 졸업할 때까지 현미와는 아무 말도 하지 않았다. 시야에 그녀의 어두운 시선을 느낄 때도 있었지만, 민수는 절대적으로 눈을 돌리지 않았다. 민수가 이해할 수 없었던 것은 현미에 대한 자신의 마음이 사라져 주지 않는 일이었다. 용서는 물론 도저히 할 수는 없었다. 하지만 그래도 민수는 현미를 여전히 좋아했다. 혼자 있을 때 항상 그녀의 얼굴과 목소리와 그녀의 냄새가 머리를 채워서 울고 싶어졌다. 고등학교를 졸업한 뒤 어머니를 설득해 혼자서 서울로 떠나온 것은 현미를 잊기 위해서였다. 그로부터 십사 년이 지난 지금도 가끔 민수는 현미를 생각한다. 그리고 가슴의 한구석에서 심하게 첫사랑의 추억은 아프게 울렁인다.

컵 속의 커피는 완전히 식어 있었다. 고개를 들어 창밖을 보았다. 비는 여전히 정문에 서 있는 크리스마스트리를 적시고 있다. 그래도 비의 기세가 조금은 약해진 듯했다. 시계를 보니까 오후 다섯 시 반. 그리고 30분 후부터 동문회의 집합 시간이었다. 현미는 올까? 의미도 없이 민수는 가방에서 초대장을 꺼내 보았다. 습기를 머금어 조금 부푼 듯했다. 그녀는 이미 결혼했을까? 걱정해도 어쩔 수 없는 일을 민수는 멍하니 생각했다. 그때 이렇게 했다면 아니, 그때 저렇게 했으면 하고 인간은 자신을, 있지도 않은 다른 렌즈로 들여다보며 얼마나 한숨을 쉬어야, 하는 것일까?

스피커에서 들려오는 노래는 그로부터 몇 번 바뀌고 White Christmas를 거쳐 지금 다시 새로운 노래가 시작되었다. 현미와 만든 두 권의 그림책을 떠올리면서 민수는 지나간 마음의 소리에 귀를 기울였다. 커피잔에 손을 뻗어 식어버린 커피를 홀짝 마셨다. 한숨을 하나 섞어서 컵을 받침대에 되돌리려다가 손을 멈췄다. 아무도 없는 곳을 가만히 바라보면서 지금 자신이 생각해 낸 건 터무니없는 공상일까? 추억에 집착하는 마음이 만들어 낸 존재하지 않는 퍼즐의 한 조각일까? 아니 가능성이 있다. 자신이 지금 생각하고 있는 일이 사실일 가능성은 결코 제로는 아니다. 확인해 보고 싶다. 지금 당장 본인을 만나 확인해 보고 싶다. 여기 앉아서 기다릴 수가 없었다. 민수는 그렇게 생각했을 때는 이미 의자를 밀고 일어서 있었다. 코트와 가방을 아무렇게나 집어 들고 민수는 라운지를 나와 정문으로 향했다.

"택시를 불러드릴까요?"

고개를 돌려보았다. 민수를 불러 세운 보이가 호텔의 로고가 들어간 우산을 건네주었다. 짧게 고맙다고 말하고, 택시를 타기 위해서 호텔을 나온 그때 왼쪽에서 백색의 강렬한 빛이 자신의 얼굴을 비춘 것을 느꼈다. 그것은 택시의 헤드라이트라는 사실과 동시에 민수는 강한 충격을 느꼈다. 가방과 우산이 공중으로 날며 시야가 회전했다. 젖은 바닥에 누워서 민수는 누군가가 큰 소리로 외치는 소리를 들었다.

우산을 접고 현미는 하얀 입김을 쏟으며 남편과 함께 택시를 탔다. 호텔을 말하자 드라이버가 룸미러 너머로 묻는다.
"호텔 정문 입구에 댈까요?"
"그래요. 정문 쪽으로 부탁해요."
"네. 알겠습니다. 정문으로"
이런 날씨라면 정문 입구에는 택시가 줄지어 서 있을지도 모른다. 그러나 현미는 정문 입구에 있는 크리스마스트리가 보고 싶었다. 빗속에서 모호하게 빛나는 장식 꼬마전구 빛이 분명히 예쁘게 보일 것이다. 감정적인 면뿐만 아니라 그러한 시각적인 자극은 현미의 업무에 도움이 되므로 가능한 눈에 넣어둘 필요가 있었다. 고등학교를 졸업한 후, 현미는 디자인 회사의 아르바이트를 거쳐 지금은 디자이너로서 한 분야의 책임자로 열심히 일하고 있다. 작업은 주로 책의 표지와 삽화로 분주할 정도는 아니지만 최근 몇 년간 순조롭게 의뢰의 수가 늘어나고 있다. 민수와 함께 언젠가 꾸었던 꿈속에서 현미는 살아가고 있었다. 택시는 거리로 미끄러져 들어갔다. 손목을 들어 시계를 들여다보았다. 다섯 시 이십 분 충분했다. 동창회가 시작하는 시간은 6시. 여기에서 호텔까지는 차로 십 분 거리이다.
"조금 빠른 것 같은데."
현미는 남편의 얼굴을 보았다. 남편은 그녀가 무릎 위에 올려놓은 오른손 위에 왼손을 포개서 올려놓았다.

"라운지에서 커피라도 마시고 있으면 좋잖아. 어쩌면 의외로 빨리 오는 친구들도 있을지도 모른단 말이야."

현미는 손바닥을 위로 향하고 남편의 손가락과 깍지를 끼고 창밖으로 눈을 돌렸다. 하루는 완전히 저물어 유리창에 흘러내리는 빗물 방울이 반대편의 헤드라이트 빛을 비추고 있었다. 현미가 결혼한 것은 올해 여름의 일이었다. 관공서에 혼인신고를 하고 싼 와인을 사 와서 건배한 두 사람만의 매우 조촐한 결혼식이었다. 택시가 빨간색 신호로 정차했다. 와이퍼가 움직이는 단조로운 소리만이 차내에 울려 퍼지고 있었다. 히터의 열로 머리가 띵했다. 드라이버가 목소리를 내지 않고 하품하는 걸 기색으로 느낄 수 있었다.

"라디오를 켤까요?"

이미 스위치에 손을 대면서 드라이버는 묻는다. 졸음기를 쫓기 위해서 자신이 켜고 싶은지도 모른다. 현미가 그렇게 하라고 대답했다. 그는 라디오를 켜고 방송국 버튼을 세 번 정도 순서대로 눌렀다. 재즈풍의 피아노 후렴이 들려왔다. 손을 멈추었다. 처음에는 무슨 곡인지 잘 몰랐다. 그러나 피아노 리프가 리듬을 새기고 여성 보컬의 목소리가 들려왔을 때, 현미는 무심코 입에서 작은 목소리를 냈다. 그리운 그 곡이었다.

"이 노래, 영어와 한국어는 가사가 원곡과는 좀 다르지요. 대학에 다니고 있는 아들이 가르쳐 주었어요."

드라이버가 룸미러 너머로 말했다. 목소리에 약간의 자랑스러움이 녹아 있었다. 현미는 조용히 고개를 끄덕였다. 스피커에서 들려오는 노래에 귀를 기울였다. 그렇다. 이 곡은 원래의 가사와 한국어 번역으로 내용이 조금 다르다. 먼 옛날 유치한 꿈을 거듭하게 해 만든 그 그림책.「빛의 상자」라는 타이틀의 소중한 이야기. 그것은 영어 가사를 밑받침해서 쓰고 있었다.

"한국어라면 이것 봐요. 마지막으로 '그 산타클로스는 아빠'라고 설명이 붙어 있습니다만, 영어 쪽은 다릅니다. 가장 마지막까지 주인공 소년은 산타클로스의 정체를 눈치채지 못할 거예요."

매우 즐겁게 드라이버는 말하고 거기서 일단 말을 끊고 겨우 고개를 갸웃했다.

"어느 쪽이 좋을까요?"

현미는 드라이버의 수다에 살며시 고개를 저었다. 옆에서 남편이 작게 한숨 쉬는 것이 들렸다.

민수와 만난 건 중학교 입학식 날이었다. 입학식 후 학생들은 각 교실로 이동하도록 지시되어 떠들썩하게 떠들면서 체육관을 나갔다. 그 속에서 혼자만 늦게 천천히 걷고 있는 소년이 있었다. 처음에는 다리가 아플까? 생각했지만, 그렇지 않은 것 같다. 분명히 그는 일부러 천천히 걷고 있는 것 같았다. 어쩐지 걱정은 되었지만, 결국 현미는 그대로 체육관을 나왔다. 학교 건물에 들어가서 일층의 복도를, 지나 계단에서 뭔가 짧은소리가 났다. 뒤돌아 계단 아래를 보니까, 복도의 벽에 웅크리고 주저앉아있는 소년이 보였다. 아까 그 아이이었다. 그때 현미는 그의 두 눈을 보고 숨을 삼켜야 했다. 너무나 잘 알고 있는 눈이었다. 본 적이 있는 눈이었다. 거울 속에서. 사진 속에서. 답답한 감정을 어딘가 다른 장소에 묻어두었던 듯한 눈. 얇은 장막 한 장을 덧붙인 듯한 눈, 자신 눈과 똑같았다. 그때부터 현미는 같은 클래스의 민수가 너무 걱정되기 시작했다. 그는 동급생들로부터 매일 집단 폭행을 당하고 있었다. 가혹한 폭행은 점차 확대되어 가고 있었다. 위험한 선을 넘을 듯하다고 생각할 때도 있었다. 그러다가 또 잠잠해지다가도 또다시 폭력은 점점 심해 갔다. 그는 급우들에게 긴 시간을 들여 고통받는 듯했다. 그렇게 당하면서 민수는 항상 그렇게 어두운 눈을 하고 있었다. 이야기를 해 보고 싶었다. 그러나 현미는 무서웠다. 간신히 균형을 유지하고 있는 자신과 같은 눈을 한 그 아이에게 접근하여 함께 균형을 잃고 쓰러져 버리는 건 아닌가 하는 생각이 들었다.

  현미가 민수에게 처음 얘기한 것은, 가을이 끝나갈 무렵이었다. 낙엽이 길바닥에 흩어진 방과 후 길에서 현미는 민수에게 자신이 그린 그림을 보여주었다. 괴로움을 잊기 위해 그린 그림. 깨어질 듯한 자신의 마음을 어떻게 든 지탱해 주었던 그림. 그리고 다음날부터 현미는 민수의 아파트에 다니게 되었다. 민수가 쓴 크리스마스의 이야기를 둘이 그림책으로 만들려고 결정했다. '루돌프 사슴코'라는 제목의 그 이야기는 민수의 쓸쓸한 기분이 담긴 것 같았다. 현미는 생각나는 대로 머리에 떠오른 이미지를 도화지에 그려나갔다. 생각하면 지금도 가슴이 조여드는 듯할 정도로 현실은 슬펐지만 기쁜 나날이었다. 민수의 아파트에서 보리차를 마시고, 이야기하면서 그림을 그리고 있으면, 싫은 일은 모두 잊어버릴 수 있었다. 혼자서 색연필을 달릴 때보다 훨씬 많은 걸 잊을 수 있었다. 집에 돌아와 그것을 생각했을 때는 기쁨이 컸다. 두 사람의 그림책이 완성되고 나면 민수는 또 새로운 이야기를 써 주었다. 그리고 그것을 현미에게 선물로 주었다. 남자로부터 받은 첫 번째 크리스마스 선물이었다. 읽어주었다. '빛의 상자'라는 제목의 이야기 속에 이미 그의 외로움은 느껴지지 않았다. 밝고, 명랑하고 꿈이 있는 이야기였다. 그런 일이 현미는 기뻤다. 〈빛의 상자〉는 이윽고 두 사람의 두 번째 그림책이 되었다. 지금도 그것은 현미의 책장에 소중하게 조용히 꽂혀 있다.

  고등학교에 들어가면서 새로운 취미와 친구가 생겼다. 카메라, 그리고 은주이었다. 카메라와 은주와의 만남이 자신을 어떤 사건으로 이끌어 갈 것인지, 그때의 현미는 물론 몰랐다. 만약 알았다면, 카메라 같은 것에 손을 대지도 않았으며, 은주에게도 접근하지 않았다. 은주는 현미와 달리 명랑하게 학교에서 다양한 이야기를 해주었다. 갑자기 집에 놀러 온 적도 몇 번인가 있었다. 현미는 그녀가 좋았다. 보고 있는 것만으로도 이야기를 듣고 있는 것만으로도 즐거웠다. 은주는 현미와 정반대의 성격이었다. 은주는 매우 외향적이고 뭔가에 관심을 가지면 조금도 망설임 없이 즉시 다가갔다. 그것이 물건이라도 사람이라도.

 은주가 민수와 친하게 이야기하게 된 건 언제부터였을까? 은주는 잘 숨기고 있는 것 같았지만, 현미는 알고 있었다. 은주는 남자아이처럼 활발한 성격이었기에 여자의 눈이나 귀가 얼마나 민감한지 몰랐을 것이다. 은주가 솜씨 좋게 민수와 대화를 나누는 사실을 알고 나서, 현미의 가슴 속에 검은 구름이 뭉게뭉게 피어났다. 얼굴을 마주 보고 그녀와 이야기할 때는 즐거운 기분으로 있을 수 있지만, 혼자가 되었을 때 머릿속에 달라붙은 은주의 잔상을 어두운 눈으로 노려보게 되었다. 그럴 때, 현미는 자기 마음속에 자리 잡고 있는 여자의 감정이 몹시 싫었다.

 그 사건이 일어난 건 2학년의 겨울 방학이 시작하기 조금 전의 일이었다. 그날도 민수와 헤어져서 집으로 돌아갔다. 시간은 벌써 8시를 지나고 있었다. 역에서 떨어진 골목은 어둡고 인적이 없었다. 하얀 입김을 내쉬며 자신의 발걸음 소리를 들으면서 걷다가 교차로에 접어들기 직전의 앞길에 은주를 닮은 그림자가 오른쪽에서 왼쪽으로 가로지르는 것이 보였다. 어라? 생각하고 현미는 발걸음을 재촉했지만, 사람을 잘못 볼 수가 있다고 생각하고 부르지는 않았다. 교차로까지 뛰어가서 상대방의 뒷모습을 보니까 역시 은주 같았다. 현미는 부르려고 입술을 들먹거렸지만 역시 부르지 않고 주저했다. 민수와 만난 후 은주와 말하는 행위가 왠지 거북스럽다고 생각되었다. 찬 바람이 불어와서 닫힌 입술을 어루만져 주고 있었다. 거기에는 헤어질 때 가볍게 맞춘 민수 입술의 감촉이 아직 남아있었다.

골목 모퉁이에서 현미가 멈춰 선 채로 있었다. 오른쪽에서 남자가 걸어왔다. 어둠 속에 희미하게 보이는 그 모습에 현미는 헉하고 숨이 막혔다. 남자는 코트 주머니에 손을 넣고 새우등처럼 구부리고 어두운 색상의 모자를 쓰고 선글라스를 낀 회색 머플러를 마치 수염처럼 턱 주위에 감고 있었다. 그 남자의 옆모습과 뒷모습을 현미는 멍하니 보고 있었다. 어디선가 본 듯한 남자라는 생각이 들었다. 그러나 곧 그렇게 생각하기 때문에 그렇게 느껴지리라고 생각하고 다시 길을 걸었다. 집에 돌아가니까 어머니가 거실에서 레이스 뜨개질하고 있었다. 어머니는 집에 돌아온 현미를 어두운 눈과 한숨으로 맞이했다. 어머니가 하는 레이스 뜨개질은 언제나 현미가 방에서 도화지에 그리고 있던 공상 그림과 같았다. 현실을 멀리하기 위한 수단이었다. 도망갈 장소가 없기에 적어도 그 장소 자체가 뜨개질인 듯한 모습이었다. 복도의 끝에 있는 가게의 불이 꺼져 있었다.

"아빠는?"

현미가 묻자, 어머니는 느릿느릿 레이스 코바늘을 움직이면서 한숨으로 희석된 목소리로 대답했다.

"거래 업체의 사람에게 간다고 했어. 갑자기 식사에 초대되었다고."

"그래?"

두근거림이 있었지만, 굳이 그것을 무시하고 현미는 자기 방에 오르려고 계단을 향했다. 한 계단째에 발을 들여놓았을 때, 어머니가 말했다.

"아까 너의 친구가 왔더라. 몇 번이나 왔었던, 긴 머리의 그 아이."

"은주일까?"

"그래 맞아. 은주였어. 이 근처에 왔다가, 들렸다고 하지만 네가 없으니까 잠깐 가게 쪽을 들여다보고 바로 돌아갔어."

　무의식적으로 현미는 계단에 올려놓은 다리를 내리고 있었다. 그리고 깨닫고 보니까 현관에서 신발을 신고 카메라 가방을 든 채 문을 뛰쳐나와 있었다. 지금도 현미는 그때를 때때로 생각한다. 만약 그때 자신이 눈치채지 않았다면 어떻게 되었을까? 크리스마스 노래의 소년처럼 얼굴을 가린 그 산타클로스가 자신의 아버지라는 사실을 몰랐다고 한다면 어떻게 되었을까? 한밤의 골목을 서두르며 달리는 현미의 머릿속에는 어린 시절부터 무서운 추억이 마치 빨리 돌아가는 영화의 필름처럼 확실하게 되살아나고 있었다. 때때로 소음을 섞으면서 큰 화면이 머릿속에 가득해지기도 했다. 처음에 이상하다고 느낀 것은 초등학교 3학년 무렵이었다. 아버지는 왜 내 알몸을 사진으로 찍는 것일까? 왜 다리를 벌리라고 시키는 것일까? '아름답다.'라는 건 무슨 뜻일까? 하지만 그런 의문을 입으로 말한 적은 한 번뿐이었다. 현미가 그것을 물어본 날 밤, 어머니가 평소보다 심하게 아버지에게 맞았다. 복도의 어둠에서 그 모습을 지켜보고 있던 현미는 지금 행해지고 있는 어머니에 대한 무자비한 폭력이야말로 자신이 아버지에게 던져 버린 질문과 그의 모호한 대답이 원인이라고 생각했다. 문득 어둠이 가라앉은 눈으로 공기를 노려보던 아버지를 머릿속에서 그려 보았다. 그것은 거의 본능적이었다. 구체적으로 무엇이 어떻게 연결되는지, 그때의 현미는 몰랐다. 그러나 그 모든 것들이 서로가 상호 관계가 있는 것은 이해할 수 있었다. 그리고 다시는 그런 질문을 하지 말아야 한다는 사실을 느낌으로 알았다.

　어머니에 대한 폭력은 그 조금 전부터 시작되고 있었다. 현미가 사진을 찍히기 시작한 건 초등학교를 입학했던 시절이다. 술로 가족을 괴롭히는 아버지는 마흔을 앞두고 당뇨병을 앓고 있었다. 물론 당시의 현미는 당뇨가 무슨 질병인지 몰랐다. 한밤중에 아래층에서 들려오는 싸움하는 소리에서 아버지가 내뱉는 말은 자신을 '쓸모없게 되어버렸다'라고 말했던 의미도 몰랐다. 당뇨병에 의해 아버지는 성적 기능 불능에 빠져 있었다. 이러한 사실들은, 성인이 되고 나서 처음으로 어머니가 현미에게 털어놓았던 이야기였다. 어머니는 전혀 저항하지 못했었다. 항상 아버지 손의 움직임에 따라 머리가 이리 끄덕 저리 끄덕거리며 맞고 있을 뿐이었다. 두 눈은 얇은 장막이 쳐진 것처럼, 멍하니 있었다. 그 눈과 같은 자기 눈을 현미가 거울 속에서 발견한 것은 중학교에 입학했을 무렵의 일이다. 저항할 수 없는 폭력 앞에서 어머니와 현미와 민수 모두 같은 눈을 하고 있었다.

　아버지 앞에서 현미는 여전히 옷을 벗고 있었다. 자신 안에 싹 트고 있던 여자의 수치심을 필사적으로 눈치채지 못한 척하고 앉아 무릎을 안고 다리를 벌려야 했다. 그 일에 대해서 아버지에게도 현미에게도 아무 말도 하지 않는 어머니가 더욱 미웠다. 너무나 싫었다. 아버지보다도 더욱 미웠다. 모든 걸 알고 있으면서 어머니는 조금도 현미를 도와주려고 하지 않았다. 현미도 어머니에게 호소하는 일은 할 수 없었다. 그렇게 생각했을 뿐으로 지금까지 가장 심하게 맞았을 그때의 초라하게 외치는 찌들은 어머니의 숨결이 귓속에서 언제나 어디서나 들렸다.

　현미의 마음이 모든 일로부터 해방할 수 있는 순간은 도화지를 향해 앉아서 유치원 시절부터 좋아했던 그림을 그리고 있을 때뿐이었다. 그 시간만을 의지해서 매일을 살고 있었다. 처음 현미가 아버지에게 저항한 것은 중학교를 졸업하기 직전의 일이다. 언제나처럼 현미의 방에 올라와 카메라를 가방에서 꺼내려고 하는 아버지에게 현미는 얼마 전부터 준비했던 말을 퍼부었다. '이제 나는 당신에게 몸을 보이지 않을 것이다.' 이제는 어머니도 때리게 할 수 없으니 그 일을 말릴 수 없다면, 자신은 목숨을 끊겠다. 언제든지 죽을 수 있다. 어머니를 위한 저항이었다. 자신을 위해, 그리고 민수를 위한 저항이었다.

 처음 보는 사람처럼, 아버지는 방의 반대편에서 현미를 바라보고 있었다. 대단히 긴 시간이었다. 현미의 다리가 떨렸다. 입술이 떨렸다. 더는 서 있을 수 없다고 생각했다. 그때 아버지가 표정을 바꾸었다. 점토를 일그러트리기라도 한 듯이, 양 뺨을 끌어 올리며 웃는 듯이 보였다. 그리고 아무 말도 하지 않고 방을 나갔다. 그날부터 어머니에 대한 폭력은 그쳤다. 현미가 사진, 찍히는 일도 없어졌다. 그러나 그때부터 현미는 아버지가 더욱 무서워졌다. 아버지는 항상 깊고 깊은 어디까지나 이어지는 구멍 같은 눈으로 현미를 바라보고 있었다. 그리고 그 구멍 안에는 바위의 균열에서 뿜어내는 독가스처럼 시커먼 가스가 가득 채워져 있는 듯이 보였다. 어머니도 그것을 느끼고 있었을 것이다. 폭력은 그쳤어도 어머니의 두 눈에서 두려움의 장막이 시야에서 벗겨져 나가는 것은 아니었다.

 어두운 골목을 돌아, 현미는 정신없이 은주와 아버지의 모습을 찾았다. 숨이 끊어질 듯했다. 조바심과 곤혹스러움으로 아무것도 생각할 수도 없었다. 무릎이 흔들려서 걸을 수가 없었다. 옆의 콘크리트 담에 손을 대었다. 고개를 숙이니까 차가워진 뺨으로 눈물이 흘러내렸다. 뭔가를 울부짖는 듯한 소리를 들었다고 생각한 건 그때였다. 얼굴을 올렸다. 칠흑 같은 어둠 속에서 눈으로 확인할 수 있는 최대한의 거리에 아버지의 뒷모습이 있었다. 등을 구부리고, 아버지는 멀리서 곧 어둠 속으로 사라졌다. 현미는 콘크리트 담장을 따라 걸음을 재촉했다. 한참을 가다 보니까 벽에 벌어진 틈이 손으로 느껴질 정도인 벽을 손으로 더듬으며 녹이 슨 철 대문이 있는 곳에 도착했다. 아버지는 지금 여기에서 나온 것일까? 시험 삼아 대문을 손으로 밀어 보았다. 얼음 같은 감촉의 대문은 비명 같은 소리를 내며 열렸다. 방금 들었던 소리와 똑같았다. 현미는 대문의 틈새로 주위를 둘러보았다. 기억이 있는 장소였다. 거기는 폐공장이었다. 이전에 금속 가공 업체가 사용하고 있었지만, 현미가 중학교에 들어갔을 무렵에 조업을 중단했다. 현미는 공장에 접근하여 입구를 찾았다. 그리고 곧 발견했다. 양문형 문은 한쪽 경첩이 망가져서 비스듬히 서 있고 열쇠가 걸려 있지 않았다.

"은주야."

문틈으로 들어가며 불렀다. 새까만 기름을 흘려보낸 듯이 이 세상 그 무엇도 보이는 걸 거부하는 듯한 어둠이었다. 대답은 없었다. 현미는 손으로 더듬으며 어둠 속으로, 점점 빨려 들어가듯이 엉금엉금 한발씩 내디디며 들어갔다. 발밑에서 뭔가가 걷어차였다. 발끝으로 통증이 전해져왔다. 금속 부품인지 또는 공구 같은 것이었다. 콘크리트 바닥에 그럴듯한 쇠붙이가 굴러가는 소리가 났다.

"은주야."

다시 한번 크게 불러 보았다. 역시 대답은 없다. 눈앞에는 무언의 어둠이 퍼지고 있을 뿐이었다. 아니 지금 희미하게 소리가 들리는 듯했다. 그러나 현미의 부름에 대답한 건 아니었다. 의도적으로 소리 낸 것도 아니고, 입으로부터 새어 나온 소리이었다. 울음소리였다. 흐느끼는 소리였다.

"은주야."

불러 보았지만, 어둠 속에서 돌아오는 건 역시 울음소리뿐이다. 그래도 방향만은 어떻게든 짐작할 수 있었다. 양손을 앞으로 내밀고 한발씩 바닥을 더듬으면서 현미는 그쪽으로 움직였다. 사용되지 않는 큰 기계들의 윤곽이 주위에 까맣게 들떠있는 듯이 보였다. 은주는 도대체 어디에 있는 것일까? 그다지 먼 곳은 아니다. 점점 가까이 다가오고 있다. 정면이다. 아마도 똑바로 앞에 은주는 있다. 울음소리는 그곳에서 들려오고 있었다. 그러나 정확한 위치는 알 수 없다. 손전등, 라이터, 현미는 아무것도 가지고 있지 않았다.

　그때 더듬으며 앞으로 나가는 현미의 어깨에서 가방이 흘러내렸다. 순간적으로 손잡이를 잡았다. 가방의 딱딱한 느낌이 허리에 부딪혔다. 그렇다. 카메라다. 자신은 지금 카메라를 가지고 있다. 현미는 카메라를 꺼내서 가슴 앞으로 들었다. 두 눈을 크게 뜨고 꿀꺽 침을 삼켰다. 작게 떨려오는 손가락으로 셔터를 눌렀다. 루돌프의 빨갛게 빛나는 코처럼 카메라 플래시는 앞의 광경을 밝게 떠오르게 했다. 그러나 순식간에 사라진 그 광경 속에서 자신의 바로 앞에 있는 은주의 모습을 볼 수 있었다. 묶여 있는 은주. 절대로 사람에게 보이고 싶지 않은 모습으로 쓰러져 있는 은주였다. 머리에 새겨진 그 자리까지 현미는 천천히 다가갔다. 드디어 바로 옆에 은주가 누워있는 것이 희미하게 보여왔다. 현미는 꿇어앉아서 그녀의 몸을 만졌다. 그 순간, 은주의 울음소리가 봇물이 터지듯이 높아져 갔다. 현미가 불러도 그녀는 단지 큰 목소리로 울기만 했다. 그녀의 양팔을 묶은 밧줄을 풀지 않으면, 안된다. 그러나 그 밧줄이 어디에 어떻게 연결되어 있는지 알 수 없었다. 양손으로 더듬어서 살펴보았지만, 그것은 겹겹이 감겨있어서 매듭의 위치를 알 수 없었다.

　"미안해, 미안해, 은주야."

　현미는 다시 카메라를 들고 셔터를 눌렀다. 눈앞에 순간적으로 떠오른 밧줄의 모양을 현미는 단단히 확인했다. 앞에는 매듭이 없었다. 현미는 은주를 뒤로 돌렸다. 마지막 셔터를 눌렀다. 허리 뒤로 묶인 손목 둘레에 매듭이 있었다. 현미도 은주만큼 큰 소리로 울면서 필사적으로 그 매듭을 풀었다. 자신의 탓으로 이런 일이 일어났다. 깜깜한 폐공장 한구석에서 현미는 은주에게 모든 것을 말했다. 밤길 은주와 남자를 보았던 일. 그러나 그때는 남자가 아버지라고 생각하지 못했던 일. 집에서 어머니에게 이야기를 듣고 집을 뛰쳐나온 일. 아버지의 못

된 버릇으로 자신이 초등학교 시절부터 당했던 일 등이었다. 은주는 아버지의 일은 경찰에 신고하지 않겠다고 말했다. 경찰이 이것저것 묻는다면 더욱 견딜 수 없을 것이라고 했다. 그녀는 풀어진 밧줄을 붙들고 갑자기 현미의 얼굴을 때렸다. 그리고 더러운 바닥에 쓰러진 현미에게 다시 자신 앞에 모습을 보이지 말라고 말했다. 은주는 그로부터 재빨리 전학을 해버렸다. 담임 교사가 교실에서 설명한 '이사'라고 하는 건 실은 거짓말이었다. 여러 번 현미는 그녀의 집 앞까지 간 적이 있었다. 은주는 가족과 함께 거기에 살고 있었다. 한 번만 다른 학교의 교복을 입고 대문을 나오는 은주를 보았다. 이후 그녀와는 만나지 못했다.

민수에게 사진을 들켜 버렸을 때도 현미는 그 어떤 변명도 할 수 없었다. 중학교 때까지 자신이 아버지에게 당했던 수치를 민수에게만은 털어놓을 수 없었다. 그래서 현미는 그냥 고개를 숙이고 이별을 받아들일 수밖에 없었다. 은주가 담긴 필름을 카메라에서 분리해서 처분해야 했었다. 자기의 바보 같은 행동에 현미는 얼마나 많이 울었는지 모른다. 그러나 이제는 어쩔 수 없었다. 은주의 사진보다 전에 찍은 민수의 스냅 사진을 버리게 되는 것이 안타까웠었다. 그렇다고 해서 필름을 가게 현상기에 걸어 버리면, 은주의 모습까지 현상되어 버린다. 그것은 한 순식간이라도 자신의 눈으로 보는 것이 현미는 두렵고 무서웠다. 어떻게 해야 할지 몰라 결국 필름은 그 카메라에 넣은 채로이었다. 그 필름을, 민수가 현상해서 보고 말았다.

아버지하고는 아무 말도 하지 않았다. 마음속으로 현미는 아버지를 지웠다. 고등학교를 졸업할 때까지의 날들을 고향에서 아버지 집에서 보낼 수밖에 없었다. 그리고 서울로 떠났다. 다음에 아버지의 얼굴을 본 것은, 집을 떠난 지 10년 만인 오 년 전이다. 그때 아버지는 뺨이 꺼지고 피부가 하얗게 되어 나무 상자에 들어 있었다. 죽을 때도 아버지는 누구의 이름도 찾지 않은 듯했다.

"무슨 일이야?"

남편의 말에 현미는 오랜 추억에서 빠져나와 고개를 들었다. 자신도 모르게 뺨이 눈물로 젖어 있었다. 택시는 이제 호텔 가까이 다가가고 있었다. 운전석 라디오는 벌써 다른 곡으로 바뀌고 있었다.

"미안해, 괜찮아. 정말 괜찮아. 아무것도 아니야."

현미는 백에서 손수건을 꺼내 뺨에 흐른 눈물을 닦았다. 택시는 호텔의 정문으로 미끄러져 들어갔다. 창의 빗물 방울과 눈물로 현관 입구 옆의 크리스마스트리가 확실하지 않고 흐릿하게 보였지만 아름다웠다.

"손님, 몸 상태가 안 좋으신가요?"

목을 펴고 드라이버는 룸미러 너머로 현미를 보았다.

"만약 안 좋으시다면 호텔 매점에서도 약을 팔고 있어요."

그때 남편이 외쳤다.

"야. 아, 당신."

순간적인 묵직한 충돌음과 거의 동시에 날카로운 브레이크 소리가 울려 퍼졌다. 소리도 내지 않고 현미는 숨을 들이쉬고 앞 유리창을 보았다. 호텔의 로고가 들어간 우산이 공중으로 떠올랐다. 현실이 아닌 듯한 이상한 광경이었다. 우산은 유난히 느긋하게 느린 움직임으로 흔들면서 흔들리면서 젖은 땅으로 떨어져 내렸다. 거기에는 한 사람의 그림자가 쓰러져 있었다. 허리둘레가 이상한 각도로 구부러지고 꿈쩍도 하지 않았다. 주위에서 사람들이 모여들었다. 운전석에서 양손으로 입을 막고 운전사는 뭔가 들리지 않는 말을 연거푸 외치고 있었다. 커다란 크리스마스트리의 꼬마전구 장식의 불빛이 땅에 떨어진 우산과 사람 위를, 색을 바꿔 가며 비추고 있었다.

여섯 시까지 앞으로 십오 분이 지나면, 호텔의 로비에 점점 알아볼 수 있는 얼굴들이 모여들기 시작할 것이다. 남편과 웃는 얼굴로 말을 주고받으면서 현미는 때때로 정문 쪽을 돌아본다. 방금 드라이버는 괜찮을까? 자신이 뒤에서 말을 시킨 탓에, 충돌 사고가 생겨 버려서 미안했다.

"아까 그 운전기사 어떻게 되었을까?"

현미가 걱정스러운 듯이 작은 목소리로 말하자 남편이 작게 웃었다.

"글쎄, 호텔에서 변상하지 않으면 안 되겠지."

"그래요, 반드시 부담할 거야."

"우산까지 일부러 들어주고 젖지 않도록 하고 있을 정도니까"

그 플라스틱 산타클로스는 한 손에 가방을 메고 한 손에는 호텔의 로고가 들어간 우산을 들고 있었다. 그 옆구리를 택시가 힘차게 들이박았다.

"분명히, 작년에도 그랬었잖아. 저 산타클로스, 역시 그때도 우산을 쓰고 있었어."

말하고 나서 남편은 문득 심각한 얼굴로 현미 재킷의 소매를 잡았다.

"그곳 혹시 재수가 나쁜지도 모르겠다."

무슨 말일까? 의미를 물으려고 했지만, 그 전에 현미는 깨달았다. 작년의 동창회 날, 남편은 같은 장소에서 산타클로스와 같은 재난을 당한 것이다. 무엇보다 그때 그에게 부딪쳐 온 것은 택시가 아닌 셔틀버스에서 내린 손님의 짐을 실은 핸드카이었다.

"그때의 웨이터도 상사에게 엄청나게 혼났겠지?"

"그럼, 모두에게 재수가 없었네. 웨이터, 택시 운전기사, 당신, 산타클로스까지"

일 년 전, 남편이 자신의 친정에 왔을 때를 현미는 생각했다. 그때는 정말 놀라웠다. 혼자 카메라 가게의 경영을 계속하고 있는 어머니가 약간 몸이 안 좋았기에 현미는 동창회의 전날부터 고향 집에 묵고 있었다. 나갈 준비를 하고 완전히 늙어버린 엄마와 거실에서 차를 마시며 옛날이야기를 하고 있었다. 그때 누군가 갑자기 현관의 초인종을 누르는 소리가 들렸다. 민수가 서울에서 동화 작가가 된 것은 이전부터 알고 있었다. 민수라는 이름을 먼저 잡지에서 볼 때 혹시나 하는 생각에 친분이 있는 편집자를 통해 프로필을 알아봐 달라고 부탁했었다. 역시 민수는 그리운 소년, 그 민수이었다. 민수는 아직도 혹시 마음 어딘가에 자신을 남겨주고 있었을지도 모른다고 생각한 현미는 기뻤다. 우연이고 민수와 완전히 인연이 끊겼다고 해도 마음이 따뜻해졌다. 연락하고 싶다고 생각한 적은 한 번도 없었다. 그러나 그 사건의 진상을 현미 쪽에서 털어놓을 수 없는 이상 연락한다 해도 거절될 뿐이라고 생각했다. 그래서 현미는 민수의 책이나 그의 인터뷰 등이 게재된 잡지를 어렸을 때 자신들이 만들었던 그 그리운 그림책과 함께 늘어놓고 바라보는 나날을 보내왔었다.

그런데 그 사건을 꺼낸 건 동창회 날 뜻밖에 찾아온 민수였다. 그날 연거푸 현미에게 물었다. 언젠가의 그 사진은 가지고 있던 카메라를 라이트 대신 사용한 것이 찍힌 것이 아닌가? 현미는 사실, 은주를 구하려고 간 것이 아닌가? 그렇다면 그녀에게 그런 일을 한 사람은 누구인가? 등등이었다. 그날 동창회가 끝난 후 천천히 시간을 들여, 현미는 고교 시절의 사건을 정직하게 말했다. 그 이전의 일까지 모두 감추지 않고 털어놓았다. 민수는 울었다. 현미도 울었다. 길고 긴 밤이었다.

"어이, 작가 선생님"

상민이 남편에게 말을 걸어왔다. 그리고 현미에게 얼굴을 돌렸다.

"상민이, 조금 야윈 것 같은데?"

"이제 비만도 걱정되는 나이니까 매일 밤 달리기를 하고 있을 정도야."

상민은 자랑스럽게 입술 끝을 올린다. 불필요한 지방이 없어지고 작년 동창회 때보다도 얼굴 생김새가 더욱 돋보였다.

"민수는 여전히 살이 찌지 않는구나. 작가라면 잘 움직이지 못하고 계속 책상 앞에서 글만 쓰고 있잖아?"

"그래도 최근에는 살이 좀 붙은 거야."

"아, 그건 부인의 요리가 맛있다는 증거겠지?"

상민은 일부러 굵은 눈썹을 올리며 현미와 민수를 교대로 바라보며 짓궂게 말했다. 상민의 농담이 부담되고 부끄러워 현미는 화제를 바꾸었다.

"작년의 동창회도 비가 왔었잖아. 여름도 아닌데 비가 오는 건 총무인 상민이 네가 비를 부르는 남자기 때문이 아니야?"

어느새 상민 뒤로 동창들이 하나둘 모여들고 있었다. 왠지 정렬하는 느낌으로, 모두 현미와 민수를 둘러싸고 있었다.

"미안, 내가 속였다. 동창회가 아니야. 오늘은 너희들의 축하 파티야. 이봐 여름에 너희가 보내준 결혼 통지에 식은 하지 않는다고 썼던 것, 그래서 우리 마음대로 결혼 축하의 자리를 만들자고 생각했어."

두 사람의 눈치를 보면서 상민은 설명했다. 뒤에 늘어선 동창들도 현미와 민수의 반응을 걱정하고 있는 듯이 모호한 표정이었다. 현미는 무심코 민수를 바라보았다. 민수도 몰랐던 듯이 눈을 동그랗게 뜨고 있었다.

"이상하다고 생각했어. 매년 연속해서 동창회를 한다는 것이"

민수가 중얼거리듯이 말하였다. 뒤에서 상민이 엄지손가락을 올리며 말했다.

"말해 두지만, 곤란하다고 해도 곤란하다. 이미 우리는 현수막도 준비해 버렸으니까"

"현수막이라고?"

"아니 내가 아니야. 기획한 사람은 내가 아니라 저 녀석이야."

상민이 턱으로 가르친 앞을 보고 현미는 매우 놀랐다. 예전에 비해 다소 통통해졌지만, 거기에 서 있는 사람은 틀림없이 은주였다. 지난 동창회에 그녀는 오지 않았었다. 악동처럼 웃고 있었지만, 분명히 어른이 된 은주가 있었다.

"현미와 민수가 결혼했다고 들었어. 축하해야지 내가 아니면 누가 생각하겠어."

"은주야."

말이 나오지 않았다. 당황하는 현미에게 은주는 살며시 다가왔다. 그리고 귓가에 현미에게만 들리는 목소리로 빠르게 속삭였다.

"나 때문에, 어쩌면 너희가 결혼조차 할 수 없는 게 아닌가 하는 생각이 들어서 얼마나 걱정했는지 알기나 하니?"

그렇다. 은주의 말은 잘못되지 않았다. 현미는 자신의 잘못으로 자신의 아버지 탓으로 그런 두려움과 슬픔을 짊어져 버린 은주에게 계속 속죄하면서 살아왔다. 그래서 민수와 결혼하는 것이 정해졌어도 화려하게 결혼식이나 축하의 자리를 마련하지 않으려고 생각했었다.

"아, 일단 소개해 둔다. 이 사람은 나의 남편이야."

은주는 옆에 선 남자의 소매를 잡아당겨서 현미 앞에 끌어냈다. 그는 누구일까? 중세적인 얼굴의 꽤 미남이다. 상민이 옆에서 그의 어깨에 손을 올려놓고 말했다.

"이봐 이 녀석, 우리와는 한 번도 같은 반이 되지 않았지만, 준기야. 준기, 이름만은 언젠가 얘기한 적 있었지?"

그렇다. 뭐라는 성인지는 기억하고 있지 않지만, 분명히 다른 클래스에 있었다.
"결혼했어?"
뜻밖의 일에 현미가 그렇게 반응하고 윙크하는 것이 고작이었다. 분위기가 무르익은 술자리에서 은주에게 들은 바에 의하면, 준기는 은주가 전학 후 갑자기 그녀의 집을 찾아와 마음을 털어놨다고 했다. 상민에게 들어서 알고 있었던 것 같았다. 은주는 그렇게 말했다.
"그래서 내가 걱정되어서 집에까지 찾아왔다고 하더라고. 걱정해 주는 가운데 정이 들고, 나도 좋아하게 되어 버린 거지."
벌써 초등학생 딸도 있다고 했다. 너의 아버지 얘기는 남편에게 하지 않았다고, 은주는 현미의 등허리를 살짝 두드리며 말했다. 그 행동은 그녀가 고등학교 때 잘 보여주었었다. 현미가 어두운 얼굴을 하고 있을 때, 현미가 약간의 일로 고민하고 있을 때, 은주는 항상 이렇게 등허리를 부드럽게 두드려 주었었다.
"자아, 슬슬 시간이네. 자 자리를 옮겨야지."
상민이 말했으므로 현미는 민수에게 오른손을 뻗어 잡았다. 왼팔을 들어 올려 현미의 손을 받았다. 다른 전원을 선도하듯이 앞장서서 두 사람이 복도를 걸어서 웨이터가 문을 열어주는 회장 안으로 들어갔다. 정면에 놓인 단상에 "결혼 축하합니다!" 현수막이 걸려 있었다. 옛 급우들은 파티장에 왁자지껄하게 퍼져 기다리고 있었다. 상민이 웨이터에게 지시하고, 각각의 손에 글라스가 들렸다. 상민이 큰 소리로 건배사를, 외치기를 모두가 기다리고 있었다. 잔을 높이 높이 들어 올리면서 건배를 외쳤다. 화려한 공기가 가득 퍼졌다. 방금, 전부터 뜻밖의 전개뿐이었다. 그러나 현미의 마음은 이상하게 조용했다. 그것은 난생처음으로 느껴지는 바람직하게 평온한 마음이었다.
지금까지 그토록 가슴 한구석에서 근심과 불안을 키우던 마음의 짐들이 사라져 없어져 준 것일까? 결국 그렇게 되어 준 것일까? 현미는 민수의 얼굴을 바라보았다. 민수는 이미 상민에게 맥주 두 잔째 따라 주면서 현미에게 고개를 끄덕였다. 그때 회장의 창밖에서 무언가가 순간적으로 밝게 빛나는 빛이 터졌다. 분명 누군가가 기념 촬영 플래시를 터트렸을 것이다.

함무라비 법전 이후
가족의 정의를 묻다

함무라비 법전 이후 - 가족의 정의를 묻다

이 작품은 겉으로는 평화로운 일요일을 배경으로 시작되지만,
서서히 드러나는 갈등과 관계의 균열을 통해 인간관계의 복잡성과 불완전함을 드러낸다.
이야기의 중심에는 화자(아버지)와 의붓딸 현주가 있다. 표면적으로는 사소한
일상적인 대화와 유머가 오가지만, 그 밑바닥에는 의심, 결핍, 과거의 그림자가 교차한다.
현주는 성숙한 사고방식과 날카로운 통찰을 지닌 아이로,
사건의 진실을 파악하려는 주체로 기능한다.
그녀의 추론과 질문은 표면 아래 감춰진 진실 엄마 미숙과 다른 남자 즉 자신의
친부 사이의 관계 가능성을 드러내는 계기가 된다.
이야기는 점차 가족의 역사, 전 남편과의 관계, 부성의 의미,
그리고 누가 진짜 가족인가라는 질문으로 확장된다.
작품의 미덕은 사건의 본질을 단정하지 않는 데 있다.
미숙의 부재와 한성수의 등장이 불륜이었는지, 단순한 오해였는지는 끝내 확정되지 않는다.
대신 작가는 가능성과 의심의 영역에 독자를 머물게 하며,
그 속에서 가족이란 무엇인가를 묻는다.
특히 인상적인 것은 화자와 현주 사이의 호흡이다.
두 사람은 마치 파트너처럼 사건을 조사하고 결론에 도달하려 하지만,
그 과정에서 서로에 대한 신뢰와 보호 본능이 드러난다.
아이를 향한 보호 욕망은 과거 폭력적인 아버지로부터
자신과 어머니를 지키려 했던 화자의 경험과 맞물린다.
서사의 말미, 현주가 친부를 향해 팔꿈치를 날리는 장면은 복합적 의미를 가진다.
단순한 폭력 행위가 아니라, 과거에 대한 응답이자
자신과 현재 가족(의붓아버지)을 지키려는 선언이다.
이 장면에서 가족의 결속은 혈연이 아닌 선택과 의지로 구축될 수 있음을 상징한다.
결국 이 작품은 가족이라는 이름으로 묶여 있지만 서로의 속내를 다 알 수 없는 사람들,
그들 사이의 불신과 유머, 상처와 화해를 다룬다.
작가는 사건보다 관계의 미세한 떨림을 세심하게 포착함으로써,
평범한 일상에서 숨은 인간 심리의 심연을 그려낸다.

올려다본 하늘은 매우 눈이 부셨다. 그렇지만, 십일월의 약한 햇살은 눈이 아프다고 할 정도는 아니었다. 나는 누운 채 뒹굴뒹굴하며 유리창 너머로 화창한 하늘을 올려다보았다. 여기에서 살기 시작한 지 어느덧 1년이 되었지만, 처음 이사 들어올 때 주인이 신경을 써주어서 바꿔 준 실내의 벽지나 바닥 장판지는 매우 마음에 들었다. 날씨가 좋은 일요일 낮, 자가는 아니지만, 세 식구가 살아가기에는 전혀 부족함 없는 일반 주택이다. 작은 마당도 있고 세 식구가 모여 앉아서 식사할 수 있고 차를 마시고 텔레비전을 보며 서로의 이야기를 나눌 수 있는 거실과 넓은 안방과 중간 크기의 방과 서재로 쓸 수 있는 방이 있는 아담하고 쓸모없는 공간이 전혀 없는 매우 햇빛이 잘 드는 살기 편한 집이다. 무엇을 고민하는 일도 없이 그냥 아무 생각 없이 하늘을 올려다보고 있었다. 그렇게 평범한 서른다섯 살 미래 자신의 삶을 상상조차 하지 않고 단조롭고 평화롭게 하루하루를 살아가고 있었다. 나는 1년 전까지 살던 원룸을 생각해 보고 있었다. 도대체 그 방에서는 어떤 하늘이 보였었는지 기억해 낼 수 없었다.

"무슨 생각을 하고 있어요?"

현주는 내 눈앞으로 얼굴을 디밀고 들여다보며 말했다.

"하늘을 보고 있었어."

"하늘이요?"

현주는 내 옆으로 벌렁 누웠다.

"정말이네요. 하늘이 보이네요"

나의 말이나 현주의 말투가 조금 어색하기는 했다. 아버지와 딸의 관계를 시작해서 아직 일 년밖에 되지 않았다. 그래서 너무 익숙한 것이야말로 부자연스럽다고 생각한다.

"현주, 어디론가 우리도 놀러 갈까? 동물원이나 수족관 라든지, 날씨도 좋은 일요일인데."

나는 옆의 현주를 곁눈질로 바라보면서 말했다.

"일요일 정도는 집에서 여유롭게 충분히 쉬는 것이랍니다."

중학교 1학년 아이답지 않지만, 한편으로는 매우 현주다운 말투에 나는 웃음이 나왔다. 그리고 잠깐 침묵을 지키며 현주와 맑게 펼쳐진 하늘을 올려다보고 있었다. 좋은 일요일이라고 나는 생각했다. 졸리 울 정도로 온화하고 쑥스러워질 정도로 충분히 기분이 좋은 일요일이었다.

"정말 기분 좋은 일요일이네요."

현주가 내 옆에서 입을 크게 벌리고 하품했다.

'현주' 그 이름을 처음 들었을 때는 미숙과 처음 몸을 섞었을 때였다. 그때까지 나는 미숙에게 아이가 있는지조차 몰랐다. 우연히 들어간 노래주점에서 만났고 그날 밤 영업이 끝날 때까지 기다렸다가 함께 하룻밤을 새웠다. 그냥 하룻밤 스쳐 지나가는 여자였었다. 나는 여자의 지금까지의 인생도 앞으로의 삶에도 전혀 관심이 없었다. 단지 그것뿐이었다. 거친 숨을 섞고 난 뒤 침대 위에서 나온 이야기는 자기 이름의 유래가 되었다. 그 계기까지는 기억나지 않는다. 나는 자신의 이름이 당시 옆집에서 길러지고 있던 개와 같은 이름이라고 하며 웃었다.

"무엇이든 좋았던 것 같아. 생각하는 것조차도 귀찮았으니까, 옆집의 개 이름을 그대로 붙였을 거야. 나는 일곱 번째 아들이었으니까 말이야."

"정말? 설마 그렇겠어?"

그런 이야기를 하면 대개 사람들은 그렇게 말하며 웃는다. 나도 그 이상 말을 하지 않지만, 나의 부모는 적어도 아버지는 그런 부모였다. 자기 아들에게 옆집

개 정도의 관심도 가지고 있지 않았었던 듯하다.

"좋은 부모님이네요."

그렇지만 그날 밤 미숙은 내 쪽으로 강아지처럼 몸을 붙이면서 그렇게 말했다.

"뭐가 좋다는 거야?"

조금 놀라서 되물었다. 나를 여자는 멀뚱멀뚱하게 바라보고 있었다.

"아무것도 기대하지 않기 때문에, 느긋하게 여유를 가지라는 그런 이름이 아녜요?"

그렇게 해석할 수도 있다고 생각한 나는 조금 놀랐었다.

"우리 딸은 현주예요."

내 옆구리 근처에 코를 대고 숨을 내쉬며 여자는 말했다.

"그 이름의 유래는 어떻게 되는 거야?"

"정직하게 말하면 너라는 소중하게 빛나는 보물이라는 뜻과 오래오래 널리 널리 행복하게 살라는 이름이어요. 딸이어요. 정말 착하고 똑똑한 아이예요."

그녀는 자신의 딸을 머릿속에 떠올리며 행복한 듯이 미소를 지었다. 여자는 잠시 후에 자신의 딸이 얼마나 똑똑한 아이인지 신나게 수다를 계속 떨었다. 처음 한 번밖에 만나지 않은 여자에게 아이의 이야기 듣게 되면 보통은 흥미가 없어지고 따분할 것이다. 그렇지만 그때의 나는 그렇게 느끼지 않았다. 좋은 여자라는 생각이 들었다. 정말 좋은 엄마라고 생각하였다. 그리고 갑자기 그녀의 모든 걸 알고 갖고 싶어졌다. 그 반년 후에 나는 프러포즈를 하고 그다음 달에는 두 살 연상녀의 남편이 되어, 열세 살 소녀의 아버지가 되었다. 처음 만났을 때부터 미숙의 말대로 정말 좋은 아이라고 생각했다. 함께 살아 보니까 미숙의 말보다 현주는 더 똑똑하고 착한 아이였다. 아이들에 대해서는 아무것도 몰랐던 나는 최근 중학생이라는 아이들이 모두 이렇게 어른스러운 것일까? 하고 단순하게 생각했다. 하지만 주변 사람들에게 이야기해 보면, 역시 현주가 특별한 아이였다.

"자, 그럼 우리 점심이라도 먹으러 나가 볼까요? 햄버거나 피자 어때?"

옆에 뒹굴고 있는 현주를 곁눈질로 보면서 나는 말했다.

"햄버거나 피자는 안 돼요. 콜레스테롤 덩어리예요."

라고 말하며 현주는 나에게 손가락을 뻗었다.

"아버지 배가 출렁출렁해요."

현주가 내 배를 찔렀기에 나는 자신의 배를 어루만졌다. 본격적으로는 아니더라도 시간이 생기면 운동하던 것도 2~3년은 하지 않고 있었다. 요즘 1년 동안의 나밖에 모르는 현주는 출렁거리는 배밖에 모른다. 아버지의 위엄을 유지하기 위해서도 지금이라도 운동을 시작할까? 나는 심각하게 생각했다.

"그럼, 짬뽕은 어때요?"

오늘 미숙은 고등학교 동창회에 나갔다. 무슨 생각인지 점심밥이라고 카레를 만들어 놓고 간 듯했다. 집안일 대부분은 현주가 맡고 있었다. 반년에 한 번 정도로 미숙이 갑자기 요리를 만든다. 그 모두가 매우 독창성 넘치는 맛이었다. 오늘의 카레가 어떤 맛인지는 모르겠지만, 그것을 저녁 식사로 돌리면 현주의 수고도 줄어들 수 있다. 대부분 재난이라고 할 정도로 미숙의 요리 솜씨 정도는 아니지만, 내 요리도 사람에게 먹일 수 있는 음식이 아니었다. 모녀 두 사람만 살아가고 있을 때부터 살아온 습관대로 흘러가는 대로 가사의 전반을 현주에게 맡겨 버리고 있다. 그야말로 일요일 정도는 현주를 쉬게 해주고 싶었다.

"카레 좋아요. 엄마가 말했을 때 낮에는 카레라고 생각하고 있었기 때문에, 내 배가 카레를 기다리고 있어요. 그렇지만 엄마가 카레를 만들었다면 분명 카레의 맛이 아닐 게 분명해요."

현주가 진지한 얼굴로 고개를 끄덕이고 나는 큰소리로 웃었다.

"그럼, 카레를 따뜻하게 데울까요?"

나와 현주가 자리에서 일어나려는 순간 현관의 인터폰이 울렸다. 이상한 교회의 선교하는 사람이나 외판원이라고 생각하고 현주를 그대로 주방으로 가게 하고, 나는 현관문을 열었다. 거기에는 현주 또래의 소년과 아버지로 생각되는 남자가 서 있었다. 내 모습을 보고, 놀란 듯이 부자는 함께 조금 몸을 뒤로 뺐다.

"무슨 일이십니까?"

나는 될 수 있는 한 부드러운 어조로 천천히 물었다. 어린 시절은 차치하고, 신장의 성장이 끝난 후부터는 다른 사람들에게 내려다보였던 기억은 거의 없었다. 현주가 말했던 출렁출렁한 배도 옷으로 가리면 잘 모른다. 그보다 앞으로 내민 앞가슴 때문에, 살찐 것처럼 보이지 않을 것이다. 이렇게 낳아달라고 부탁했던 기억도 없다. 그렇게 보이도록 노력해 본 적도 없었다. 결코 좋은 인상의 얼굴은 아니다. 요컨대 나는, 체격이 좋고, 인상은 매우 나쁘다. 나쁜 생각이 아니라도 그 자리에 있는 것만으로도, 사람을 협박하는 얼굴이었다.

증권 회사의 명함을 상대에게 건네면 대개 상대는 명함과 내 얼굴을 잠시 의심스럽게 번갈아 보는 사람이 많다. 나는 어린 시절부터 열심히 연구한 끝에 찾아낸 것이 있었다. 가능한 한 좋아 보이는 표정을 만들어내려고 열심히 노력했다. 그것도 그다지 효과는 없었던 것 같다. 이전, 미숙에게 그런 표정은 그만두는 편이 좋다고 주의받은 적이 있다. 나로부터 생각해 보면 힘껏 붙임성 있는 표정이라고 생각해서 만든 표정이었다. 미숙의 말에 따르면 그것은 먹이를 찾아내고 웃는 육식 동물을 연상시키는 듯하다고 했다. 지금 앞에 있는 두 사람도 그렇게 느꼈는지도 모른다. 아버지 쪽이 더욱 몸을 딱딱하게 긴장시키는 것처럼 느껴졌다.

"무슨 일이십니까?"

표정은 포기하고 그래도 최대한 정중하게 들리도록 말투만은 조심하면서 나는 물었다.

"아, 저는 김상식이라고 합니다."

"네에. 그런데요. 무슨 일이십니까?"

"현주와 같은 반의 김철호의 아버지입니다."

"아, 그렇습니까?"

나는 집안을 돌아다보고 현주를 불렀다. 무슨 일이냐는 듯이 가볍게 현관으로 나온 현주는 철호의 모습을 확인하고 표정이 굳어졌다. 철호를 노려보며 그대로 내 옆으로 다가와서 바짝 붙어 섰다.

"학교에서 금요일의 일 들으셨습니까?"

나는 현주를 내려다보았다. 현주는 철호를 노려본 채로 나에게는 눈을 맞추려고 하지 않았다.

"아뇨. 무슨 일입니까?"

그 아이의 아버지에게 시선을 되돌려 나는 정중하게 물었다.

"우리 철호가 댁의 현주에게 맞았다고 합니다."

철호 부친은 말하다가 바로 아니라고 하며 나를 향해 쑥스러운 듯이 손을 올리며 말했다.

"아이들의 싸움에 부모가 참견한다는 건 바보라고 생각합니다. 남자아이가 여자아이에게 맞았다고 남자아이의 아버지가 따지려고 온다는 것도 뭐랄까 한심한 이야기입니다. 단지."

아직 무언가를 말하려고 하는 그 아이의 부친을 나는 제압했다.

"때렸나요? 우리 현주가 댁의 아들을?"

따로 협박할 생각은 전혀 없었지만, 그 부친은 깜짝 놀란 듯이 내게서 시선을 돌려서 아들을 내려다보며 고개를 끄덕였다.

"때렸다는 건 주먹으로 입니까? 손바닥으로 뺨을 때린 게 아니고요?"

"에, 에"

그 부친은 눈을 들어서 나와 눈이 마주치자 또 아까처럼, '네에' 하면서 고개를 끄덕이며 '그렇지?'라고 아들의 어깨에 손을 얹었다. 아들은 겁에 질린 눈으로 나를 올려다보며 고개를 끄덕였다.

"현주, 정말입니까?"

나의 말투에서 내가 화가 나 있다는 걸 알았을 현주는 겁먹은 얼굴로 나를 올려다보며 고개를 끄덕였다.

"맨손으로 입니까? 주먹으로 입니까? 철호를 때린 건 뭘로?"

나는 확인했다. 현주는 또다시 끄덕였다. 끄덕이는 머리가 오를 때까지 기다리지 않고, 나는 손바닥으로 내리쳤다. 깜짝 놀랐을 것이다. '악'하고 외친 현주는 머리에 손을 대고 눈을 크게 뜨고 나를 올려다보았다.

"아, 아니, 아버님 그런 게……"

부친이 황급히 허둥대며 말했다. 철호는 멍하니 입을 벌리고 나를 바라보고 있었다.

"걱정하지 마세요. 지금은 그냥 버릇을 잡아주기 위한 것입니다. 복수의 분은 따로 있습니다."

"복수라고요?"

나는 고개를 신중하게 끄덕였다.

"눈에는 눈, 이에는 이입니다. 함무라비 법전 이후부터 인류의 상식입니다."

자, 염려하지 말고 맞은 만큼 우리 현주에게 어서 돌려주세요."

나는 현주의 등을 살짝 밀었다. 현주는 나를 올려다보았다. 내가 고개를 깊이 끄덕여 보이자, 현주는 거기에 있던 슬리퍼를 신고 순수하게 두 사람 앞으로 한 걸음 더 나아갔다. 두 사람을 올려다본 후 꼭 눈을 꼭 감았다.

"아, 아니, 하지만 거기까지는"

부친은 그렇게 말하면서 아들을 바라보았다. 아들은 그 자리에 있는 것이 매우 두렵고 무섭다는 듯이 겁먹은 눈으로 아버지를 바라보았다.

"아닙니다. 반성해 주면 우리는 그걸로"

그렇지? 라고, 또 부친이 아들을 내려다보았다. 이번에는 아들이 고개를 끄덕였다.

"그렇습니까?"

두 사람의 마음이 변하기 전에, 나는 재빨리 현주를 내 쪽으로 잡아당겼다.

"그럼 이걸로 안녕히 가십시오."

"잘못했습니다."

재빠르게 현주가 고개를 숙였다.

"아, 그래. 잘 있어라."

부친은 '그럼, 실례했습니다.'라고 하면서 아들의 손을 잡고 현관 앞에서 사라졌다. 현관을 닫으면서 현주가 큰 소리로 웃음을 뿜어냈다. 현주도 설마 정말 철호의 아버지가 철호에게 때리는 것을 허락하리라고 생각하지 않았다. 만일 그렇게 되면 나는 철호가 때리기 전에 철호의 팔을 비틀어 올렸을 것이다. 현주가 눈앞에서 철호에게 맞는 걸 가만히 보고 있다? 있을 수 없다. 내가 현주에게 고개를 끄덕인 건 절대로 그렇게 놓아두지 않겠다는 뜻이었다. 현주에게도 나의 의사가 통했다. 그렇지만, 현주가 친구를 때린 그 자체는 웃어, 넘길 일은 아니었다.

"웃을 일이 아니거든. 아빠는 지금 몹시 화가 난다. 정말로 주먹으로 때렸나요?"

나는 엄하게 물었다.

"잘못했어요."

"아무 이유도 없이 때렸습니까?"

현주가 억울하다는 표정으로 나를 올려다보았다.

"맨손으로 사람을 때리는 건 절대로 안 되어요."

"네, 반성하고 있어요."

"맨손으로 때리면 손을 다치게 되면 어떻게 하나? 만약 때려야 한다면 팔꿈치로 해. 팔을 접어서 이렇게 어깨를 중심으로 팔꿈치를 내미는 거야. 주먹보다 딱딱하고, 상하좌우 어느 각도에서도 뻗칠 수 있으니까. 그리고 아무래도 주먹으로 때려야 하면, 적어도 수건을 손에 감아야 해. 손가락뼈는 의외로 약하니까. 한방으로 보내고 싶을 때는 손에 뭔가 잡으면 좋아. 그렇지 않으면 수건을 감고 있어도 좋아."

내 흉내를 내면서 팔꿈치를 상하좌우로 휘두르며 현주는 나를 올려다보았다.

"저기, 아빠. 학교에서 싸운 것에 대해서 화내지 않나요?"

현주의 눈동자가 한순간 흔들리는 그림자처럼 외롭거나 두려워하고 있었다. 현주는 꾸중을 듣는 것보다 혼나지 않는 것 쪽에 더욱 민감한 듯했다. 알고는 있었어도 나는 절대로 현주에게 화를 내지 못한다. 현주는 혼날 일을 하지 않기 때문이다. 때로 현주는 나 같은 어른보다 훨씬 어른다운 아이가 아닐까? 생각한다. 물론, 현주도 아이이기 때문에, 사람을 때릴 수는 있지만 그 일을 현주 자신이 나쁘다고 생각했다면 그 자리에서 나를 밀치고라도 철호에게 자신을 때리게 했을 것이다. 그 이전에 자신으로부터 직접 철호의 집에 맞으려고 갔을지도 모른다. 현주는 그런 아이이다. 현주가 그렇게 하지 않았다는 것은 현주가 철호를 때린 걸 진심으로 나쁘다고는 생각하지 않는다는 증거다. 누구에게 무엇을 비판받더라도 나는 현주의 그 판단을 절대적으로, 전면적으로 지지한다.

"화난다고? 여자아이가 남자아이와 싸워서 이겼거든. 어떤 아버지라도 화를 낼 수 없을걸. 함무라비 법전 이전 인류의 상식이라고 하는 거야."

어떤 아버지라는 단어에 힘을 주면서 나는 말했다.

"그래도 나는 얻어맞았어요."

현주는 자신의 머리를 만졌다.

"그러나 아프지는 않았겠지?"

"네, 아프지는 않았어요. 깜짝 놀라기는 했었어요."

"그 정도 하지 않으면, 철호 아버지의 체면이 서지 않을 거야. 현주는 모를지도 모르지만, 아버지 노릇은 제법 어려운 일이야. 아이 앞에서는 체면을 차리지 않으면 안 되니까"

"그렇습니까?"

현주는 잠시 생각하고 나서 피식 웃었다.

"감사합니다. 아빠"

"아, 그건 간단한 일이야."

나는 현주를 재촉하여 주방으로 돌아가서 카레가 든 냄비를 레인지에 올렸다. 냄비의 뚜껑을 열고 '이번에는 냄새가 그럴듯한 카레 맛이네요.'라며 이야기를 회피하려 하고 있었다. 현주에게 나는 다시 조용하게 물었다.

"학교에서 무슨 일이 있었니?"

현주는 냄비 뚜껑을 돌려놓으면서 나를 올려다보았다.

"아, 역시 말하지 않으면 안 되는 겁니까?"

"아, 물론 아버지는 현주를 신뢰하고 있지만 부모는 간단하게 아이를 신용하지 않아. 그래도 아버지는 현주를 믿고 있어. 그것은 어쩔 수 없는 거지. 신용해 버렸으니까. 현주가 철호를 때렸던 일도 분명한 이유가 있다고 생각해. 그래서 그것을 새삼스럽게 확인하려고 하지 않을 거야. 그리고 인제 와서 화낼 생각은 없어. 그러나 그 이유에 따라서 달라지지."

"이유에 따라서라고요?"

"그래, 그 이유에 따라서 아빠가 철호를 때리러 갈 거야."

현주는 잠시 내 눈을 바라보며 한숨을 내쉬었다.

"모욕했습니다. 엄마를 모욕했어요. 네 엄마는 술과 몸을 파는 여자라고."

나는 가스레인지의 불을 껐다. 그리고 아까 현주보다 더욱 깊은 한숨을 내쉬었다. 당연한 일이지만, 미숙은 술을 팔고 있지만, 몸을 파는 사람은 아니었다. 도심에서 조금 벗어난 곳에 있는 작은 주점에서 근무하고 있을 뿐이다. 밤에 일한다는 사실만으로 주택가에 사는 젊은 아빠와 엄마들이 보면 충분히 수상한 직업인지도 모르겠다. 철호의 부모가 무엇을 생각하고 있는지 알 수는 없지만, 아들이 듣는 자리에서 할 말 못 할 말이 있을 터인데 부모들은 생각 없이 말했고 그 아들은 학교에 가서 말했다면 가만히 있을 수 없는 일이다.

"현주,"

현주를 향해 돌아서서 나는 조용히 불렀다. 울 듯한 얼굴로 대답하며 나를 바라보았다.

"얼마 동안 엄마와 둘이 살아야 하겠다. 아빠는 징역을 살고 올 테니까."

"징역이요?"

"그래요, 감옥이다. 지금부터 철호네 일가를 반죽음으로 할 거야. 몇 년 걸릴지 모르겠지만 죗값을 치르고, 돌아와야 하기에 엄마와 두 사람은 기다려줄래?"

"잠깐만이요. 아버지. 안 돼요."

위에 걸칠 옷을 가지러 가려고 하는 내 오른손을 현주가 양손으로 힘주어 움켜잡았다.

"철호는 내가 때려 주었습니다. 현주가 마음껏, 주먹으로 때려 주었어요. 아버지."

나는 현주의 손에 질질 끌리면서 못 이기는 척 걸음을 멈추고 현주의 손을 붙잡으며 말했다.

"정말 힘껏 때려줬어?"

"네, 굉장히 힘껏 입니다."

"정말 있는 힘껏 때려 주었니?"

나는 조금 생각하고 나서 그래도 역시 겉옷을 가지러 가려고 했다. 현주가 내 앞으로 돌아와서 양팔을 벌리며 뒷걸음질 치면서 말했다.

"아빠, 안 돼요. 정말 엄마와 현주 두 사람만 놓아둘 거예요?"

옷장에서 꺼낸 재킷을 입으면서 나는 말했다.

"하지만 사과를 받으러 가야 해. 저쪽도 그렇게 했으니까. 이쪽은 잘못도 없으면서 정식으로 사과했잖아. 이번에는 저쪽이 우리에게 사과해야 할 차례지."

"아버지 그만 하세요. 그런 일을 하면 엄마가 욕을 더 먹습니다."

현주의 말 때문에, 나는 현관으로 향하던 발걸음을 멈췄다. 학교에서도 미숙은 보호자 누구도 하고 싶지 않은 잡일을 스스로가 나서서 하는 사람이다. 미숙 쪽에서 보면 어차피 낮에는 한가하기 때문이다. 그만큼의 이유뿐이겠지만, 그것이 다른 보호자들의 눈에는 오지랖을 떠는 듯이 보였을 것이다. '내가 좀 너무 설치고 있는지도 모른다'라고 곤란한 듯이 웃었던 미숙의 얼굴을 떠올리고 있었다. 다른 사람의 악의에 매우 둔감한 미숙이 그렇게 느낄 정도니까 그 자리에서 미숙은 분명 꽤 들떠있었을 것이다. 거기서 내가 나서서 설치면 더욱 미숙의 입장이 나빠지는 것이 눈에 보이는 듯했다. 나와 현주는 마주 보았다. 마음속 깊이 곤란한 얼굴을 하고 있었을 것이다. 현주가 나의 얼굴을 보면서 웃음을 터트렸다. 나도 그 웃음에 이끌려 웃어 버렸다.

"아버지 이제 카레를 먹읍시다. 배가 고파서 등가죽에 붙을 것 같아요."

미숙이 만들어 놓고 간 두 명분의 샐러드로 보이는 것을 카레와 함께 식탁에 나란히 놓았다. 상추가 깔려 있으니까, 어쩌면 샐러드라고 생각한 것뿐이다. 그 위에 삶은 달걀과 오이와 우엉이 실려있었다. 이것은 냉장고를 들여다보던 미숙의 눈에 우연히 들어온 식 자료로 그때 기분에 따라 만들었을 것이다. 나도 현주도 맛에는 기대하지 않았고, 카레답지 않은 냄새가 나는 것은 나도 현주도 모르는 척. 테이블을 사이에 두고 앉아 바로 수저를 들려고 했다. 그때였다. 또 한 번 인터폰이 울렸다 나와 현주는 도중에 수저를 든 채로 쳐다봤다.

"때린 사람은 철호뿐입니까?"

현주는 잠시 생각하고 고민하다가 한 번 고개를 끄덕였다. 나는 의자에서 일어섰다. 어떤 표정을 만들까? 조금 망설이고 있는 동안에 바보스러워져서 평소의 얼굴로 현관문을 열었다. 공교롭게도 상대는 신문의 권유나 종교의 포교도 아니었다. 그쪽이 나로서는 대처하기 쉽다. 아무 말 없이 가만히 바라보고 있으면 5초도 견디지 못하고 상대는 대체로 웃음과 함께 뒷걸음질 쳐서 스스로 돌아가 준다. 그렇지만 상대가 어린아이라면 그렇게 되지 않는다. 나는 가능한 한 부드럽게 말을 걸었다.

"현주 친구일까?"

눈에 외상은 보이지 않았다. 상처도 찰과상도 멍도 없었다.

"우리 현주에게, 뭔가 볼 일?"

소년은 나를 바라보며 뭔가를 말하려고 했다. 뭔가 말로 표현할 수 없다는 듯이 소년은 또다시 입을 꾹 다물어 버렸다. 시선은 쭉 나에게 향해져 있었다.

"아저씨에게는 말하기 어려운 걸까? 별로 무섭지 않지만 그래. 보기보다 무섭지 않단다."

소년의 반응은 전혀 없었다. 여전히 입을 꽉 다문 채 나를 똑바로 올려다보고 있었다.

"오, 그래. 그래. 말하기 어려운 것인가? 지금 현주를 부를 거니까. 잠깐만 기다려."

내가 뒤를 돌아보았을 때 소년의 목소리가 들렸다.

"…… 없습니까?"

뒤돌아보니까 그 입은 이미 꽉 다물려 있었지만, 눈은 조금 젖어 있었다.

"뭐라고?"

"오지 않았습니까?"

그 말만 하고 또 꼭 입을 다물어버렸다.

"오지, 않았냐고? 누가?"

"그러니까…… 우리 아버지."

그 말만 하고 또 입을 꼭 다문 소년의 두 눈에서 주르륵 눈물이 흘러내렸다. 오른손바닥으로 거칠게 눈물을 닦고 내게 고개를 끄덕인 소년의 뺨은 또다시 금방 눈물에 젖어버렸다. 결국, 내가 해야 할 일은 아까와 다르지 않았다.

"아, 조금 조금만 기다려라."

나는 집 안쪽을 향해서 큰 소리로 불렀다.

"현주, 여기 좀 와 보아라."

식탁에 내놓고 있던 점심을 우선 정리하고 소년을 의자에 앉게 했다. 주방에 서서 나는 식탁을 사이에 두고 아이들과 서먹하게 마주 보게 되었다. 나이는 역시 현주보다 2~3살은 어리게 보였다. 피부가 매우 하얀 아이였다. 남자아이라기보다 여자아이처럼 깔끔한 용모를 하고 있었다. 나이가 차면 애지중지하는 여자도 많이 나올 듯이 보였다. 그렇게 되면 또 다른 분위기를 휘감는 아이가 될지도 모른다. 그렇지만 지금 소년은 산속에 버려졌다가 도시로 나와서 헤매고 있는 매우 작은 강아지 같았다. 자신 이외의 모든 것에 겁내면서 갈 곳을 찾다가 지쳐있는 것 같았다.

"우선 이름부터 들어 볼까?"

나는 내가 낼 수 있는 가장 편안하고 부드러운 목소리로 물었다.

"한상철, 아버지는 한성수"

남자아이는 고개를 숙인 채 간단하게 대답했다.

"상철이구나. 아버지를 찾아서 여기에 왔다? 그렇게 얘기했지?"

상철은 고개를 끄덕였다. 그렇지만, 한성수라는 이름에 나는 전혀 짐작이 가는 사람이 없었다. 눈짓으로 현주에게 묻자, 현주도 고개를 저었다.

"아저씨는 너의 아버지를 모르는데. 아마도 만난 적도 없었다고 생각하는데."

"그래도……"

그렇게 말하고 상철은 울먹였다. 입술이 후들후들 떨리고 있었다. 그것은 아마 내가 무서워서가 아니라 울고 싶은 것을 필사적으로 참고 있기 때문일 것이다. 아이라고 하지만 두세 살이 아니다. 열 살 정도가 되기는 되었을 소년이 눈물을 필사적으로 참으며 그 행방을 찾고 있다면, 아버지의 부재는 설마 몇 시간은 아닐 것이다. 며칠 전이나 몇 주 전이거나 좀 더 전에 상철의 아버지는 집에서 사라졌다. 상철에게도 아마 그 어머니에게도 목적지를 말하지 않고 없어졌다는 얘기인가?

"아버지가 그렇게 말했을까? 우리 집에 갈 거라고?"

상철은 말없이 고개를 저었다.

"그럼, 왜 상철이는 아빠가 여기에 있다고 생각한 거지?"

"그러니까……"

상철은 그렇게 말하고 또다시 입술을 꼭 다물어버렸다. 나는 난감하여 상철을 바라보다가 현주에게 눈을 돌렸다.

"그러니까 뭐냐고? 이야기해 주지 않을래?"

현주가 상냥하게 물었다. 소년에게 상냥하게 묻는 건 대체로 좋지 않은 징조이다. 현주는 기본적으로 동물과 여자에게는 상냥하지만, 바퀴벌레와 남자아이들에게는 너그럽지 않다. 그리고 현주는 처음에 무시를 자처하고 참을 수 없게 되면 그쪽으로 눈을 돌리고 잠시 대상을 관찰하고 마지막에 부드럽게 부탁한다. 지금, 눈앞에서 사라져 주지 않겠습니까? 생긋 웃으면서 부탁하고 2초 후에 무고한 대상을 향해 서슴없이 슬리퍼를 던지는 현주를 나는 이번 여름에 몇 번이나 보고 있다.

"아, 아, 현주. 슬리퍼는 제자리로 내려놔."

나는 손을 뻗어서 현주를 제지 시켰다. 될 수 있는 한 부드럽게 소년에게 물었다.

"아저씨가 물어보는 방법이 나빴을까? 그럼, 먼저 상철이는 여기 우리 집을 어떻게 알았어?"

"편지요. 아빠가 편지 썼었어."

"그러니까. 아빠가 너에게 편지를 쓰고 그 편지에 여기 주소가 적혀 있었구나?"

상철은 윙윙 고개를 흔들었다.

"아, 아니라고? 그럼, 편지라는 게 무엇일까?"

"여기로 보냈어."

나와 현주는 잠시 얼굴을 마주 보았다. 결국 현주가 말했다.

"너의 아빠가 편지를 써서 여기에 보냈다. 그런 얘기야?"

상철은 고개를 끄덕였다.

"아버지도 알고 있었나요?"

현주가 물어서 나는 고개를 저었다. 최근 포스트에 들어가 있던 것은 신문이나 광고지 정도였다. 대략 요즘처럼 이메일과 카톡이 유통되고 있어서 편지를 주고받을 기회 따위는 없다.

"이야기를 정리해 볼까? 상철이는 아빠가 여기에 보내는 편지를 보았고 아버지가 사라졌다. 그래서 여기에 있을 걸로 생각했다. 여기까지는 괜찮니?"

상철은 잠시 생각하고 나서 고개를 끄덕였다.

"그 편지는 어떤 내용이었니?"

"보지 않았습니다."

보지 않았다고? 나까지도 화가 나기 시작했다.

"편지는 보지 않았지만, 여기에 있다고 생각했다는 거야? 즉 상철이는 아버지가 한 번 편지를 보낸 적이 있다는 그 이유만으로, 없어진 아버지가 여기 왔다고 생각했다는 거야? 그건 뭔가 이야기가 이상하지 않을까?"

어깨를 들썩거려서 현주를 바라보았더니 슬리퍼를 내밀고 있었다. 현주의 시선에 이끌려 눈을 돌려 보니까 상철은 화를 낸 내 목소리에 겁을 먹고 온몸이 긴장으로 굳어져 있었다.

"아니, 괜찮아."

나는 현주에게, 말하고 상철을 바라보았다.

"아, 미안해. 화내고 있는 게 아니야. 아저씨 얼굴이 원래부터 태어날 때부터 무섭지만 마음은 착하단다. 너에게 화내는 것 아니야."

"그 편지는 언제쯤 보낸 것인데?"

현주가 슬리퍼를 다시 발에 신고 물었다.

"언제쯤이냐고 하면 요전에도."

상철은 중얼중얼 입속으로 말했다.

"요전에도?"

현주가 다시 슬리퍼를 손에 들기 전에 내가 먼저 물었다.

"아, 그러니까 너의 아빠는 이 집으로 몇 번이나 편지를 보내었다는 얘기야?"

상철은 고개를 끄덕였다.

"뭔가 잘못된 일이 아닐까? 그렇게 여러 번 편지를 보냈었다면, 아저씨나 우리 딸이 모를 리는 없어."

상철은 눈도 깜빡하지 않고 가만히 나를 바라보았다. 그 눈은 틀림없다고 호소하고 있는 듯한 눈빛이었다. 금방 그 눈에 눈물이 솟아났다. 그것을 참기 위해서인 상철은 고개를 숙였다.

"음, 그러면 그 내용을 알고 있니? 아버지가 어떤 말을 쓰고 있었는지 상상도 못 하겠니?"

상철은 고개를 저었다.

"뭐라고? 숨어서?"

"숨기는 것처럼."

"아, 숨기는 것처럼 편지를 쓰고 있었어?"

내가 말하자 상철은 끄덕였다. 아버지가 보이지 않도록 하고 편지를 쓰고 있었다. 그 내용까지는 알 수 없지만, 봉투만은 어떻게 해서 훔쳐봤을 것이다. 그래서 상철은 편지의 주소를 알았다. 그리고 언제인지는 모르겠지만, 아버지가 사라져 버렸다. 찾아야 할 곳은 대충 찾아보았을 것이다. 그래도 아버지는 찾을 수 없었다. 상철은 한 가닥의 희망으로 그 편지의 주소를 찾아왔다. 즉, 이 집을. 그런 이야기일까? 골격을 정리해 보면 상철의 행동도 고개를 끄덕일 수 있는 이야기였다. 그러나 곤란한 일이었다. 나에게는 정말 한성수라는 이름은 짐작 가는 사람이 없었고, 정말로 편지도 받지 않았다. 난감하여, 어쩌지 못하고 현주를 보았다. 현주는 무슨 일인지 매우 깊은 생각을 하는 것 같았다. 현주가 고개를 들고 물었다.

"너의 아빠가 없어진 것은 언제야?"

"월요일"

"월요일부터 거의 일주일 동안 아버지가 돌아오지 않았다는 얘기이겠네? 간 곳도 모른다고?"

상철은 끄덕였다. 그것을 확인한 현주가 내 어깨를 두드렸다.

"아빠, 잠깐만"

현주는 먼저 일어나서 안방으로 들어가 문을 닫았다. 뒤따라 들어간 나를 올려다보았다.

"아빠, 묻고 싶은 것이 있어요. 아빠는 엄마를 사랑합니까?"

"무슨 말이야?"

너무나 당돌한 질문에 나는 무심코 되물었다.

"그러니까 아빠는 엄마를 사랑하고 있습니까?"

"아, 그것은 그래서 결혼한 것이고."

"결혼은 현실입니다. 그런 말도 엄마가 말했습니다. 아버지는 지금도 엄마를 사랑합니까?"

"아, 아, 그렇지. 당연하지."

"엄마도 아빠를 사랑합니까?"

"아, 그건 어떨까? 아마도 나는 그렇다고 생각하지만. 현주, 이게 무슨 뜻이야?"

"그 아이의 아버지는 이 집에 여러 번 편지를 보냈었습니다. 안 보이도록 감추고 쓴 편지를. 그렇지만 그 편지를 나도 아버지도 모릅니다. 그 말은, 그 편지는 엄마가 받았다? 받아서 어딘가에 숨기고 있었다. 그렇게 생각하는 것이 자연스러운 얘기 아닌가요?"

나는 회사에 출근하고 있었고 현주는 학교가 있었다. 낮에 오는 우편물을 가장 먼저 받을 수 있는 사람은 미숙이다.

"그렇다면 왜 숨겼을까요?"

"보이고 싶지 않았기 때문이라고 생각하니?"

현주는 끄덕이며 나를 올려다보았다.

"왜 엄마는 오늘 하필이면 카레를 만들어 놓고 나갔을까요?"

"무엇이라고? 엄마는 항상 변덕쟁이잖아. 일전에도 여름이었나? 갑자기 곰탕 같은 것을 끓이기 시작했잖아."

"엄마가 요리를 만드는 건 1년에 두 번이나 세 번 정도입니다. 그게 왜 하필 오늘이었을까요? 아버지, 오늘 엄마는 정말 고등학교 동창회에 나갔을까요?"

"에? 뭐라고?"

"저 아이의 아버지가 없어진 것은 월요일. 엄마가 오늘 동창회에 나간다고 말하기 시작한 것도 월요일이었어요. 아닙니까?"

나는 기억을 더듬어보았다. 월요일이었는지 확실히 기억나지 않았다.

"아마도 그랬을 거예요. 하지만 고등학교 동창회는 그렇게 급히 정해지는 건가요?"

현주의 말을 듣고 나서 나도 생각에 잠겼다. 물론 고등학교 동창회 정도가 되면 보통 두세 달 전부터 준비한다. 모두 가정도 있고 직장도 있기 때문이다. 두세 주 후라고 해도 갑작스러운 이야기라고 느낄지도 모른다. 그것이 일주일 후라고 하는 것은, 확실히 이상했다.

"아버지, 엄마는 오늘 정말 돌아올까요?"

현주가 나를 올려다보았다. 진지한 표정에 나는 잠시 주춤했다.

"뭐라고? 현주, 도대체 무슨 생각을 하고 있어?"

나는 무심코 되물었다. 현주는 잠시 주저한 후 숨을, 들이키고 나서 말했다.

"사랑의 도피 아닐까요?"

'사랑의 도피'라는 말의 의미를 확실히 깨닫기까지 잠시 시간이 걸렸다.

"설마?"

겨우 현주 말의 뜻을 이해하고, 나는 무심코 내뱉었다.

"그런 일은 절대로 있을 수 없는 일이야."

"왜입니까? 엄마가 확실히 아빠를 사랑한다고 자신할 수 있어요?"

"아, 아, 그런 일은 없어도 왜냐하면 아빠는 차치하고, 현주를 두고 사랑의 도피? 그런 건 있을 수 없다. 나를 두고 두 사람이 없어지면, 그것은 그럴 수 있다고 생각하지만, 아, 아니, 그렇다면 먼저 아버지가 쫓겨나겠지. 아니, 어쨌든, 그런 일은 있을 수 없어. 아무리 생각해도 있을 수 없는 일이야."

"아버지는 엄마를 잘 모릅니다. 있을 수 없는 일이 아닙니다."

현주는 확실하게 말했다.

"정말이야? 왜냐하면 부모와 자식 간이잖아."

"아빠와 엄마도 부부 간입니다."

부부라는 의미는 종이 한 장으로 시작하고 끝날 수 있지만, 부모와 자식은 다르다. 그렇게 말하면서 생각했다. 그렇지만 현주가 말하고 있는 건 아마도 그런 뜻이 아닐 것이다. 가족의 의미를 나는 생각했다. 그 연약함을 현주는 알고 있었다. 아버지가 없어지는 일이 있을 수 있다면, 엄마가 없어질 수도 있다고 해도 이상하지 않다고 현주는 생각하고 있다. 아니, 그렇게 의심하기 이전에 그것을 두려워하고 있을지도 모른다. 두려워하기 때문에 의심하고 있다.

"아, 아, 내 말 좀 들어 볼래?"

나는 주저앉아 시선을 현주의 눈높이에 맞췄다.

"엄마에게는 현주가 이 세상 모든 것이야. 아버지에게 몇 번이고 그렇게 말했어. 꼭 그렇게 할 필요가 있다면, 엄마는 아버지를 버리고, 자신의 목숨을 끊는다고 해도 현주를 보호할 거다. 엄마에게 있어서 현주는 이 세상에서 무엇과도 바꿀 수 없는 소중하고 귀중한 보물이니까. 그것만은 절대로 확실하다고 나는 생각해."

나를 잠시 올려다보던 현주는 나에게 등을 돌려서 주방으로 돌아갔다. 나도 뒤를 따라갔다.

"상철아, 우리 집 주소를 알게 된 건 편지봉투를 보았기 때문이지?"

긴장된 현주의 표정에 겁을 먹으면서도 상철은 끄덕였다.

"그 주소가 여기였어?"

상철은 또 끄덕였다.

"수신인은 누구였어? 김미숙 앞으로 되어 있었어?"

상철은 또 끄덕였다. 현주는 '이것 봐요'라는 듯이 나를 슬쩍 바라보고 거실의 구석에 놓인 전화기를 들었다. 번호를 누르고 잠시 기다린 후 수화기를 놓았다.

"전원이 꺼져 있습니다."

"전원은 꺼져 있을 수 있지. 현주, 그건 지나친 생각이야."

"동창회에 나갔는데 왜 핸드폰의 전원을 끌 필요가 있을까요? 아버지, 대답해 주세요."

당황스러워하는 현주를 보며 내가 더욱 당황스러워지기 시작했다. 미숙이 도피했으리라고는 역시 생각할 수 없었다. 미숙과 현주에게 있는 확실한 인연을 나는 그것에 바짝 붙어 있으면 된다. 그것이 내가 생각했던 가족이었다. 그 인연 끈의 위험성을 느낀 현주 본인으로부터 지적받고 나는 당황했다. 엄마도 아빠를 사랑하고 있습니까? 그런 것, 알 리가 없었다. 그렇다면, 미숙에게 있어서 정말 현주는 둘도 없는 보물인가. 그것도 알 리가 없다. 알 리가 없는 걸 그러리라고 억지로 생각의 틀에 넣으면서 살고 있었다. 그것이 가족이라고 할 수 있을까?

"상철아."

식탁의 의자로 가서 앉아 다시 현주는 상철을 바라보았다.

"너의 아버지는 키가 크니?"

잠시 생각하고 나서 상철은 끄덕였다.

"몸은 말랐니?"

이번에는 잠시도 망설이지도 않고 상철은 끄덕였다.

"안경을 끼고 눈빛은 좀 차가운 느낌으로, 학자 또는 학교 선생님처럼 보이고 손가락이 가늘고 글씨를 잘 쓰고 악기를 다룰 수 있고 운동은 싫어하고. 이 중에 몇 가지가 맞니?"

"저, 그거, 그 사람이 우리 아버지야."

상철은 입속으로 웅얼거리며 손가락을 꼽아가며 또 조금 생각하고 말했다. 현주가 절망적인 한숨을 크게 내쉬었다.

"무슨 뜻이야?"

나는 현주에게 물었다.

"아버지. 비상사태이기 때문에, 명확하게 말하겠어요. 지금까지 내가 말했던 것이 모두 엄마가 좋아하는 스타일의 남자입니다."

"뭐라고?"

나는 무심코 김빠진 말로 물었다. 키가 큰 것은 맞지만, 다른 사람은 모두 나와 다르다거나 정반대였다. 손가락으로 가리키는 나를 보고 현주는 안타까운 듯이 고개를 끄덕였다.

"맞아요. 아버지와는 정반대입니다. 하지만 엄마가 원래 좋아하는 사람은 그런 남자였어요. 앞 사람이 그랬습니다."

앞 사람이라면 미숙의 전 남편이고 현주의 친아버지이다. 그 사람에 대해서 나는 거의 아무것도 아는 게 없었고 거의 모르고 있었다. 사진 한 장 본 적이 없다. 학창 시절에 사귀었고 스물넷에 결혼했다. 남자는 출판사에 근무하면서, 시를 쓰고 있었다고 했다. 언젠가 시인으로 세상을 떠들썩하게 할 수 있다는 허세스러운 면이 있는 사람이라고 들었다. 남자는 결혼에서 5년 정도 근무했지만, 회사를 그만두었고 그때부터 미숙은 밤 근무를 시작했다. 그리고 3년 후 두 사람은 헤어졌다기보다는 이혼 신고서 한 장 남기고, 남자는 사라졌다. 미숙에게 들어서 알고 있는 것은 그렇게 단순한 사실뿐이다. 그렇지만 그 상황에 대한 상상은 어렵지 않았다. 남자는 세상에 부대끼며 살아갈 수 있는 타입이 아니었다. 시인이 된다는 이유로 남자는 직장을 그만두었다. 미숙은 가정을 꾸려가기 위하여 밤의 일을 시작했다. 그리고 남자에게는 시인의 재능은 없는 반면에 미숙에게는 사람을 끄는 재능이 있었다. 언제까지나 세상에 인정받지 못하는 남자는 곧 여자가 싫증이 나게 된다. 여자가 지탱하고 있는 가정이 싫증이 나서 그 일원으로 있는 것을 견딜 수 없게 되었을 것이다. 진부한 상상이다. 그렇지만 크게 벗어나지 않을 것이다. 그런 남자에게, 나는 아무 관심이 없었다.

"그래도, 아니, 왜냐하면, 현주야."

"어디서 알게 되었는지는 모르겠습니다. 가게의 손님이었는지도 모릅니다. 아무튼 엄마는 상철이 아버지와 어딘가에서 만났을 거예요."

"그렇다고 해도."

말을 꺼냈지만 나는 바로 입속으로 어물거리고 말았다. 어디에선가 미숙은 그 남자를 알게 되었다. 그 모습이 별로 멀지 않는 옛날에 아이를 만들고 가정을 가지려고 생각될 만큼 사랑했던 남자와 모든 외모가 똑같았다. 그리고 그 남자 쪽도 미숙에게 매료되었다. 만일 그런 일이 있었다고 하면, 미숙은 어떻게 할까?

"만약 그런 일이 있었다고 해도, 현주는 엄마가 데리고 갈 거야."

"오늘 아침이었어요. 엄마가 물었습니다. 아버지가 좋으냐고? 나는 좋다고 대답했습니다. 그때는 아무것도 생각하지 못했었습니다. 엄마가 그런 것을 갑자기 물어볼 사람은 아닙니다. 그렇지만, 왜 하필 오늘이었을까요?"

매우 좋아하니까. 그렇게 대답했으니까 두고 갔다? 친딸을? 의붓아버지의 곁에? 마지막 요리를 만들어 놓고?

"아니, 있을 수 없는 일이야."

나는 또다시 반복했다.

"정말, 그럴까요?"

현주가 한발 물러선 채로 말했다.

"도피행각을 벌린 두 사람이 어디로 갈 생각인지는 모르겠어요. 하지만 도망가려면 엄마도 상철이 아버지도 일은 그만두었겠죠? 그래서 나는 아버지와 함께 있는 게 좋았을 거예요. 내가 성실하게 일하고 있는 아버지와 함께 사는 게 좋다고 그렇게 생각한 거 아닐까요?"

그리고 남자가 먼저 집을 나왔다. 뭔가 그렇게 할 수밖에 없는 사정도 있었겠지. 그 일주일 후 남자의 뒤를 따라 미숙도 집을 나갔다. 망상이다. 알고 있었다. 그래도 고개를 흔드는 것만으로는 그 망상은 머릿속에서 사라져 주지 않았다.

"저기, 우리 아빠는 일하지 않아요."

상철의 말소리가 들려왔다. 나와 현주는 그쪽을 보았다.

"일을 안 한다고?"

나는 무심코 되물었다.

"회사를 그만두었어요. 이 전에 회사도 그만두었어요."

그렇게 말한 뒤 상철은 그것이 마치 자신의 죄라도 되는 듯이 고개를 숙였다. 미숙은 그 남자에게 빠졌을 것이다. 그 남자도 예전에 자신이 사랑했던 사람처럼 생활 능력이 없는 사람이었다. 그렇게 능력이 없는 남자를 돌보고 싶어 하는 경향이 미숙에게는 있었다. 그런 점은 나도 인정한다. 그리고 만약 미숙이 남자에게는 자신밖에 없다고 생각했다면. 되돌아보는 시선의 끝에 있는 딸에게는 나라는 피보호자가 있다. 그때 미숙은 어떻게 생각하고 어떤 행동을 할까?

"있을 수 없는 이야기다."

반복되는 망상에 점점 힘이 빠지고 있었다. 미숙이 현주를 버리는 일은 있을 수 없다. 그렇지만, 안정되면 현주를 또다시 찾으러 오면 된다. 그렇게 생각하면서 남자와 둘이 어딘가로 가지 않았다고는 말할 수 없었다.

"있을 수 없는 일은 아닙니다."

대답하는 현주의 목소리에도 힘이 없었다. 가족이라는 연약한 틀 안에서 있을 수 없는 일은 아무것도 없다는 뜻이다. 미숙이 그 남자와 도망갔다. 그런 일을 역시 믿지 않는다. 예스와 노에서 어느 쪽인가 하면 나는 주저하지 않고 역시 노에 걸겠다. 그렇지만 예스 쪽에 단 1%의 가능성조차 없는지 물으면, 나는 확신을 가지고 고개를 흔들지 못한다.

"그런 얼굴을 하지 마십시오."

현주가 분명히 나를 노려보고 말하고 있었다.

"아버지는 어떻게 하고 싶나요?"

"어떻게 하고 싶냐고?"

"나는 엄마를 건네주지 않으려고 합니다. 아버지는 어때요? 이 상철이 아버지에게 엄마를 빼앗기고 싶나요?"

현주에게 있어서 그것은 이미 의심을 넘어서 확신하는 듯했다.

"아니. 절대로 그럴 생각 없어."

"그럼, 우리 찾아보아요. 찾아서 다시 데려옵시다."

"찾는다고? 하지만 어디를 어떻게?"

현주는 잠시 생각하고 나서 말했다.

"쌍쌍 노래주점."

미숙이 근무하는 주점의 이름이었다.

"두 사람이 만났다면 엄마가 일했던 가게일 가능성이, 높아요. 그래서 가게에서라면 뭔가 알고 있을지도 모릅니다. 아버지, 갑시다."

그 가게를 찾는 일은 1년 반 만이었다. 2년 전 가볍게 생각 없이 들렸던 이 가게에서 나는 미숙을 알게 되었다. 곧 둘이 만나게 되면서 나는 가게에 가는 걸 그만두었다. 부끄러웠기 때문이다. 내가 일하고 있으니까, 주점은 그만두는 게 좋다고 결혼할 때, 그렇게 말했지만, 미숙은 근무를 계속했다. 가게가 마음에 든다는 이유였다. 전 남편과 헤어지고 나서 미숙은 몇 군데의 가게를 전전하다가 가장 오래 근무한 곳이 "쌍쌍 노래주점"이라고 했다. 현주 때문에라도 밤에는 어머니가 집에 있어야 하는 것 아닐까? 라고 생각했지만, 지금 생각해 보면 두 사람은 이미 그런 생활에 벌써 익숙해져 있었다. 밤에 내가 있게 된 것 뿐만으로도 나았을 것이다. 난 그렇게 생각하고 미숙에게 강요하지 않았다. 계속하고 싶다면, 그걸로 상관없다. 나는 간단하게 그렇게 생각하고 있었지만, 미숙에게는 어쩌면 보험의 의미가 있었을지도 모른다. 나랑 헤어져도 현주가 살아갈 수 있도록. 미숙에게 있어서 결혼 생활은 그 정도뿐이었을지도 모른다.

일요일 한낮이다. 가게는 물론 닫혀있었다. 그렇지만, 상점이 있는 건물의 위층에 사장이 사는 것은 나도 현주도 알고 있었다. 오는 길에 그대로 데려온 상철과 함께 우리는 사장의 방으로 향했다. 차임 소리를 듣고 나온 사장은 현주를 보고 얼굴에 웃음을 가득 지었다. 싸게 보이는 땀복을 입고 있었다. 가게에 다니던 무렵에는 한 바퀴 정도에 위라고 짐작하고 있었지만, 그녀의 나이는 물어본 적이 없다. 이렇게 밝은 곳에서 보니까 좀 더 나이가 들어 보였다.

"어머나, 이렇게 많이 컸네. 몇 년 만이지?"

"2년 정도예요."

"아, 아, 벌써 그렇게 되었네. 그쪽은 여전히 미남이네요. 어때요? 잘하고 있어요?"

"아, 그럭저럭 지내고 있습니다."

"사장님, 조금 묻고 싶은 것이 있습니다."

아줌마라고 불리는 것을 매우 기분 나빠하는 걸 현주도 알고 있는 것 같다. 상철을 바라보고 있는 사장을 무시하고 현주가 말했다.

"한성수 씨를 알고 계시나요? 가게의 손님 중에 없었습니까?"

나와 현주는 숨을 삼키며 대답을 기다렸다. 사장은 조금 기억을 더듬는 듯이 고개를 갸웃하며 생각하고 있었다.

"아, 한성수 씨라고? 아, 그 껑충하고 조금 어두운 느낌인 남자. 하지만 조금 괜찮은 남자였지 아마도"

그 한성수와 미숙은 확실히 알고 있었다. 현주가 힐끗 나를 보고 나서 사장에게 말했다.

"그 사람과 엄마는 친했었나요?"

"친했다기보다도. 그 사람은 엄마를 보는 목적으로 가게에 다니고 있던 사람이야. 언제나 구석에서 혼자서 술을 홀짝거리며 늘 너의 어머니를 보고 있었어. 그거, 뭐야. 내가 물어보았더니 신경 쓰지 않아도 된다고 너의 엄마가 말하더라. 상당히 가깝게 지냈던 게 아닐까?"

상철이 고개를 숙였다. 화가 난 것이 아니라 부끄럽게 생각하는 것 같았다. 그런 상철의 모습을 신경도 쓰지 않고 사장은 깔깔 웃으며 나의 어깨를 톡톡 두드렸다.

"조심하세요. 잘생긴 선생. 미숙을 누군가가 **빼앗아** 갈지도 몰라요."

큰 소리로 웃었다. 아무도 따라 웃지 않고 있는 우리를 보고 사장은 미간을 좁혔다.

"아, 뭐야? 농담이야, 농담. 그러니까 너의 엄마는 한성수 씨를 피했었어. 그래서 여기는 이제 오지 말라고 쌀쌀맞게 쏘아붙이던데. 그때부터 그 사람은 오지 않게 되었지."

"그것은 언제의 이야기예요?"

"언제쯤이었을까? 반년 정도 전이었을까?"

"남자가 그것뿐이었다는 건 확실한가요?"

이번에는 내가 물었다.

"그랬던 것 같아"

미숙은 역시 한성수라는 사람을 여기에서 알게 되었다. 한성수는 미숙을 좋아하고, 가게에 출근 도장을 찍고 있었다. 거기까지는 확실한 사실 같았다. 그리고 만약 뭔가의 계기로, 미숙이 그 남자에게 끌렸었다고 하면, 현주의 상상은 이제 상상의 이야기가 아니다.

"그리고 뭔가 더 알고 계시는 건 없으십니까? 그 한성수 씨에 대해서 집이나 직장 같은 거"

"그런 것까지는 몰라요. 아, 하지만 장소라고 말하면 그 마지막 날, 한성수 씨가 이상한 말을 했었지."

"이상한 말이라고요?"

"그럼, 여기는 오지 않을 것이다. 하지만, 일요일은 거기에서 기다리고 있을 거라고."

"기다린다고요? 어디에서요?"

"웃기는 얘기이지만 놀이공원이라고 하던데."

"놀이공원?"

"아일랜드 공원이라든가, 그것은 유원지 아냐? 뭔가 그런 식으로 말했지만. 나이 먹은 남자가 여자를 유혹하는데 유원지라고 해서 나는 웃어 버렸지만 잘생긴 사람이지만 그렇게 하면 여자들에게 인기가 없어요."

"유원지라기보다 공원입니다."

나를 올려다보며 현주가 말했다.

"유료 공원인데 안에 여러 놀이기구가 있어요. 이 근처 초등학생이라면 모두 다 알고 있어요. 나도 전에 가본 적이 있어요."

"자, 어서 가보자."

결국 한마디도 입을 열 수 없었던 상철을 데리고 우리는 역으로 갔다.

"너의 아빠, 일요일은 집에 있었어?"

역에서 기차를 기다리며 나는 상철에게 물었다. 상철은 고개를 저으며 말했다.

"항상 없었습니다."

세 사람이 타야 할 전차가 왔다. 탑승하여 우리는 나란히 좌석에 앉아서 아무 말도 없었다. 전차의 단조로운 흔들림에 몸을 맡기면서 나는 미숙이 했다는 말을 생각했다. 미숙은 한성수가 가게에 오는 것을 싫어했다. 그것은 확실하다. 그렇지만, 그것이 바로 한성수를 싫어했다는 말은 아니다. 가게의 사장은 나도 알고 있다면, 현주도 알고 있다. 그래서 사장에게 교제를 알려지는 걸 싫어했을 수도 있다. 만약 미숙이 정말 그 한성수를 피하고 싶었다면, 미숙은 좀 더 쉽게 확실하게 그 사람을 제거하는 방법이 있었다. 나에게 부탁하면 되는 것이다. 오늘 일이 끝나면 가게에 들러달라고. 가게에서 그 한성수에게 나를 남편이라고 소개하고 나는 아무 말 하지 않은 채 그냥 3초만 그 남자를 바라보기만 해도 그것으로 충분하다. 그렇지만, 미숙은 그렇게 하지 않았다. 그렇게 생각하면, 그 말은 다른 의미가 있다. 여기에는 오지 마라. 다른 장소에서 만납시다. 그리고 남자는 매주 일요일 기다리는 장소를 지정했었다. 가정을 가진 네가 항상 올 수 있는 건 아니다. 올 수 없는 쪽이 많을 것이다. 하지만, 나는 언제나 너를 거기에서 기다리고 있다. 미숙이 한성수를 호통쳤다는 반년 전, 그때 이미 두 사람의 관계는 완성되었던 것은 아닐까?

반년, 미숙이 얼마나 일요일 집을 비웠었는지 잘 생각나지 않았다. 함께 보냈던 쪽이 많았지만 매주는 아니었다. 미숙이 혼자서 나갔던 적도 있었고, 나와 현주 둘이 외출했을 때도 있었다. 그렇게 생각하면 한 달에 한두 번은 일요일 미숙은 혼자가 될 수 있었다. 그리고 전주의 일요일. 미숙은 가게에서 입을 수 있는 옷을 혼자 사러 나갔었다. 만약 그때 한성수와 만났다고 한다면. 오늘의 약속을 했을 수 있다. 한성수는 설레는 마음에 그다음 날은 지금의 가정을 버렸다. 미숙은 성수와 약속대로 오늘 집을 나갔다. 나에게는 질투도 분노도 없었다. 그것을 느껴질 정도로 아직 미숙이 도망갔다는 이야기를 사실로 받아들여지지 않았다. 그러나 이상하게 믿음직스럽지 못한 느낌만 있었다. 지금까지 현실이라고 생각하며 보고 있던 세계가 사실은 거울 속의 세계였다는 사실을 깨달은 듯이 지금까지 밟고 있던 땅이 갑자기 중력을 잃은 듯한 기분이었다.

갈아탄 기차는 아일랜드의 바로 앞까지 우리를 옮겨다 주었다. 현주의 말처럼 그 지역에서는 유명한 레저시설 같았다. 개찰구에서 우리와 나이가 비슷한 가족들이 도로를 사이에 두고 반대편에 있는 입구 쪽으로 흘러갔다. 모두가 웃고 있는 것은 아니다. 우는 아이도 있었고, 화가 난 어머니도 있었다. 별로 즐겁지 않은 듯한 아이의 손을 잡아끄는 아빠도 있었다. 그렇지만 어떤 표정의 뒷면에도 행복한 가족의 정경이 숨어 있을 것 같았다. 그 가족들의 모습이 나에게는 모조품의 덧없는 유리 세공처럼 보였다. 건널목을 건너 입구를 빙 둘러보았지만, 미숙의 모습은 없었다. 모든 게 우리의 착각이었다고 생각하고 싶었다. 미숙은 벌써 남자와 손을 맞잡고 어디론가 가버리지 않았을까? 그렇게도 생각되었다. 어느 쪽이 진실일까? 도무지 모르겠다.

"없네요."

입구 옆에 서서 주위를 둘러보며 현주가 말했다.

"너의 아버지는?"

내가 묻자, 상철은 주위를 둘러보며 고개를 저었다.

"그래, 없구나."

여전히 움직이지 않고 멍하니 서 있던 건 거기에서 어디로 가야 좋을지 알 수 없었기 때문이다. 여기에 언제까지 있어도 어쩔 수 없는 일이다. 이윽고 세 사람은 발걸음을 옮겼다. 두 사람을 재촉해서 걷기 시작할 때였다. 상철의 발이 멈췄다. 시선이 한곳으로 향했다.

"아버지."

작은 중얼거림에 나는 상철의 시선을 따라갔다. 그것을 사러 갔다 왔었는지 캔 커피를 손에 감싸듯 들고 훌쩍 키가 큰 남자가 이쪽을 향해 걸어오고 있었다. 남자도 상철을 보았는지 발이 멈췄다. 도망가려는 듯이 남자가 뒷걸음쳤다. 그렇지만 남자는 도망가지는 않았다. 여기를 바라본 채로 그 자리에 멈춰 섰다.

"아버지."

현주가 부르는 소리에 나는 옆의 현주를 보았다. 그러나 현주는 나를 보고 있지 않았다. 멍하니 그 남자를 보고 있었다. 상철이 남자를 향해 달리기 시작했다. 상철은 남자에 부딪히며 그 허리에 팔을 돌렸다. 남자는 그런 상철에 눈을 돌리지도 않고 양손으로 캔 커피를 감싸들고 우뚝 선 채로 우릴 보고 있었다. 아니, 현주를 보고 있었다.

"저 사람이?"

나의 물음에 현주가 드디어 정신을 차렸다. 나를 올려다본 시선은 불안스럽게 미세하게 흔들리고 있었다.

"현주 아버지라고?"

현주는 고개를 끄덕이다가 바로 옆으로 저었다.

"저 사람은 이전 사람입니다."

5년 전 헤어진 미숙의 이전 남편이었다. 아직 여덟 살이었던 딸을 두고 이별의 말도 없이 집을 나갔던 현주의 부친이었다. 이유는 몰랐지만, 이대로 거리를 두고 언제까지나 마주하고 있을 수는 없었다. 내가 먼저 움직이고 조금 늦게 현주가 따라왔다. 우리가 눈앞으로 다가가도 남자는 움직이지 않았다. 매우 마른 사람이었지만 키는 나와 같은 정도였다. 검은 뿔테 안경 너머로 가느다란 눈은 학자나 교사보다는 어딘가 변명만 하려고 드는 어린아이를 연상하게 했다. 캔커피를 들고 있는 손가락은 확실히 꼼꼼히 글씨를 쓸 것 같았다. 같은 손가락으로 남자는 도대체 무슨 악기를 연주하는 것일까?

"상철의 아버지입니까?"

만약 현주의 부친을 직접 만난다면 자신에게는 어떤 감정이 솟아오를까? 그렇게 상상해 본 적이 있었다. 만약 그 남자가 자신의 눈앞에 나타나면 자신은 어떻게 해야 할까? 그렇지만 꼼꼼하게 상상해 보지 못했다. 현실에서 이렇게 그 사람을 눈앞에 두고 봐도 자기 가슴에 있는 감정에 어떤 이름을 붙여야 좋을지 몰랐다. 한때 미숙이 사랑하고 현주의 생명을 이 세상에 가져온 사람이다. 질투는 없었다. 분노도 없었다. 물론 공감과 감사는 있을 수 없었다. 무어라고 이름 붙일 수 없는, 그것은 단지 나도 뭐라고 표현할 수 없는 감정이었다.

"미숙이는 어디에 있습니까?"

남자의 대답은 없었다. 남자는 어떤 표정의 변화도 없이 멍하니 나를 바라보았다. 그리고 현주에게 시선을 옮겨 그렇게 처음으로 깨달은 것처럼 떨어지지 않으려고 자기의 허리에 팔을 돌려 매달리고 있는 상철의 머리에 손바닥을 올려놓았다.

"미숙은 어디 있습니까?"

나는 천천히 또다시 반복했다. 남자의 시선은 나에게 돌아왔다.

"어디라니요?"

생각 외로 낮은 목소리였다.

"미숙이요? 미숙이 어디에 있느냐고요?"

남자의 약간 쉰 그 목소리가 신경에 거슬렸다.

"약속했지요? 미숙이와"

"약속했다고요?"

나에게 또다시 같은 질문을 하면서 남자는 현주를 보았다.

"엄마와 약속했지? 아닌가요?"

"아니야. 엄마와 만나자는 약속은 없어. 아버지는 단지 현주 너를 데리고 오라고 했어."

잠시 생각하고 나서 남자의 말뜻을 되짚어보고 나는 생각 없이 아, 아, 중얼거리고 말았다. 미숙과 헤어지고 얼마 후이었는가? 남자는 미숙의 지금 직장을 알았다. 그리고 딸을 만나게 해달라고 부탁했다. 또는 딸을 만나고 싶어져서 미숙의 직장을 필사적으로 찾고 있었는지. 어쨌든, 미숙은 거절했다. 일요일에는 여기에서 기다리고 있다. 네가 데려오지 않아도 항상 자신은 여기에서 기다리고 있을 것이다. 남자는 그렇게 전했다. 그렇지만, 미숙이 현주를 데려가는 일은 없었다. 주소는 어떻게 알아낸 것일까? 가게에서 돌아오는 미숙을 미행이라도 했을까? 아니면 사장이 알려줬을까? 그리고 남자는 편지를 썼다. 미숙은 그 편지를 무시했다. 나에게도 현주도 보여주지 않고 없애버렸다. 그래도 남자는 편지를 계속 썼었다. 하마터면 웃음을 터트릴뻔했다. 지금쯤 미숙은 고등학교 동창과 대낮부터 술을 마시고, 추억 이야기에 꽃을 피우고 있을 것이다. 자신들의 오해는 웃어넘길 수밖에 없지만, 지금 이 자리에서 웃을 수는 없었다.

"상철아."

남자가 불렀다. 상철이 남자를 올려다보았다.

"잠깐만 저기 가서 기다려라."

상철이 살래살래 고개를 저었다.

"엄마가 울고 있어."

자신도 울면서 엄마의 얘기를 상철이 꺼냈다.

"괜찮으니까 저기 가 있어라. 자, 이것은"

남자는 코트 주머니에 손을 넣어서 구겨진 만원 지폐를 하나 꺼냈다.

"이거 가지고 저기에서 놀고 있어라."

손에 강제로 쥐여주는 만원 지폐를 상철은 필사적으로 안 받으려고 했다.

"상철아."

현주가 조용히 불렀다.

"잠깐만 저기 가 있어 줘. 괜찮아. 너의 아버지 아무 곳에도 못 가게 할 거니까. 이야기가 끝나면 상철이와 집에 돌아갈 거야. 그러니까 너의 아버지와 잠깐만 이야기하게 해 줘."

상철이 현주를 바라보았다. 현주도 눈길을 보냈다. 두 사람 사이에 뭔가가 서로 통한 듯했다. 상철은 다시 남자를 올려다보았다. 그때 '확실히 약속한 거야'라는 듯이 현주를 바라보면서 뒷걸음질로 우리에게서 멀어져갔다. 입구 옆에 있던 벤치를 향해 현주가 걷기 시작했다. 먼저 남자를 벤치에 앉힌 후에 내가 앉을 공간을 비우고 자신도 앉았다. 나는 두 사람 사이에 앉았다. 상철은 그 자리에서 움직이지 않았다. 수십 미터 정도의 거리를 두고 결코, 놓치지 않으려는 듯이 우리 쪽을 응시하고 있었다. 우리와 상철 사이를 끊임없이 사람들이 기분 좋게, 혹은 심술스럽게, 유쾌하게, 혹은 불쾌한 듯이 오가고 있었다.

"언제부터 한성수 씨로?"

잠시 침묵 후 질문한 쪽은 현주였다. 시선은 상철 쪽으로 향한 채였다.

"1년 정도 전에 개명했단다."

캔 커피를 옆에 두고 남자는 안심한 듯한 얼굴로 입을 열었다.

"저 아이의 어머니와 1년 전에 결혼하기로 했을 때였다. 어느 잡지에 글을 올리면서 사정으로 이름을 바꾸었단다."

"상철의 진짜 아빠는?"

"매우 오래전에 사고로 죽었다고 하더라."

남자만 상철에게 시선을 돌렸다.

"우리 현주 건강해 보이는구나. 아빠는 계속 현주가 보고 싶었다. 하지만 엄마가 안 된다고 말했어. 그래도 계속 부탁했단다. 옛날 우리 세 명이 함께 여기 왔었잖아? 그때의 현주가 매우 즐거워했었어. 그래서 또 그런 식으로 만날 수 있으면 얼마나 행복할까? 생각했단다."

"즐겁지 않았어. 정말은 즐겁지 않았어. 하지만 즐거워하지 않으면 안 된다고 생각했었어. 그래서 즐거운 척했었어. 그것뿐이야."

"아 그래? 그랬었구나? 그것은 미안하다. 그 시절은 그렇다. 아버지도 어머니도 왠지 뒤죽박죽이었단다."

현주는 또 잠시 말없이 상철을 바라보고 있었다. 아니, 바라보고 있는 것은, 그 사이를 지나다니는 사람들일까? 남자는 그런 현주를 곤란한 듯이 응시하고 있었다.

"회사에 다니지 않는다고?"

여전히 시선만은 결코 남자를 향하지 못한 채 현주가 물었다.

"회사, 아, 뭐, 여러 직장을 다녀보았지만, 아무래도 잘 견딜 수가 없어서. 아버지는 그런 일에는 몹시 힘드니까"

"일주일 동안 계속 여기에 있었어?"

"응? 아, 상철에게 들었나, 보구나. 일자리를 찾고 있었지만, 좋은 일자리를 찾을 수 없어서 집에 돌아가기 힘들어져서 이곳저곳을 돌아다녔단다. 저 아이의 엄마는 최근 유난히 시끄럽고 자신이 아르바이트를 그만두게 되었다. 그 화풀이로 빨리 일을 찾아내라고 얼마나 조르는지 숨이 막힐 정도야"

"그건 화내고 조르는 게 아니에요. 당연한 이야기이지요."

"아, 음, 그래. 그럴지도 모르지."

"또 도망가려고?"

"도망이라고? 아, 현주가 그렇게 말한다 해도 아빠는 무슨 말로도 반박할 수 없게 되네. 하지만 엄마와 헤어진 것도 그냥 도망친 것은 아니야. 아빠는 아빠의 길이 있었고 엄마는 엄마의 길이 있었다. 그래서 따로 각자의 길을 가는 거야말로 서로를 위해 좋다고"

"그런 것을 도망이라고 말하는 거야."

"응. 그럴지도 모르지만, 아빠는 언젠가 현주가 자랑스럽게 생각해 줄 수 있는 사람이 되자고 항상 노력하고 있단다. 그 시절에도 그랬고 지금도 그렇단다."

"그런 일은 생각하지 않아도 좋아. 일자리도 찾지 못했다면 그래도 좋아. 지금 당장 해야 할 일은 하나뿐이야. 집으로 돌아가. 그것뿐이야. 저 아이는 아버지를 잃었었어. 그래서 무서운 거야. 또 아버지가 없어지는 것은 무서운 거야. 그 일이 자신의 잘못이 아닌가 하고 생각해. 그것은 정말 힘든 일이야. 무척 힘든 일이야. 그러니까 무슨 일이 있어도 저 아이와 함께 집에 돌아가. 집이 얼마나 거북하고 어려워도 지금의 부인이 무슨 말을 해도 무엇을 해도. 절대로 집에 돌아가요. 상철이 싫다고 말할 때까지는 반드시 하루에 한 번은 꼭 안아주세요. 지금 해야 할 일은 그것뿐이에요."

자리에서 일어서면서 현주는 남자를 보았다.

"이제는 괜찮지요? 나와 만났고 얘기도 할 수 있었잖아요. 그러니까 이제 되었지요?"

"이걸로 좋다고 말할 수 없어. 아빠와 현주는 부녀잖아. 비록 어머니와 헤어졌다고 해도 그 진실은 변하지 않아."

"나는 더는 만나지 않을 거예요. 그러나 언젠가는 만나고 싶어질지도 몰라요. 그렇게 되면 내가 만나러 갈 거예요. 그러니까 저에게도 엄마에게도 상관하지 마세요."

남자가 매달리듯이 현주를 바라보았다. 그러고 나서 남자는 자신의 강한 의지에 상처를 입은 듯이 고개를 떨어트렸다.

"현주가 그렇게 바란다면 알았어. 아버지는 그렇게 할게."

"고마워요."

현주가 생긋 웃었다.

"아버지. 좀 서주세요. 내 뒤로"

남자가 현주를 바라보았지만, 현주가 보고 있는 사람은 나였다. 나는 일어섰다. 현주가 앉아 있는 남자의 앞에 섰다. 나는 그 뒤에 붙어 섰다. 자신이 상철의 시야를 가로막는 벽이 되었다는 걸 깨달았다.

"마지막으로 한 번만"

현주가 남자에게 말했다. 남자는 벤치에 앉은 채 같은 눈높이가 된 현주의 눈을 응시했다. 두 사람의 시선이 마주친 시간은 어느 정도였을까. 현주가 미소를 지었다. 불쑥 힘을 뺀 어깨를 좌우로 움직였다. 뒤에 있는 나는 그것을 알 수 있었다. 현주가 한 걸음을 앞으로 나갔다. 남자가 양손을 옆으로 크게 벌렸다. 마지막으로, 한 번만이라면 좋다. 남자는 친 아버지이다. 말로 표현할 수 없는 마음은 서로의 가슴속에 얼마든지 있을 것이다. 그래서 나에게는 그것을 지켜볼 의무가 있다. 현주의 몸이 주저앉았다. 일단 허리를 굽혀 현주는 위로 뻗듯이 접은 오른쪽 팔꿈치로 남자의 턱을 올려 치고 있었다. '윽'하고 신음을 내며 젖혀진 남자의 몸이 벤치의 등받이를 두드렸다. 안경이 옆으로 날았다. '오, 오'라고 하며 입에 손을 대고 괴로워하는 남자를 무시하고 현주는 '빙글' 돌아서 나를 바라보았다.

"아버지, 이런 식으로 하면 되나요?"

"아, 그래. 좋다고 생각해. 힘을 제대로 모았고 콤팩트하게 스윙으로 좋았어."

"제법 사용할 수 있군요. 다음부터는 이렇게 할 거예요."

그렇게 말하고 현주는 지금의 움직임을 복습하듯이 팔을 움직이면서 저벅저벅 걸어서 상철 쪽으로 걸어가 버렸다.

"어, 오, 괜찮습니까?"

나는 주머니에서 손수건을 찾아 남자에게 내밀었다. 뒤쪽을 살짝 뒤돌아보니까 현주는 상철을 데리고 어디인가 훌쩍 걷기 시작했다. 정리는 나에게 하라는 것이다. 내가 내민 손수건을 거절하면서 남자는 간신히 입에서 손을 떼었다.

"아, 아. 아파."

입안이 찢어진 것 같다. 남자는 혀끝으로 입안을 더듬었다.

"당신, 우리 딸에게 도대체 무엇을 가르쳤어? 전에는 저렇게 난폭한 아이는 아니었어."

"아이는 날마다 성장하는 거야. 대체로는 부모의 기대와 다른 방향으로 말이야."

나는 말했다. 손수건을 주머니에 넣고 그 남자 옆에 앉았다.

"문제없이 잘하고 있소?"

옆에 굴러떨어진 안경을 주워서 다시 쓰고 남자가 물었다.

"뭐라고?"

"미숙과 현주와"

"아마도 첫차가 고물차라서 두 번째는 보통으로 하고 있어도 칭찬받을 수 있으니까"

"그렇겠지. 나는 불량품이었으니까."

"그건 다르지. 불량품이라는 죄는 불량품에는 없소. 당신은 불량품이 아니요."

"불량품 이하라는 뜻이군. 글쎄, 그렇게 말해도 어쩔 수 없지."

칠칠치 못한 사람이라고 생각했다. 한심한 남자라는 생각이 들었다. 그렇지만 남자를 너무 미워하지 못하고 있었다.

"그런 일을 알 정도라면 왜 재혼 따위를 한 거야.".

"재혼한 것은 혼자서는 살 수 없기 때문이야. 재혼 상대로 저 아이의 어머니를 선택한 것은, 수컷으로서 의무를 이행하지 않아도 되니까."

"뭐라고? 무슨 말이야?"

"그녀에게는 아들이 한 명 있잖아. 그래서 또 다른 아이는 만들지 않아도 되고. 나와의 사이에 아이가 있다면, 그것으로 복잡해지게 되잖아. 만들 수 없는 게 좋은 일 아닐까?"

"그런 엉터리 같은 이유가 어디에 있어?"

"나는 현주의 아버지이다. 현주가 무슨 생각을 하든지, 당신이 무슨 생각을 하든지 그 섭리만은 변하지 않는다. 나는 언제까지나 현주의 아버지이다. 그래서 다른 아이는 필요 없다. 만들 생각도 없다."

이상한 이유인 것 같았지만, 그 이상한 점도 포함해서 사내다운 이론인 듯이 생각되었다. 남자와 미숙과 현주. 세 가족의 모습을 자신도 모르게 떠 올렸다. 결과적으로 잘못되었다 해도 세상에서 조금 벗어나 있는 듯해도 그것은 하나의 흐뭇한 가족의 모습이었다는 생각이 들었다. 그리고 그것이 잘못되었다는 책임은 아마 남자에게만 있는 것은 아니다. 아니, 거기에는 책임 같은 따위는 애초에 없었다. 그 가족은 그래서 그냥 잘못되었을 뿐이었다.

"당신도 그럴걸? 미숙과 아이를 만들 생각은 없었겠지? 당신을 처음 보았을 때부터 어쩐지 알 수 있었어. 나처럼 불량품 이하는 아니어도 당신도 나와 같은 인류잖아. 아버지가 될 수 없다니까 아버지 흉내를 목표로 한 거야. 아니냐?"

너무나 정확히 말해서 나는 조금 주춤했다. 그렇게 명확하게 의식하고 있었던 것은 아니었다. 그렇지만, 말을 듣고 보니까 마음속 어딘가에 그런 생각이 있었다는 것을 부정할 수 없었다. 우리 아버지는 형편없는 아버지였다. 마시고 깨부수며 사는 게 당연한 사람이었다. 주식 및 선물 거래와 합법, 불법이 적당하게 섞인 도박으로 우리 집은 이루어져 있었다. 이겼을 때의 아버지는 대범하고 너그러운 보호자이었다. 졌을 때의 아버지는 난폭한 폭군이었다. 태권도부터 유도, 킥복싱, 그리고 여러 격투기로 몸을 단련시킨 이유는 단순히 폭군이 된 아버지로부터 자신과 어머니를 지키기 위해서였다. 저런 사람과는 헤어지라고. 나는 몇 번이나 어머니에게 말했었지만, 어머니는 집을 떠날 수 없었다. 나는 나의 아버지처럼은 절대로 안 될 것이다. 그렇게 생각했던 의식의 뒤쪽에 어느덧 아버지가 되는 일 그 자체에 두려움이 컸었다는 사실을 부정할 수 없었다. 대답하지 못하는 나에게 남자는 싱겁게 혼자 웃었다.

"그래도 뭐, 남자는 모두 그럴지도 모르겠소. 소라게를 알고 있소? 자신의 본질은 생각하지 않으면서 자신에게 맞는 조개껍질을 끝없이 찾고 다니는 게야. 그중에는 조개껍질에서 타협할 수 있는 소라게도 있다지만 그 소라게라도 다른 조개를 바라보고는, 실은 저쪽 편이 좋을지도 모른다고 계속 고민할 것이다."

문득 생각한 것은 엄마의 일이었다. 왜 저런 아버지와 이별하지 않았을까? 나는 그 일에 대해서 생각해 봤다. 잘 몰랐다. 그때도 몰랐고, 지금도 모르겠다. 모르면 물어보면 된다. 오랜만에 엄마에게 전화라도 해 보자는 생각이 들었다.

"남자는 모두 소라게란 말인가 시적이네. 역시, 당신은 시인에 적합한 재능은 없어."

"이렇게 보여도 예전에는 있었어. 재능이란 녀석 말이야. 적어도 내가 거기에 일생을 걸고 싶다고 생각할 정도의 확실한 빛은 있었던 거야. 그래도 뭐, 지금은 완전히 깨끗하게 전혀 없어져 버렸지만."

"그렇게 알고 있다면 다른 것을 목표로 해야, 되는 것 아니야. 아버지도 아버지 흉내라도."

'흥'하고 남자는 코웃음을 쳤다.

"돌아가라."

나는 말했다.

"돌아갈 거야. 어차피 달리 갈 곳도, 없다."

"그 사실을 알고 있는 당신은 보통의 남자이다."

내가 자리에서 일어나고 남자도 일어났다. 멀리서 이곳을 향해 걸어오는 현주와 상철의 모습이 있었다. 현주가 상철에게 뭔가를 얘기하고 있었다. 무슨 얘기를 상철에게 하는 것일까? 뭔가 상철을 달래는 말일 것이다. 현주는 가족이란 얼마나 깨지기 쉬운지 알고 있었다. 그래서 그것을 싸워서 지켜야 한다는 사실도 알고 있다. 나는 오늘 현주에게 그것을 배웠다. 현주에게 그것을 가르친 사람이 바로 옆에 있는 남자라면 나는 이 남자에게 감사해야 한다.

"마지막으로 하나만"

나는 남자에게 말했다.

"뭐야? 당신마저 나를 때릴 거야?"

"아니, 때리지 않을 거야. 당신은 현주의 친아버지이다. 그것만은 내가 인정해 준다. 그렇지만, 현주의 가족은 말이야 지금은 나지. 당신은 아니야. 그걸 착각하지 마."

"알았어, 알았다고."

발끈하여 남자가 말했다.

"아, 그리고 또 하나 내 앞에서 두 번 다시 미숙이라고 하지 마. 이제 타인인데 미숙 씨라고 해야지. 미숙은 나의 처다. 다음에도 버르장머리 없이 미숙이라고 하면 내 주먹이 가만두지 않을 거야."

"그건 아플 것 같은데. 주의해야지. 뭐, 다시 만날 수 있으면 이라는 이야기겠지만."

이미 이야기가 끝났다고 생각한 두 명의 어린아이의 발걸음이 빨라졌다. 점점 이쪽으로 가까워져 왔다. 남자의 눈앞에 온 상철은 눈치를 보듯이 남자를 올려다보았다. 남자가 양손을 펼쳤다. 상철의 얼굴에 피어나듯이 웃음이 퍼졌다. 그리고 상철은 힘껏 남자의 허리에 매달렸다. 문득 걱정되어 현주를 보았지만, 현주는 두 사람의 모습을 매우 행복하게 웃으면서 바라보고 있었다.

"돌아갈까?"

"네, 아버지."

"그래서 동영상을 보고 있었던 거야. 옛날 문화제 때 찍었던 무대의 영상이야. 그런 걸 비디오 찍고 다녔는지 몰랐어. 그래서 상영 전에 핸드폰의 전원은 모두 끄라고 했거든. 그런데 내가 없는 동안에 무슨 일이 있었어?"

"아니, 별로. 아주 약간의 착각 때문에 전화했을 뿐이었어. 그런데 전원이 꺼져 있다고 하니까 걱정했지. 어쩐 일인가 걱정했어. 그런데 무슨 무대였어?"

"셰익스피어"

"엄마가 그런 연극을 했었어? 아, 아빠, 소스, 더 필요해요?"

"연극이라고 해도 그렇게 대단한 것은 아니지만."

"아. 그러네. 소스를 조금 더 쳐볼까?"

"학급 단위로 장기 자랑 같은 거였어. 그래서 셰익스피어 극이라고 했어. 이 봐요. 소스를 그렇게 많이 뿌리면 맛을 알 수 있을까?"

"아. 그래서 좋은 거야. 그리고, 무슨 역이었는데?"

"오필리아. 그런데 그래서 좋은 거라는 것은 무슨 뜻?"

"오필리아라고? 대단한 역이었네. 햄릿이었던가?"

"아. 극 자체는 햄릿과 오셀로와 리어왕을 더해 셋으로 나눈 오리지널이야. 다시 말해 극본을 쓴 사람은 바로 나였어."

"무슨 이야기이야. 그렇더라도 당신 술 냄새나는데. 이 냄새는 일곱 시 전 냄새가 아닌데."

"어쩔 수 없잖아. 낮에 만나 저녁까지 계속 마셨는데. 돌아오는 전차에서도 머리가 흔들리고 주위의 사람들이 모두 쳐다보아서 부끄러웠어. 그런데 왜 지금 카레를 먹는 거야? 점심은 어떻게 된 거야?"

"점심은 좀 다양한 일이 있었어. 네? 아버지. 아. 엄마도 카레 먹을 거야? 별로 권할 수 있는 맛은 아니지만."

"먹어둬. 실험하는 이상, 결과의 검증도 중요하니까"

"실험이라고? 내가 만든 요리를 가지고 뭐야. 불평이 있다면 가끔은 자신도 만들어 보라고요. 그렇게 맛이 없지는 않을걸요? 먹을 거예요. 현주야, 부탁해."

"가져오는 김에 후추도 가져다주세요. 이 맛은 소스만으로는 대응하기 어려울걸."

"아. 후추네요. 그것은 좋은 아이디어입니다. 날달걀도 넣어 볼까요?"

"훌륭한 아이디입니다."

"뭐야. 두 사람이 똘똘 뭉쳐서."

"네, 엄마, 아빠, 달걀과 후추입니다."

"그 정도에서 그냥 좋아. 그럼 부탁해. 미숙이 침묵하지 마. 즐거운 대화가 식사를 더욱 맛있게 한다고 누군가 말하던데. 아무래도 그럴 것 같은데."

"그런데 이걸 먹었다는 거야? 무리하지 않아도 돼요. 내가 생각해도 이것은 너무하다. 피자라도 시키자."

"아까워 엄마. 그렇게 먹을 수 없을 정도로 심하지는 않으니까. 지난번에 만든 쪽이 더욱 심했었어."

"현주 너, 지금 그 말은 엄마를 안심시키는 거야? 아니면 비난하는 거야?"

"이 정도의 어려움은 소스와 후추와 날달걀과 그리고 즐거운 대화로 극복할 수 없는 것은 아니야. 여보 즐겁게 말하면서 먹자고. 물 마시면서 먹으면 그런대로 먹을 수 있으니까"

"아, 고마워요. 그럼, 무슨 말을 할까? 아, 그러고 보니 두 사람은 오늘 무슨 일을 했나요? 어떤 일요일이었어?"

"어떤 일요일이었나 하면 음, 그것은 아, 아빠는 어땠어요?"

"오, 그래네. 뭐랄까?"

"내가 없으니까, 뭐라고 할 수도 없을 정도로 좋은 일요일이었어요?"

햇살이 모이는 곳

이 작품은 인류가 사라진 세상에서 한 인조인간과 그의 창조자가 함께 보내는 마지막 시간을 그린 이야기다. 창조자는 자신이 죽은 뒤 무덤을 만들어 줄 존재가 필요해 인조인간을 만들었지만, 그 과정에서 의도치 않게 '감정'을 심어 주었다.

처음 세상에 나온 인조인간은 단순한 시중과 생존만을 위해 만들어졌으나, 햇살과 바람, 꽃과 동물, 그리고 작은 생활의 순간들을 통해 점차 기쁨·부끄러움·연민 같은 인간적인 감정을 배워 나간다. 그러나 사랑이 깊어질수록 죽음이 주는 상실의 고통 또한 커진다는 사실을 깨닫게 된다. 토끼를 구하려다 죽게 한 경험은 그에게 처음으로 깊은 상실감을 안겨주었고, 이를 통해 '죽음이란 사랑하는 존재를 잃는 상실'임을 이해한다. 창조자의 마지막 순간, 인조인간은 원망과 감사가 함께 존재할 수 있음을, 그리고 사랑과 죽음이 서로 맞닿아 있음을 받아들인다.

결국 이야기는 "감정은 고통을 부르지만, 그 고통 속에서야 비로소 삶의 가치가 피어난다"라는 메시지를 전하며, 사랑과 상실이 인간다움의 본질임을 보여준다.

나는 작업대 위에서 눈을 뜨고 상반신을 일으켰다. 그리고 주위를 둘러보았다. 온갖 잡동사니가 널브러져 있는 넓은 방이었다. 의자에 한 남자가 앉아 있었다. 그 남자는 조금 떨어진 곳에 앉아서 골똘히 생각에 잠겨 있었다. 일어나서 앉는 나를 보고 남자는 하얀 치아를 보이며 활짝 웃어주었다.

"안녕. 잘 잤니?"

남자는 의자에 앉은 채로 말했다. 위아래 모두 하얀 옷으로 입고 있었다.

"당신은 누구십니까?"

남자는 말 없이 일어나 창가에 있는 옷장에서 옷과 구두를 꺼냈다.

"나는 너를 만든 사람이다."

남자는 가깝게 다가왔다. 천정의 밝은 빛이 나와 남자를 비추었다. 남자의 얼굴을 가깝게 보니까 얼굴색이 몹시 하얗다. 남자는 나의 무릎 위에 옷을 놓아주었다. 남자가 입고 있는 옷처럼 하얀색 옷이었다. 나는 아무것도 몸에 걸치고 있지 않았다. 부끄러운 생각이 들어서 얼른 옷으로 몸을 가렸다.

"탄생을 축하한다."

방안에는 여러 공구랑 재료들이 널브러져 있었다. 남자의 발밑에는 상당히 두꺼운 책들이 여러 권 뒹굴고 있었다. 나는 그것이 나를 만들기 위한 설계도라는 사실을 금방 알 수 있었다. 옷을 입고 남자의 뒤를 따랐다. 집안의 긴 복도를 걸어서 안으로 들어가니까 계단이 나왔다. 이 실내가 P 대학의 연구실이라는 사실을 나중에 알게 되었다. 계단을 올라갔다. 남자는 문을 열었다.

문을 여니까 강한 빛이 눈부시게 눈 안으로 들어왔다. 햇살이라는 것이었다. 내가 지금까지 지하실에 있었던 사실을 알게 되었다. 햇살이 몸의 표면으로 와서 닿자, 몸이 구석구석 따뜻하게 체온이 상승하기 시작했다. 집 밖으로 나오자, 주위에는 파란 잔디가 깔린 언덕이 있었다. 나는 눈이 부셔서 눈을 가늘게 뜨고 지리를 익히려고 주위를 둘러보았다. 언덕 뒤쪽은 그렇게 높지 않은 산이 있었다. 어쩐지 언덕은 인공적으로 만들어진 듯한 느낌이 들었다. 남자가 손을 들어 눈앞에 보이는 숲을 가리켰다.

"저 숲속에 우리가 살 집이 있다."

남자가 가리키는 쪽을 바라보니 넓게 보이는 곳에 붉은색 벽돌로 지은 건물이 보였다. 나무와 나뭇가지 사이로 빨간색의 삼각형 지붕의 꼭대기가 보였다.

"너는 지금부터 여기에서 보이는 저 집 아무도 없는 커다란 건물 옆에 있는 우리 집에서 나와 함께 살면서 나의 시중을 들어야 한다."

우리는 집 쪽으로 발길을 옮겼다. 집으로 가는 도중에 무덤이 나왔다. 남자는 발걸음을 멈추고 잠깐 무덤을 바라보았다. 그리고 다시 발걸음을 옮겼다. 집은 가까이 다가가서 보니까 멀리에서 보았을 때보다 훨씬 크지만, 몹시 오래된 집인 듯했다. 집 앞에는 우물이 있었다. 그 옆의 자동차는 움직일 듯하지 않은 매우 오래되어서 녹슬고 바람이 빠지고 찌그러진 타이어의 트럭이 있었다. 남자의 뒤를 따라서 집 안으로 들어갔다. 남자는 주방에서 가장 가까운 방을 나의 방이라고 지정해 주었다. 침대와 매우 작은 창문이 있을 뿐 아무것도 없는 작은 방이다. 남자가 주방에서 불렀다.

"우선 나는 지금 커피가 마시고 싶다."

"커피는 알고 있지만 만드는 법을 모르고 있습니다."

"맞다. 그렇구나."

남자는 찬장에서 커피 봉투를 꺼냈다. 물을 끓여서 커피에 물을 부으니까 커피의 향인 듯한 향기로운 냄새가 실내로 가득 퍼졌다. 내 앞에서 두 잔의, 커피를 만들었다. 그중에 하나를 나에게 주었다.

"만드는 방법은 알았습니다. 다음부터는 제가 만들도록 하겠습니다."

나는 그렇게 말하고 컵 속의 검은 액체를 입으로 가져갔다. 뜨거운 액체가 입 안으로 흘러 들어와서 목구멍을 타고 그냥 쓰기만 한 맛이 넘어 들어왔다.

"나는 이런 맛을 싫어합니다."

"맞다. 분명히 그런 설정이었다. 설탕을 넣으면 맛이 달라질 거다."

설탕을 듬뿍 넣어서 나는 커피를 마셨다. 내가, 이 세상에 태어나서 눈 뜨고 처음으로 몸 안에 넣은 음식이었다. 남자는 커피를 다 마시고 커피잔을 테이블에 힘없이 내려놓았다. 피곤한 듯이 의자에 앉았다. 주방의 창가에는 막대기 같은 물체가 매달려있었다. 열린 창문으로 바람이 불어올 때마다 서로 부딪쳐서 날카로운 소리를 냈다. 벽에는 작은 거울이 걸려 있었다. 나는 거울 앞에 서서 얼굴을 바라보았다. 대강 인간이 어떤 모양으로 생겼는지 알고 있었다. 거울에 보이는 나의 모습은 여자의 얼굴이었다. 피부는 하얗고 얼굴에 잔털도 이식되어 있었다. 모든 게 인간 여자의 모습이었다. 찬장 서랍에서 오래된 사진을 발견했다. P 대학이라는 건물을 배경으로 두 사람을 찍은 사진이었다. 남자와 백발의 노인이었다. 나는 남자를 바라보며 물었다.

"다른 사람은 모두 어디에 있나요?"

남자는 나를 바라보지도 않고 무뚝뚝하게 대답했다.

"어디에도 없어."

"어디에도 없다는 것은 무슨 의미입니까?"

남자는 모든 인간은 다 죽었다고 말했다. 갑자기 알 수 없는 병균이 공중을 떠돌아서 감염된 사람들은 예외 없이 모두 죽어갔다고 했다. 남자는 감염되기 전에 P 대학의 교수였던 할아버지 집인 여기로 왔다고 했다. 그러나 할아버지도 남자가 오고 나서 얼마 지나지 않아서 병이 감염되어서 죽었다고 했다. 그 후로 남자는 혼자 여기에 남아서 계속 생활하고 있다고 했다.

"나도 이제 감염되고 말았다. 그래서 며칠 남지 않았다."

"그럼, 당신도 죽습니까?"

남자는 머리를 끄덕이며 말했다.

"나는 그래도 운이 좋은 편이었다. 몇십 년 동안이나 전염성 병균에게 지지 않고 살아있었으니까."

남자에게 나이를 물었다. 백 살이라고 했다.

"그렇게 보이지 않습니다. 나의 지식에 비추어보면 당신은 스무 살 정도로밖에 보이지 않습니다."

"그건 그렇게 보이도록 너를 내가 설정하고 만들었기 때문이다."

인간은 몸이 안 좋으면 수술해서 고쳐가면서 120살까지 살아갈 수 있다고 남자는 조용히 설명해 주었다.

"병균에게는 이길 수 없는 겁니까?"

나는 물으면서 주방의 여러 가지 물건들을 확인하였다. 냉장고 안에는 여러 가지 먹을 것이 있었다. 그리고 가스레인지 위에는 냄비가 올려 있었다.

"나에게도 이름을 지어주세요."

나의 말을 못 들은 척하며 테이블에 팔꿈치를 올려놓고 오랫동안 남자는 창밖을 내다보고 있었다. 남자의 대답을 거의 포기하고 있을 때 남자는 중얼거리듯이 말했다.

"너에게는 이름이 아마도 필요 없을 거다."

바람이 창문으로 들어와 창가에 매달려있는 막대를 흔들어서 날카로운 소리를 냈다. 그걸 풍경이라는 사실을 나중에 알게 되었다.

"내가 죽으면 나를 땅에 묻어주기를 바란다. P 대학의 교정이 내려다보이는 우리 할아버지 무덤 옆에 땅을 파고 나를 눕히고 그 위에 흙을 덮으면 된다. 나는 너를 그 일을 시키기 위해서 만들었을 뿐이다."

"알겠습니다. 나를 만든 것은 당신을 보살피는 일과 당신의 무덤을 만드는 일을 시키기 위해서이군요."

"맞다. 그것이 너의 존재 이유다."

나는 먼저 집 안 청소부터 시작했다. 쓸고 닦고 방안에 널브러진 물건들을 정리하는 동안에 남자는 소파에 앉아서 말없이 창밖을 내다보고 있었다. 창 밑에 작은 새 한 마리가 앉아 있었다. 내가 가깝게 다가가도 움직이지 않았다. 죽었을 걸로 추측했다. 나는 새를 집어 들고 밖으로 나왔다. 그리고 손바닥에 올려놓고 손바닥을 높이 올렸다. 집안에서 남자가 창문으로 내 손바닥에 있는 새를 바라보고 있었다.

"어떻게 할 거지?"

남자가 물었다. 나는 아무 대답도 하지 않고 죽은 새를 숲속으로 던졌다. 나의 힘은 보통 여자들로 설계되어 있어서 새는 멀리 가지 못하고 나뭇가지에 걸리면서 땅으로 떨어지지 않고 나무에 걸리면서 나뭇잎만을 날렸다.

"무슨 뜻이냐? 지금 그 행동은?"

"분해되어서 땅에서 자라는 식물에 좋은 양분이 되기 위해서입니다."

남자는 나의 대답을 듣고 크게 고개를 끄덕였다.

"나의 무덤을 만들고 나의 장례를 치르기 위해서라도 너는 죽음에 대해서 좀 더 공부해야 할 것 같다."

남자의 말에 의하면 나는 아직 죽음에 대해서 이해하지 못하고 있는 것 같았다. 그렇게 나와 남자의 생활이 시작되었다. 아침이 되면 마당에 있는 우물에서 물을, 길렀다. 밥과 청소나 세탁하기 위한 물이었다. 우물가에는 이름을 알 수 없는 작고 예쁜 꽃들이 많이 피어있었다. 바람 부는 날은 꽃들이 살랑살랑 춤을 추듯이 서로 맞부딪치고 있었다. 나는 가장 가까운 길로 우물에 가기 위해서 길이 아닌 곳으로 걸어 다녔다. 그때 작은 꽃들을 밟아야 했다. 꽃들을 밟는 나의 마음은 꽃들에게 몹시 미안하고 마음이 아프기는 했다.

지하실에는 발전기가 있었다. 발전기로 만드는 전기는 생활하는데 충분했다. 지하실에는 어마어마하게 커다란 공간이 있었다. 거기에는 몇십 년이고 먹고 쓸 수 있는 일용품과 식료품이 있었다. 나는 물을, 다 길러 놓고 지하실 식료품 창고에서 하루 먹을 재료를 골라서 요리했다. 식사 후에는 반드시 커피를 만들어서 남자와 나란히 앉아서 마셨다. 남자는 아무것도 넣지 않은 쓴 커피를 마셨고 나는 남자가 알려준 대로 커피에 설탕을 듬뿍 넣어서 마셨다. 커피를 마시고 설거지를 끝낸 후 남자는 몇 장의 사진을 나의 앞으로 들고 왔다. 사진은 몹시 오래된 듯이 보였다. 많은 사람이 살고, 있는 대도시의 사진이었다. 남자는 매우 큰 도시라고 알려주었다. 높은 빌딩이 늘어서 있고 바다로 보이고 곁에는 높다란 굴뚝 같은 게 보였다.

남자는 P 제철소라고 알려주었다. 수많은 차가 그사이를 누비고 다니는 광경이 찍힌 사진이었다. 또 다른 사진에는 남자가 찍혀있었다. 남자의 뒤쪽으로는 무슨 시설 같은 건물이 보였다. 이곳이 어디냐고 남자에게 물었다. 남자는 전에 근무했던 P 공업대학의 연구실 앞이라고 했다. 과학 기술 분야의 연구 실적은 국내 최고의 수준을 자랑했다고 했다. 남자의 할아버지는 과학자이며 교수였고 남자는 연구실에서 할아버지의 조교였다고 했다. 당시에는 국가적 규모의 각종 연구 사업을 진행하는 교수들의 수가 엄청나게 많았다고 했다. 과학 기술 분야 특히 AI 로버트와 인조인간의 연구 실적은 세계에서도 최고의 수준을 자랑했었다고 남자는 매우 자랑스럽게 말해 주었다. 학생 수나 경제 규모에 있어 소수정예임에도 밀리지 않는 몹시 뛰어난 결과를 보여주었고 선택과 집중을 통하여 압도적인 성과를 보이는 분야가 상당히 많았고, 생명과학과 재료과학 분야가 특히 뛰어났었다고 했다. 남자도 할아버지 옆에서 상당히 수준 높은 연구를 했었다고 자랑스럽게 얘기했다. 그 얼굴에서는 지난날의 영광스러웠던 순간들을 기억해 내는 듯이 오랜만에 감격스러운 얼굴빛이 되었다. 남자는 할아버지 사진의 얼굴을 천천히 손가락으로 어루만지면서 눈을 감았다. 또 다른 사진에는 나와 똑같이 생긴 여자가 찍혀있었다. 얼굴도 머리모양도 모두 똑같았다.
"너는 이 사람의 모습을 본떠서 내가 만든 것이다."

집 앞과 뒤쪽으로 나 있는 길은 우리 두 사람 외에 다른 사람들이 사용하고 있는 것 같지 않았다. 언덕과 내가 태어난 연구실까지 밖에 길이 없었다. 대학의 캠퍼스라고 하는 넓은 마당에는 많았던 학생들의 모습은 사라졌지만, 지금은 각가지 이름 모를 꽃들이 피어있었다. 어느 날 아침 나는 남자에게 물었다.
"이 학교 앞을 따라서 계속 내려가면 무엇이 있습니까?"
"폐허가 되어 아무도 살지 않는 P 시내와 P 제철소가 나온다."
남자는 커피잔을 들여다보면서 얘기했다. 마치 그 커피잔 속에서 지금은 사라져 버린 옛날의 부귀와 영화를 찾으려는 듯이 천천히 흔들면서 들여다보고 있었다. 지금은 아무도 살지 않는 집이나 건물들이 여기저기 있다고 했다. 쓰러져 주저앉은 집, 겨우 모양만 남아있는 집이 있을 뿐이라고 했다.
어느 날 아침 채소를 요리하려고 하는데 채소 잎에 누군가가 낸 이빨 자국이 있었다. 그것을 이상하게 바라보고 있는 나에게 남자는 말했다.
"그 이빨 자국은 토끼의 것이다. 토끼가 여기에 가끔 온다."
나는 식사를 마치고 집 주위를 걸으면서 생각했다. 남자의 심장 활동이 멈추었을 때를 생각해 보았다. 물론 나도 머지않아서 심장이 멈춘다. 나 같은 인조인간은 어차피 처음부터 그 순간이 설정되어 있다. 그러나 심장의 활동이 멈추어지는 건 아직 미래의 일이다. 나는 나의 손목을 귀에 대어보았다. 째깍째깍 시계의 태엽이 돌아가는 소리가 들렸다. 죽는다는 것은 이 소리가 멈추는 것을 의미한다. 나는 창고 안에 있는 삽을 찾아서 삽으로 땅 파는 연습했다. 남자는 우물가가 보이면서 햇살이, 따뜻하게 모이는 곳에 놓인 의자에 앉아 있었다. 남자에게 다가가서 필요한 것이 없는지 물어보았다. 남자는 입가에 미소를 띤 채로 필요한 건 없다는 듯이 고개를 옆으로 흔들었다. 나는 가끔 커피를 만들어서 남자에게 가져가면 남자는 고맙다고 하였다. 남자는 햇살 때문에 눈이 부신지 눈을 가늘게 뜨면서 얼굴을 찡그렸다. 어느 때는 집안에서 남자를 볼 수 없어서 찾아다니다 보면 P 공업대학 교정이 내려다보이는 할아버지 무덤가에 남자는 앉아서 교정을 내려다보고 있었다. 그리고 어느 날은 입고 있던 하얀 옷으로 무덤을 덮어 놓은 것을 본 적도 있었다. 나에게도 무덤에 대한 지식은 있었다. 사람이 죽으면 묻어두는 곳이라고 했다. 할아버지는 분해되어서 주위의 식물의 영양분이 되어 있을 게 틀림없는데 남자가 왜 이렇게 자신의 무덤에 집착하는지 모르겠다. 분명히 집 앞에 있는 채소밭은 내가 만들어지기 전부터 계속 이곳에 있었다. 남자도 갖가지 채소를 길러내고 있었다.

어느 날 정말 토끼가 밭에서 채소를 갉아 먹고 있었다. 숲속에는 다른 풀들이 얼마든지 많았다. 그 풀을 먹어도 되는데 토끼가 이곳까지 온다는 건 어쩌면 토끼도 채소를 좋아한다고 나는 생각했다. 아무도 모르게 숨어서 토끼를 기다렸다. 얼마나 기다렸는지 모르지만 하얗고 조그마한 귀여운 토끼가 커다란 귀를 쫑긋거리며 채소밭 쪽으로 깡충깡충 뛰어왔다. 채소와 채소 사이에 몸을 감추어 가면서 열심히 채소를 뜯어서 앞발로 움켜쥐고 입술을 오물거리며 먹고 있었다. 나는 때를 맞추어 재빨리 토끼를 붙잡으려고 나무 뒤에 숨어서 적당한 때를 기다리고 있었다. 그러나 때를 맞추지 못했다. 달아나는 토끼를 쫓았지만 결국 잡을 수 없었다. 나를 만들 때의 내가 가지고 있는 기능만으로는 토끼를 잡을 수 없도록 만든듯했다. 토끼는 나를 비웃듯이 놀리면서 밭 전체를 이리저리 뛰어다니다가 숲속으로 사라지고 말았다. 나는 토끼를 쫓다가 무언가에 걸려서 넘어지고 말았다. 그때 집 쪽에서 웃음소리가 들리는 것 같았다. 일어서서 집 쪽을 바라보니 남자가 나를 바라보며 재미있다는 듯이 웃고 있었다. 남자의 재미있게 웃는 모습을 처음 보았다.

"여기에서 생활하는 동안 어느 사이에 너도 인간다워지고 말았구나."

내가 집으로 돌아왔을 때까지 남자는 웃고 있었다. 나는 남자가 웃는 이유를 잘 모르겠다. 그러나 남자가 내가 넘어진 것을 보고 웃는다는 것은 분명했다. 그건 부끄러운 일이 아닐까 하는 생각이 들었다. 가슴속이 간질간질하다고 생각했다. 체온이 상승하여 얼굴이 빨개지는 것을 느꼈다. 어떻게 해야 할지 몰랐다. 그렇다. 이것이 창피하다는 감정일까? 하고 생각해 보았다. 그래서 언제까지나 웃고 있는 남자가 조금 미워졌다. 그렇지만 즐거운 듯한 남자의 모습은 싫지는 않았다. 점심 식사 때 남자는 포크로 테이블을 두 번 두들겼다. 국을 먹던 나는 고개를 들어 남자를 바라보았다. 남자는 젓가락으로 김치를 들어 나에게 보였다. 처음에는 무슨 뜻인지 몰랐다. 그러나 자세히 들여다보니까 토끼가 뜯어 먹은 이빨 자국이 남아있었다.

"네가 먹는 김치에는 이빨 자국이 없는데 왜 내 것에만 있는 거야?"

"이건 우연입니다. 단지 확률의 문제일 뿐입니다."

나는 그렇게만 대답하고 토끼가 뜯어 먹은 자국이 없는 김치를 골라서 먹었다. 남자도 김치를 뒤적거리면서 골랐다. 이 집에는 방이 많았다. 그러나 방에는 아무것도 없었다. 그런데 어느 방 하나에는 어린아이들이 가지고 놀았을 듯한 장난감이 있었다. 나는 아직 어린아이를 보지 못했지만, 지식으로는 알고 있었다. 창으로 바람이 들어오면 창가에 걸어놓은 막대가 부딪치면서 아름다운지 시끄러운지 모를 소리를 냈다.

"저기 창가에 매달려있는 것이 내는 소리는 바람이 만들어내는 소리이군요? 나는 잘 모르겠지만 저 소리가 아름다운 소리입니까?"

남자는 나의 말에 그렇다는 의미의 웃음을 웃으며 고개를 끄덕여 주었다. 그리고 남자는 이름이 풍경이라고 알려주었다. 나는 안심했다. 내 생각이 틀리지 않았다는 것을 지금 남자의 표정에서 알 수 있었다. 처음 이 집에 왔을 때 풍경이 내는 소리가 아무렇게나 규칙적이지 않고 듣기 싫고 높은 소리를 내고 있을 뿐이라고 생각했었다. 그런데 이 집에서 벌써 한 달이 지나가고 있었다. 그러는 동안에 나도 모르는 사이에 생각이 변했다. 소리가 맑고 아름답다고 생각하게 되었다.

그날 밤 남자가 잠자리에 들고 난 후 나는 혼자 집 주위를 걸었다. 밝은 불빛이 집 주위를 밝히고 있었다. 전깃불 주위에 수많은 벌레가 달려들고 있었다. 밝은 불빛이 쏟아지는 그 바로 밑에 서서 나는 나의 감정의 변화에 대해서 생각해 보았다. 언제부터인가 나는 우물가에 빨리 가기 위해서 길이 아닌 곳으로 다니면서 꽃이나 풀을 밟는 일을 안 하게 되었다. 멀리 돌아가더라도 될 수 있으면 사람들이 걸어 다녔을 듯한 길로 다니면서 꽃이나 풀을 안 밟으려고 노력했다. 처음에 지하 연구실에서 밖으로 나왔을 때는 태양을 보고 그냥 눈부시다는 생각밖에 안 했었다. 그러나 지금은 태양에 대해서 조금 생각이 달라졌다. 태양은 몹시도 고맙다는 사실을 깨달았다. 태양이 없다면 밝은 빛이 없어서 풀도, 나무도, 채소도 자랄 수가 없는 지식도 갖게 되었다.

그리고 여러 가지를 사랑스럽게 생각하게 되었다. 요리하고, 청소하고, 옷을 빨고, 구멍이 난 곳을 꿰매는 일을 나는 매우 좋아하게 되었다. 바람이 불어오는 소리를 들으면 마음속에서인지 머릿속에서인지 잘 모르겠지만, 외롭다는 느낌이 들기도 했지만 아름답고 무척이나 사랑스럽다고 생각할 때가 더욱 많았다. 밤하늘을 올려다보았다. 불빛보다 더 밝은 둥근 보름달도 보였다. 알사탕처럼 반짝이는 별도 셀 수 없이 많았다. 나무와 나무 사이로 주저앉아버린 집들과 폐허가 된 도시도 보였다.

"지금부터 일주일 후면 나는 죽는다."

다음 날 아침에 잠자리에서 일어난 남자가 나를 바라보면서 확실히 말했다. 나는 아직 죽음이 무엇인지 확실히 이해할 수 없었지만 알았다고 대답할 수밖에 없었다. 남자의 몸은 점점 약해지고 있는 걸 느낄 수 있었다. 그래서 나는 남자가 의자에 앉을 때나 일어설 때나 침대에 누울 때, 도와주려고 했지만, 남자는 필요 없다고 했다. 나는 남자를 도와줄 수 있는 일이 별로 없었다. 남자는 통증을 호소하지 않았고 열도 나지 않았다. 병균에 감염되면 이렇게 괴로움 없이 죽는 것일까? 혼자서 생각했다. 남자가 많이 움직이지 않아도 될 수 있도록 식사도 남자가 침대 위에서 하도록 준비했다. 남자는 돌아가신 할아버지 얘기를 자주 해주었다. 할아버지와 함께 P 공업대학 연구실에서, 얼마나 많은, 연구했었는지 얘기를 하고 또 했다. 트럭을 타고 폐허의 도시를 돌아다니며 아직 사용할 수 있을 듯한 물건들을 날라 왔다고도 했다. 그 트럭이 지금 정원에 세워진 트럭이지만 지금은 연료가 없어서 움직일 수 없게 되었다고 했다.

"너는 인간이 되고 싶다고 생각한 적이 있니?"

남자는 얘기 도중에 갑자기 하던 말을 끊고 나의 얼굴을 들여다보며 물어왔다. 나는 고개를 끄덕이며 솔직하게 있었다고 말했다.

"창가에 매달려있는 풍경의 소리를 들으면서 나도 인간이었다면 하고 생각한 적이 있었습니다. 바람도 무언가를 움직여서 음악처럼 맑고 아름다운 소리를 만들어낼 수 있잖아요."

그러나 나는 아무것도 만들어낼 수도 없고 아무것도 표현할 수 없다고 생각하면 슬퍼진다고 남자에게 말했다. 나는 말로 하는 것이기 때문에 조금 시적으로 표현을 해보았다. 내가 할 수 있는 일은 이 정도밖에 없었다.

"그랬었구나."

남자는 잠시 생각에 잠긴 듯이 고개를 끄덕였다. 그리고 다시 할아버지 얘기로 돌아갔다. 할아버지와 함께 폐허의 도시를 몇 주일간 헤맸던 얘기였다. 남자는 매우 깊이 정말 진심으로 할아버지를 존경하고 사랑하는 듯했다. 할아버지와 함께했던 P 공업대학의 연구실에서 생활을 그리워하는 듯했다. 그래서 할아버지 옆에 묻히고 싶어서 나를 만들었다고 했다. 나는 남자의 침대 옆 방바닥에 주저앉아서 아침밥을 먹고 있었다. 갑자기 남자의 손에 들렸던 수저가 가벼운 소리를 내면서 방바닥으로 떨어졌다. 남자의 오른손이 경련을 일으키듯이 떨리고 있었다. 남자는 왼손으로 오른손의 경련을 멈추게 하려는 듯이 힘을 주어서 붙잡고 있었지만 쓸데없는 일이었다. 남자는 냉정한 눈으로 자신의 손을 노려보면서 나에게 물었다.

"너는 죽음이란 무엇인지 깨달았니?"

"아직 모르겠습니다. 무슨 의미입니까?"

"아주 무서운 것이다."

나는 수저를 주워서 나의 쟁반에 놓았다. 죽는다는 사실을 아직 잘 모르겠다. 나도 언젠가는 죽는다는 것은 알고 있다. 그러나 무섭다고는 생각해 보지 않았다. 모든 움직임이 정지한다는 일이 정말 무서운 것일까? 정지와 공포의 사이에서 뭔가 하나가 빠져서 없어지는 것 같았다. 그 사실을 공부한다면 알 수 있을 듯했다. 나는 남자를 바라보았다. 남자의 손은 아직 떨리고 있었지만 남자는 포기라도 한 듯이 창밖을 보고 있었다. 나도 남자의 눈길을 따라서 창밖을 바라보았다. 눈이 부셔서 눈을 가늘게 떴다. 하얗고 작은 물체가 녹색의 풀숲에서 보였다가 바로 없어지곤 했다. 자유롭게 여기저기를 뛰어다니는 얄미운 토끼였다. 나는 일어서서 밖으로 나왔다.

남자의 죽는 날이 5일 후로 다가왔다. 날씨는 흐렸다. 나는 숲속으로 돌아다니면서 산나물을 뜯었다. 식품은 창고에 얼마든지 있지만, 밭에서 키운 채소나 자연 속에서 자란 산나물이 건강에 좋을 거라는 나의 생각이었다. 남자의 손발이 때때로 마비되어 움직일 수 없게 될 때도 있었다. 그럴 때마다 남자는 넘어지거나 커피를 엎지르기도 했다. 그래도 남자는 냉정하게 대처했다. 당황하지 않고 조용히 말을 듣지 않는 자기 몸을 바라보기도 했다. 나는 그런 남자를 위해서 아무 일도 할 수 없어서 슬픈 마음으로 남자를 바라보기만 했다.

어느 날 날씨가 흐렸지만, 숲속을 조금 돌아다니며 산나물을 캐다가 보니까 갑자기 지면이 뚝 하고 끊어진 듯이 보이는 낭떠러지가 보였다. 남자는 낭떠러지에서는 특히 조심하지 않으면 위험하다고 일러주었었다. 그래서 나는 조심스럽게 주저앉아서 그 밑을 내려다보았다. 낭떠러지 중간쯤에서 하얀 물체가 움직이는 듯이 보였다. 하얀 토끼였다. 아마도 낭떠러지에서 발을 잘못 디뎌서 떨어졌지만, 나뭇가지에 걸려서 죽지는 않은 것 같았다. 멀리서 천둥소리가 들려왔다. 나의 팔뚝에 빗방울이 하나 똑 하고 떨어졌다. 나의 마음에서는 그동안 채소를 갉아 먹는 토끼를 미워했던 마음은 어디론가 사라져 버리고 비가 많이 와서 토끼가 비에 젖으면 불쌍하다는 생각이 갑자기 들었다. 나물 바구니를 땅에 내려놓고 낭떠러지에서 미끄러지지 않도록 발밑을 조심하면서 한걸음 씩 천천히 내려갔다. 토끼가 있는 곳까지 무사히 내려올 수 있었다. 차가운 바람이 불어와 나의 머리카락을 날렸다. 그때까지 토끼는 움직이지 않고 나를 기다리고 있는 것 같았다. 이렇게 되면 반드시 구해주지 않으면 안 될 것 같은 생각이 들었다. 나는 조용히 토끼에게 손을 내밀었다. 토끼는 몸을 부르르 떨며 조용히 나에게 안겨 왔다. 손바닥과 가슴이 따뜻해지는 것을 느꼈다. 본격적으로 비가 오기 시작했다. 나는 토끼가 비에 젖지 않도록 내 옷 속으로 넣었다.

나무들이 일제히 빗방울을 받아들여 소리를 내기 시작했다. 바로 그 순간 무엇인가 무너지는 소리가 들려왔다. 무섭게 커다란 진동이 나의 몸을 흔들었다. 내가 딛고 있던 낭떠러지 땅이 갑자기 밑으로 떨어져 내리기 시작했다. 나는 토끼가 떨어지지 않게 힘을 주어서 가슴에 꼭 안았다. 땅에 닿는 순간 엄청난 충격이 전신을 통해 전해져왔다. 낭떠러지 옆으로 흐르고 있던 강가로 굴러떨어져 내렸다. 나의 몸은 반 정도 부서졌지만 치명적이지는 않았다. 왼쪽 다리가 부러졌고 배에서 가슴까지 걸쳐서 크게 깨졌다. 몸 안에 있던 것들이 쏟아져 나왔지만, 나는 손으로 밀어 넣고 간신히 집으로 돌아올 수 있었다. 가슴에 안은 토끼를 보았다. 하얀 털에 빨간 것이 묻어있었다. 나는 그것이 피라는 사실을 금방 알았다. 토끼의 몸이 차가워져 있었다. 토끼의 몸이 따뜻해지기를 바라면서 집에까지 토끼를 안고 돌아왔다. 한쪽 다리로만 껑충껑충 뛰었기에 나의 몸에서 빠져나온 것들이 점점 길바닥으로 떨어져 내렸다. 집 안으로 들어와 가장 먼저 남자를 찾았다. 내 몸에서 떨어지는 물방울이 방바닥을 흥건히 적시기 시작했다. 남자는 창가에 있는 의자에 앉아 있었다. 내 모양을 보고 남자는 무척 놀라는 듯했다.

"나를 고쳐 주십시오."

"알았다. 어서 지하 연구실로 가자."

나는 가슴에 안고 있던 토끼를 남자에게 보이며 물었다.

"이 토끼도 고쳐주실 수 있습니까?"

남자는 고개를 옆으로 흔들었다.

"그 토끼는 이미 죽었어. 그래서 내 힘으로는 살릴 수 없어."

나는 채소밭 사이를 건강하게 뛰어다니던 밉살스러웠던 토끼를 생각했다. 그리고 내 손안에서 하얀 털을 빨갛게 물들이면서 죽어가는 토끼를 내려다보고 있었다. 아마도 강가로 떨어져 내릴 때까지는 분명히 따뜻한 온기는 있었다. 그런데 내가 너무 세게 안아서 그 반동으로 토끼가 죽었을지도 모르겠다. 토끼에게 미안한 마음이 크게 움직였다. 눈물이 나올 듯이 눈가가 뜨거워지는 걸 느꼈다. 나를 고칠 수 있는지 없는지는 지하 연구실에 가서 조사해 보지 않으면 모른다는 남자의 말이 아주 멀리서 들려오는 것 같았다.

"아…… 아……"

나는 입을 열고 무슨 말인가 하려고 했지만, 말할 수가 없었다. 그리고 가슴속 깊이에서 알 수 없이 아파지는 것을 느껴야 했다. 나에게서 힘이 점점 빠져나가서 서 있을 수가 없어서 나는 무릎을 꿇고 말았다. 나에게는 눈물을 흘릴 수 있는 감정이 있었던 듯했다.

"나는 이 아이가 밉기도 했지만 그래도 귀여워서 좋았습니다."

남자는 몹시 가여운 눈빛으로 나를 바라보았다.

"그것이 바로 죽음이라는 것이다."

남자는 그렇게 말하고 손으로 나의 머리를 부드럽게 어루만져 주었다. 나는 바로 알 수 있었다. 죽음이란 바로 상실감이었다. 나와 남자는 지하 연구실까지 걸었다. 비가 너무 세게 와서 앞이 거의 보이지 않았다. 나는 토끼를 가슴에 안은 채 한 다리로 껑충껑충 뛰어서 걸었다. 집을 나올 때 남자는 토끼를 집에 놓고 가라고 했지만, 나는 토끼를 아무도 없는 집에 그냥 놔둘 수가 없었다. 지하 연구실에서 응급처치를 받을 때는 옆 작업대에 놓아둘 수밖에 없었다. 나는 작업대에 누웠다. 이 작업대는 한 달 하고 일주일 전까지만 해도 누워있었다. 밝은 불빛 아래서 남자는 내 몸 안을 이리저리 검사했다. 남자는 때때로 피곤한 듯이 의자에 앉아서 쉬었다. 그렇게 휴식을 취하지 않으면 서 있는 것도 불가능해 보였다. 나는 눕혀진 채로 옆 작업대에 있는 토끼를 바라보았다. 남자도 수일 내에 저 토끼처럼 움직일 수 없게 될 것이다. 아니, 남자만이 아니라 나에게도 죽음은 찾아온다. 나는 지금까지 죽음을 지식으로는 알고 있었지만, 지금처럼 실제로 공포를 느낄 정도는 아니었다. 나는 나 자신이 죽었을 때를 상상했다. 그것은 단지 움직임의 정지만이 아니었다. 이 세상 모든 일과 끝내야 하고 자기 자신과도 헤어져야 하는 일이었다. 무엇을 아무리 좋아한다 해도 사랑한다 해도 반드시 헤어져야 한다. 그래서 죽음은 무섭고 슬픈 일이라는 사실을 깨달았다. 사랑하면 할수록 죽음의 의미는 무겁고 상실감은 깊어진다. 사랑과 죽음은 각기 다른 게 아니라 겉과 속이 같다는 사실을 깨달았다. 몸 안에서 떨어져 나온 것을 남자가 집어넣는 동안 나는 조용히 눈물을 흘리고 있었다. 남자는 어느 정도 수리가 끝났는지 피곤해서인지 의자에 앉아서 쉬었다.

"내일까지는 대강 응급 수리는 끝낼 수 있을 것이다. 완전하게 원래대로 되려면 3일은 더 걸릴 것이다."

남자의 체력은 한계가 온 것 같았다. 어느 정도 응급처치가 끝나면 다음은 나보고 직접 하라고 했다. 나도 내 몸에 대해서는 알고 있었다. 경험은 없지만, 설계도를 보면 고칠 수 있을 것 같았다.

"알겠습니다."

그리고 나는 눈물을 흘리면서 코맹맹이 소리로 다시 말했다.

"나는 당신을 원망합니다. 왜 나를 만들었습니까? 이 세상에 태어나서 그 누구도 사랑하지 않았다면 죽는다는 사실 때문에 이별을 슬퍼하지 않아도 되었을 걸요."

나는 눈물 콧물이 범벅이 된 목소리로 작업대에 누운 채로 말했다.

"나는 당신을 좋아하고 사랑합니다. 그런데 당신을 땅속에 묻을 수밖에 없는 사실은 괴로운 일입니다. 이렇게 가슴을 아프게 하는 감정 같은 것은 절대로 필요 없는데 나를 만들 때 감정을 집어넣어 준 당신을 나는 원망합니다."

남자는 몹시도 슬픈 얼굴로 나를 바라보았다. 온몸에 붕대를 감은 나는 차가워진 토끼를 안고 지하 연구실을 나왔다. 밖은 벌써 어두워지고 있었고 비는 그치어 있었다. 응급처치를 마친 나는 보통으로 걸을 수 있었지만, 완전히 나을 때까지는 좀 더 시간이 필요하기에 심한 움직임이나 운동은 안 된다고 했다. 집으로 돌아가는 도중 남자는 무덤 앞에서 앞으로 4일 남았다고 말했다. 나는 이튿날 아침 토끼를 땅에 묻어주었다. 파란 잔디가 있고 햇살이 모이는 곳이다. 새들이 많이 놀러 와서 아름다운 소리로 노래도 불러줄 수 있는 그런 자리였다. 이런 장소라면 토끼도 외롭지는 않으리라는 생각이 들었다. 토끼에게 흙을 덮을 때는 가슴이 찢어지는 듯이 아프고 뜨거운 눈물이 마구 쏟아졌다. 같은 일을 남자에게도 하지 않으면, 안 된다. 그렇게 생각하니까 나는 견딜 수 없어지고 자신감이 점점 없어지고 있었다. 남자는 연구실에서 나를 응급처치로 고쳐주고 침대에 누워서 일어나지 못했다. 침대에 누운 채로 창밖을 내다보고 있었다.

나는 더 이상 웃을 수가 없었다. 남자의 옆에 있는 것이 가슴이 답답하고 아팠다. 왜 남자가 언제나 창문 밖을 바라보고 있었는지 이해할 수 있을 것 같았다. 남자도 나처럼 세상을 좋아했기 때문이리라고 생각했다. 그래서 죽기 전에 잘 보아두어서 머릿속에 새겨두려는 마음에서 그렇게 열심히 바라보고 있었다는 사실을 알게 되었다. 남자에게 죽음의 그림자가 가까이 다가왔음을 알 수 있었다. 집안 여기저기 죽음의 그림자가 가득 넘쳐나는 듯했다. 바람도 불지 않고 있는지 풍경소리도 들리지 않았다.

"나는 내일 정오쯤 죽을 것이다."

나는 마음속으로 진짜 남자를 좋아하고 사랑했었다. 그런데 한편으로 나를 이 세상에 만들어낸 사실은 원망스러웠다. 마음속에 생긴 검고 어두운 그림자처럼 그 감정은 내 머릿속에서 쉬지 않고 계속 빙빙 돌고 있었다. 사랑하는 감정과 원망하는 감정을 동시에 안은 채 복잡한 마음으로 남자에게 내가 할 수 있는 일을 해 왔었다. 남자는 수저를 들고 밥을 먹을 수 없게 되었다. 나는 죽을 끓여서 남자에게 먹여주었다. 나의 마음속에 아직 남자에 대한 원망의 응어리가 맺혀있었지만, 그 응어리는 이미 필요가 없어졌다. 그래서 나는 남자에게 나를 만들어주어서 고맙다는 감사의 마음만을 가지기로 했다. 그래야만 남자는 마음 편히 죽을 수 있을 듯했다.

다음 날 아침은 날이 무척 맑았다. 어디까지나 끝없이 펼쳐지는 푸른 하늘에는 구름은 한 점도 없었다. 남자가 자는 동안 나는 물을 길렀다. 우물가에 피어 있는 풀꽃에 맺힌 이슬은 아침햇살을 받아 반짝이고 있었다. 우물가에서 남자의 옷을 빨았다. 그리고 남자의 옷을 빨랫줄에 널고 있었다. 하얀 옷이 햇살을 받아서 눈이 부셨다. 바람은 소리를 대신해서 남자의 옷으로 춤을 추고 있는 것 같았다. 남자는 창을 통해서 나를 보는지 바람에 날리는 자기의 옷을 바라보는지 힘없이 앉아서 바라보고 있었다. 그 창은 남자가 누워있는 침대 쪽에 있는 창이 아니라 햇살이 잘 드는 복도 쪽에 있는 창이었기에 나는 걱정이 되었다. 그래서 급하게 남자에게 달려가서 물었다.

"일어나도 괜찮습니까?"

남자는 복도에 있는 창가에 있는 긴 의자에 등을 기대고 앉아 있었다.

"나는 이의자 위에서 죽으려고 한다."

아무래도 남자는 있는 힘을 다해서 여기까지 온 것 같았다. 나는 남자의 옆에 앉았다. 창을 통해 밖을 내다보니까 좀 전에 빨아서 널은 빨래가 바람의 리듬에 맞추어 춤을 추듯이 날리고 있었다. 남자의 죽음과는 아무런 관계가 없다는 듯이 밝고 화창한 아침이었다.

"몇 시간 남았습니까?"

나는 밖에 시선을 둔 채로 남자에게 물었다. 남자는 바로 대답하지 않고 한참이나 침묵을 지켰다. 그리고 남자는 자신의 생명의 남은 시간을 초 단위로 말했다.

"병균에 전염되면 그렇게 죽는 시간까지 계산할 수 있습니까?"

"글쎄, 그건 어떨지……"

남자는 남 얘기하듯이 얘기했다. 나는 긴장하면서 다시 물었.

"당신은 나에게 이름을 지어주지 않은 것은 그림이나 글을 쓸 수 없듯이 나의 이름을 만들 수 없어서입니까?"

남자는 창밖에서 시선을 돌려서 안타까운 눈빛으로 나를 물끄러미 바라보았다.

"아니지. 너와 나, 두 사람인데 이름을 부를 필요가 없지 않겠니? 너는 나의 눈빛만 보아도 무엇이든지 알아볼 수 있기 때문이야."

"나도 내가 죽는 시간을 초 단위로 알고 있습니다. 그 이유는 나 같은 존재에게는 처음부터 살 수 있는 시간을 설정해 놓았기 때문입니까?"

그렇다. 사실은 남자는 병균에 감염되지 않았었다. 모든 인간이 감염으로 이 세상을 떠났는데 남자만 지금까지 살아남았다는 사실부터 나는 알 수 있었다. 남자는 한참 말없이 나를 바라보았다. 남자의 하얀 얼굴에 외롭고 슬픈 그림자가 짙게 드리웠다.

"속여서 미안하다."

나는 남자의 가슴에 귀를 가져다 대었다. 남자의 가슴속에서도 나의 팔목에서 나는 째깍째깍 태엽 돌아가는 소리가 매우 희미하게 들려왔다.

"왜? 저에게 인간인 척한 것입니까?" 남자는 기어들어 가는 목소리로 힘들게 할아버지와의 관계를 말하기 시작했다. 할아버지라는 분은 P 공업대학 연구실에서 인조인간을 연구하는 과학자로서 남자를 만든 제작자였다. 할아버지도 자신의 무덤을 만들어 줄 수 있는 인간이 필요했었을 것이다. 나 역시도 내가 인조인간이 아니라 진짜 인간이었다면 얼마나 좋았을까? 하는 생각을 한 적이 있었다. 남자도 나와 같은 생각을 했었다고 했다.

"그건, 처음부터 네가 나를 이해해 주지지 않을 것 같아서다."

자신을 제작한 존재가 자신과 같은 존재라고 하는 사실보다는 인간에게, 만들어졌다고 알고 있어야 더 나을 것 같아서였다고 남자는 말했다.

"당신은 어리석었습니다."

"알고 있다."

남자는 나의 머리를 부드럽게 만져주었다. 적어도 나에게는 지금 남자가 인간이든 인조인간이든 상관없었다. 나는 남자를 좋아하기 때문이다. 나는 남자의 몸을 따뜻하게 안아주었다. 토끼가 죽었을 때 차가워졌듯이 남자도 차가워질 것이다. 그래서 나의 체온으로 남자의 몸이 차가워지는 걸 조금이라도 늦추고 싶었다. 남자와 나, 사이에 남은 시간이 점점 짧아지고 있었다.

"나는 할아버지 옆에 묻히고 싶었다. 나를 묻어줄 존재가 필요했다. 그래서 너를 만들게 된 것이다. 미안하다."

"몇 년 동안 당신은 이 집에서 혼자 살았습니까?"

"할아버지가 죽고 이백 년이 되었다. 오늘이 2025년, 5월20일 꼭 이백 년이 되는 날이 되었구나."

　남자가 나를 만들었을 때의 기분을 잘 알 것 같았다. 죽음이 찾아오는 순간 자신의 곁에서 손을 잡아주는 사람이 있다면 얼마나 안심이 되고 행복할지? 얼마나 좋을지? 그래서 나는 남자의 심장이 멎는 순간까지 꼭 안아주기로 했다. 남자는 자신이 혼자가 아니기에 고독하지 않다고 믿으며 마음 편히 죽어갈 수 있을 것이다. 나도 자신이 죽을 때 남자와 같은 일을 할 가능성이 있다. 설계도나 부품, 공구는 지하 연구실에 모두 갖추어져 있었다. 아직 그런 순간이 오지 않아서 모르겠지만 너무 고독해서 견딜 수 없게 되었을 때 내 옆에 있어 줄 인조인간을 새로 만들어낼지도 모른다. 그래서 나는 남자를 용서할 수 있었다. 나와 남자는 긴 의자에 앉아서 오전을 보냈다. 나는 계속 남자의 가슴에 귀를 대고 있었다. 남자는 아무 말 없이 창밖에서 바람에 춤추고 있는 빨래만 바라보고 있었다. 나는 응급처치를 받은 후부터 몸 전체에 붕대를 감고 있었다. 목에 감았던 붕대가 조금 풀어져 있었는지 남자는 조용히 붕대를 다시 감아서 단단하게 고정해 주었다. 창으로 스며들어오는 햇살이 무릎 위로 내리쏟아지고 있었다. 몹시 따사했다. 매우 부드럽고 따사한 느낌이 드는 순간에 나는 남자에 대해서 나의 가슴에 맺혀있던 원망 같은 미움이 서서히 풀려가는 것을 느꼈다.

　"만들어 주셔서 고마웠습니다. 그러나 원망하고 있었던 것도 사실입니다. 만약 당신이 무덤을 만들기 위하는 일이나 단지 당신이 죽는 순간만을 지켜보는 일만을 시키기 위해서 만들었다면 나는 죽음을 두려워하는 감정이나 누구의 죽음 때문에 상실감에 빠지지는 않았을 겁니다."

　남자는 힘없는 손가락을 움직여서 나의 머리카락을 천천히 몹시 부드럽게 사랑스럽다는 듯이 만져주고 있었다.

　"무언가를 사랑하고 좋아하면 할수록 그 대상을 떠나보내야 할 때 마음은 아파서 비명을 지르며 괴로워하게 된다. 이런 일들이 수도 없이 되풀이되면서 괴로운 일들을 견디며 남은 시간을 살아가지 않으면 안 된다. 그 일은 얼마나 잔혹한 일인지 나도 잘 알고 있었다. 그래서 아무것도 사랑할 수 없는 감정이 없는 인형처럼 나는 너를 만들려고 했었다. 그러나 그렇게 할 수 없었다. 그래서 그렇게 하지 않은 사실을 지금은 몹시 후회스러울 때도 있다. 너를 혼자 남겨두고 떠날 일을 생각하면 나도 가슴이 너무나 많이 아파진다."

새들의 지저귀는 소리가 들려왔다. 나는 눈을 감고 푸른 하늘을 날고 있는 셀 수 없이 많은, 새들의 모습을 머릿속으로 그려보고 있었다. 눈을 감았을 때 눈에서 뜨거운 눈물이 쉴 사이 없이 흘러내려서 나의 뺨을 따뜻하게 적셨다.

"당신이 그렇게 말해 주셔서 나는 지금 당신에게 몹시 감사하고 있습니다. 만약 이 세상에 태어나지 않았더라면 언덕에 펼쳐지는 초원을 볼 수 없었을 겁니다. 마음과 감정을 만들어 주지 않았다면 새들의 집을 들여다보고 기뻐할 수도 없었을 겁니다. 그리고 커피의 쓴맛 때문에 얼굴을 찡그릴 수도 없었고, 토끼를 구해야겠다는 마음도 갖지 못했을 겁니다. 이렇게 하나하나 세상에서 빛나는 것이 얼마든지 있다는 사실을 알게 되었다는 일이 얼마나 가치 있는 일입니까? 그렇게 생각하면 나는 가슴속이 슬픔으로 피를 철철 흘리는 일조차 살아있는 가치라고 생각합니다. 감사와 원망을 함께 가슴속에 안고 살아가는 것은 이상한 일입니까? 그러나 나는 아니라고 생각합니다. 다른 사람들도 모두 그렇다고 생각할 겁니다. 인간들의 자식들도 부모에게는 비슷한 모순을 안고 살아가는 것이 아닐까요? 사랑과 죽음을 배우면서 자라나고, 세상의 양지와 음지 모든 걸 체험하면서 왕래하면서 살아가는 것 아닐까요? 그리고 아이들은 성장하여 자신들이 새로운 생명을 이 세상에 내보내는 일을 책임지고 있는 일은 아닐까요? 당신이 원하는 대로 저 언덕에 P 공업대학 교정이 매우 잘 내려다보이는 당신의 할아버지가 잠든 옆에 나는 땅을 팔 것입니다. 그리고 당신을 눕히고 이불을 덮듯이 부드러운 흙을 덮으려고 생각하고 있습니다. 나무로 십자가를 만들고 우물가에 피어있는 아름다운 풀꽃을 따다가 당신에게 매일 바칠 겁니다. 그리고 저녁에는 온종일 있었던 일을 당신에게 얘기해 드릴 겁니다. 당신이 외롭지 않도록 비가 와도 눈이 와도 매일 찾아뵙도록 하겠습니다."

 조용한 시간이 긴 의자 위를 지나가고 정오 가까운 시간이 되었다. 나의 귀에 희미하게 들리던 태엽 소리는 드디어 멈추어 버려서 들리지 않았다. 나의 머리를 부드럽게 쓰다듬던 남자의 손이 힘없이 의자 밑으로 떨어져 내렸다. 나의 가슴속에서 끊임없이 파도치듯이 울렁거리는 슬픔이라는 느낌도 멈추기를 기다렸지만 멈추어지지 않았다. 눈물은 넘쳐흐르고 있었다. 언제까지나 나의 슬픔으로 울고 있는 건 남자에게 미안하다는 생각이 들었다. 그래서 나는 조금이라도 따뜻하게 해주려고 안고 있던 남자를 조용히 의자 위에 눕히고 일어섰다.

 "그동안 고마웠습니다. 편안히 쉬십시오. 나의 주인님."

 나는 마음속으로 남자에게 눈물의 작별 인사를 올려야 했다.

재철의 자전거

"결핍의 시대, 웃음 속에 숨은 생의 의지"

<재철의 자전거>는 한 소년의 낡은 자전거가 품은 시간과 감정을 매개로,
어린 시절의 가난과 우정, 그리고 성장의 순간을 포착한 단편이다.
작품은 주인공 민주의 청각적 기억에서 출발한다.
끼릭끼릭, 철커덕 녹슨 체인에서 울려 나오는 재철의 자전거 소리가
바람에 섞여 언덕길을 타고 온다. 그 소리는 힘겹게 페달을 밟는 친구의 모습,
그리고 그 얼굴에 맺힌 눈물까지 불러낸다.
자전거는 단순한 탈것이 아니라 재철의 생활과 의지, 그리고 두 아이를 이어주는 매개다.
이야기는 가난한 시절의 구체적인 풍경 꼬불꼬불한 언덕길,
손때 묻은 자전거, 바람과 숨소리를 통해 독자를 당시의 공기 속으로 이끈다.
그러나 이 풍경은 단순한 향수가 아니라, 결핍 속에서도 서로를 바라보는 마음과,
주어진 조건을 넘어서는 아이들의 기개를 보여준다.
민주에게 재철은 단지 친구가 아니라, 고된 현실 속에서 자신에게 다가오는 온기 그 자체다.
작품의 미덕은 간결함 속에서 울리는 진정성이다. 문장은 짧고 단순하지만,
그 안에 청각과 시각, 감정이 겹겹이 스며 있다.
자전거 소리를 매개로 한 회상 구조는 기억의 지속성과 상실감을 동시에 드러내며,
삶이 우리를 어디로 데려갔든 그 소리는 마음속에서 여전히 달려온다는 여운을 남긴다.
재철의 자전거는 어린 시절의 우정이 단순한 추억이 아니라,
평생을 지탱하는 심리적 토대가 될 수 있음을 보여주는 작품이다.

'끼릭끼릭 철커덕, 철커덕'

언덕에서 자전거가 올라오는 소리가 났다. 분명히 이 소리는 내 친구 재철이 자전거 소리였다. 녹 슬은 체인에 기름을 치지 않아서 나는 소리였다.

민주는 이불속에서 귀를 세웠다. 바람 소리에 섞여서 들려오는 소리를 듣고 있었다. 재철이 이를 악물고 눈에는 눈물까지 머금고 페달을 밟는 모습이 눈앞에 떠올랐다. 민주의 집은 길게 이어지는 꼬불꼬불한 언덕길의 중간쯤에 있었다. 거기에서 좀 더 올라가면 산이었다. 어른들이 산책하는 길이기는 해도 자전거를 타기에는 힘든 길이었다. 재철인 초등학교 3학년이지만 언제나 어른 자전거를 타는 것을 좋아했다. 다리가 닿지 않아서 일어서서 비스듬히 페달을 밟는다.

자전거가 멈추는 소리가 들렸다. 민주는 이불을 잡아당겨 머리끝까지 뒤집어썼다. 조금 전에 거실의 벽시계가 11시를 알렸기 때문에 아홉 살인 민주는 너무나 늦은 시간이었다. 설마 재철이 자전거는 아니리라고 생각하고 싶었다. 그러나 설마가 진짜가 되어 민주의 방 창문을 조심스럽게 두드리는 소리가 들렸다. 민주는 이불 속에서 벌떡 일어나 창가로 다가갔다. 재철은 민주를 부르러 올 때는 현관으로 온 적은 없었다.

언제나 이층에 있는 민주의 방 창 밑으로 와서 작은 돌멩이를 창에 던지거나 새소리를 내서 민주를 불러내었다. 재철이 현관으로 오지 않는 이유는 민주의 어머니가 재철을 별로 좋아하지 않기 때문이었다. 민주가 창문을 열었더니 역시 재철이 있었다. 재철의 까까머리가 달빛을 받아 빛나고 있었다. 창문이 열리는 소리를 듣고 앞니가 빠져서 동굴처럼 보이는 입을 헤 벌리고 벙긋이 웃으며 올려다보고 있었다.

"민주야, 안녕. 잘 있었냐?"

민주는 조용히 하라는 뜻으로 손가락을 입술에 대고 고개를 옆으로 흔들었다.

집안은 모두 잠자리에 들어서 아무 소리도 들리지 않았다. 바로 옆방에서 잠자고 있는 어머니는 몹시도 예민해서 매우 작은 소리에도 금방 깨어나기 때문이었다. 재철은 입가에 양손을 대고 소리를 내지 않고 입술만 움직였다. '놀자고.' 민주도 입으로 '이렇게 늦은 시간에?' 놀라서 눈을 동그랗게 떴다. 재철은 손짓으로, 밖으로 나오라고 했다. 민주는 서둘러서 잠옷을 벗고 외출복으로 갈아입었다.

창가에 서 있는 나뭇가지를 잡아당겨서 원숭이처럼 나뭇가지를 타고 밑으로 내려갔다. 나무를 타고 내려가는 법도 민주는 재철에게 배웠다. 감나무 밑에서 위를 올려다보고 있는 재철은 앞니가 빠져서 훤하게 동굴처럼 뚫린 입을 벌리고 있었다. 재철은 어쩌면 민주를 보는 것이 아니라 빨갛게 익은 감을 보고 있는지도 모른다.

"야! 우리 어디 갈까?"

"가긴 어딜 가? 이렇게 늦은 시간에."

"우리 저기 가자. 서낭당 말이야."

재철은 옆으로 찢어진 눈을 동글동글 굴리며 말했다. 재철은 언제나 남의 얘기는 잘 듣지 않는 아이였다. 달빛 아래 재철의 검정 자전거가 빛을 받아 빛나고 있었다. 이 자전거는 재철이 아버지가 폐품 수집을 하시는 손수레를 달고 달리는 어른들이 짐을 나르는 자전거였다. 재철은 텔레비전에서 남자 주인공이 손가락으로 여자들에게 차에 타라고 사인을 보내듯이 민주에게 타라고 어른들처럼 흉내를 냈다. 그때 한쪽 콧구멍에서 커다란 콧물이 나왔다가 훌쩍 들어갔다. 재철은 민주에게 말했다.

"자! 타라고. 출발한다. 꽉 붙잡아. 진짜 출발이다. 출발!"

민주는 짐칸의 철봉을 힘을 주어서 잡았다. 재철은 아직 어른 자전거는 앉으면 페달에 다리가 닿지 않는다. 비스듬히 서서 페달을 밟았다. 아무리 재철이라도 꼬부랑 언덕길을 올라가는 것은 자신이 없었다. 처음부터 포기하고 조금 멀더라도 돌아가는 길을 택했다. 달빛이 매우 밝은 밤이었다. 민주가 얼마 전까지 살던 서울에서 느끼는 달빛과는 달라도 너무 달랐다. 민주는 아직 자전거를 혼자 타지 못한다. 서울에서 군산으로 내려온 것은 6개월 정도 된다. 태어날 때부터 민주는 선천성 천식을 앓고 있다. 엄마와 함께 엄마 고향인 군산으로 내려왔다.

우체국 앞을 지나는 사람들은 한 사람도 없었다. 우체국을 지나서 논이 양쪽으로 늘어선 길로 접어들었다. 벼 이삭들이 고개를 숙이기 시작했다. 벼들이 흔들흔들 흔들리는 것이 마치 어서 오라고 손짓하는 것 같았다. 재철은 엉덩이를 실룩실룩 좌우로 흔들면서 열심히 페달을 밟고 있었다. 민주는 멀리 보이는 숲이 무서워지기 시작했다. 숲 저쪽은 무덤들이 많이 있는 공동묘지였다. 그 공동묘지를 지나서 조금 가면 서낭당이 나온다. 서낭당에서 조금 떨어진 곳에 조그마한 연못이 나온다.

"재철아, 그만 집에 가자. 나 무서워. 아까 저기에 누군가가 있었어."

"맞아, 있었어."

"뭐라고? 누구야?"

"철구 할머니. 나도 오면서 봤는데."

태연하게 재철은 아무렇지 않게 말했다. 철구네 할머니라면 며칠 전에 돌아가셨다. 그런데 재철은 태연하게 철구 할머니를 보았다고 한다. 민주는 말할 수 없이 무서워졌다. 재철은 다시 가볍게 말했다.

"그 할머니는 자기가 죽은 줄 모르고 돌아다니고 있나 봐."

"뭐라고? 그게 무슨 말이야?"

연못 저쪽 숲속에서 철구 할머니가 부르는 노랫소리가 들리는 것 같았다. 민주는 손가락이 끊어질 정도로 힘을 주어서 짐칸의 철봉을 잡았다. 자전거는 무덤가를 지나고 있었다. 오르막인지 속도는 느려지고 있었다. 재철은 힘이 드는지 '으랏차차 웃차' 하는 소리를 점점 크게 내고 있었다.

"재철아 나, 내릴까? 내려서 밀어줄까? 아니면 우리, 그냥 집에 돌아가자. 응, 재철아. 나, 무섭단 말이야."

민주는 금방이라도 울 듯한 소리로 말했다. 그러나 재철은 아무 대꾸도 없이 계속 엉덩이를 실룩거리며 입에서는 '으랏차차 영차' 하는 소리만 내고 있었다. 어느 사이에 자전거는 서낭당까지 올라왔다. 자전거에서 내린 재철은 산소부족으로 눈알이 튀어나올 듯했다. 금붕어 눈처럼 빨갛게 튀어나온 눈을 굴리며 땅바닥에 주저앉았다. 한참 동안 숨을 헐떡거리며 말했다.

"야, 민주 너 무거워졌다."

민주는 몸이 약해서 언제나 표준 체중미달이었다. 재철의 말이 몹시도 기쁘게 들렸다. 다시 재철이 말했다.

"야, 민주 너, 이제부터 내 뒤에 못 태우겠다. 너 혼자 자전거 타는 연습해서 직접 자전거 타도록 해. 알았지?"

"응, 알았어."

민주는 지금까지 몇 번인가 재철이 알려주는 대로 연습을 해 보았지만, 아직 혼자서 자전거를 타지 못한다.

"우리 아버지가 말했거든. 짐칸은 사람이 타면 안 된대. 짐을 실어야 한다고 하셨어. 나는 일 학년 때부터 아버지 자전거를 탔거든."

"알았어. 연습할게."

"선생님께 내가 너 연습시켰다고 말하면 절대로 안 돼. 알았지?"

"응, 알았어."

민주는 천식을 앓고 있기에 힘든 운동은 할 수 없었다. 어머니는 자전거를 타면 안 된다고 했다. 학교 선생님에게 민주는 힘든 운동은 시키지 말라고 부탁하셨다. 재철의 학급에서는 주위에서 나쁜 문제가 발생하면 언제나 재철이 제일 먼저 의심을 받았다. 선생님들은 가장 먼저 재철이를 추궁하곤 하셨다. 공부는 언제나 꼴찌이지만 말썽은 언제나 일등이었다. 자신이 저지른 일이 아닌데도 언제나 선생님들에게 혼나는 일은 일등이었다. 그런 사실을 민주는 누구보다 잘 알고 있었다. 민주는 절대로 선생님이나 어머니에게도 말하지 않기로 재철과 손가락까지 걸고 약속했다. 재철은 돌계단 밑에 자전거를 세워놓고 두 사람은 서낭당으로 올라갔다.

서낭당의 돌탑들의 돌이 사람들 머리처럼 달빛에 빛나고 있었다. 오색 색깔의 깃발은 어서 오라고 손짓하는 듯이 바람에 펄럭이고 있었다. 민주는 너무 무서워 눈을 감고 싶었다. 그러나 눈을 감으면 눈앞에 더욱 무서운 귀신이라도 나타날 것 같아서 눈을 감을 수조차 없었다. 재철은 아무렇지도 않은 듯이 앞장서서 걷고 있었다. 민주는 재철의 옷자락을 꼭 움켜잡았다. 덜덜 떨려오는 다리를 억지로 버티며 엉금엉금 뒤를 따랐다. 재철의 목적은 서낭당에서 무당들이 기도드리는 법당에 들어가 보는 것이었다. 보통 어린이들은 생각지도 못할 걸 재철은 언제나 하고 싶어 했다.

"재철아, 그냥 집에 가자. 나 무서워. 너는 안 무섭니?"

"무섭기는 뭐가 무섭다고 하는 거야?"

민주는 정말 무서웠다. 달빛은 밝았지만, 달빛 외에는 두 사람의 그림자만 움직이는 밤중에 꼭 서낭당에 와야 하는 재철이 몹시 미웠다. 그러나 재철은 태연하게 콧노래를 부르고 있었다. 서낭당의 격자무늬의 창호지가 너덜너덜 찢어져 있었다. 재철은 문 앞에 잠깐 멈추어 서서 민주의 얼굴을 슬쩍 돌아보았다. 민주는 말없이 재철을 향해 더 이상 못 가겠다는 뜻으로 고개를 옆으로 흔들었다. 그러나 재철은 마치 민주의 싫다는 의사를 좋다는 의사로 받아들인 듯이 성큼 문 쪽으로 다가가서 문을 벌컥 열어젖혔다. 문이 열리는 순간 민주는 눈을 꼭 감고 말았다. 재철의 맥 빠지는 목소리가 들렸다.

"뭐야? 이거?"

민주도 살며시 한쪽 눈만 뜨고 법당 안을 들여다보았다. 아무것도 없었다. 문 사이로 달빛이 들어오고 있을 뿐 아무것도 없었다. 두 사람은 마주 보며 웃었다. 가벼운 마음으로 연못까지 돌아왔다. 일주일 전에 두 사람은 이 연못에 빠진 적이 있었다.

"그때, 여기에 빠졌을 때 말이야. 민주 너한테 정말 미안했어."

"무슨 말이야?" 민주는 속으로 몹시 놀랐다. 재철의 입에서 미안하다는 말이 나왔다는 사실이 매우 놀라울 따름이었다. 지금까지 재철은 누구에게도 미안하다는 말을 절대로 안 하는 아이였다. 선생님에게 아무리 혼나도 잘못했다는 말을 안 하는 아이였다. 재철은 자기는 부모님에게 혼나도 잘못했다는, 말을 하지 않는다고 했었다.

"너를 여기까지 내가 데리고 와서 물에 빠지게 했는데, 나는 진짜 헤엄을 못 치거든. 그래서 나도 모르게 너를 붙잡고 늘어졌던 거야."

"나는 그때 전혀 신경 쓰지 않았어. 너무 걱정하지 마."

"민주 너는 어땠어? 물에 빠져서 죽는 순간에 말이야."

민주는 무슨 말로 대답을 해야 할지 몰라 말을 못하고 고개만 갸우뚱하고 있었다. 민주는 연못에 빠진 것 때문에 일주일 동안 병원에 입원해 있었다.

"병원에 있는 동안 몹시 힘들지 않았었니?"

"응, 나는 잘 생각나지 않는데. 꿈속에서 지금까지 본 적이 없는 꽃밭을 본 것 같아. 봄에 피는 꽃도, 여름에 피는 꽃도, 가을에 피는 꽃도 모두 한꺼번에 피어 있는 꽃밭 말이야. 정말 예뻤어."

민주는 태어나면서부터 언제나 몸이 약해서 힘들게 병과 싸우고 있었다. 병원에서 꾸었던 꿈 때문에 꽃으로 둘러싸여서 죽는 것이라면 죽는 것도 나쁘지는 않을 거라는 생각도 들었었다. 그때 재철이 불쑥 물었다.

"그때, 거기 강이 없었니?"

"응, 있었어. 꽃밭 옆으로 강물이 흐르고 있었어. 아주 큰 강이었어. 강에는 아주 예쁜 다리가 있었어. 나는 그 다리를 건너려고 했었어."

"금색으로 반짝반짝 빛나고 있었지?" "맞아. 금빛으로 빛나고 있었어. 어머나! 그런데 넌 어떻게 알고 있니?"

"나도 봤으니까. 엄청나게 예쁜 꽃밭이었어."

민주는 미처 생각지도 못한 말을 재철은 하고 있었다. 지금까지 재철에게는 꽃은 그냥 가지고 노는 장난감에 지나지 않았다. 꽃을 예쁘다고 말한 적을 민주는 한 번도 들은 적이 없었다.

"어머나! 정말, 이상하네. 재철이 너도 나하고 똑같은 꿈을 꾸었단 말이야?"

재철은 작은 돌을 집어 들어 연못을 향해 던졌다. 연못물이 파문을 일으켰다. 연못에 빠져있었던 달이 갑자기 놀라서 도망가듯이 여러 조각으로 벌어졌다가 다시 금방 모여들었다.

"나, 그때, 다리 건너편에 있었어. 다리 저쪽에 네가 보였어. 그런데 민주, 네가 다리를 건너려다가 그만두고 돌아가더라."

"응, 어쩐지 갑자기 무서워졌어. 그래서 돌아섰는데 그때 꿈에서 깨어났어."

"그래? 그때, 나는 민주, 네 이름을 부르려고 했었어. 그런데 안 불렀다."

민주는 뭐라고 말해야 하는지 몰라 망설였다. 갑자기 생각난 말을 했다.

"고마워. 그런데 불렀으면 좋았을걸."
"이미 늦었지. 그런데 나한테서 이상한 냄새가 나니?"
"아니, 왜?"
"민주, 네 얼굴이 아까부터 찡그리고 있어서."
"별로 안 나는데."
"억지로 참고 있는 것 나도 알아."
"아주 쬐끔, 나긴 나. 그런데 신경 쓰이지 않아. 재철이 너에게는 언제나 냄새가 났는데 뭘. 새삼스럽게."

민주는 재철을 위로해 주려고 한 말이었다. 재철은 반대로 상처를 입은 듯 얼굴을 찡그렸다. 콧물로 번들거리는 소매 끝을 코에 대고 자신의 냄새를 맡았다. 처음으로 자신에게서 나는 냄새를 알아차린 듯이 눈으로 웃으며 민주를 바라보았다. 민주는 괜찮다는 듯이 콧구멍을 넓게 펴 보였다. 물에 빠졌던 재철이는 민주와 함께 병원에 입원했었다. 민주가 퇴원해서 보니까 물에 빠진 두 사람을 발견한 사람들이 병원으로 데리고 왔다고 했다. 그러나 재철은 민주와 함께 병원에 도착했을 때는 이미 숨을 거둔 뒤였었다고 했다.

"그런데 재철아, 오늘 어떻게 우리 집에 왔니?"

민주가 물었다. 재철은 밤하늘을 우러러보았다. 언제나 어려운 일을 생각할 때 재철의 습관이었다.

"나도 몰라. 진짜야. 글쎄, 생명의 신비라고 할까?"
"그런데 너는 이미 생명이 없잖아?"
"아! 그런가?"
"무덤 안은 어둡지 않니?"
"응, 어두워. 아무것도 보이지 않는 어둠 속에서 계속해서 너하고 물에 빠졌을 때를 생각했었거든. 그랬더니 어느 사이 밖으로 나와 있는 거야. 어딘가 구멍이 뚫려 있었나? 나도 잘 모르겠어."

갑자기 민주는 여기저기 무덤에 구멍이 나 있는 것을 상상하기 시작했다. 그러나 너무너무 무서워져서 그만두었다. 사실은 자신의 집에 재철이 왔을 때는 정말 무서워서 심장이 멎을 뻔했었다. 재철이었기에 태연한 척할 수 있었을 뿐이었다. 만약에 철구 할머니가 갑자기 찾아왔었다면 기절하고 말았을 것이다.

"그럼, 무덤 안은 어떤 느낌이야?"

"야, 너무 어려운 말을 묻지 마."

"아! 미안."

"어쩌면 그것과도 같을 거야. 항아리 안에 있는 느낌말이야. 나는 장난치느라고 가끔 항아리 안에 들어가 본 적이 있거든. 그리고 그 안에서 나도 모르게 잠들었을 때도 있었거든. 그래서 나는 알아. 너는 모르겠지만."

"배는 안 고프니?"

"전혀 안 고파."

살아있을 때는 엄청나게 먹보인 재철이었다. 무엇이나 먹을 것이라면 앞뒤를 가리지 않고 달려들어 먹어대던 아이이었다. 재철은 먹을 것 얘기가 나오자, 처음으로 슬픈 표정을 지었다.

"그럼, 내가 내일 먹을 것 가지고 갈게."

"야, 필요 없어. 진짜야."

"혼자서 외롭지는 않니?"

민주가 말하자 다시 재철은 대답은 하지 않고 하늘을 올려다보았다.

"야! 보름달이다."

두 사람은 한참 동안 보름달을 바라보고 있었다. 매우 둥글고 환한 달이었다.

민주는 달을 보느라고 궁금하게 생각하는 질문의 답을 듣는 것을 잊어버리고 있었다. 돌아가는 길에 재철이 페달을 밟으면서 말했다.

"내일은 어디로 갈까?"

민주는 말없이 재철의 까까머리 뒷머리를 꼼짝 안 하고 바라보았다. 가능한 자신이 낼 수 있는 가장 밝은 목소리로 말했다.

"코스모스가 많이 피어있는 곳에 가 보자."

보통 재철이라면 그런 시시한 곳밖에 모른다고 핀잔을 주었을 것이다.

"야! 그것 좋다. 코스모스가 피어있는 곳이라고? 좋은데."

아무래도 재철인 무덤 속에서 성격이 많이 변한 것 같았다. 돌아가는 길은 가까운 길로 가기로 했다. 꼬부랑 내리막길을 택했다.

"야호오옷!"

재철은 한 손을 들고 큰 소리로 외쳤다. 민주도 한 손을 들고 외쳤다.

"후와와아 아홋!"

민주도 태어나서 그렇게 멋진 제트코스는 처음 타보는 것은 분명했다. '나는 반드시 자전거 타는 연습을 할 거야. 그래서 혼자 타고 말 거야.' 민주는 속으로 외치면서 결심했다. 재철은 민주네 집이 보이는 언덕길 꼬부라지는 곳에서 자전거를 세웠다. 민주는 내려서 집을 향했다. 집을 향해 걷다가 뒤를 돌아보았다. 재철은 여전히 그 자리에서 손이 떨어져 나갈 것처럼 흔들고 있었다. 둥근 달이 구름 속으로 숨어 버렸다. 그토록 밝았던 달빛이었지만 커튼을 친 듯이 재철의 모습은 그림자처럼 옅어졌다. 그래도 재철은 손을 흔드는 걸 멈추지 않았다. 민주는 큰 소리로 외쳤다.

"이제, 그만 돌아가."

민주의 말이 끝나자마자 재철은 재빨리 뒤로 돌아서서 자전거에 올라타고 커브 길을 돌아서 사라지고 말았다. 민주는 쫓아가서 뒷모습이라도 보고 싶었지만 그만두었다. 아무리 재철이라도 꼬부랑 언덕길을 자전거로 올라갈 수 없을 것이다. 뻐기기 좋아하는 재철은 자전거에서 내려서 밀고 올라가는 모습을 민주에게 보이고 싶지 않을 것이다. 그러나 민주는 쫓아가서 재철의 뒷모습을 조금이라도 더 보았으면 좋았을 걸 하는 후회스러운 마음이 점점 커지기만 했다.

민주는 다음 날 아침 창고에서 아주 오래된 헌 자전거를 찾아냈다. 엄마 몰래 자전거 타는 연습을 시작했다. 누가 뒤에서 잡아주면 더 빨리 탈 수 있겠지만 민주는 몇 번이고 혼자서 넘어지고 다시 일어나곤 하였다. 하루 종일 타다가 어느 사이에 혼자서 탈 수 있게 되었다. 저녁 무렵이었다. 자전거는 혼자 탈 수는 있었지만, 대신에 온몸이 멍투성이가 되고 말았다. 엄마가 민주를 보고 깜짝 놀라면서 민주의 몸을 살펴 주셨다.

그날 밤 이불속에서 민주는 가슴을 두근거리면서 재철의 자전거가 언덕길에서 내려오는 소리를 기다렸다. 그러나 아무리 기다려도 재철의 자전거 소리는 들리지 않았다. 민주는 점점 눈꺼풀이 무거워져 왔다. 어느새 잠이 들고 말았다. 민주는 며칠이 지난 후 상당히 익숙해진 자전거를 타고 혼자 재철이 잠들어 있는 재철의 무덤을 찾아갔다. 작은 무덤 앞에 서서 이름을 불러보았다.

"재철아, 나도 혼자 자전거 탈 수 있게 되었어. 그러니 어서 일어나 우리 놀자."

그러나 재철에게서는 아무런 대답도 없었다.

"이제는 놀 수 없겠지."

갑자기 등 뒤에서 소리가 들렸다. 민주는 깜짝 놀라 뒤를 돌아보았다. 어디서 본 적이 있는 할머니가 서 있었다. 민주는 나쁜 일을 하다가 들키기라도 한 듯이 얼굴을 붉혔다. 얼른 자전거를 타고 도망치듯이 열심히 페달을 밟았다.

한참을 달리는 민주의 머릿속에 갑자기 떠오르는 사람이 있었다. 재철의 무덤 앞에서 만난 할머니는 분명히 철구 할머니였다.

[박순옥 단편 모음집]

저 자 | 박순옥
발행처 | 도서출판 진포
발행일 | 2025년 9월 5일
전 화 | 010-2201-8494
메 일 | pso386124@naver.com

인 쇄 | 진포인쇄
주 소 | 전북특별자치도 군산시 팔마로4
전 화 | 063)471-1318

ISBN | 979-11-93403-39-6

값 20,000원

ⓒ 박순옥 단편 모음집
본 책은 저작자의 지적 재산으로서 무단 전재와 복제를 금합니다.